Colleen Hoover

Too Late

Wenn Nein sagen
zur tödlichen Gefahr wird

COLLEEN
HOOVER

TOO LATE

Wenn Nein sagen zur tödlichen Gefahr wird

Roman

Aus dem amerikanischen Englisch
von Michelle Landau, Urban Hofstetter
und Alexander Gerald Wagner

dtv

Von Colleen Hoover ist bei dtv außerdem lieferbar:
Weil ich Layken liebe | Weil ich Will liebe | Weil wir uns lieben
Hope Forever | Looking for Hope | Finding Cinderella
Finding Perfect
Love and Confess
Zurück ins Leben geliebt – Ugly Love
Nächstes Jahr am selben Tag – November 9
Never Never (zusammen mit Tarryn Fisher)
Maybe Someday | Maybe Not | Maybe Now
Die tausend Teile meines Herzens
Was perfekt war
Verity
All das Ungesagte zwischen uns
Layla
Für immer ein Teil von dir
Summer of Hearts and Souls
Nur noch ein einziges Mal – It ends with us
It starts with us – Nur noch einmal und für immer

Ungekürzte Ausgabe
2024 dtv Verlagsgesellschaft mbH & Co. KG, München

Originally published in 2016 by Colleen Hoover
Titel der amerikanischen Originalausgabe, Revised Edition: ›Too Late: Definitive Edition‹, 2023 erschienen bei Grand Central Publishing, einem Imprint von Hachette Book Group, Inc., New York

Lektorat: Katja Korintenberg und Christina Neiske
Umschlaggestaltung: dtv/Alexandra Bowien
Umschlagmotive: shutterstock.com/© Matei G, Silver30, costigusa91
Gesetzt aus der DTL Dorian
Satz: C.H.Beck.Media.Solutions, Nördlingen
Druck und Bindung: Druckerei C.H.Beck, Nördlingen
Printed in Germany · ISBN 978-3-423-22092-7

Dieses Buch ist allen Mitgliedern der
Too-Late-Facebook-Gruppe gewidmet.

Vielen Dank, dass ihr es zu einer meiner
liebsten Schreiberfahrungen gemacht habt.

Besonders du, Ella Brusa.

Liebe Leserinnen und Leser der deutschsprachigen Ausgabe,

als ich 2012 zu schreiben begann, was später *Too Late* werden sollte, war es nur als Privatvergnügen gedacht, das nie das Licht der Öffentlichkeit sehen sollte. Vielmehr war es mein Spaßprojekt, mit dem ich mich von meinen anderen Geschichten ablenken konnte, wenn ich mich festgeschrieben hatte. *Too Late* ist anders als meine anderen Romane – düsterer und krasser. Weil ich nie vorhatte, dieses Projekt zu veröffentlichen, schrieb ich einfach drauflos und konnte mir Themen vornehmen, an denen ich mich noch nie versucht hatte. Vielleicht liegt mir dieses Projekt gerade deshalb so am Herzen.

Erst als ich irgendwann davon erzählte und gefragt wurde, ob man den Text irgendwo lesen könne, habe ich die ersten Kapitel im Internet hochgeladen und dann nach und nach auch Fortsetzungen gepostet. Was als persönliche Schreibübung begann, entwickelte sich zu einer Geschichte, an der ich bald fast täglich weiterarbeitete. Wie im Rausch stellte ich immer neue Abschnitte ins Netz, wodurch *Too Late* im Gegensatz zu meinen anderen Romanen beinahe in Echtzeit gelesen werden konnte. Mir gab es einen Kick, jedes Mal so schnell Feedback zu bekommen, und die Fans der Geschichte freuten sich über den steten Nachschub.

Selbst nachdem ich irgendwann »ENDE« unter das – wie ich damals glaubte – letzte Kapitel getippt hatte, sprudelten die Ideen weiter. Also habe ich gleich mehrere Epiloge angehängt und zuletzt sogar gegen alle Regeln des Romanaufbaus verstoßen, indem ich auch noch einen Prolog verfasst und an den Schluss gesetzt habe.

Nachdem der Text einige Zeit im Netz stand, erreichten mich immer mehr Nachrichten mit dem Wunsch, *Too Late* auch als reguläres Buch lesen zu können, weshalb ich mich dazu entschloss, den Roman in der ursprünglichen Form zu veröffentlichen. Aufgrund seiner Entstehungsgeschichte gab es aber Dinge, die ich im Nachhinein gerne geändert hätte. Und weil dieses so besondere Projekt mich über die Jahre nicht losgelassen hat, habe ich mich nun entschieden, diese Änderungen in Angriff zu nehmen. Ich habe mich bemüht, die ursprünglichen Charaktere und die Geschichte zu erhalten, aber ich habe auch einige Szenen angepasst, andere gestrichen und sogar ein paar neue hinzugefügt, sodass die euch nun vorliegende Fassung zu meiner Lieblingsversion des Textes geworden ist – und hoffentlich auch zu eurer wird, falls ihr *Too Late* in der ursprünglichen Fassung gelesen habt.

Wenn ihr dieses Buch zum ersten Mal lest, hoffe ich, dass es euch gefällt, obwohl es so anders ist als alles, was ihr sonst von mir kennt. Für einige von euch wird es einfach eine unterhaltsame Lektüre sein, für andere ist der Inhalt vielleicht schwer zu verdauen. Dieses Buch beinhaltet derbe Sprache, grafische Sexszenen, Mord, sexuelle/sexualisierte Gewalt und Drogenkonsum. Leserinnen und Leser, die auf solche Themen sensibel reagieren, mögen dies bitte zur Kenntnis nehmen.

Danke, dass ihr ein Teil von jedem meiner Bücher seid! Ich wünsche euch viel Spaß beim Lesen.

Eure
Colleen Hoover

1

Sloan

Seine warmen Finger gleiten zwischen meine, drücken meine Hände tiefer in die Matratze. Der Schlafmangel dieser Woche macht meine Lider so schwer, dass ich sie nicht aufbekomme. Der Schlafmangel des ganzen Monats, um genau zu sein.

Ach was, des ganzen verdammten *Jahres*.

Ich versuche stöhnend die Beine zusammenzupressen, schaffe es aber nicht. Sein Gewicht spüre ich überall auf meinem Körper, auf meiner Brust, an meiner Wange, zwischen meinen Beinen. Es wird noch ein paar Sekunden dauern, bis sich mein Kopf aus dem Nebel des Schlafs befreit hat, doch ich bin wach genug, um zu begreifen, was er da tut.

»Asa«, murmle ich genervt. »Lass das.«

Er drängt sich immer wieder gegen mich, stöhnt in mein Ohr, seine Bartstoppeln kratzen über meine Wange. »Bin gleich fertig, Babe«, keucht er an meinem Nacken.

Als ich versuche, meine Hände zu befreien, verstärkt er seinen Griff, erinnert mich daran, dass ich nur eine Gefangene in meinem eigenen Bett bin und er mein Wärter ist. Asa ist schon immer mit der größten Selbstverständlichkeit davon ausgegangen, dass mein Körper ihm zur freien Verfügung steht. Dabei ist er nie gemein oder grob, er hat einfach nur ständig Lust auf Sex – was ich oft extrem lästig finde.

Wie zum Beispiel jetzt.

Um sechs Uhr morgens, verdammt.

Ich kann die Uhrzeit anhand des Sonnenlichts abschätzen, das durch den Schlitz unter der Tür dringt, und an der Tatsache, dass

Asa nach der Party gestern erst jetzt ins Bett kommt. Ich hingegen muss in weniger als zwei Stunden am College sein. Und das hier ist definitiv nicht die angenehmste Art, nach nur drei Stunden aus dem Schlaf gerissen zu werden.

Ich schlinge die Beine um seine Taille und hoffe, ihm damit vorzugaukeln, voll bei der Sache zu sein. Wenn ich auch nur halbherziges Interesse vortäusche, ist er meistens schneller fertig.

Er knetet meine rechte Brust, und ich stoße das erwartete Stöhnen aus, als ein Beben durch seinen Körper läuft. »*Fuck*«, ächzt er und vergräbt das Gesicht in meinem Haar, während er noch ein paarmal langsam vorstößt. Nach wenigen Sekunden bricht er auf mir zusammen und seufzt tief, bevor er mir einen Kuss auf die Wange drückt und sich auf seine Seite des Betts rollt. Er steht auf, zieht das Kondom ab und wirft es in den Mülleimer, dann greift er nach der Wasserflasche auf dem Nachttisch. Während er die Flasche an die Lippen setzt, wandert sein Blick über meinen entblößten Körper. Ein langsames Grinsen zieht über sein Gesicht. Selbstbewusst und nackt steht er neben dem Bett, trinkt den letzten Rest des Wassers.

Er ist attraktiv, keine Frage, aber er hat seine Fehler. Genau genommen ist sein Aussehen vermutlich das Einzige, an dem ich nichts auszusetzen habe. Er ist großspurig, aufbrausend, manchmal unausstehlich. Aber er liebt mich. Er liebt mich extrem. Und ich müsste lügen, würde ich behaupten, dass ich ihn nicht auch liebe. Wenn ich könnte, würde ich so einiges an ihm ändern, aber im Moment ist er alles, was ich habe, also akzeptiere ich ihn eben. Er hat mich aufgenommen, als ich sonst nirgendwo hinkonnte. Niemand anderen hatte, an den ich mich wenden konnte. Allein aus diesem Grund ertrage ich ihn.

Ich habe keine andere Wahl.

Er hebt die Hand, wischt sich über den Mund und wirft die

leere Flasche dann in den Mülleimer. Mit einer Hand fährt er sich durch das dichte braune Haar und zwinkert mir zu, bevor er sich aufs Bett fallen lässt und sich vorbeugt, um mir einen sanften Kuss auf die Lippen zu drücken. »Gute Nacht, Babe«, sagt er und rollt sich auf den Rücken.

»Du meinst wohl *Guten Morgen*«, erwidere ich, während ich mich mühsam aus dem Bett quäle. Ich ziehe mein T-Shirt runter, das bis zur Taille hochgerutscht ist, und suche mir eine Hose und ein frisches Oberteil. Dann gehe ich rüber ins Bad auf der anderen Seite des Flurs, erleichtert, dass es nicht von einem unserer zahlreichen Mitbewohner blockiert wird.

Als ich einen Blick auf die Uhr meines Handys werfe, verziehe ich das Gesicht. Mir bleibt nicht mal mehr genug Zeit, um mir unterwegs einen Kaffee zu besorgen. Der erste Kurs des Semesters, und ich plane jetzt schon, ihn zu nutzen, um etwas Schlaf aufzuholen. Kein guter Start.

So kann es nicht weitergehen. Asa geht so gut wie nie in seine Vorlesungen, besteht aber trotzdem immer mit nahezu perfekten Noten. Ich hingegen habe Mühe, den Kopf über Wasser zu halten, und das, obwohl ich letztes Semester keinen einzigen Tag verpasst habe. Na ja, zumindest nicht körperlich. Leider wohnen wir mit so vielen anderen zusammen, dass es hier im Hause nie einen ruhigen Moment gibt. Deswegen dämmere ich viel zu oft während meiner Collegekurse weg, denn das ist einfach die einzige Gelegenheit, mal etwas Ruhe und Frieden zu genießen. Die Partys scheinen kein Ende zu nehmen, zu jeder Tages- und Nachtzeit wird gefeiert, vollkommen egal, ob jemand am nächsten Tag früh rausmuss. In diesem Haus gibt es keinen Unterschied zwischen Wochentagen und Wochenenden, und die Bewohner wechseln ständig, Miete ist kein Thema.

Meistens weiß ich nicht mal, wer hier gerade alles lebt. Das

Haus gehört Asa, aber er umgibt sich gern mit Menschen und liebt seine Drehtür-Philosophie – hier kann jeder kommen und gehen, wie er will. Hätte ich das nötige Kleingeld, würde ich mir sofort eine eigene Wohnung besorgen. Aber das habe ich nicht. Was bedeutet, dass ich noch ein höllisches Jahr durchstehen muss, bevor ich endlich meinen Abschluss habe.

Noch ein Jahr, bis ich endlich frei bin.

Ich ziehe mir das Shirt über den Kopf, lasse es zu Boden fallen und öffne den Duschvorhang. Als ich gerade nach der Brause greifen will, entfährt mir ein gellender Schrei. In der Wanne liegt unser neuester Vollzeitmitbewohner Dalton, komplett bekleidet und bewusstlos.

Er schreckt auf und kracht mit der Stirn gegen den Wasserhahn über seinem Kopf, was ihn ebenfalls aufschreien lässt. Ich greife gerade nach meinen Shirt, als die Tür auffliegt und Asa hereinstürmt.

»Sloan, ist alles okay?«, fragt er panisch, dreht mich zu sich, um mich nach Verletzungen abzusuchen. Ich nicke benommen und deute auf Dalton, der immer noch in der Wanne hockt.

Dalton stöhnt. »Bei mir ist nicht alles okay.« Mit einer Hand an der frisch verwundeten Stirn versucht er, aus der Wanne zu klettern.

Asa sieht erst mich an, dann das Shirt, das ich mir vor den nackten Körper halte, und schließlich wieder Dalton. Ich fürchte schon, dass er ein falsches Bild bekommt, und will zu einer Erklärung ansetzen, da unterbricht er mich mit einem lauten, absolut unerwarteten Lachen.

»Hast du ihm die Beule verpasst?« Er deutet auf Daltons Stirn.

Ich schüttle den Kopf. »Er hat sich den Kopf gestoßen, als ich geschrien habe.«

Asa lacht noch lauter, streckt Dalton eine Hand entgegen und zieht ihn aus der Wanne. »Komm mit, Alter, du brauchst ein Bier.

Das beste Mittel gegen Kater.« Er schiebt Dalton aus dem Bad und schließt die Tür hinter sich.

Ich stehe da wie versteinert, das Shirt noch immer an meine Brust gedrückt. Das Traurige ist, dass das schon der dritte Vorfall dieser Art war. Jedes Mal ein anderer Idiot, der zugedröhnt in unserer Wanne schläft. In Gedanken mache ich mir eine Notiz, in Zukunft erst die Wanne zu checken, bevor ich mich ausziehe.

2

Carter

Ich fische den Stundenplan aus der Tasche und entfalte ihn, um nach der Raumnummer zu suchen. »Das ist so ein Schwachsinn«, sage ich ins Handy. »Mein Collegeabschluss ist drei Jahre her. Ich hab mich für diesen Scheiß doch nicht beworben, um jetzt wieder Hausaufgaben zu machen.«

Ryan lacht so laut, dass ich das Handy ein paar Zentimeter vom Ohr weghalten muss. »Oje, du Armer!«, höre ich ihn sagen. »Ich musste letzte Nacht in einer verdammten Badewanne schlafen. Find dich damit ab, Mann. Die Tarnung gehört zu deinem Job.«

»Du hast leicht reden. Du hast ja auch nur einen Kurs pro Woche. Mir hat Young gleich drei aufgenötigt. Warum hat er dich eigentlich so locker davonkommen lassen?«

»Vielleicht bin ich besser darin, ihm einen zu blasen«, erwidert Ryan.

Ich gleiche den Stundenplan mit der Raumnummer an der Tür ab. Bingo. »Ich muss auflegen. *La clase de español.*«

»Moment noch, Carter«, sagt Ryan plötzlich ernst. Er räuspert sich und setzt zweifellos zu seiner Motivationsansprache an, die ich mir fast täglich anhören muss, seit wir Partner sind.

Er muss mir meinen Job nicht erklären. Mir ist klar, dass ich die Aufgabe habe, den größten College-Drogenring aller Zeiten auszuheben. Der Rauschgiftkonsum am hiesigen College hat sich allein in den letzten drei Jahren verzehnfacht. Den Gerüchten zufolge ist ein Typ namens Asa dafür verantwortlich. Ryan und ich sind hier, um ihn und seine Komplizen zu überführen.

Natürlich nicht im Alleingang. Wir sind Teil eines größeren Teams, in dem jeder eine wichtige Rolle spielt. Meine besteht darin, mich als Student auszugeben. *Wieder einmal.* Immerhin hat das Department es noch geschafft, mich pünktlich zum Semesterbeginn in das System einzuschleusen.

»Geh's locker an, Mann. Wir brauchen nicht mehr lange … Du wirst höchstens noch zwei Monate hier sein. Setz dich neben einen heißen Arsch. Dann vergeht die Zeit wie im Flug.«

Ich schaue durch das Fenster in der Tür. Der Kurs ist gut besucht. Es sind nur noch drei Plätze frei. Mein Blick fällt auf ein Mädchen ganz hinten im Raum, das neben einem der unbesetzten Stühle sitzt. Ihre dunklen Haare fallen ihr vors Gesicht, ihr Kopf liegt auf den Armen. Sie schläft. Mit Schlafmützen komme ich klar. Es sind die Labertaschen, die ich nicht packe. »Sieh an. Und schon habe ich einen heißen Arsch gefunden, neben den ich mich setzen kann. Ich melde mich nach dem Mittagessen wieder bei dir.« Ich beende das Telefonat, stoße die Tür auf und erklimme die Stufen zum hinteren Teil des Raums. Oben angekommen, quetsche ich mich an dem Mädchen vorbei zu dem leeren Stuhl, lasse den Rucksack auf den Boden fallen und werfe das Handy auf den Tisch. Sie schreckt hoch, schaut sich hektisch im Raum um und dann auf das Notizbuch, das vor ihr liegt. Derweil ziehe ich den Stuhl unter dem Tisch hervor und setze mich neben sie. Ihr Blick zuckt zu meinem Handy und gleich darauf zu mir. Ihre Haare sind zerzaust, aus einem ihrer Mundwinkel rinnt ein glänzender Speichelfaden. Sie funkelt mich böse an, wahrscheinlich, weil ich sie aus dem Schlaf gerissen habe.

»War wohl eine lange Nacht«, sage ich und ziehe mein Spanischbuch aus dem Rucksack, dessen Inhalt ich mittlerweile vermutlich auswendig aufsagen könnte.

»Ist der Kurs vorbei?«, fragt sie und betrachtet mit zusammengekniffenen Augen das Buch, das ich vor mich auf den Tisch lege.

»Hängt davon ab.«

»Wovon?«

»Wie lange du bewusstlos warst«, erwidere ich. »Ich weiß nicht, für welchen Kurs du hier bist, aber gleich ist es zehn und der Spanischunterricht beginnt.«

Sie stützt die Ellbogen auf den Tisch und fährt sich stöhnend mit beiden Händen übers Gesicht. »Habe ich wirklich nur fünf Minuten geschlafen? Mehr nicht?« Sie lässt sich zurücksinken und legt den Kopf auf die Stuhllehne. »Weck mich, wenn's vorbei ist, okay?«

Anstelle einer Antwort tippe ich mir mit dem Finger aufs Kinn. »Du hast da was.«

Sie reibt sich über den Mund und inspiziert ihren Handrücken. Ich rechne damit, dass ihr der Spuckefaden peinlich ist, aber sie verdreht nur die Augen, hakt den Daumen unter den Ärmel ihres Shirts und wischt damit die kleine Pfütze auf dem Tisch weg. Anschließend lässt sie sich wieder zurücksinken und schließt die Augen.

Da ich schon mal auf dem College war, weiß ich, wie anstrengend es ist, nächtelang zu feiern, ohne sein Studium schleifen zu lassen. Doch dieses Mädchen wirkt extrem gestresst. Ich frage mich, ob sie neben dem Studium arbeiten muss oder einfach zu viel Party macht.

Ich greife in meinen Rucksack und hole den Energydrink heraus, den ich heute Morgen auf dem Herweg gekauft habe. Sie braucht ihn offenbar dringender als ich. »Da.« Ich stelle die Flasche vor ihr auf den Tisch. »Trink das.«

Sie hebt die Augenlider, ganz langsam, als würden sie jeweils eine halbe Tonne wiegen. Als sie die Flasche bemerkt, stürzt sie sich darauf, öffnet sie und schüttet den Inhalt gierig in sich hinein. Man könnte fast glauben, sie hätte seit Tagen nichts mehr getrunken.

Ich lache. »Gern geschehen.«

Sie leert die Flasche, stellt sie auf den Tisch zurück und reibt sich den Mund mit dem Ärmel trocken, mit dem sie gerade die Spucke weggewischt hat. Ich merke, dass mich ihr unordentliches Äußeres und ihre schlampige Art auf seltsame Weise antörnen.

»Danke«, sagt sie, streicht sich mit einer Mischung aus Gähnen und Lächeln die Haare aus den Augen und reckt die Arme nach hinten. Die Tür geht auf, und alle sehen zur Seite. Schätzungsweise hat gerade der Dozent den Raum betreten, aber ich kann den Blick nicht lange genug von ihr losreißen, um meine Vermutung zu bestätigen.

Sie kämmt sich mit den Fingern durch die dunklen, ein wenig feuchten Haare. Sie sind lang und dicht, wie ihre Wimpern, und verströmen einen blumigen Shampooduft, als sie sie über die Schultern wirft. Dann sieht sie nach vorne und schlägt ihr Notizbuch auf. Ich mache es ihr nach.

Der Dozent begrüßt uns auf Spanisch, was wir radebrechend erwidern. Während er uns erklärt, wie die Stunde ablaufen wird, leuchtet zwischen uns das Display meines Handys auf. Es ist eine Nachricht von Ryan.

Hat der heiße Arsch, neben dem du sitzt, auch einen Namen?

Ich drehe das Handy sofort um und hoffe, dass sie den Text nicht gelesen hat. Sie hält sich eine Hand vor den Mund, um ihr Grinsen zu verbergen.

Verdammt. Sie hat ihn gelesen.

»Von welchem heißen Arsch ist da die Rede?«, fragt sie.

»Es tut mir leid. Mein Kumpel … Er hält sich für witzig. Außerdem macht es ihm Spaß, mich in blöde Situationen zu bringen.«

Sie sieht mich mit erhobenen Augenbrauen von der Seite an. »Dann findest du also *nicht*, dass ich einen heißen Arsch habe?«

Zum ersten Mal habe ich Gelegenheit, sie eingehend zu betrachten. Okay, jetzt ist es offiziell: Das hier ist mein absoluter Lieblingskurs. Ich zucke mit den Schultern. »Bei allem nötigen Respekt, bislang kenne ich dich nur sitzend – deinen Arsch habe ich noch gar nicht gesehen.«

Sie lacht und reicht mir die Hand. »Sloan.«

Ich ergreife sie. Auf ihrem Daumen befindet sich eine kleine halbmondförmige Narbe. Ich fahre mit meinem Daumen darüber und drehe ihre Hand hin und her, um sie von allen Seiten zu betrachten. »Sloan«, wiederhole ich langsam, lasse mir den Namen auf der Zunge zergehen.

»Das ist normalerweise der Moment, in dem man mit seinem eigenen Namen antwortet«, sagt sie.

Ich hebe den Blick. Sie zieht die Hand zurück und sieht mich forschend an.

»Carter«, erwidere ich. Das ist mein Deckname. Es ist mir nicht leichtgefallen, Ryan während der letzten sechs Wochen als Dalton anzusprechen, aber mittlerweile habe ich mich daran gewöhnt. Mich selbst Carter zu nennen, fällt mir wesentlich schwerer. Ein paarmal habe ich mich schon verhaspelt und hätte fast meinen echten Namen ausgeplaudert.

»*Mucho gusto*«, erwidert sie mit nahezu perfektem Akzent und sieht wieder nach vorn.

Die Freude ist ganz meinerseits. Absolut.

Der Dozent trägt uns auf, die Person neben uns zu betrachten und auf Spanisch drei Fakten über sie zu formulieren. Da dies bereits mein vierter Spanischkurs ist, beschließe ich, Sloan den

Vortritt zu lassen, um sie nicht einzuschüchtern. Wir nehmen uns gegenseitig in den Blick und ich nicke ihr zu. »*Las damas primero*«, sage ich.

»Nein«, erwidert sie. »Wir wechseln uns ab. Du fängst an. Na los, sag mir was über mich.«

»Okay«, antworte ich und lache darüber, wie sie gerade die Kontrolle an sich gerissen hat. »*Eres mandona.*«

»Das ist kein Fakt, sondern Ansichtssache«, stellt sie fest. »Aber ich will mal nicht so sein.«

Ich sehe sie fragend an. »Hast du überhaupt verstanden, was ich gesagt habe?«

Sie nickt. »Wenn du mich als bossy bezeichnen wolltest, dann ja.« Sie kneift die Augen zusammen, kann aber ein Lächeln nicht verbergen. »Ich bin dran«, sagt sie. »*Tu compañera de clase es bella.*«

Ich lache. Hat sie sich gerade wirklich selbst ein Kompliment gemacht und erklärt, meine Sitznachbarin sei schön? Ich nicke nachdrücklich. »*Mi compañera de clase tiene razón.*«

Trotz ihres dunklen Teints kann ich sehen, dass sie errötet. »Wie alt bist du?«, will sie wissen.

»Das ist eine Frage, keine Tatsachenbeschreibung. Noch dazu in der falschen Sprache.«

»Ich muss dir erst diese Frage stellen, bevor ich zu den Fakten zurückkehre. Du siehst ein bisschen älter aus als die meisten Studenten im zweiten Jahr.«

»Für wie alt hältst du mich denn?«

»Dreiundzwanzig oder vierundzwanzig vielleicht?«, schätzt sie.

Sie liegt nicht weit daneben. Ich bin fünfundzwanzig, aber das werde ich ihr nicht sagen. »Zweiundzwanzig«, erwidere ich stattdessen.

»*Tienes veintidos años*«, verkündet sie.

»Du mogelst.«

»Wenn das eine Feststellung über mich sein soll, musst du es auf Spanisch sagen.«

»*Me estás engañando.*«

Ihren hochgezogenen Augenbrauen nach zu urteilen, hat sie nicht damit gerechnet, dass ich dazu in der Lage bin.

»Damit hast du drei«, erklärt sie.

»Dir fehlt noch eine.«

»*Eres un perro.*«

»Du hast mich gerade aus Versehen als Hund bezeichnet«, erwidere ich lachend.

Sie schüttelt den Kopf. »Das war kein Versehen.«

Ihr Handy vibriert. Sie zieht es aus der Tasche und liest die Nachricht. Da noch nicht alle Studenten mit ihrer Aufgabe fertig sind, lehne ich mich zurück und tue so, als würde auch ich mich mit meinem Handy beschäftigen. In Wahrheit beobachte ich jedoch aus dem Augenwinkel, wie sie eine Antwort tippt. Ihre Daumen fliegen über das Display. Sie ist süß. Wie schön, dass ich jetzt einen Grund habe, mich auf diesen Kurs zu freuen. Plötzlich finde ich es schade, dass er nur dreimal pro Woche stattfindet.

Bis zum Ende der Stunde sind es noch rund fünfzehn Minuten. Ich bemühe mich, sie nicht anzustarren. Seit sie mich als Hund bezeichnet hat, schweigt sie. Inzwischen kritzelt sie, ohne auf den Dozenten zu achten, etwas in ihr Notizbuch. Sie ist entweder extrem gelangweilt oder mit den Gedanken ganz woanders. Ich beuge mich vor und versuche zu sehen, was sie da schreibt. Ziemlich neugierig von mir, ich weiß, aber nachdem sie vorhin Ryans Nachricht gelesen hat, erscheint mir das nur fair.

Ihr Stift bewegt sich rasend schnell über die Seite, was an dem Energydrink liegen könnte, den sie vorhin auf ex getrunken hat. Ich lese mehrfach, was sie bislang zu Papier gebracht hat, kann den Sätzen aber beim besten Willen keinen Sinn abringen.

Züge und Busse haben meine Schuhe gemopst, und jetzt muss ich rohen Tintenfisch essen.

Ich lache über ihr skurriles Kauderwelsch.

Sie sieht mit einem verschmitzten Grinsen auf und klopft mit dem Stift auf ihr Notizbuch. »Mir wird schnell langweilig«, sagt sie. »Ich kann mich nicht gut konzentrieren.«

Ich dagegen kann mich normalerweise hervorragend konzentrieren, nur anscheinend nicht, wenn ich neben ihr sitze. »Manchmal gelingt mir das auch nicht so gut«, sage ich und deute auf ihr Notizbuch. »Was ist das? Eine Art Geheimcode?«

Sie legt mit einem Schulterzucken den Stift weg und schiebt mir das Buch zu. »Das ist nur ein Nonsens-Spiel, mit dem ich mir gelegentlich die Zeit vertreibe. Es geht darum, sich, ohne nachzudenken, so viel wirres Zeug wie möglich einfallen zu lassen. Derjenige, dessen Sätze am wenigsten Sinn ergeben, hat gewonnen.«

»Was meinst du mit *derjenige hat gewonnen?*«, frage ich verblüfft. »Du spielst doch allein.«

Ihr Lächeln verblasst. Sie sieht auf das Notizbuch hinunter und fährt sanft mit dem Finger über die Buchstaben. Während ich mich noch frage, ob ich was Falsches gesagt habe, hält sie mir bereits den Stift hin. Ihre düstere Stimmung scheint schon wieder verflogen zu sein.

»Probier's aus«, sagt sie. »Man kann echt süchtig danach werden.«

Ich nehme den Stift und lasse ihn über einer unbeschriebenen Stelle auf der Seite schweben. »Ich schreibe also einfach irgendwas, oder? Was immer ich gerade denke?«

»Nein«, erwidert sie. »Ganz im Gegenteil. Der Witz ist, dass du an gar nichts denkst und einfach drauflosschreibst.«

Ich drücke die Spitze des Stifts auf das Papier und tue genau das, was sie gesagt hat:

Ich habe eine Dose Mais in den Wäschekorb fallen lassen, jetzt weint meine Mutter Regenbogen.

Ich komme mir ein bisschen blöd vor, als ich den Stift wieder weglege.

Sie liest, was ich fabriziert habe, und verkneift sich ein Lachen. Dann schlägt sie die nächste Seite auf und schreibt:

Du bist ein Naturtalent.

Ich greife wieder nach dem Stift.

Vielen Dank. Einhornsaft hilft mir beim Atmen, wenn ich Discomusik höre.

Diesmal lacht sie laut auf und nimmt mir just in dem Augenblick den Stift aus der Hand, als der Dozent den Kurs beendet. Alle packen rasch ihre Bücher ein und eilen zur Tür.

Alle bis auf uns. Wir blicken beide lächelnd auf unser Geschreibsel und rühren uns nicht vom Fleck.

Schließlich klappt sie ihr Notizbuch zu, schiebt es langsam in ihren Rucksack und sieht mich an. »Bleib noch einen Moment sitzen«, sagt sie, während sie selbst aufsteht.

»Wieso?«

»Damit du mir hinterherschauen und beurteilen kannst, ob ich einen tollen Arsch habe oder nicht.« Sie zwinkert mir zu und dreht sich um.

Oh Mann. Ich tue genau das, was sie von mir verlangt hat, und glotze ihr auf den Arsch. Und was soll ich sagen: Er ist perfekt.

Wie auch der ganze Rest von ihr. Reglos sehe ich zu, wie sie die Stufen hinuntersteigt.

Wo zum Teufel ist bloß dieses Mädchen hergekommen? Und wo hat sie mein ganzes bisheriges Leben lang gesteckt? Fluchend mache ich mir klar, dass nicht mehr aus uns beiden werden kann. Lügen bilden kein gutes Fundament für Beziehungen. Schon gar nicht Lügen wie meine.

Kurz vor der Tür blickt sie zu mir zurück. Als ich ihr in die Augen sehe und den Daumen in die Höhe recke, tritt sie lachend in den Korridor hinaus.

Ich packe zusammen und versuche, sie mir sofort wieder aus dem Kopf zu schlagen. Heute Abend muss ich voll bei der Sache sein. Von meinem Einsatz hängt zu viel ab, als dass ich mich von einem schönen Hintern ablenken lassen darf – egal, wie perfekt er ist.

3

Sloan

Ich erledige meine Hausaufgaben in der Bibliothek, da ich weiß, dass ich mich nicht mehr konzentrieren kann, sobald ich einen Fuß in das Haus setze. Als ich damals bei Asa eingezogen bin, blieb mir nur noch eine Nacht, bevor ich von der Couch geflogen wäre, auf der ich zu der Zeit geschlafen habe … ganz zu schweigen von all den anderen finanziellen Schwierigkeiten, mit denen ich mich rumschlagen musste. Damals waren wir erst seit zwei Monaten zusammen, aber ich konnte nirgendwo anders hin.

Das ist jetzt gute zwei Jahre her.

Aufgrund seiner Autos und der Größe seines Hauses war mir natürlich klar, dass er Geld hat. Allerdings wusste ich nicht, ob er einfach nur aus einer reichen Familie stammt oder in etwas involviert ist, in das er nicht involviert sein sollte. Natürlich habe ich auf Ersteres gehofft, aber das mit der Hoffnung hat bei mir noch nie sonderlich gut funktioniert. In den ersten Monaten hat er die Tatsache, dass er Drogen verkauft, noch ziemlich gut vor mir verborgen und hat seinen teuren Lebensstil damit erklärt, dass er groß geerbt habe. Eine Zeit lang habe ich ihm geglaubt. Ich hatte keine andere Wahl, als ihm zu glauben.

Doch als immer mehr fremde Leute spätabends und nachts bei uns aufgetaucht sind, mit denen Asa nur hinter verschlossenen Türen geredet hat, ist die Wahrheit immer offensichtlicher geworden. Er hat versucht, sich zu rechtfertigen, hat geschworen, dass er nur »harmlose« Drogen verkauft, an Leute, die sie sowieso irgendwo bekommen würden. Aber ich wollte nichts damit zu tun haben, und als er sich geweigert hat, mit dem Dealen aufzuhören, bin ich gegangen.

Das Problem war nur, dass ich nirgendwo hinkonnte. Ich bin bei verschiedenen Freunden auf dem Sofa untergekommen, aber keiner von ihnen hatte genug Platz oder Geld, um mich langfristig zu unterstützen. Ich wäre lieber in ein Obdachlosenheim als zurück zu Asa gegangen, aber es war nicht mein Leben, um das ich mir Sorgen gemacht habe; es war das Leben meines kleinen Bruders.

Stephen hatte es nie leicht. Er ist mit jeder Menge Probleme auf die Welt gekommen, sowohl psychisch als auch körperlich. Der Staat hat die Kosten für seine Pflege übernommen, und er war endlich in einem guten Heim untergebracht, dem ich voll und ganz vertrauen konnte. Doch als diese staatliche Unterstützung eingestellt wurde, konnte ich das Risiko nicht eingehen, dass er zurück zu meiner Mutter geschickt wird. Ich musste alles tun, um sicherzustellen, dass ihm das erspart bleibt.

Meine Trennung von Asa war gerade mal zwei Wochen her, als die Finanzierung für Stephens Pflegeheim gestrichen wurde. Ich hatte keine Möglichkeit, Stephen bei mir aufzunehmen, und ohne den Platz im Heim, auf den wir so lange gewartet hatten, hätte er jeden Zugang zu der Pflege verloren, die er so dringend braucht. Asa war der Einzige, an den ich mich wenden konnte, weil er als Einziger bereit war, uns zu helfen. Wieder an seine Tür zu klopfen und ihn um Hilfe zu bitten war das Schwerste, was ich jemals tun musste. Mich erneut in seine Arme zu stürzen kam einer Aufgabe meiner Selbstachtung gleich. Er hat mich wieder bei sich einziehen lassen, allerdings nicht ohne Konsequenzen. Nachdem er nun wusste, wie sehr ich darauf angewiesen war, dass er die Gebühr für Stephens Pflege übernimmt, hat er aufgehört, seinen Lebensstil vor mir zu verbergen. Immer mehr Leute sind bei uns aufgetaucht, und die Geschäfte wurden offen geführt, nicht mehr hinter verschlossenen Türen.

Inzwischen herrscht hier ein so stetes Kommen und Gehen, dass es schwer ist, zu unterscheiden, wer hier tatsächlich wohnt, wer hier ab und zu schläft und wer ein vollkommen Fremder ist. Jede Nacht ist Party, und jede Party ist für mich ein Albtraum.

Mit jeder Woche, die vergeht, wird die Atmosphäre gefährlicher, und ich wünsche mir mehr denn je einen Ausweg. Letztes Jahr habe ich in Teilzeit in der Collegebibliothek gearbeitet, aber dieses Semester haben sie leider keine Stelle für mich. Ich stehe auf der Warteliste und habe mich auch auf andere Jobs beworben, versuche verzweifelt, mein Fluchtgeld aufzustocken. Müsste ich nur mich selbst versorgen, wäre das gar nicht so schwer, aber für Stephens Heimplatz brauche ich Geld, das ich nicht habe. Geld, das ich noch eine ganze Weile nicht haben werde.

In der Zwischenzeit muss ich wohl oder übel den Schein wahren und weiterhin so tun, als hätte ich Asa mein Leben zu verdanken, obwohl er derjenige ist, der es ruiniert. Was allerdings nicht heißen soll, dass ich ihn nicht liebe.

Ich liebe die Person, die er sein könnte, irgendwann, aber ich bin auch nicht naiv. Er hat mir schon oft versprochen, sein Geschäft zurückzufahren, um mit der Zeit ganz auszusteigen, aber mir ist klar, dass er das nicht tun wird. Ich habe versucht, ihn zur Vernunft zu bringen, aber wenn man so viel Macht besitzt und so viel Geld in der Tasche hat wie er, ist es schwer, das einfach aufzugeben. Er wird nie aufhören zu dealen. Er wird weitermachen, bis er im Gefängnis landet … oder tot ist. Und ich will keins von beidem miterleben.

Inzwischen versuche ich nicht einmal mehr, die Autos in der Einfahrt zu identifizieren. Jeden Tag ist ein neues dabei. Ich parke

Asas Wagen und schnappe mir meine Sachen, bevor ich ins Haus gehe, wo mich eine weitere höllische Nacht erwartet.

Als ich eintrete, ist es merkwürdig still im Haus. Ich schließe die Tür hinter mir, froh, dass alle draußen am Pool zu sein scheinen. Ich habe so gut wie nie Gelegenheit, allein zu sein, also nutze ich diese Chance sofort, setze meine Kopfhörer auf und fange an zu putzen. Ich weiß, das klingt nicht gerade nach Spaß, aber für mich ist es der einzige Weg, für kurze Zeit alldem hier zu entkommen.

Ganz abgesehen davon, ist das Haus wie immer ein absoluter Saustall.

Ich beginne im Wohnzimmer und sammle genug Bierflaschen ein, um einen Hundert-Liter-Müllsack zu füllen. Als ich schließlich die Küche erreiche und die Berge schmutzigen Geschirrs sehe, lächle ich sogar. Damit sollte ich mindestens eine Stunde rumbringen können. Ich staple die schmutzigen Teller links neben dem Spülbecken und lasse Wasser einlaufen, wiege mich dabei leicht zur Melodie, die aus meinen Kopfhörern dringt. Eine solche innere Ruhe habe ich seit den ersten zwei Monaten in diesem Haus nicht mehr empfunden. Damals, als es den *guten* Asa noch gab. Den Asa, der süße Dinge zu mir gesagt hat, mit mir ausgegangen ist und mich über alle und alles andere gestellt hat.

Ich erinnere mich an eine Zeit, in der wir ab und zu allein im Haus waren. In der er Essen bestellt hat und wir uns für einen Filmabend zusammen aufs Sofa gekuschelt haben.

Kaum fluten die Erinnerungen an den Asa, in den ich mich verliebt habe, meinen Kopf, spüre ich, wie er von hinten die Arme um mich schlingt. Im ersten Moment erschrecke ich. Doch dann rieche ich sein Rasierwasser, denselben Duft von Dior, den er auch bei unserem ersten Date getragen hat. Er beginnt, sich mit mir zur Musik zu bewegen, hält mich sanft in seinen Armen.

Ich lächle und lasse die Augen geschlossen, schmiege meine Hände in seine und lehne mich an seine Brust.

Er küsst mein Ohr, verflicht seine Finger mit meinen und dreht mich dann um, sodass ich ihm zugewandt bin. Als ich die Augen öffne, lächelt er mit einem wahrhaftig süßen Ausdruck auf mich herab. Diesen Blick habe ich so lange nicht mehr gesehen, dass sich mein Herz schmerzhaft zusammenzieht, mir bewusst macht, wie sehr ich ihn vermisst habe.

Vielleicht gibt er sich ja wirklich Mühe. Vielleicht ist auch er dieses Leben leid.

Er nimmt mein Gesicht zwischen seine Hände und küsst mich – ein langer, leidenschaftlicher Kuss. Ich hatte vergessen, dass er zu so etwas überhaupt in der Lage ist. In letzter Zeit küsst er mich nur noch, wenn er in unserem Bett auf mir liegt. Ich schlinge die Arme um seinen Hals und erwidere den Kuss. Ich küsse ihn verzweifelt. Ich küsse den alten Asa, und ich weiß nicht, wie viel Zeit mir mit ihm bleibt.

Er löst sich von mir und zieht mir die Kopfhörer von den Ohren.

»Da will wohl jemand da weitermachen, wo wir heute Morgen aufgehört haben, was?«

Ich küsse ihn wieder und nicke lächelnd. Das will ich. Wenn ich diesen Asa in meinem Bett habe, will ich das tatsächlich.

Er legt mir die Hände auf die Schultern und lacht. »Aber doch nicht vor unserem Gast, Sloan.«

Gast?

Ich schließe die Augen, habe Angst, mich umzudrehen, da mir nicht bewusst war, dass wir beobachtet werden.

»Hier ist jemand, den ich dir vorstellen will«, sagt er. Er dreht mich um, und ich öffne ein Auge, dann das andere, hoffe inständig, dass der Schock, der mich durchfährt, mir nicht ins Gesicht geschrieben steht. Die Arme vor der Brust verschränkt und mit einem harten Ausdruck in den Augen lehnt Carter am Türrahmen.

Der Typ, mit dem ich noch vor ein paar Stunden im Spanischkurs geflirtet habe.

Ich schnappe nach Luft, weil er wirklich der letzte Mensch ist, den ich hier erwartet hätte. Jetzt vor ihm zu stehen, ist plötzlich viel einschüchternder, als heute Morgen neben ihm zu sitzen. Er ist viel größer, als ich dachte, sogar größer als Asa – nur nicht so muskulös. Aber Asa geht ja auch jeden Tag ins Fitnessstudio, und der Größe seines Bizeps nach zu urteilen, experimentiert er wohl auch mit Steroiden. Carters Statur ist natürlicher, er hat dunklere Haut und dunkleres Haar – und in diesem Moment sehr dunkle, wütende Augen.

»Hey«, sagt Carter und lockert seine harte Miene mit einem Lächeln etwas auf, als er mir die Hand entgegenstreckt. Er lässt sich nicht anmerken, dass wir uns bereits kennen. Mir ist klar, dass er das tut, um mich zu schützen – oder vielleicht auch, um sich selbst zu schützen –, also schüttle ich seine Hand und stelle mich ihm zum zweiten Mal an diesem Tag vor.

»Ich bin Sloan«, sage ich mit bebender Stimme und hoffe, dass er meinen rasenden Puls nicht spüren kann. Ich befreie meine Hand schnell wieder aus seiner und weiche einen Schritt zurück. »Woher kennt ihr beide euch?« Ich bin mir nicht sicher, ob ich die Antwort wirklich hören will, aber die Frage sprudelt trotzdem aus mir hervor.

Asa legt einen Arm um meine Taille und dreht mich in die andere Richtung, weg von Carter. »Er ist mein neuer Geschäftspartner, und jetzt haben wir wichtige Dinge zu besprechen. Geh woanders putzen.« Er tätschelt mir den Po, will mich wegscheuchen wie einen Hund. Ich wirble herum und funkle ihn böse an, doch mein Blick ist nichts im Vergleich zu dem Hass, der in Carters Augen lodert, während er Asa beobachtet.

Normalerweise lege ich mich nicht mit Asa an, vor allem nicht vor anderen, aber in diesem Augenblick kann ich mich einfach nicht bremsen. Es macht mich so wütend, wie beiläufig er mir einen neuen Geschäftspartner vorstellt, obwohl er mir versprochen hat, mit dem Dealen aufzuhören. Ganz davon abgesehen kann ich auch nicht leugnen, wie es mich ankotzt, dass es ausgerechnet Carter ist. Ich bin wütend auf mich selbst, weil ich mit dem Bild, das ich mir heute Morgen von ihm gemacht habe, so völlig falschlag. Ich dachte, ich wäre besser darin, Menschen einzuschätzen, aber die Tatsache, dass er mit Asa zusammenarbeitet, zeigt mir, dass ich offensichtlich keine Ahnung habe. Er ist genau wie all die anderen, und eigentlich sollte ich inzwischen damit rechnen. Sosehr ich mich auch bemühe, diesem Sumpf zu entfliehen, den ich schon aus meinem Elternhaus kenne, ich lande einfach immer wieder darin, und ich komme mir so dumm vor. Meine Eltern waren drogenabhängig, und ich habe mir geschworen, diesen gefährlichen Lebensstil hinter mir zu lassen, sobald ich kann, ohne jemals zurückzusehen. Und doch bin ich jetzt hier, zwanzig Jahre alt, und führe ein Leben, das keinen Deut besser ist als das, in dem ich aufgewachsen bin. Wie ist es möglich, dass ich mich so sehr nach einem normalen Leben sehne, so hart dafür arbeite, und doch immer wieder mitten in dieser Scheiße lande? Es ist ein verdammter Fluch.

»Asa, du hast es mir versprochen.« Mit einer schwungvollen Geste deute ich in Carters Richtung. »Wenn du wirklich aufhören wolltest, würdest du keine neuen Leute anheuern … im Gegenteil.«

Es fühlt sich heuchlerisch an, ihn zu bitten, mit dem aufzuhören, was er tut. Denn auch wenn ich wünschte, er würde keine Drogen mehr verkaufen, lasse ich ihn jeden Monat mit ebendiesem schmutzigen Geld für Stephens Pflegeheim zahlen. Aber die Tatsache, dass das Geld nicht für mich ist, macht es leichter, das zu akzeptieren. Ich würde das schmutzigste Geld der Welt annehmen, wenn ich damit sicherstellen könnte, dass mein kleiner Bruder gut versorgt ist.

Asas Augen verdüstern sich und er macht einen Schritt auf mich zu. Sanft legt er die Hände an meine Arme und reibt daran hoch und runter. Doch als er sich vorbeugt, bis sein Mund direkt neben meinem Ohr ist, drückt er mit aller Kraft zu, sodass ich schmerzhaft das Gesicht verziehe.

»Blamier mich nicht«, flüstert er so leise, dass nur ich ihn hören kann. Er lockert seinen Griff und lässt die Hände runter zu meinen Ellbogen gleiten, bevor er mich gespielt liebevoll auf die Wange küsst. »Zieh dir dieses sexy rote Kleid an. Heute Abend wird gefeiert.«

Er tritt zurück und lässt mich los. Ich werfe einen Blick zu Carter hinüber, der immer noch in der Tür steht und Asa anstarrt, als wollte er ihm jeden Moment den Kopf abreißen. Plötzlich zuckt sein Blick zu mir, und eine Sekunde lang sieht es so aus, als würde seine Miene weicher, doch ich bleibe nicht lange genug, um sicher sein zu können. Ich drehe mich um und renne die Stufen zu unserem Schlafzimmer hinauf, knalle die Tür hinter mir zu und lasse mich aufs Bett fallen. Die Muskeln in meinem Arm pochen schmerzhaft, und ich versuche, das Gefühl wegzureiben. Das war das erste Mal, dass er mir wehgetan hat, während jemand dabei war, doch mein verletzter Stolz ist noch viel schmerzhafter. Ich hätte ihn niemals vor jemand anderem so infrage stellen sollen. Ich hätte es besser wissen müssen.

Morgen werde ich vermutlich blaue Flecken an den Armen haben, aber im Gegensatz zu den Narben, die meine Eltern auf meiner Haut hinterlassen haben, bleiben die Flecken wenigstens nicht für immer. Ich starre die sichelförmige Narbe an meinem Daumen an, erinnere mich daran, wie meine Mutter versucht hat, mich mit dem Zigarettenanzünder in ihrem Wagen zu verbrennen, als ich zwölf war. Ich habe keine Ahnung, wieso sie wütend auf mich war, und ich habe meine Hand weggezogen, als mir klar geworden ist, was sie vorhat, aber ich war nicht schnell genug. Jedes Mal, wenn ich diese Narbe sehe, erinnert sie mich an das Leben mit meiner Mutter.

Die blauen Flecken werden verblassen, aber wie lange dauert es noch, bis auch Asa permanentere Narben auf mir hinterlässt? Ich weiß, dass ich nicht verdient habe, was er mir gerade angetan hat. Niemand verdient so etwas. Und wenn ich nicht bald hier rauskomme, wird es immer schlimmer werden. Situationen wie diese wenden sich so gut wie nie zum Besseren. Am liebsten würde ich sofort alles, was ich besitze, in eine Tasche stopfen. Am liebsten würde ich verschwinden und niemals zurückkommen. Ich will weg. Ich will weg, ich will weg, ich will weg.

Aber ich kann noch nicht gehen. Denn die Folgen würden nicht nur mich treffen.

4

Carter

»Sorry, Kumpel«, sagt Asa und dreht sich wieder zu mir um. »Normalerweise zickt sie nicht so rum.«

Ich öffne die Hände, die ich zwischenzeitlich zu Fäusten geballt hatte, und versuche, mir meinen Ekel nicht anmerken zu lassen. Ich kenne diesen Typen erst seit drei Stunden und habe noch nie jemanden so sehr verabscheut wie ihn. »Kein Problem«, erwidere ich, während ich mich lässig an die Küchentheke setze, obwohl ich viel lieber nach oben rennen und nachsehen würde, ob es Sloan gut geht. Ryan hat mir nicht viel von Asas Freundin erzählt, sondern nur erwähnt, dass er eine hat. Er hätte mich zumindest vorwarnen können, dass wir den gleichen Kurs besuchen werden.

Sloan hätte ich als Letzte hier erwartet. Seit ich gesehen habe, wie Asa sie küsst und wie sie darauf reagiert, bereue ich es, diesen Auftrag angenommen zu haben. Dadurch ist diese Sache schlagartig deutlich komplizierter geworden.

»Wohnt sie bei dir?«, frage ich.

»Ja.« Asa reicht mir ein Bier aus dem Kühlschrank. Ich öffne die Flasche und trinke einen Schluck. »Und wenn du sie auch nur schief anschaust, schneide ich dir den Schwanz ab.«

Ich beäuge ihn, doch er tut, als wäre nichts gewesen. Asa schließt die Kühlschranktür und schlendert zum Hocker auf der anderen Seite der Theke. Dass er ihr dermaßen wehtut, wie gerade eben, und dann so tut, als läge ihm irgendetwas an ihr, verschlägt mir die Sprache. Es kostet mich große Mühe, ihm nicht die Bierflasche an den Schädel zu knallen.

Er öffnet seine Flasche und erhebt sie. »Auf gute Zusammenarbeit«, sagt er und stößt mit mir an.

»Auf gute Zusammenarbeit.« *Und darauf, dass Arschlöcher wie du bekommen, was sie verdienen.*

Genau zum richtigen Zeitpunkt tritt Ryan ein. Er nickt mir zu und sieht Asa an. »Hey, Mann. Jon will wissen, wie wir es mit dem Alkohol halten wollen. Ist geplant, dass jeder sein Zeug selbst mitbringt, oder wolltest du, dass wir für die Getränke sorgen? Wir haben nämlich rein gar nichts mehr.«

Asa knallt das Bier auf die Theke, schiebt den Hocker zurück und steht auf. »Ich habe dem Arsch gestern gesagt, dass er was einkaufen soll.«

Nachdem er aus dem Raum gestürmt ist, nickt Ryan zur Vordertür. Ich stehe auf und folge ihm nach draußen.

Im Vorgarten dreht er sich zu mir um und trinkt einen Schluck von seinem Bier. Wahrscheinlich tut er nur so. Ryan hasst Bier. »Wie ist es gelaufen? Glaubst du, dass du dabei bist?«

Ich zucke mit den Schultern. »Glaub schon. Er braucht unbedingt jemanden, der Spanisch versteht. Ich habe ihm gesagt, dass ich es gut, aber nicht fließend spreche.«

Ryan sieht mich mit offenem Mund an. »Einfach so? Mehr wollte er nicht wissen?« Er schüttelt ungläubig den Kopf. »Wahnsinn, was für eine Dumpfbacke. Die Neuen glauben immer, sie wären unverwundbar. So ein beschissener Großkotz.«

»Ja«, stimme ich ihm aus tiefstem Herzen zu.

»Ich habe dich vor diesem Job gewarnt, Luke. So leben zu müssen, geht einem an die Nieren. Bist du sicher, dass du bei diesem Einsatz dabei sein willst?«

Da ich weiß, wie nahe Ryan und die anderen dran sind, Asa festzunageln, kann ich jetzt auf keinen Fall einen Rückzieher machen. »Du hast mich gerade Luke genannt.«

»Scheiße.« Ryan kickt mit der Schuhspitze ins Gras. »Tut mir leid, Mann. Treffen wir uns trotzdem morgen? Nachdem du jetzt auch an Bord bist, will Young einen kompletten Bericht.«

»Dummerweise habe ich morgen einen Kurs am College«, erwidere ich, um ihm noch mal unter die Nase zu reiben, dass ich bei unserem Auftrag die Arschkarte gezogen habe. »Mittags habe ich aber frei.«

Ryan nickt und geht zum Haus zurück. »Hast du den heißen Arsch aus deinem Spanischkurs zur Party eingeladen?«

»Nein. Das hier ist nicht ihr Stil.« *Ganz zu schweigen davon, dass sie keine Einladung braucht, weil sie bis zum Hals in dieser Sache drinsteckt.*

Ryan nickt. Er weiß, dass ich nie irgendwen in dieses Leben hineinziehen würde. Er selbst hat damit kein Problem. Ich habe noch nie jemanden erlebt, der so sehr in seiner Tarnidentität aufgeht wie er. Ryan hat undercover schon echte Langzeitbeziehungen geführt und sich einmal sogar zum Schein verlobt. Und wenn der Job vorbei ist, macht er sich ratzfatz aus dem Staub. Ich dagegen kann nicht ausblenden, dass alle, die ich als Carter kennenlerne, echte Menschen sind. Es widerstrebt mir, andere unnötig in die Irre zu führen. Daher achte ich sorgfältig darauf, niemanden zu nahe an mich heranzulassen.

Ryan macht die Tür hinter sich zu und lässt mich allein im Garten zurück. Ich betrachte das Haus, in dem ich ab jetzt zwei Monate lang Dienst tun werde. Eigentlich bin ich nicht zur Polizei gegangen, um als verdeckter Ermittler zu arbeiten, aber offenbar habe ich ein Talent dafür. Bei diesem Einsatz jedoch habe ich ein echt mieses Gefühl … auch wenn ich erst seit ein paar Stunden mit von der Partie bin.

Während der nächsten Stunden führt Asa mich von einem Zimmer zum nächsten. Irgendwann verliere ich den Überblick, wie vielen Leuten ich bereits die Hand geschüttelt habe. Anfangs bemühe ich mich noch, mir jedes Gesicht zu merken und in welchem Verhältnis die jeweilige Person zu Asa steht. Als mir jemand mein viertes Bier in die Hand drückt, gebe ich den Versuch jedoch auf. Mir bleibt noch genug Zeit, um alle kennenzulernen. Da ich neu bin, muss ich im Moment vor allem darauf achten, mich nicht verdächtig zu machen.

Irgendwann mache ich mich kurz aus dem Staub, um nach einer Toilette zu suchen. Doch als ich eine entdecke, ist sie von dem Kerl, der mir als Jon vorgestellt wurde, und zwei blutjung aussehenden Mädchen besetzt. Ich mache die Tür schneller zu, als ich sie geöffnet habe, und gehe nach oben, wo ich schließlich ein Badezimmer finde, das nicht als Separee zweckentfremdet wird.

Ich bleibe mindestens zehn Minuten länger darin als nötig. Da ich schon mehr getrunken habe, als gut für mich ist, kippe ich mein Bier ins Waschbecken und fülle die Flasche mit Wasser auf. Während der nächsten Wochen muss ich komplett nüchtern bleiben.

Ich starre mich im Spiegel an und hoffe, dass ich diese Sache durchziehen kann. Da ich nicht aus der Gegend stamme, habe ich keine Angst, dass irgendwer mich erkennen könnte. Viel mehr Sorgen bereitet mir, dass ich nicht wie Ryan bin. Im Gegensatz zu ihm kann ich meine Tarnidentität nicht einfach an- und abschalten. Was ich hier erlebe, ist das, was ich vor mir sehen werde, wenn ich nachts die Augen schließe. Und was sich vorhin zwischen Sloan und Asa abgespielt hat, wird mir sicher den Schlaf rauben.

Ich weiche unter dem Wasserhahn einen Waschlappen ein und drücke ihn mir ins Gesicht, um nüchtern zu werden, bevor ich das Bad verlasse. Als ich ihn in den vollen Wäschekorb werfe, frage ich mich, ob Sloan das einzige Mädchen ist, das hier wohnt. Wahrscheinlich bleibt die Schmutzwäsche an ihr hängen. Und auch alle anderen Hausarbeiten.

Als Asa und ich heute Nachmittag in die Küche kamen, ist er kurz in der Tür stehen geblieben, um ihr beim Abspülen zuzusehen. Ich habe ihm über die Schulter geschaut und konnte es nicht fassen, das Mädchen aus dem Spanischkurs vor mir zu sehen … Noch mehr schockierte mich allerdings, wie schön sie aussah, als sie zu der Musik aus ihren Kopfhörern die Hüften wiegte. Während ich Asa dabei zusah, wie er sie beobachtete, ging mir der Song *Jessie's Girl* von Rick Springfield durch den Kopf. Ich wollte derjenige sein, der sie so betrachtet.

Als würde sie zu mir gehören.

Ich atme tief durch und öffne die Badezimmertür. Mein Blick wird sofort von der Gestalt angezogen, die mit dem Rücken zu mir auf der anderen Seite des Flurs steht. Offenbar hat sie die Tür gehört, denn sie wirbelt herum. Sie steht mir direkt gegenüber, und ich ertappe mich dabei, wie ich ihr rotes, hinreißend eng anliegendes Kleid anstarre. Das Oberteil, ein Hauch von Nichts mit dünnen Trägern, unter das kein BH passt, bringt ihre Brüste perfekt zur Geltung. Zu meinem Ärger bin ich Asa insgeheim dafür dankbar, dass er ihr gesagt hat, sie solle dieses Kleid anziehen.

Atmen nicht vergessen, Luke. Immer schön Luft holen.

Als ich es endlich schaffe, den Blick zu ihrem Gesicht zu heben, sehe ich, dass der Ausdruck darin nicht zu ihrem aufreizenden und selbstbewusst wirkenden Outfit passt. Anscheinend hat sie geweint.

»Ist alles okay?«, frage ich und gehe einen Schritt auf sie zu. Sie wirft einen ängstlichen Blick zur Treppe, nickt knapp und will sich auf den Weg nach unten machen. Ich ergreife ihre Hand und halte sie fest. »Warte, Sloan.«

Sie sieht mich an. Das Mädchen, das vor mir steht, ist nicht dasselbe, das ich am Vormittag im Spanischkurs kennengelernt habe. Sie wirkt verletzlich. Ängstlich. Gebrochen. Ich lasse ihre Hand los.

Sie macht ebenfalls einen Schritt auf mich zu, verschränkt die Arme vor der Brust und sieht zu Boden. »Weshalb bist du hier, Carter?«

Ich weiß nicht, was ich ihr darauf antworten soll. Ich will sie nicht anlügen, kann ihr aber auch nicht die Wahrheit sagen. Young wäre sicher nicht begeistert, wenn ich die Freundin des Typen, den ich aus dem Verkehr ziehen soll, in meine Pläne einweihen würde. »Weil ich eingeladen wurde«, erwidere ich schließlich.

Sie hebt den Blick. »Du weißt genau, was ich meine. Was hast du mit alldem hier zu tun?«

»Du bist mit dem Grund, warum ich hier bin, zusammen«, sage ich. »Es ist nur ein Job.«

Sie verdreht die Augen, als hätte sie diesen Spruch schon öfter gehört. Vermutlich von Asa. Nur dass es in meinem Fall tatsächlich stimmt. Was genau ich damit meine, kann sie natürlich nicht wissen.

Ich seufze und zucke mit den Schultern. »Man kann auf jeden Fall festhalten, dass wir beide vorhin im Spanischkurs ein paar Fakten unter den Teppich gekehrt haben.«

Sie lacht gequält. »Ja, drei waren nicht genug. Wahrscheinlich hätten es eher fünf sein müssen.«

»Stimmt«, sage ich. »In einer der fünf Tatsachen wäre wahrscheinlich ein Hinweis auf deinen Freund enthalten gewesen.«

Sie sieht mich verlegen an. »Es tut mir leid.«

»Was meinst du?«

»Wie ich mich heute im Kurs verhalten habe«, murmelt sie. »Dass ich mit dir geflirtet habe. Ein paar Dinge hätte ich besser nicht gesagt. Ich schwöre, dass ich nicht so bin. Ich hätte nie ...«

»Sloan«, unterbreche ich sie und hebe mit dem Zeigefinger ihr

Kinn an, obwohl ich ganz genau weiß, dass ich sie nicht berühren, sondern mich von ihr fernhalten sollte. »Mach dir darüber keine Gedanken. Das war doch alles ganz harmlos.«

Das Wort *harmlos* hängt wie eine Gewitterwolke über uns. Wir wissen beide, dass Asa alles andere als harmlos ist. Dass ich mit ihr im Kurs gesprochen habe und wir jetzt hier im Flur stehen ... Das sind genau die harmlosen Momente, aus denen mit der Zeit etwas Brandgefährliches entstehen kann. Asas Drohung von vorhin klingt mir noch immer deutlich in den Ohren. Dieses Mädchen ist für mich tabu. Daran hat er nicht den geringsten Zweifel gelassen. Und als Polizist sollte ich es ohnehin besser wissen. *Was mache ich bloß hier?*, denke ich und lasse die Hand sinken.

»Du verpasst die Party, Mann«, sagt jemand hinter mir. Sloan und ich zucken zusammen.

Ich fahre herum und sehe Ryan auf dem oberen Treppenabsatz stehen. Er sieht mich an, als würde er mich am liebsten verprügeln. Bei dem Mist, den ich fast gebaut hätte, wäre es ihm auch nicht zu verdenken.

»Ja.« Ich atme tief durch und drehe mich wieder zu Sloan um. »Wir unterhalten uns im Kurs weiter«, flüstere ich.

Sie nickt, offensichtlich erleichtert, dass nicht Asa, sondern Ryan uns hier oben erwischt hat. Da ist sie nicht die Einzige.

Anstatt nach unten zu gehen, kehrt sie in ihr Zimmer zurück. Wenn hier immer so ein Trubel ist, verstehe ich jetzt auch, warum sie heute Vormittag so müde war.

Sobald die Tür hinter ihr geschlossen ist, drehe ich mich zu Ryan um.

Er steht mit geblähten Nasenflügeln dicht vor mir. Jetzt habe ich keinen Zweifel mehr, dass er mich schlagen will. Er stößt mich gegen die Wand und drückt mir mit dem Unterarm die Luft ab. »Bau keinen Scheiß«, zischt er unmittelbar neben meinem Ohr. »Reiß dich zusammen.«

5

Asa

Ich warte, bis Jess sich die Nase abgewischt hat, dann beuge ich mich vor, halte mir ein Nasenloch zu und ziehe die zweite Line. Sobald ich das Brennen spüre, lehne ich mich gegen das Kopfende des Betts und genieße den Moment. »Du hast recht«, sage ich zu Jon, der in der Tür steht. »Das Zeug ist gut.«

Jess legt sich auf den Rücken und glotzt an die Decke. Sie ist Jons aktuelle Freundin, aber ich habe sie mir noch nie genauer angesehen. Sie ist süß. Nicht in Sloans Liga, aber süß genug, dass meine Jeans im Schritt spannt.

Ich gebe Jon ein Zeichen, das Tablett zu holen. Er kommt zum Bett und schnappt es sich. »Soll ich den Deal klarmachen?«, fragt er.

Während ich weiter seine Freundin anstarre, sage ich: »Ja. Mach das.« Jon greift nach Jess' Hand, aber ich stoppe ihn. »Geh allein. Ich leiste Jess so lange Gesellschaft.«

Jon sieht mich an, als sei er schwer von Begriff. Jess schaut zwischen uns hin und her.

»Geh und schließ den Deal ab«, wiederhole ich. »Sie wird schon noch hier sein, wenn du zurückkommst.«

Er schwirrt ab, knallt aber im Gehen die Tür zu. Ich springe aus dem Bett und schließe ab, während Jess auf der Matratze nach oben rutscht und mir einen besorgten Blick zuwirft. Vielleicht ist es auch nur die Vorfreude. Jedenfalls lächle ich sie nett an, denn sie soll ganz unbefangen sein. Ich setze mich wieder zu ihr, lehne mich zurück und lasse sie auf mich wirken.

»Zieh dein Kleid aus.«

Jess fixiert mich einen Moment, als könne sie sich nicht entscheiden, ob sie weglaufen oder sich auf mich setzen soll. Aber offenbar tut das Koks jetzt seine Wirkung, denn ihre Augen werden glasig und dunkel. Ich greife nach ihrer Hand und ziehe sie näher zu mir, bis sie schließlich über mich steigt und sich auf mich setzt.

Ich lasse eine Hand ihren Oberschenkel hinaufgleiten und unter ihrem Kleid verschwinden.

Dreißig Sekunden später liegt das Kleid neben meinem Hemd auf dem Boden. Sie sitzt rittlings auf mir, schiebt mir ihre Zunge fast in den Hals.

Die Kleine weiß, was sie tut. Das kann gut oder schlecht sein. Ich mag Mädchen, die ficken können, aber ich frage mich auch, wie viele Typen sie ficken mussten, um so gut zu werden. Ohne Eile nehme ich ein Kondom vom Nachttisch und reiche es ihr.

»Zieh's mir über«, befehle ich. Sie schaut mir in die Augen, während sie es aufreißt, dann führt sie ihre Hände zum obersten Knopf meiner Jeans. Ich packe ihre Handgelenke und schüttle den Kopf. »Mach's mit dem Mund.«

Sie grinst und senkt den Kopf, als ich Schritte höre.

Dann dreht sich der Knauf der Zimmertür erfolglos.

Fuck.

»Asa, mach die Tür auf!«, ruft Sloan von draußen.

»Scheiße!« Ich stoße Jess von mir runter, angle nach meiner Hose und schlüpfe hinein, während Jess zwischen der Tür und mir hin- und herschaut. Ich werfe ihr Kleid in Richtung Schrank und mache ihr ein Zeichen, sich zu verstecken.

Sie steht auf, schaut mich beleidigt an und schüttelt den Kopf.

Wenn sie glaubt, dass sie dieses Zimmer verlassen kann, solange Sloan auf der anderen Seite der Tür steht, irrt sie sich gewaltig. Entschlossen schiebe ich sie zum Schrank.

»Nur für ein paar Minuten«, flüstere ich. Ich versuche, nett zu klingen, aber es ist nichts Nettes an dieser Situation. Sie weiß das und zischt ärgerlich meinen Namen.

Wenn diese Schlampe hier einen Aufstand macht und Sloan etwas von ihrer Anwesenheit mitkriegt, wird sie mir alles verderben. Wut steigt in mir hoch. Ich lasse das nette Getue sein, beuge mich zu ihr runter und lege meine Hand um ihren Kiefer. »Wenn du noch einen Mucks machst, wirst du es bereuen, Süße.« Dann drücke ich ihren Kiefer zusammen, bis sich ihre Augen weiten und sie schließlich nickt, gerade als Sloan ein zweites Mal an die Tür klopft.

Als ich mir sicher bin, dass sie kapiert hat, setze ich ein falsches Lächeln auf. »Zwei Minuten, Jess«, flüstere ich, »und ich bin sie los.« Ich schließe die Schranktür hinter ihr, schnappe mir ein T-Shirt vom Boden und wische mir Jess' Geruch von Händen und Mund. Dann schlendere ich zur Schlafzimmertür und schließe auf.

»Es ist vier Uhr nachmittags, warum schläfst du noch?« Sloan schiebt sich an mir vorbei. Sie geht auf den Schrank zu, also packe ich sie an der Taille und ziehe sie aufs Bett. Sie seufzt widerwillig, als ich von oben auf sie herablächle und wortlos um Verzeihung bitte.

»Es tut mir leid«, sage ich. »Ich war den ganzen Tag am College. Ich bin müde.« Ehrlich gesagt kann ich mich nicht einmal daran erinnern, wann ich das letzte Mal in einem Kurs war, aber ich hoffe, dass diese Lüge sie nachgiebiger stimmt.

Es funktioniert.

Sie entspannt sich und schmiegt sich an meine Brust. »Du warst heute wirklich dort?« Ich nicke, streiche ihr eine Haarsträhne aus den Augen und schiebe sie ihr hinters Ohr. Dann drehe ich sie auf den Rücken und beuge mich über sie. Dabei springen mir die blauen Flecken an ihren Armen ins Auge und erinnern mich daran, dass ich mich nie für den Vorfall in der Küche entschuldigt habe. »Ja, ich war in ein paar Kursen«, lüge ich und fahre mit den Fingern über die Abdrücke, die ich auf ihrem Arm hinterlassen habe. »Ich meine es ernst, Sloan. Alles, was ich dir versprochen habe. Ich will mich bessern.« Vorsichtig küsse ich die Blutergüsse, jeden einzelnen. »Manchmal vergesse ich, wie zart deine Haut ist.«

Sie presst die Lippen zu einem schmalen Strich zusammen und schluckt. Ich sehe, dass sie versucht, nicht zu weinen. Das wird ein bisschen mehr Arbeit, als ich dachte. Sie ist immer noch sauer auf mich.

»Ich schwöre, ich werde mich bessern. Für uns beide, okay?« Ich lege meine Hände auf ihre Wangen und küsse sie ausgiebig. Mädchen mögen es, wenn ein Mann ihr Gesicht beim Küssen hält, als wäre das Küssen seine wahre Absicht.

Das ist Schwachsinn. Wenn es nach den Männern ginge, würden sich ihre Hände nie oberhalb der Brüste tummeln.

»Ich liebe dich«, wiederhole ich und lasse meine Hand zu ihrer Taille gleiten. Mein Schwanz schwillt in der Hose und wird viel härter, als Jons Hure im Schrank es je geschafft hat.

So viele Mädchen ich auch hatte, ich muss ehrlich sagen, dass mich Sloan mehr anmacht als alle anderen. Keine Ahnung, was mich an ihr so anzieht. Ihre Titten sind nicht sehr groß, und sie ist nicht mal besonders kurvig.

Wahrscheinlich ist es ihre Unschuld. Ich bin stolz darauf, dass ich der erste und einzige Mann bin, der sie je gefickt hat. Es gefällt mir zu wissen, dass ich der Einzige sein werde, der sie *jemals* ficken wird.

Ich schiebe meine Hand unter Sloans Shirt und ziehe die Spitze ihres BHs nach unten. »Lass es mich wiedergutmachen«, flüstere ich und presse meinen Mund auf den dünnen Stoff, der ihre Brustwarze bedeckt, nehme sie zwischen meine Lippen. Sie stöhnt und krümmt den Rücken, aber dann stemmt sie sich gegen meine Brust.

»Asa, ich komme gerade vom Sport. Ich bin ganz verschwitzt. Lass mich erst duschen.«

Sofort entlasse ich ihre Brustwarze aus meinem Mund, da sie anbietet, für eine Weile den Raum zu verlassen. Das gibt mir Gelegenheit, Wie-heißt-sie-gleich? loszuwerden. »Na gut, dann geh duschen. Wir gehen heute Abend aus.«

»Wirklich? Wie bei einem Date?«

»Nicht *wie* bei einem Date. Es *ist* ein Date.«

Sie lächelt, schiebt mich von sich und läuft zur Tür.

»Mach die Tür wieder zu, wenn du gehst«, sage ich.

»Warum?«

Ich greife nach der Beule in meiner Hose. »Ich muss beenden, was du angefangen hast.«

Sie kräuselt die Nase und verdreht die Augen, schließt dann aber die Tür hinter sich. Ich springe auf, schließe ab und drehe mich um, gerade als Jess aus meinem Schrank stürmt. Sie zeigt mit dem Finger auf mich und spuckt Gift und Galle. »Du krankes Arschloch!«

Schnell halte ich ihr den Mund zu, packe die Hand, die auf mich zeigt, und drehe ihr den Arm hinter den Rücken. Dann starre ich auf sie herab mit einer stummen Warnung, besser den Mund zu halten.

Als die Dusche auf der anderen Seite des Flurs aufgedreht wird, nehme ich langsam meine Hand von Jess' Mund. Ihre Augen sind rot. Sie sieht verängstigt aus, und das ist gut so. Die Angst wird sie davon abhalten, mich bei Sloan zu verpetzen. Ich nehme ihr das Kleid aus der Hand und streife es ihr über den Kopf.

»Zieh dich an und verschwinde«, sage ich. »Sloan und ich haben heute Abend ein Date.«

6

Sloan

Vor dem Kurs schlüpfe ich kurz in den Waschraum, um einen Blick auf meine Frisur und mein Make-up zu werfen. Bisher war es mir immer egal, ob ich aussehe, als wäre ich gerade erst aus dem Bett gefallen, aber die Tatsache, dass Carter die nächste Stunde lang nur wenige Zentimeter von mir entfernt sitzen wird, macht mich unruhig.

Das Licht der Leuchtstoffröhren ist gnadenlos. Die Schatten unter meinen Augen erzählen ihre eigene Version der gestrigen Nacht. Der Blick in den Spiegel zeigt mir ein Mädchen, das viel zu lange aufgeblieben ist, weil es sich Sorgen um den Typen gemacht hat, der ihm ein Date versprochen hat und dann nie aufgetaucht ist.

Asa ist gestern mit seinem Freund Jon verschwunden, während ich mich geduscht und hübsch gemacht habe, um das erste Mal seit über fünf Monaten auszugehen. Auch ohne Asa war das Haus voller Leute. Ich habe mir Sorgen gemacht und bin wach geblieben, bis ich die Augen nicht mehr offen halten konnte. Als er endlich ins Bett und sofort auf mich gekrochen ist, war ich so wütend, dass ich angefangen habe zu weinen.

Er hat es nicht mal bemerkt.

Ich habe die ganze Zeit geweint, während er auf mir war, mich gevögelt hat, als wäre es ihm vollkommen egal, *wer* unter ihm liegt, solange er einfach *irgendjemanden* unter sich hat. Als er fertig war, hat er sich von mir runtergerollt und ist ohne ein einziges Wort eingeschlafen. Keine Entschuldigung. Kein Danke. Kein *Ich liebe dich.* Er hat sich einfach nur umgedreht und ist eingeschlafen, ohne die Spur eines schlechten Gewissens. Ich habe mich auf die Seite gedreht und weiter geweint.

Ich habe geweint, weil ich zulasse, dass er mich so behandelt. Ich habe geweint, weil ich das Gefühl habe, keine andere Wahl zu haben. Ich habe geweint, weil ich immer noch bei ihm bin, obwohl er sich zu diesem schrecklichen Menschen entwickelt hat. Ich habe geweint, weil es für mich keinen Ausweg gibt, ganz egal, wie sehr ich verschwinden möchte. Ich habe geweint, weil ich trotz allem krank vor Sorge war, als Asa nicht nach Hause gekommen ist. Ich habe geweint, weil mir klar geworden ist, dass ein Teil von mir immer noch Gefühle für ihn hat, trotz allem, was er getan hat ... Weil ich einfach nicht weiß, wie ich das abschalten kann.

Ich wende mich von meinem Spiegelbild ab und gehe in den Kurs, will mich nicht mehr sehen. Ich schäme mich für die Person, zu der ich geworden bin.

Carter sitzt schon an unserem Tisch, als ich den Raum betrete. Im Augenwinkel sehe ich, wie er mich beobachtet, weigere mich aber, ihn anzusehen.

Nach der letzten Spanischstunde, die ich mit ihm verbracht habe, kann ich mit ziemlicher Sicherheit sagen, dass ich eine kleine Schwärmerei für ihn entwickelt habe. Der Gedanke, an drei Tagen pro Woche Zeit mit ihm verbringen zu können, hat mich regelrecht euphorisch gemacht, etwas, das mir inzwischen richtig fremd geworden ist. Doch die Tatsache, dass er Asas neuer Mitarbeiter ist, hat sämtliche Fantasien im Keim erstickt. Natürlich hatte ich nie vor, etwas mit Carter anzufangen. Wie könnte ich auch? Ich habe keine Möglichkeit, aus der Beziehung mit Asa zu entkommen, und Fremdgehen ist nicht mein Ding. Ich habe mich nur auf eine kleine Schwärmerei gefreut. Hatte Spaß daran, ein bisschen zu flirten. Mich begehrenswert zu fühlen.

Doch nachdem ich nun weiß, dass Carter Asa ähnlicher ist, als ich vermutet habe, will ich nichts mehr mit ihm zu tun haben. Die Tatsache, dass er jetzt zu den Stammgästen in Asas Haus zählt, macht ihn nur noch mehr zu einem Tabu für mich. Sollte Asa jemals Wind davon bekommen, dass ein anderer Typ mit mir spricht, wäre dieser Typ tot. Und ich würde gern behaupten, dass das nicht wörtlich gemeint ist, doch leider ist es das. Da er keinerlei Gewissen zu haben scheint, bin ich absolut überzeugt davon, dass Asa zu einem Mord fähig wäre.

Und genau aus diesem Grund werde ich Carter nicht in Gefahr bringen. Ich rufe mir immer wieder in Erinnerung, dass Carter nur ein weiterer Asa ist, in anderen Klamotten. Er ist das Risiko nicht wert. Ich betrachte diese Situation mit Carter als genau das, was sie ist: eine weitere Hürde auf dem Weg in meine Freiheit.

Ich sehe mich nach einem freien Platz um, der nicht in seiner Nähe ist. Allerdings habe ich wohl zu viel Zeit im Waschraum verbracht, denn es sind schon fast alle Sitze belegt. Abgesehen von dem Platz neben Carter gibt es nur noch zwei freie Plätze in der vorletzten Reihe, doch die befinden sich direkt vor seinem Tisch. Ich meide seinen Blick und steuere mit gesenktem Kopf die leeren Plätze an. Keine Ahnung, ob ich überzeugend so tun kann, als hätte ich ihn nicht gesehen, aber ich werde es zumindest versuchen.

Ich setze mich, hole meine Bücher aus der Tasche und lege sie vor mich auf den Tisch.

Als in der Reihe hinter mir plötzlich Unruhe ausbricht, kann ich nicht anders, als mich umzudrehen. Carter klettert mit seinem Rucksack in der Hand über den Tisch hinter mir. Er hüpft von der Tischplatte, zieht den Stuhl neben mir raus und lässt sich darauf fallen.

»Was war das denn?«, fragt er und dreht sich auf seinem Stuhl, sodass er mir zugewandt ist.

»Was war was?«, frage ich und schlage das Buch dort auf, wo wir am Montag stehen geblieben sind.

Ich spüre, wie er mich anstarrt, doch er sagt nichts. Ich tue weiter so, als würde ich lesen, während er mich weiter schweigend anstarrt, bis ich es schließlich nicht mehr aushalte.

»*Was?*«, frage ich gereizt. »Was willst du?«

Er sagt immer noch nichts. Ich klatsche das Buch zu und wende mich mit dem ganzen Körper zu ihm. Die Tatsache, dass unsere Knie dabei aneinandergepresst werden, entgeht keinem von uns. Er senkt den Blick auf unsere Beine, und ich kann den Ansatz eines Lächelns über seine Lippen huschen sehen.

»Na ja«, sagt er, »ich fand es letztes Mal irgendwie ganz schön, neben dir zu sitzen, deswegen dachte ich, wir wiederholen das. Aber wenn du nicht willst ...«

Er fängt an, seine Bücher zusammenzupacken, und ein großer Teil von mir will sie ihm sofort wieder aus den Händen reißen und ihn zwingen hierzubleiben, bei mir. Doch ein noch größerer Teil ist erleichtert, dass er den Wink mit dem Zaunpfahl verstanden hat.

Er stopft seinen Block in den Rucksack, und ich schweige. Wenn ich jetzt den Mund aufmache, wird sicher nur eine erbärmliche Bitte herauskommen, dass er bleiben soll.

»Das ist mein Platz«, erklingt eine leise, monotone Stimme.

Carter und ich sehen auf. Vor uns steht ein Typ, der Carter mit ausdrucksloser Miene anstarrt.

»Ich geh ja schon, Alter«, sagt Carter und zieht seinen Rucksack auf den Tisch.

»Du hättest dich gar nicht erst hier hinsetzen sollen«, sagt der Typ. »Das ist *mein* Platz.« Er dreht sich zu mir und streckt den Arm aus, zeigt auf mich. »Und das ist auch nicht dein Platz.

Am Montag saß da ein anderes Mädchen, also kannst du da nicht sitzen.«

Inzwischen sieht der Typ richtig aufgewühlt aus. Es scheint ihn völlig aus dem Konzept zu bringen, dass wir heute woanders sitzen. Er tut mir leid, da ich sein Verhalten von einem meiner Brüder wiedererkenne. Ich will ihm gerade sagen, dass wir uns umsetzen – dass er seinen Platz zurückhaben kann –, doch Carters Wut kommt mir zuvor. Er steht auf.

»Nimm deinen Finger aus ihrem Gesicht«, fährt er den Typen an.

»Gib mir meinen Platz zurück«, erwidert der Typ, wendet sich dabei wieder Carter zu.

Lachend lässt Carter seinen Rucksack zu Boden fallen. »Alter«, sagt er, »wo sind wir hier? Im Kindergarten? Such dir deinen eigenen Platz.«

Der Typ lässt seinen Arm sinken und starrt Carter schockiert an. Er will etwas erwidern, klappt den Mund aber wieder zu und geht ergeben nach hinten in die letzte Reihe. »Das ist *mein* Platz«, murmelt er im Weggehen noch.

Carter zieht seinen Block wieder aus dem Rucksack und legt ihn vor sich auf den Tisch. »Tja, wie's aussieht, wirst du mich nicht mehr los«, sagt er. »Jetzt setze ich mich bestimmt nicht noch mal um.«

Ich schüttle den Kopf und beuge mich zu ihm. »Carter«, flüstere ich, »mach mal halblang. Ich glaube, er hat eine Autismus-Spektrum-Störung, er kann nichts dafür.«

Carter reißt den Kopf zu mir herum. »Was? Ist das dein Ernst?«

Ich nicke. »Mein Bruder war autistisch. Ich erkenne die Anzeichen.«

Er fährt sich mit der Hand übers Gesicht. »Scheiße«, stöhnt er. Schnell steht er auf und greift dabei nach meiner Hand. Ich folge seinem Beispiel.

»Pack deine Sachen«, sagt er mit einem Nicken zu den Büchern und meiner Tasche. Er dreht sich um und wirft seinen Rucksack auf den Tisch hinter uns, greift dann nach meinem und tut damit dasselbe. Er sieht den Typen an und deutet auf die beiden Plätze, auf denen wir eben noch saßen. »Sorry, Alter. Ich wusste nicht, dass das deine Plätze sind. Wir setzen uns woandershin.«

Der Typ kommt schnell zurück in unsere Reihe und setzt sich auf seinen Platz, bevor Carter es sich anders überlegen kann. Obwohl mir klar ist, dass inzwischen vermutlich der ganze Kurs mitverfolgt, was hier passiert, muss ich einfach lächeln. Ich finde es richtig toll, dass Carter das getan hat.

Wir gehen beide zu den Plätzen, auf denen wir am Montag saßen, und packen unsere Bücher aus.

Schon wieder.

»Danke«, sage ich.

Er antwortet nicht. Er wirft mir nur ein kleines Lächeln zu, bevor er sich in sein Handy vertieft, bis der Kurs beginnt.

Danach wird die Atmosphäre zwischen uns etwas angespannt. Carter versteht mein Verhalten nicht. Das weiß ich, weil es schwarz auf weiß auf dem Zettel steht, den er mir gerade zugeschoben hat.

Wieso wolltest du nicht neben mir sitzen?

Die Schlichtheit seiner Frage bringt mich zum Lachen. Ich greife nach meinem Stift und schreibe eine Antwort.

Alter. Wo sind wir hier? Im Kindergarten?

Als er meine Antwort liest, könnte ich schwören, dass er kurz die Mundwinkel runterzieht. Ich wollte witzig sein, aber anscheinend ist das nicht so rübergekommen. Er schreibt etwas und schiebt die Nachricht dann zurück zu mir.

Ich meine es ernst, Sloan. Habe ich gestern irgendeine Grenze überschritten? Falls ja, tut es mir leid. Ich weiß, dass du mit Asa zusammen bist, und das respektiere ich. Ich mag dich einfach und sitze gern neben dir. Spanisch langweilt mich zu Tode, aber wenn ich neben dir sitze, ist der Drang, mir die Augen auszukratzen, wenigstens nicht ganz so schlimm.

Ich starre seine Nachricht viel länger an, als es dauert, sie zu lesen. Für einen Mann hat er eine beeindruckend schöne Handschrift und ein noch viel beeindruckenderes Talent dafür, mein Herz zum Rasen zu bringen.

Er mag mich.

Es ist ein so simples Kompliment und trifft mich doch mehr, als mir lieb ist. Ich habe keine Ahnung, was ich darauf erwidern soll, also setze ich meinen Stift aufs Papier und schreibe, ohne zu denken.

Einwohner von Wyoming existieren nicht wirklich, und ich weiß nie, was ich anziehen soll, wenn ich Pinguine kaufen gehe.

Ich schiebe ihm den Zettel zu, und als er laut auflacht, lege ich mir schnell eine Hand über den Mund, um mein Lächeln zu verbergen. Ich liebe es, dass er meinen Humor versteht, und hasse es gleichzeitig. Denn für jede Sekunde, die ich mit ihm verbringe, wünsche ich mir zwei mehr.

Er schiebt den Zettel wieder zu mir.

Moskitos flüstern süße Nichtigkeiten in mein Fass voller Affen, die zu lange gebraucht haben, mir die bestellte Pizza zu bringen.

Ich lache, und dann zieht sich mein Magen zusammen. Das Wort Pizza erinnert mich daran, wie hungrig ich bin. Gestern Abend war ich zu aufgewühlt, um etwas zu essen, deswegen ist meine letzte Mahlzeit jetzt schon über vierundzwanzig Stunden her.

Pizza klingt gut.

Ich lege den Stift weg, schiebe die Nachricht aber nicht zu ihm rüber. Ich weiß selbst nicht, wieso ich einen tatsächlichen Gedanken aufgeschrieben habe.

»Stimmt«, sagt er laut.

Ich hebe den Blick, und das Lächeln, mit dem er mich ansieht, tut regelrecht weh. Er ist alles, was ich will, und alles, was ich gerade nicht gebrauchen kann, und das tut richtig *körperlich* weh.

»Wenn du magst«, flüstert er, »gehen wir nach dem Kurs zusammen Pizza essen.«

Die Worte kommen so schnell aus seinem Mund, als wüsste er, dass er sie nicht aussprechen, geschweige denn umsetzen sollte.

Aber ich nicke.

Ich nicke, verdammt.

7

Carter

Nach dem Kurs geht sie neben mir zum Parkplatz. An der Art, wie sie die Finger in ihren Rucksack krallt und sich immer wieder umsieht, erkenne ich, dass sie drauf und dran ist, mir doch noch einen Korb zu geben. Als sie auf dem Gehweg stehen bleibt und sich zu mir umdreht, lasse ich sie daher gar nicht erst zu Wort kommen.

»Es ist Mittagszeit, Sloan. Du musst was essen. Wir gehen zusammen in eine Pizzeria. Mach nicht mehr daraus, als es ist, okay?«

Sie reißt die Augen auf. Anscheinend schockiert es sie, dass ich genau weiß, was sie gedacht hat. Sie presst die Lippen aufeinander und nickt.

Seufzend zuckt sie mit den Schultern. »Es ist nur ein Mittagessen«, versucht sie, sich selbst zu überzeugen. »*Ich* esse zu Mittag. *Du* isst zu Mittag. Was ist schon dabei, wenn wir es gleichzeitig tun? Im selben Restaurant?«

»Ganz genau«, erwidere ich.

Wir setzen beide ein Lächeln auf, doch ihr Blick ist ängstlich und auch ich bin nervös.

Wir wissen sehr gut, dass wir damit eine Grenze überschreiten.

Als wir bei meinem Auto ankommen, steuere ich zunächst unwillkürlich die Beifahrertür an, um sie ihr aufzumachen, besinne mich dann jedoch eines Besseren und gehe stattdessen direkt zur Fahrerseite. Je weniger ich mich wie bei einem Date benehme, desto weniger wird es sich wie eines anfühlen. Ich will sie wegen unseres »harmlosen Mittagessens« nicht noch nervöser machen, als sie ohnehin schon ist. In Wahrheit bin ich hibbelig genug für uns beide. Ich weiß nicht, was in mich gefahren ist, aber wenn ich mit ihr zusammen bin, denke ich permanent darüber nach, wie ich möglichst viel zusätzliche Zeit mit ihr rausschinden kann.

Nachdem wir beide unsere Türen geschlossen haben, lasse ich den Motor an und parke aus. Dass ich mit ihr allein vom Campus wegfahre, fühlt sich an, als würde ich eine Runde Russisch Roulette spielen. Mein Puls rast, und mein Mund ist staubtrocken. Falls mich irgendwer mit ihr sieht, kann ich meine Karriere ziemlich sicher begraben. Und was geschehen würde, wenn Asa etwas von unserem kleinen Ausflug mitbekäme, will ich mir gar nicht erst ausmalen.

Ich streiche ihn aus meinen Gedanken und sehe zu Sloan hinüber. Da dies womöglich mein letzter Tag auf Erden ist, beschließe ich, mich voll und ganz auf sie zu konzentrieren und ihn mit allen Sinnen zu genießen.

»Ich muss dir etwas gestehen«, sagt sie und schaut mich verlegen an.

»Was denn?«

Sie schließt den Sicherheitsgurt und verschränkt die Hände im Schoß. »Ich habe kein Geld dabei.«

Ich würde gerne darüber lachen, aber ehrlich gesagt macht es mich traurig. »Ich lade dich ein«, sage ich. Das hätte ich ohnehin getan. »Aber was hättest du heute gegessen, wenn ich dich nicht mitgenommen hätte?«

Sie zuckt mit den Schultern. »Normalerweise esse ich mittags nichts. Mittagessen kostet Geld, und ich muss sparen.«

Sie schaut aus dem Fenster. Offensichtlich will sie mir nicht erzählen, worauf sie spart, und ich werde sie auch nicht dazu drängen, aber ich möchte unbedingt erfahren, warum sie kein

Geld fürs Essen hat. »Warum fragst du nicht Asa? Er hat auf jeden Fall genug Kohle. Wenn er wüsste, dass du nicht zu Mittag isst, würde er dir sicher was geben.«

Sie schüttelt den Kopf. »Ich will von seinem schmutzigen Geld nichts haben. Lieber verhungere ich.«

Um sie nicht darauf zu stoßen, dass ich – soweit sie weiß – für Asa arbeite und demzufolge unser Mittagessen von demselben schmutzigen Geld bezahlen werde, wechsle ich rasch das Thema: »Erzähl mir von deinem Bruder.«

»Von meinem Bruder?«, fragt sie, während ich der Beschilderung zum Freeway folge. »Welchen meinst du?«

»Den mit Autismus. Ich weiß nicht viel darüber. In Sacramento kannte ich einen Jungen, der daran litt. Ich wusste nicht, dass man davon geheilt werden kann, aber du hast gesagt, dein Bruder *war* autistisch ...«

Sie senkt den Blick und ringt die Hände. »Es gibt keine Heilung«, erwidert sie leise.

Warum hat sie dann in der Vergangenheitsform davon gesprochen? Oh ... Von *ihm* hat sie in der Vergangenheitsform gesprochen. *Ich bin so ein unsensibler Idiot.* Wieso habe ich bloß damit angefangen?

»Es tut mir leid.« Ich greife nach ihrer Hand und drücke sie kurz. »Wirklich.«

Sie räuspert sich und entzieht sich mir. »Schon gut. Das ist lange her. Autismus war leider nicht sein einziges Problem.«

In etwas gedämpfter Stimmung treffen wir vor der Pizzeria ein. Ich fahre in eine Parklücke und stelle den Motor ab. Keiner von uns beiden macht Anstalten auszusteigen. Ich glaube, sie erwartet, dass ich als Erster die Tür aufmache, aber ich will das Gesagte nicht einfach so stehen lassen. »Ich habe mich gerade offiziell als die größte Spaßbremse des Universums geoutet«, sage ich. »Fällt dir vielleicht etwas ein, was dich wieder aufheitern könnte?«

Sloan grinst mich breit an. »Wir könnten das Schreibspiel auf ein neues Level heben«, antwortet sie. »Das ist bestimmt lustig. Wir könnten uns während des Mittagessens wieder sinnlose Sätze ausdenken, nur dass wir sie diesmal nicht aufschreiben, sondern sagen.«

Ich nicke und deute zum Eingang der Pizzeria. »Nach dir. Walrossstoßzähne vernebeln meine Sicht wie Schokoladenpudding.«

Sie lacht und macht die Tür auf. »Einbeinige Tigerhaie bekommen dir besser als Gemüse.«

8

Asa

»Jon!«

Ich umklammere mein Handy so fest, dass es mich nicht wundern würde, wenn es gleich in meiner Hand zerbricht. Um wieder runterzukommen, versuche ich, langsam durch die Nase ein- und durch den Mund auszuatmen. Ich versuche, ihr einen Vertrauensvorschuss zu geben, bevor ich völlig ausflippe.

»Jon!«

Endlich höre ich seine Schritte die Treppe herauftrampeln. Meine Tür geht auf und er spaziert ins Zimmer. »Was zum Teufel ist los? Ich war scheißen.«

Ich schaue auf den GPS-Tracker auf meinem Handy. »1262 Ricker Road, was ist da?«

Er sieht an die Decke und trommelt mit den Fingern gegen den Türrahmen. »Ricker Road«, wiederholt er nachdenklich. »Hauptsächlich Restaurants, glaub ich.« Er zückt sein Handy und tippt die Adresse ein. »Warum? Haben wir eine Lieferung?«

»Nein. Sloan ist in der Ricker Road.«

Jon neigt den Kopf zu Seite. »Ist dein Auto kaputt? Soll ich sie abholen?«

Ich verdrehe die Augen. »Du sollst sie nicht abholen, du Idiot. Sie ist in der Ricker Road, obwohl sie auf dem Campus sein sollte. Und ich will wissen, was zum Teufel sie da macht und mit wem.«

Endlich dämmert es ihm. »Oh Scheiße. Willst du hinfahren und nachsehen?« Er scrollt auf seinem Handy weiter. »Sieht nach einem Italiener aus. Irgendwas namens Mi Amore.«

Ich werfe mein Handy auf die Matratze, springe auf und wandere im Zimmer auf und ab. »Nein«, sage ich. »Es ist Mittagszeit, bei dem Verkehr würde es zu lange dauern. Sie ist weg, bevor wir da sind.« Wieder atme ich tief durch und kneife mir in die Nase, um mich zu beruhigen.

Wenn sie rumvögelt, finde ich es raus. Und wenn ich es rausfinde, ist sie tot. Der Bastard, mit dem sie rumvögelt, wird nicht so viel Glück haben.

»Ich kriege es raus«, sage ich zu Jon. »Heute Abend.«

9

Sloan

Carter hält mir die Tür auf. Es ist das erste Mal seit Monaten, dass ich ein Restaurant betrete; ich habe ganz vergessen, wie gut es darin immer riecht. Gedanken daran, dass Asa herausfinden könnte, wo ich bin, blitzen immer wieder in meinem Kopf auf, obwohl ich mich mit aller Macht darauf konzentriere, dass ich nur etwas zu Mittag esse. Aber ganz egal, wie unschuldig ich diese Situation auch aussehen lasse – sollte Asa davon erfahren …

Ich will gar nicht darüber nachdenken, was er dann tun könnte.

Die Kellnerin lächelt uns an und greift schon nach zwei Speisekarten. »Ein Tisch für zwei?«

»Ja, bitte«, sagt Carter. »In Reno mögen Bananen gekochtes Wasser«, fügt er dann hinzu, ohne mit der Wimper zu zucken.

Ein lautes Lachen bricht aus mir hervor. Die Kellnerin sieht uns irritiert an und schüttelt den Kopf. »Hier entlang, bitte.«

Carter greift nach meiner Hand und zieht mich mit sich. Er nimmt meine Hand nicht einfach nur, um mich zu unserem Tisch zu führen, er verflicht seine Finger mit meinen und lächelt mich an, während mein Herz wie wild pocht.

O Gott, das ist falsch, falsch, falsch.

Als wir unseren Tisch erreicht haben und er meine Hand loslässt, um Platz zu nehmen, zieht sich mein Herz zusammen – so sehr schmerzt der Verlust seiner Berührung. Wir rutschen jeweils auf eine Bank und stützen die Ellbogen auf den Tisch zwischen uns. Ich sehe auf seine Hände … auf die eine, die gerade noch meine gehalten hat. Merkwürdig, dass die kurze Berührung einer einfachen Hand einen solchen Tumult in mir auslösen kann. *Was zur Hölle ist so besonders an dieser Hand?*

»Was?«, fragt er. Der Klang seiner Stimme reißt mich aus meiner Trance, und ich hebe den Blick. Er hat den Kopf schief gelegt und sieht mich an. Durchdringend. Als würde er versuchen, meine Gedanken zu lesen.

»*Was?*«, spiele ich seine Frage zurück, tue ahnungslos.

Er lehnt sich zurück und verschränkt die Arme vor der Brust. »Ich habe mich nur gefragt, worüber du nachdenkst. Du hast meine Hände angestarrt, als würdest du sie am liebsten abhacken.«

Mir war nicht klar, dass meine Miene so leicht zu durchschauen ist. Ich spüre, wie mir die Hitze in die Wangen steigt, aber ich weigere mich, mir die Verlegenheit anmerken zu lassen. Auch ich lehne mich zurück und rutsche rüber zur Wand, sodass ich ihm nicht mehr direkt gegenübersitze. Ich lege die Füße übereinandergeschlagen neben ihn auf die Bank und mache es mir bequem.

»Ich war nur in Gedanken versunken«, erwidere ich.

Er legt seine Füße neben mich auf die Bank, überkreuzt sie wie ich an den Knöcheln. Ich bin mir nicht sicher, ob er es sich auch einfach bequem macht oder ob er mich imitiert.

»Ich weiß, dass du in Gedanken versunken warst. Aber ich will wissen, was für Gedanken das waren.«

»Bist du immer so neugierig?«

Er lächelt. »Wenn es um die Sicherheit meiner Gliedmaßen geht … ja.«

»Na ja, ich habe jedenfalls nicht darüber nachgedacht, dir die Hände abzuhacken, falls dich das beruhigt.«

Er lässt mich nicht aus den Augen, hat den Kopf inzwischen entspannt zurückgelehnt. »Verrat es mir«, sagt er.

»Du bist ganz schön penetrant«, sage ich und greife nach der Speisekarte, halte sie so vor mich, dass ich ihn nicht mehr sehen kann. Es ist schwer, seinen durchdringenden dunklen Augen zu widerstehen, deswegen sehe ich ihn lieber gar nicht erst an.

Seine Finger schieben sich über den oberen Rand der Speisekarte, ziehen sie runter. Sein Blick ist immer noch auf mich gerichtet, er wartet auf eine Antwort. Ich lasse die Karte sinken und seufze.

»Gedanken sind etwas sehr Persönliches, Carter.«

Seine Augen werden schmal, als er sich über den Tisch beugt. »Hätte ich deine Hand nicht halten sollen? Hat dich das wütend gemacht?«

Der sinnlich weiche Klang seiner Stimme kitzelt meinen Bauch wie eine Feder, doch ich überzeuge mich schnell davon, dass es einfach nur der Hunger ist.

»Es hat mich nicht wütend gemacht«, sage ich, weiche seinem Drängen nach Antworten weiterhin aus. *Ich habe ein Problem damit, dass er meine Hand gehalten hat, weil es mir gefallen hat. Sehr.* Aber das werde ich ihm sicher nicht verraten.

Ich reiße meinen Blick von ihm los und greife wieder zur Speisekarte. Ich will seine Reaktion nicht sehen. Ein paar Minuten lang lese ich die Optionen durch, bin mir der Stille zwischen uns dabei mehr als bewusst. Es macht mich wahnsinnig, dass er nichts sagt. Ich kann spüren, wie er mich anstarrt, mich schweigend herausfordert, ihn wieder anzusehen.

»Können wir jetzt bestellen?«, frage ich, breche damit das Schweigen und wechsle das Thema.

»Du kannst bestellen, was immer du willst«, erwidert er.

»Dann eine große Pizza mit Salami und Zwiebeln.« Ich lasse die Karte fallen. »Und Wasser reicht mir. Ich gehe mal kurz aufs Klo.«

Ich rutsche über die Bank, um aufzustehen, doch seine Füße

liegen immer noch neben mir und blockieren den Ausgang. Also bin ich gezwungen, ihn anzusehen, doch er hat den Blick auf seine Speisekarte gesenkt. Langsam zieht er einen Fuß von der Bank, dann den anderen, wobei die ganze Zeit ein leises Lächeln seine Lippen umspielt. Ich stehe auf und gehe zu den Toiletten, sperre mich ein. Den Rücken an die Tür gelehnt, schließe ich die Augen und stoße ein tiefes, angespanntes Seufzen aus.

Verdammt noch mal.

Wieso musste er sich neben mich setzen?

Wieso musste er in Asas Haus auftauchen?

Wieso muss er mit ihm zusammenarbeiten?

Wieso musste er mich hierherbringen?

Wieso musste er meine Hand halten?

Wieso muss er so nett sein?

Wieso ist er alles, was mir an Asa fehlt, und alles, was ich mir wünsche?

Ich wasche mir ganze drei Mal die Hände, kann aber immer noch seine Finger zwischen meinen spüren … die raue Haut seiner Handfläche an meiner … wie er mich hinter sich hergezogen und durch das Restaurant dirigiert hat … das Kribbeln auf meiner Handfläche, das einfach nicht verschwinden will, egal, wie sehr ich sie schrubbe.

Ich drücke noch mehr Seife auf meine Hände und wasche sie zum vierten Mal, bevor ich mich endlich genug unter Kontrolle habe, um die Toilette zu verlassen und mich wieder an unseren Tisch zu setzen.

»Ich dachte, du kannst etwas Koffein gebrauchen«, sagt Carter und deutet auf das Glas Cola, das jetzt vor mir steht.

Damit hat er recht. Ich ziehe das Glas näher zu mir heran und nehme den Strohhalm zwischen die Lippen. »Danke.«

Er legt wieder seine Füße neben mich auf die Bank, sperrt mich damit ein. »Gern geschehen«, sagt er mit einem Lächeln, das man fast schon verführerisch nennen muss, sogar ein bisschen frech. Ich ertappe mich dabei, wie ich seine Lippen einen Moment zu lang anstarre, und sein Grinsen wird noch breiter.

»Hör auf, mich so anzulächeln«, zische ich, genervt, dass er es uns mit seinen subtilen Flirtversuchen unnötig schwer macht. Ich presse meinen Rücken gegen die Lehne und schwinge meine Füße auf den Sitz neben ihn.

Als sein Blick auf meine Arme fällt, verblasst sein Lächeln. Wut drängt sich in seine Augen, als er die blassen blauen Flecken sieht, die wie Brandzeichen meine Haut färben.

Zumindest fühlt es sich so an.

Ich streiche mir mit den Händen über die Arme, um die Flecken zu verbergen, komme mir plötzlich entblößt vor.

»Du willst nicht, dass ich dich anlächle?«, fragt er mit verwirrter Miene.

»Nein«, erwidere ich. »Will ich nicht. Ich will nicht, dass du mich anlächelst, als würdest du mich mögen. Ich will nicht, dass du im Spanischkurs neben mir sitzt. Ich will nicht, dass du meine Hand hältst. Ich will nicht, dass du mit mir flirtest. Ich will nicht mal, dass du mich zum Mittagessen einlädst, aber ich bin so hungrig, dass mir das gerade egal ist.«

Ich nehme einen Schluck Cola, um mich zum Schweigen zu bringen. Ich hasse es, dass ich so gemein zu ihm bin, aber je länger ich uns beide in Gefahr bringe, indem ich mit ihm hier bin, desto wütender macht mich meine eigene Dummheit.

Carter senkt den Blick auf sein Glas und fährt mit der Hand daran hinauf, wischt das Kondenswasser weg. »Soll ich lieber gemein zu dir sein?« Seine Miene ist so kalt, dass ich ihn kaum wiedererkenne. »Willst du, dass ich dich behandle wie Dreck? So wie Asa dich behandelt?« Er lehnt sich zurück und verschränkt die Arme vor der Brust. »Als wir uns kennengelernt haben, hätte ich dich niemals für so einen Fußabtreter gehalten.«

Ich erwidere seinen erhitzten Blick mit ebenso viel Zorn. »Und ich hätte dich nicht für einen Dealer gehalten«, zische ich. Wir starren uns an, keiner von uns will als Erstes nachgeben.

Schließlich tut er es – mit einem selbstgefälligen Grinsen im Gesicht. »Wenigstens das spricht aus deiner Sicht wohl für mich. Dealer? Check. Arschloch? Check. Soll ich dich wie Scheiße behandeln? Scheint bei Asa ja wunderbar zu funktionieren.«

Seine grausamen Worte sind wie ein Schlag in die Magengrube, rauben mir den Atem. »Leck mich«, presse ich zwischen zusammengebissenen Zähnen hervor.

»Nein danke. Dafür müsste ich dir anscheinend erst wehtun, und das ist nicht mein Stil.«

Immerhin gelingt es mir, nach dieser Spitze die Tränen zurückzuhalten. Ich habe mein ganzes Leben lang trainiert, nicht vor Arschlöchern zu weinen. Ich kann das. »Bring mich zurück zu meinem Auto«, sage ich.

Sofort verdrängen Schuldgefühle alles andere aus Carters Augen. Mit einer Hand fährt er sich übers Gesicht und stöhnt frustriert. Oder schuldbewusst. »Ich bringe dich zurück, nachdem du was gegessen hast.«

Ich rutsche über die Bank, bis mein Schenkel seinen Fuß berührt. »Ich hab keinen Hunger mehr. Lass mich raus.«

Er macht keine Anstalten, seine Füße zu bewegen, also ziehe ich die Beine hoch und klettere auf die Bank, sodass ich über seine Füße steigen kann. Ich steuere direkt die Tür an, noch nie in meinem Leben wollte ich so schnell von jemandem weg.

»Sloan«, ruft er mir nach. »Sloan!«

Ich schwinge die Tür auf und gehe nach draußen – ein Windstoß trifft mein Gesicht, als ich nach Luft schnappe. Ich beuge mich vor und stütze die Hände auf die Knie, atme durch die Nase ein und durch den Mund aus, wieder und wieder. Nachdem der Druck der Tränen nachgelassen hat, richte ich mich auf und gehe zu seinem Wagen. Das Auto piept zweimal, und ich höre das Klicken der Türentriegelung. Ich drehe mich um, doch er ist mir nicht gefolgt – er sitzt immer noch im Restaurant.

Verdammt. Er hat nur das Auto für mich entriegelt.

Nachdem ich eingestiegen bin, knalle ich die Tür zu, so laut ich kann. Ich warte darauf, dass er aus dem Restaurant kommt, doch das tut er nicht. Mehrere Minuten vergehen, und schließlich wird mir klar, dass er nicht vorhat, mir zu folgen. Er wird erst mal gemütlich essen. Er ist ein noch größerer Arsch, als ich dachte.

Ich schnappe mir die Baseballkappe, die auf dem Armaturenbrett liegt, und setze sie auf, ziehe sie tief über meine Augen, um die Sonne auszublenden. Wenn ich schon warten muss, bis er aufgegessen hat, bevor er mich zurück zu Asas Wagen bringt, kann ich die Zeit genauso gut für ein Nickerchen nutzen.

10

Carter

»Können wir die zum Mitnehmen haben?«, frage ich und reiche der Kellnerin unsere Getränke. »Und auch die Pizza?«

»Na klar. Ich bringe sie gleich«, sagt sie und geht davon. Ich beuge mich vor und vergrabe den Kopf in den Händen.

Keine Ahnung, was mich gerade geritten hat. Ich habe mich noch nie derart von einem Mädchen provozieren lassen. Schon gar nicht von einem, mit dem ich noch nicht mal zusammen bin.

Sie macht mich aber auch wirklich wahnsinnig. Ich werde aus ihr einfach nicht schlau. Wie kann es sein, dass sie bei mir so dickköpfig und selbstbewusst ist und bei sich zu Hause eine komplett andere Person zu sein scheint? Und dann macht sie mich auch noch aus heiterem Himmel an, weil ich *nett* zu ihr bin. Geht's noch? Ich bin schon lange genug bei der Polizei, um zu wissen, dass manche Frauen sich zu Männern wie Asa hingezogen fühlen. Ich versuche, mich in Sloan hineinzuversetzen, aber ich kann nicht begreifen, wieso sie sich von ihm derart fertigmachen lässt. Und es tut verdammt weh, ihr tatenlos dabei zusehen zu müssen.

Es geht mich vielleicht nichts an, aber ich kann nicht anders: Ich muss versuchen, ihr begreiflich zu machen, dass sie etwas Besseres verdient. Auch wenn ich ziemlich sicher bin, dass ich das nicht schaffen werde, indem ich sie als Fußabtreter bezeichne.

Ich bin so ein verdammter Idiot.

»Ihre Bestellung steht auf der Theke«, sagt die Kellnerin und reicht mir die Rechnung.

Ich zahle und gehe mit unserer Pizza und den Getränken nach draußen. Als ich beim Wagen bin, bleibe ich neben der Tür stehen. Sloan sitzt auf dem Beifahrersitz und hat die Füße auf das Armaturenbrett gelegt. Sie hat sich meine Baseballkappe aufgesetzt und über die Augen gezogen. Ihre dunklen Haare fallen ihr über die verschränkten Arme.

Nachdem ich sie neulich in ihrem roten Kleid gesehen hatte, war ich so aufgekratzt, dass ich die ganze Nacht nicht schlafen konnte. Aber sie jetzt hier zu sehen … wie sie in meinem Auto döst … mit meiner Kappe auf dem Kopf …

Ich fürchte, dass ich nie wieder ein Auge zubekommen werde.

Als ich die Tür öffne, nimmt sie die Füße vom Armaturenbrett, lüpft aber nicht die Kappe. Bestürzt sehe ich zu, wie sie näher an die Beifahrertür rutscht.

Ich habe sie verletzt. Es ging ihr schon vorher nicht gut, aber ich habe es noch schlimmer gemacht.

»Hier«, sage ich und halte ihr den To-go-Becher hin. Sie schiebt den Kappenschirm hoch und sieht mich an. Zu meiner Überraschung sind ihre Augen nicht rot. Ich bin davon ausgegangen, dass die Kappe ihre Tränen verbergen sollte, aber sie hat gar nicht geweint.

Als sie mir das Getränk aus der Hand nimmt, halte ich ihr den Pizzakarton hin. Nachdem sie mir den ebenfalls abgenommen hat, nehme ich auf dem Fahrersitz Platz. Sie klappt sofort den Deckel auf, packt ein Pizzastück und schiebt es sich in den Mund. Anschließend dreht sie den Karton um, damit ich mir auch eins nehmen kann. Ich greife zu und lächle sie fast an, bevor mir gerade noch rechtzeitig einfällt, dass sie mir das ja verboten hat. Also beiße ich stattdessen in die Pizza und lasse den Motor an.

Auf dem Weg zurück zum College sprechen wir kein einziges Wort. Als ich in die Lücke neben ihrem Auto einparke, verdrückt sie gerade ihr drittes Stück. Sie schließt den Deckel des Kartons und legt ihn auf den Rücksitz.

»Nimm die Pizza mit«, sage ich in die angespannte Stille.

Sloan trinkt einen großen Schluck von ihrer Cola, stellt den Becher in den dafür vorgesehenen Halter und zieht sich die Kappe vom Kopf. »Ich kann nicht«, sagt sie leise und streicht sich die Haare glatt. »Sonst wundert er sich nur, woher ich sie habe.« Sie rutscht ein Stück zu mir herüber und greift zwischen den Rückenlehnen hindurch, um ihren Rucksack nach vorn zu holen. »Ich würde mich ja bei dir bedanken«, sagt sie, den Blick wieder geradeaus gerichtet, den Rucksack fest an die Brust gedrückt, »aber unser Ausflug hat mir total den Tag vermiest.« Während ich ihre Worte noch zu verarbeiten versuche, steigt sie aus und knallt die Tür zu.

Ich stelle den Motor ab und steige ebenfalls aus. »Sloan«, sage ich und gehe zu ihrem Auto herum.

Sie wirft gerade den Rucksack auf den Rücksitz und schließt die Hintertür. Dann macht sie die Fahrertür auf und schiebt sie wie einen Schutzschild zwischen uns. »Tu's nicht, Carter«, sagt sie und weicht meinem Blick aus. »Entschuldige dich nicht bei mir. Du hast mir ziemlich deutlich die Meinung gesagt, und ich bin gerade zu sauer, um mir irgendwelche Entschuldigungen anzuhören. Also lass es.«

Nein, so lasse ich sie auf keinen Fall davonfahren. »Es tut mir leid«, beginne ich, auch wenn sie es nicht hören will. »Ich hätte das nicht sagen sollen. Das war nicht okay, aber …« Ich schüttle den Kopf. »Du musst dir das nicht antun, Sloan. Schieß den Typen doch einfach in den Wind.«

Ich schiebe mich zwischen ihrer Wagentür und meinem Auto hindurch, stelle mich vor sie und nehme ihr Gesicht in beide Hände. Sie muss mich anschauen und hören, was ich ihr zu sagen habe. »Sieh mich bitte an«, flehe ich und lasse ihr Gesicht nicht los, bis sie meinen Blick endlich erwidert. »Was ich gesagt habe, tut mir leid. Es war nicht in Ordnung.«

Ich sehe zu, wie eine einzelne, dicke Träne aus ihrem Augenwinkel quillt und an ihrer Wange herabkullert. Sie wischt sie mit dem Handrücken ab, bevor ich es tun kann. »Du machst dir keine Vorstellung, wie oft ich diese lahmen Entschuldigungen schon gehört habe«, flüstert sie.

»Das ist nicht dasselbe, Sloan. Ich bin nicht wie er.«

Sie sieht zum Himmel hinauf und lacht. Doch ich merke ihr an, dass sie noch immer mit den Tränen ringt. »Doch, du bist wie er, nur mit dem Unterschied, dass Asa mir noch nie so verletzende Dinge an den Kopf geworfen hat wie du vorhin.« Sie zieht meine Hände von ihrem Gesicht und steigt ins Auto. Ehe sie die Tür schließt, sieht sie noch einmal zu mir hoch. »Du bist keinen Deut besser als er, Carter. Geh jemand anderen retten.« Sie lässt den Motor an, und mir bleibt nichts anderes übrig, als einen Schritt zurückzutreten und zuzusehen, wie sie den Tränen freien Lauf lässt und ohne einen weiteren Blick in meine Richtung davonfährt.

»Es tut mir leid«, sage ich noch einmal, während ich ihr hinterherschaue.

11

Asa

Nach allem, was ich für sie getan habe – nach allem, was ich für sie *tue* –, sollte sie besser einen verdammt guten Grund haben, mich durch diese Hölle zu schicken.

Ohne mich wäre sie nichts. Ich habe sie aufgenommen, als sie nirgendwo anders hinkonnte. Wäre ich nicht gewesen, hätte sie wieder bei ihrer Crack-Hure von einer Mutter Unterschlupf suchen müssen. Allein nach dem, was sie mir über ihre Kindheit erzählt hat, geht es ihr bei mir um Längen besser, und das weiß sie auch. Eine Mutter, die alle zwei Monate einen neuen Kotzbrocken anschleppt? Das will ich sehen, wenn sie sich in diese Scheiße zurückverkriecht.

Aber wenn sie rumvögelt, wird sie wieder genau dort landen. Dann verfrachte ich sie direkt zurück in den Wohnwagen ihrer Crack-Huren-Mutter mit den wechselnden Stiefvätern, die sich gerne in ihrem Kleiderschrank verstecken und spannen, während sie sich umzieht.

»Soll ich was anderes probieren?«, fragt Jess und bringt mich wieder zurück in den Moment. Sie kniet vor der Bettkante. »Er wird nicht hart.«

Ich richte mich auf meinen Ellbogen auf und schaue zu ihr runter. »Weil du keine beschissene Ahnung hast«, knurre ich. Dann stehe ich auf, stoße sie ein Stück vom Bett weg und stelle mir mit geschlossenen Augen vor, dass es Sloan ist, die da vor mir kniet. Ich male mir aus, wie sie weint und mich anfleht, sie zu behalten. Sie wieder zu retten, so wie das letzte Mal, als sie was Dummes getan hat.

Wer bei klarem Verstand würde mit Sloan in ein Restaurant gehen, obwohl sie zu mir gehört? Zu Asa Jackson? Wer auch immer er ist, wenn er wüsste, was ich ihm antun kann, dann hätte er es mit Sicherheit nicht getan. Niemand hat so eine Todessehnsucht.

»*Fuck*«, sage ich, verärgert darüber, dass ich ihre Zunge durchs Gummi nicht spüre. Ich ziehe meinen Schwanz aus ihrem Mund und reiße das Kondom runter, dann lasse ich sie die Sache zu Ende bringen, während ich mir vorstelle, sie sei Sloan.

***

Als ich nach unten komme, hockt Jon schon mit Dalton und Carter an der Bar. Ich hole mir ein Bier aus dem Kühlschrank und geselle mich zu ihnen.

»Du hast mir gar nicht gesagt, dass sie deepthroaten kann«, sage ich zu Jon und mache die Flasche auf. »Glückspilz.«

Jon starrt mich an und lehnt sich in seinem Stuhl zurück. »Das wusste ich auch nicht.«

»Na ja, bis vor fünf Minuten hatte sie vermutlich selbst keine Ahnung davon.«

Jon seufzt und schüttelt den Kopf. »Verdammt noch mal, Asa. Ich hab dir doch gesagt, du sollst sie nicht so hart rannehmen.«

Ich lache und nehme einen Schluck, dann stelle ich das Bier zurück auf den Tisch. »Die Einzige, die ich nicht hart rannehme, ist Sloan.«

Carter setzt sein Bier an die Lippen und mustert mich, während er den Kopf in den Nacken legt und einen Schluck nimmt. Der Junge kann es offenbar nicht lassen, zwanghaft Leute anzuglotzen.

»Apropos Sloan«, sagt Jon und lenkt meine Aufmerksamkeit

wieder auf sich. »Wann erwiderst du den Gefallen?« Er lacht und nimmt einen Schluck Bier.

Das Arschloch *lacht*? Glaubt er, er hat einen beschissenen Witz gemacht? Ich hole mit dem Bein aus und trete so fest gegen seinen Stuhl, dass er samt seinem Bier nach hinten auf die Fliesen kracht. Wütend baue ich mich über ihm auf und starre auf ihn runter, die Hände zu Fäusten geballt.

»*Sloan* ist keine miese *Hure*«, schreie ich.

Jon rappelt sich vom Boden auf, dieser verfluchte Schwachkopf. »Nein? Dann hast du also rausgefunden, warum sie heute in der Ricker war? Hat sie doch nicht irgendeinen Typen gevögelt, wie du dachtest?«

Ich stürze mich auf ihn und schlage ihm in seine dreckige Fresse. Er fällt zu Boden, und ich trete ihm in die Rippen, gehe auf die Knie und will weiter auf ihn einschlagen, aber Dalton und Carter ziehen mich im letzten Moment von ihm weg. Jon entfernt sich kriechend und wischt sich den blutigen Mund ab. Er sieht auf seine Hand und dann wieder zu mir hoch.

»Mistkerl«, knurrt er.

»Komisch. Das hat deine Freundin auch gesagt, als ich meinen Schwanz aus ihrem Hals gezogen hab.«

Jon kommt auf die Füße und geht auf mich los, verpasst mir einen Kinnhaken. Carter schiebt sich zwischen uns und stößt ihn zurück gegen den Kühlschrank, während Dalton meine Arme noch fester umklammert.

»Verzieh dich nach oben«, sagt Carter zu ihm. »Sieh nach Jess und beruhige dich.«

Jon nickt, und Carter lässt ihn los. Dalton hält mich fest, bis Jon auf der Treppe verschwunden ist.

Ich halte mir die Hand an den Kiefer und lockere meinen Nacken. »Ich bin hinten. Gebt mir Bescheid, sobald Sloan aufkreuzt.«

12

Carter

Kopfschüttelnd sehe ich Asa hinterher. »Scheiße!«

»Das kannst du laut sagen«, murmelt Ryan, obwohl er keinen blassen Schimmer hat, was mir gerade durch den Kopf geht.

»Ich muss telefonieren«, sage ich zu ihm. »Warte da drinnen und pass auf, dass sie nicht wieder aufeinander losgehen.« Ich gehe vorne raus und direkt zu meinem Auto. Dort angekommen, ziehe ich mein Handy aus der Tasche und suche nach Sloans Nummer. Ryan hat gesagt, er habe die Kontaktdaten von allen, die in diesem Haus leben, in mein Handy gespeichert. Ich scrolle durch sämtliche Einträge, kann Sloans Namen aber nirgends entdecken. Als ich das Handy gerade frustriert auf den Beifahrersitz knallen will, bleibt mein Blick an den Worten *Asas Freundin* hängen. Ich drücke mehrfach hintereinander darauf, in der Hoffnung, dass das Handy so schneller wählt.

Schließlich halte ich es mir ans Ohr und höre zu, wie es am anderen Ende klingelt. Beim vierten Mal hebt sie endlich ab. »Hallo?«

»Sloan!«, stoße ich verzweifelt hervor.

»Wer spricht da?«

»Lu… Carter. Hier spricht Carter.«

Sie seufzt schwer.

»Nein, bitte leg nicht auf«, sage ich und hoffe, dass sie lange genug dranbleibt, um zu merken, dass ich mich nicht noch einmal bei ihr entschuldigen will. »Er weiß Bescheid. Er weiß, dass du heute in der Ricker Road zu Mittag gegessen hast.«

Ein paar Sekunden lang herrscht Schweigen. »Du hast es ihm gesagt?«, fragt sie schließlich entgeistert.

»Nein, nein. Das würde ich nie … Ich habe Jon sagen hören, dass man herausfinden muss, mit wem du dort warst. Er weiß nicht, dass ich es war.«

Ich blicke über die Schulter, um sicherzugehen, dass niemand in Hörweite ist. Ryan steht am Fenster und beobachtet mich.

»Aber … woher kann er es dann wissen?«, fragt sie mit zitternder Stimme.

»Vielleicht trackt er dein Handy«, erwidere ich. »Wo steckst du?«

»Ich komme gerade aus dem Fitnessstudio. In fünf Minuten bin ich bei euch. Was soll ich bloß tun, Carter? Er wird mich umbringen.«

Die Angst in ihrer Stimme bricht mir das Herz. Ich hätte sie nie in diese Lage bringen dürfen. »Hör mir zu. Der Pizzakarton liegt noch immer auf meinem Rücksitz. Ich sorge dafür, dass Asa hinten im Garten bleibt. Wenn du ankommst, schnappst du dir die Pizza und bringst sie uns. Tu, als hättest du nichts zu verbergen. Sag ihm, dass du Hunger hattest und Pizza essen warst, und dann bietest du uns allen was davon an. Wenn du als Erste davon anfängst, sollte eigentlich alles glattgehen.«

»Okay«, sagt sie. Ihr Atem klingt, als wäre sie gerannt.

»Okay«, sage auch ich.

Ein paar Sekunden lang schweigen wir, und ich spüre, dass sich mein Puls langsam wieder beruhigt. »Sloan?«

»Ja?«, flüstert sie.

»Ich lasse nicht zu, dass er dir etwas antut.«

Einen Moment lang höre ich gar nichts von ihr, dann ein Seufzen. Sie hat aufgelegt. Ich sehe mein Handy an, atme tief durch und gehe ins Haus.

Ryan sieht mich neugierig an, als ich wieder das Haus betrete. »Wer war das? Deine heiße Sitznachbarin?«

»Ja, genau. Ich gehe nach hinten. Hilfst du mir, Asa zu beruhigen?«

Ryan schließt sich mir an. »Sieht eher so aus, als wärst *du* derjenige, der beruhigt werden muss.«

Ich stoße die Tür auf und sehe Asa auf einem Liegestuhl am Pool sitzen. Er trommelt mit den Fingern auf die Knie. Ich lasse mich auf den Stuhl neben ihm fallen, lege die Füße hoch und versuche, einen möglichst entspannten Eindruck zu machen. Mir ist egal, dass er seine Drohung wahrmachen könnte, wenn er herausfindet, dass ich mit Sloan beim Essen war. Ich will nur nicht, dass er ihr wehtut.

Ryan und ich verwickeln ihn in ein Gespräch über einen bevorstehenden Deal. Nach einer Weile hören wir Sloan in die Einfahrt einbiegen. Asa beißt die Zähne zusammen und macht Anstalten aufzustehen, vermutlich, um sie vorn im Garten abzufangen. Ich muss ihn ablenken.

»Sag mal, die Braut von Jon …?«, beginne ich.

Er dreht sich zu mir um. »Was ist mit ihr?«

»Ich bin nur neugierig: Kann sie wirklich deepthroaten?« Auch wenn ich nur so tue, als würde mich die Antwort interessieren, komme ich mir wie ein Arschloch vor.

Asa grinst und setzt zu einer Antwort an, als die Hintertür aufschwingt. Sloan kommt mit dem Pizzakarton in der Hand heraus. Asa ballt die Fäuste. Er sieht aus, als würde er vor Wut kochen.

»Hey, Jungs«, sagt sie und schlendert auf uns zu. »Hat jemand von euch Hunger? Ich habe noch Pizza übrig.« Sie hält uns mit einem starren Lächeln den Karton hin.

Ryan springt auf und nimmt ihn ihr ab. »Oh, super«, sagt er und zieht ein Stück heraus. Anschließend reicht er den Karton mir. Ich greife ebenfalls nach einem Stück und gebe ihn Asa, der sich gerade mit Sloan zusammen hinsetzt. Sie beugt sich vor, um ihn zu küssen, doch er rückt von ihr ab.

»Wo hast du die her?«, fragt er und klappt den Deckel zu, um den Aufdruck zu lesen.

Sie zuckt mit den Schultern. »Von irgendeinem Italiener. Einer meiner Kurse ist ausgefallen, und ich hatte Hunger. Also hab ich mir was zu essen geholt.«

»Allein?«, fragt er und legt den Karton neben sich auf den Boden.

Sloan lächelt. »Ja. Ich habe das Mensaessen so satt.« Sie bückt sich und nimmt ein Stück. »Probier mal«, sagt sie und reicht es ihm. »Ist wirklich gut. Ich habe sie mitgenommen, damit du sie probieren kannst.«

Asa nimmt das Stück und lässt es in den Karton zurückfallen. »Komm her.« Er beugt sich vor, zieht sich Sloan auf den Schoß und umfasst ihren Kopf mit beiden Händen.

Ich sehe weg, bevor er sie küsst. Ich kann nicht anders.

Asa steht mit Sloan auf. Sie hat die Arme und Beine um ihn geschlungen. Aus dem Augenwinkel sehe ich, dass er sie am Hintern festhält und auf den Hals küsst. Er geht aufs Haus zu. Als ich aufschaue, wirft Sloan mir über seine Schulter einen Blick zu. Sie sieht mich mit großen Augen an, bis er sie durch die Hintertür und wahrscheinlich geradewegs hinauf zu seinem Bett trägt.

Ich lehne mich mit einem tiefen Seufzer auf dem Stuhl zurück und fahre mir mit den Händen durch die Haare. Wie soll ich bloß hier draußen sitzen bleiben, obwohl ich weiß, was in dem Haus vor sich geht? »Ich wünschte, wir könnten diesen Dreckskerl heute schon festnehmen«, sage ich zu Ryan.

»Mir gefällt nicht, wie sie dich anschaut«, erwidert er, den Mund noch immer voller Pizza. Ich drehe mich zu ihm um und sehe, dass er zur Hintertür blickt. »Sie ist ein Problem.«

Ich greife nach dem Pizzakarton und nehme ein weiteres Stück heraus. »Eifersüchtig?«, frage ich lachend und tue, als nähme ich seine Bemerkung auf die leichte Schulter. »Schnapp dir doch lieber Jess. Soweit ich weiß, ist Jon deutlich freigiebiger als Asa.«

Ryan lacht und schüttelt den Kopf. »Diese Leute sind so abgefuckt.«

Nicht alle, denke ich.

»Vielleicht könnten wir sie für uns einspannen«, überlegt Ryan.

Ich sehe ihn überrascht an. »Inwiefern einspannen?«

»Sie steht auf dich«, erwidert er und setzt sich aufrecht hin. Ich kann förmlich sehen, wie sich die Zahnräder in seinem Kopf drehen. »Daraus musst du Kapital schlagen. Mach dich an sie ran. Sie weiß vermutlich mehr über die Leute, mit denen Asa zusammenarbeitet, als wir herausfinden können.«

Mist. Dass sie in diese Sache reingezogen wird, ist das Letzte, was ich will. »Ich halte das für keine gute Idee.«

Ryan steht auf. »Schwachsinn. Es ist perfekt. Das Mädchen bringt in diesem Fall endlich die Wende, auf die wir schon so lange warten.« Er tippt eine Nummer in sein Handy und geht zur Hintertür.

Ihm macht es nichts aus, Frauen auszunutzen, um einen Fall zu knacken. Er macht das bei fast jedem Auftrag, den wir zusammen übernehmen.

Ich bin dazu nicht bereit.

Aber die Entscheidung liegt möglicherweise nicht bei mir …

13

Sloan

»Dein Herz schlägt so schnell«, sagt Asa, als er mich auf die Matratze fallen lässt.

Natürlich tut es das. Das waren vermutlich die angsteinflößendsten fünf Minuten meines Lebens. Ich wusste nicht, ob ich überzeugend genug lügen kann. Nur dank Carter ist der Plan aufgegangen.

»Du hast mich den ganzen Weg durchs Haus geküsst«, sage ich. »Natürlich schlägt mein Herz da schnell.«

Asa gleitet über mich und drückt seine Lippen auf meine, küsst mich sanft. Mit einer Hand fährt er durch mein Haar, wandert küssend über mein Kinn hinunter zu meinem Hals, bis er meine Kehle erreicht. Dort hält er inne und sieht mir direkt in die Augen.

»Liebst du mich, Sloan?«, fragt er, trifft mich damit vollkommen unvorbereitet.

Ich schlucke und nicke dann.

Er stemmt sich hoch. »Na, dann sag es auch.«

Ich zwinge mich zu einem Lächeln, als ich zu ihm aufsehe. »Ich liebe dich, Asa.«

Einen Moment lang starrt er mich an, als hätte er einen inneren Lügendetektor, auf dessen Ergebnis er wartet. Langsam lässt er sich wieder auf mich sinken und vergräbt das Gesicht an meinem Nacken. »Ich liebe dich auch«, sagt er. Er rollt auf die Seite und zieht mich an sich. Er hält mich einfach nur fest, streicht in sanften Kreisen über meinen Rücken. Ich kann mich nicht daran erinnern, wann er mich das letzte Mal in diesem Bett berührt hat, ohne dass es direkt mit Sex zu tun hatte. Er drückt mir einen Kuss auf die Schläfe und seufzt.

»Verlass mich nicht, Sloan«, sagt er mit fester Stimme. »Niemals, verdammt.«

Der wilde und doch verzweifelte Ausdruck in seinen Augen lähmt mich. Ich schüttle den Kopf. »Das werde ich nicht, Asa.«

Mit seinem Blick tastet er jeden Zentimeter meines Gesichts ab. Wie ich so in seinen Armen liege, den intensiven Ausdruck sehe, mit dem er mich betrachtet – weiß ich nicht, ob ich mich geliebt fühlen oder in Panik ausbrechen soll. Vermutlich ein bisschen von beidem.

Er küsst mich stürmisch und drängt seine Zunge tief in meinen Hals, als wollte er jeden Zentimeter von mir in Besitz nehmen. Dieser Kuss hat nichts Liebevolles an sich, und als er seinen Mund schließlich von meinem losreißt, schnappt er keuchend nach Luft. Er richtet sich auf und zieht sich das Shirt über den Kopf. »Sag es noch mal«, verlangt er, während er die Hände nach mir ausstreckt und mir das Oberteil samt BH über den Kopf zieht. »Sag mir, dass du mich liebst, Sloan. Dass du mich nie verlassen wirst.«

»Ich liebe dich. Ich werde dich niemals verlassen«, flüstere ich, bete dabei, dass Letzteres bald eine Lüge sein wird.

Wieder presst er seine Lippen auf meinen Mund und lässt seine Hände über meinen Bauch gleiten, bis er meine Hose erreicht. Sein Kuss ist so ungestüm, dass ich kaum Luft bekomme. Er versucht, mir die Hose auszuziehen, scheint sich dafür aber nicht lange genug von meinem Mund lösen zu können. Ich hebe das Becken und ziehe mich aus, wie die Hure, die ich für ihn geworden bin.

Denn bin ich nicht die Definition einer Hure? Jemand, der seine Selbstachtung über Bord wirft, um einen Gewinn daraus zu ziehen? Auch wenn mein Gewinn selbstlos ist und nichts mit mir, sondern nur mit meinem Bruder zu tun hat, ändert das nichts an der Tatsache, dass ich im Austausch für etwas anderes Sex mit ihm habe. Was mich zur Hure macht.

Zu *seiner* Hure.

Und dem besitzergreifenden Ausdruck in seinen Augen nach zu urteilen, wird er nicht zulassen, dass ich jemals mehr bin als das.

14

Carter

Mein Timing ist wirklich mies. Als ich durch die Hintertür das Haus betrete, höre ich, wie Asa oben stöhnend zum Höhepunkt kommt. Ich bleibe in der Küche stehen und würde mir am liebsten die Ohren zuhalten. Wenn ich darüber nachdenke, was er mit Sloan macht, dreht sich mir der Magen um – zumal ich weiß, was er vor gerade mal zwei Stunden mit Jess getan hat.

Als ich im Obergeschoss Schritte und die Badezimmertür höre, schüttle ich meine Benommenheit ab und gehe zum Kühlschrank. An der Vorderseite hängt ein magnetisches Whiteboard, auf dem ein paar Telefonnummern stehen. Ich nehme einen der Marker und schreibe etwas darauf. Jemand kommt die Treppe herunter. Ich lege den Stift gerade noch rechtzeitig zurück, bevor Asa um die Ecke biegt.

Er nickt mir zu. »Hey.« Er ist barfuß und trägt nichts außer seiner aufgeknöpften Jeans. Seine Haare sind zerzaust, und er grinst selbstzufrieden.

»Na?« Ich lehne mich an die Theke und sehe zu, wie er zum Küchenschrank geht und eine Tüte Kartoffelchips herausholt. Er macht sie auf und stellt sich auf die andere Seite der Theke.

»Ich hatte noch gar keine Gelegenheit, dich zu fragen, wie es gestern gelaufen ist«, sagt er.

»Gut«, erwidere ich. »Aber eins verstehe ich nicht. Wieso schließen wir uns nicht einfach mit seinem Lieferanten kurz? Wenn du den Zwischenhändler nur wegen seiner Spanischkenntnisse gebraucht hast, ist er jetzt doch nicht mehr nötig.«

Asa steckt sich ein paar Chips in den Mund und leckt sich die

Finger ab. »Was glaubst du, warum ich dich ins Boot geholt habe?« Er stellt die Chipstüte ab, dreht sich zur Spüle um und hält die Hände unter den Wasserhahn. »Meine Hände schmecken nach Pussy«, sagt er mit einem Grinsen.

Dies ist einer der wenigen Momente, in denen ich mir wünschte, ich hätte einen etwas langweiligeren Beruf ergriffen, der mich emotional nicht so sehr fordert. Vielleicht hätte ich Lyrikdozent werden sollen. »Wie lange bist du schon mit diesem Mädchen zusammen?«, frage ich. Es gehört zwar zu meinen Aufgaben, alles Mögliche herauszufinden, aber mittlerweile interessieren mich vor allem Informationen über Sloan.

Er trocknet die Hände an einem Geschirrtuch ab, greift wieder nach der Chipstüte und setzt sich an die Theke. Ich rühre mich nicht vom Fleck.

»Schon eine ganze Weile. Zwei Jahre ungefähr.« Er stopft sich eine Handvoll Chips in den Mund und wischt die Handfläche am Hosenbein ab.

»Ihr scheint nicht zu gefallen, was du tust«, taste ich mich vorsichtig vor. »Glaubst du, dass sie dich vielleicht irgendwann hinhängt?«

»Nie im Leben«, erwidert er, ohne zu zögern. »Ich bin alles, was sie hat. Ihr bleibt gar nichts anderes übrig, als sich damit abzufinden.«

Ich nicke, obwohl ich ihm nicht über den Weg traue, und hoffe, dass die Behauptung, er wäre alles, was sie habe, nur eine seiner Lügen ist. »Ich will nur sichergehen«, sage ich. »Es fällt mir schwer, anderen zu vertrauen, wenn du weißt, was ich meine.«

Asa kneift die Augen zusammen und beugt sich vor. »Vertraue *niemandem*, Carter. Und am *allerwenigsten* den Huren.«

»Hast du nicht gesagt, Sloan wäre kein Hure?«, entgegne ich.

Er sieht mir zornig in die Augen. Einen Moment mache ich mir

Sorgen, er könnte mit mir dasselbe anstellen wie vorhin mit Jon. Doch als er dann Sloan die Treppe herunterkommen hört, ist ihm von seiner Wut nichts mehr anzumerken.

Sie betritt die Küche und bleibt abrupt stehen, als sie uns beide zusammen sieht.

Asa steht auf, um sie lachend in die Arme zu schließen. »Die Leute müssen sich mein Vertrauen verdienen«, sagt er und sieht mich über ihre Schulter an. »Sloan hat es getan.«

Sie legt ihm die Hände auf die Brust und versucht, ihn wegzuschieben, doch er lässt sie nicht los. Stattdessen setzt er sich wieder hin und zieht sie an sich heran, sodass sie mit dem Rücken zu ihm zwischen seinen Beinen steht und mich ansieht. Er schlingt ihr die Arme um den Bauch, legt das Kinn auf ihre Schulter und schaut mir erneut in die Augen.

»Ich mag dich, Carter«, sagt Asa. »Du bist ein Geschäftsmann.«

Ich zwinge mich zu einem Lächeln und versuche, Sloan nicht in die Augen zu schauen. Ihr ängstlicher Blick, wenn Asa sie berührt, ist nur schwer zu ertragen. »Apropos Geschäft«, sage ich. »Ich muss ein paar Dinge erledigen. In ein oder zwei Stunden bin ich zurück.« Mit diesen Worten stoße ich mich von der Theke ab und gehe an Sloan und Asa vorbei zur Vordertür. Aus dem Augenwinkel bemerke ich Sloans dankbaren Blick.

Asa beugt sich vor, küsst sie auf den Hals und umfasst eine ihrer Brüste. Sie verzieht das Gesicht und wendet sich von mir ab.

Mit einem Gefühl völliger Machtlosigkeit gehe ich zur Tür und rufe mir ins Gedächtnis, dass ich nur aus einem einzigen Grund hier bin – und dass der nichts mit ihr zu tun hat.

***

Bevor ich ausparke, schreibe ich Ryan, dass ich zur Wache will, um ein wenig Papierkram zu erledigen. Doch in Wahrheit fahre ich bloß ziellos durch die Gegend, höre Radio und versuche, nicht ständig darüber nachzudenken, wie gern ich Asa umbringen würde. Doch all meine anderen Gedanken drehen sich ausschließlich um Sloan und führen unweigerlich dazu, dass ich mir erneut ausmale, wie ich Asa abmurkse.

Der Typ ruiniert zahllose Leben, Sloans ist nur eines davon. Ich kann mich entweder auf meine Aufgabe konzentrieren und mithelfen, alle Mitglieder dieses Drogenrings dingfest zu machen, was einigen Menschen das Leben retten wird ... oder ich rette ein einzelnes Mädchen vor den Misshandlungen ihres Freundes.

Dass ich mich zwischen diesen beiden Alternativen entscheiden muss – dem, was ich zu tun habe, und dem, was ich tun *will* –, erinnert mich an einen Spruch, den ich mal gehört habe, demzufolge es für das Wohl der Allgemeinheit manchmal unumgänglich sei, das Leben einiger weniger zu opfern.

Es fühlt sich an, als würde ich Sloan über die Klinge springen lassen, um alle anderen zu retten, die unter Asa leiden. Und diese Vorstellung ertrage ich nicht.

Nicht zum ersten Mal in dieser Woche hinterfrage ich, ob ich für diesen Beruf tatsächlich aus dem richtigen Holz geschnitzt bin.

Nachdem ich eine Stunde lang kreuz und quer durch die Gegend gefahren bin, beschließe ich, zu Asa zurückzukehren. Da Ryan ihm vor ein paar Monaten beiläufig erzählt hat, ich würde auf dem Campus wohnen, musste ich mir dort eine Bleibe suchen – für den Fall, dass Asa irgendwann auf die Idee kommt, meine Hintergrundgeschichte zu checken. Doch ich gehe wie Ryan permanent bei ihm ein und aus, da ich am meisten erfahre, wenn ich mich in der Nähe seiner Mitarbeiter … und vielleicht auch in Sloans Nähe aufhalte.

Ich weiß, dass Ryan recht hat: Es wäre tatsächlich das Beste, wenn ich Sloan für unsere Ermittlungen einspannen würde. Aber dann müsste sie weiterhin in ihrer schlimmen Lage ausharren. Viel lieber würde ich ihr heimlich Bargeld zustecken und sie dazu drängen, sich so weit wie möglich von Asa abzusetzen.

Als ich mich Asas Straße nähere, sehe ich Sloan zwei Blocks von seinem Haus entfernt auf einer Parkbank sitzen. Sie ist allein und hat vor sich auf einem Picknicktisch Bücher liegen. Ich checke die Umgebung, um mich zu vergewissern, dass sie wirklich allein ist, und halte am Straßenrand.

Nachdem ich den Motor abgestellt habe, bleibe ich im Auto sitzen und überlege, was ich tun soll. Es wäre klug, weiterzufahren und mich auf meinen Job zu konzentrieren. Es wäre klug von mir, nicht die Autotür hinter mir zu schließen und die Straße zu überqueren.

Ach, wenn ich doch nur klüger wäre …

15

Sloan

Ich habe Asa noch nie lernen sehen. Ich hingegen lerne jeden Tag, ganz egal, wie chaotisch es bei uns zugeht. Wie jetzt zum Beispiel, auch wenn ich das Haus verlassen und rüber in den Park laufen muss, nur um ein bisschen Ruhe und Frieden zu finden.

Wie zur Hölle kann es sein, dass er so einen guten Notendurchschnitt hat? Ich traue ihm durchaus zu, dass er seine Dozenten besticht.

»Hey.«

Ich greife nach meinem Schlüsselbund, an dem auch ein Pfefferspray hängt, und drehe mich langsam um. Carter kommt auf mich zu, die Hände in den Taschen seiner Jeans vergraben. Sein dunkles Haar ist zerzaust und fällt ihm in die Augen.

Ein paar Meter von mir entfernt bleibt er stehen, wartet darauf, dass ich ihm erlaube, näher zu kommen. Diesmal lächelt er mich nicht an. *Wenigstens hört er zu.*

»Hey«, sage ich tonlos. Ich lasse meinen Schlüsselbund zurück auf den Tisch fallen. »Hat Asa dich geschickt, um mich zu holen?«

Er kommt an meinen Tisch und schwingt ein Bein über die Bank, sodass er rittlings darauf sitzt. Er ist mir zugewandt, die Hände immer noch tief in den Taschen. Ich starre in meine Bücher und weigere mich, ihn anzusehen. Die kleine Schwärmerei, die ich im Spanischkurs entwickelt habe, hätte sich nach unserem gemeinsamen Mittagessen leicht zu einem riesigen Problem entwickeln können. Ich muss mich von ihm fernhalten, und wenn ich ihn ansehe, will ich alles andere als das.

»Ich bin nur zufällig vorbeigefahren. Hab dich hier sitzen sehen und dachte, ich schaue kurz nach dir.«

»Mir geht's gut«, sage ich, bevor ich mich wieder meinen Unterlagen widme. Vielleicht sollte ich mich für die Warnung vorhin bedanken. Hätte er mich nicht angerufen, wäre das heute Mittag womöglich ganz anders ausgegangen. Andererseits hat er mich vielleicht nur gewarnt, um seinen eigenen Hintern zu retten.

Aber ich weiß, dass das nicht stimmt. Ich habe die Sorge in seiner Stimme gehört. Er hatte Angst um mich. Er hatte genauso viel Angst um mich wie ich um ihn.

»Wirklich?«, fragt er skeptisch. »Geht's dir wirklich gut?«

Ich sehe zu ihm auf und lege meinen Bleistift weg. Er kann's einfach nicht lassen. Ständig will er wissen, was in mir vorgeht. Na gut, wenn es wirklich das ist, was er will, können wir es genauso gut hinter uns bringen. Ich hole tief Luft und bereite mich innerlich darauf vor, sämtliche Fragen zu beantworten, die er mir jemals gestellt hat, und auch die, die er noch keine Gelegenheit hatte auszusprechen.

»Ja, mir geht's gut. Es geht mir nicht super. Es geht mir nicht miserabel. Es geht mir einfach nur *gut*. Es geht mir gut, weil ich ein Dach über dem Kopf habe und einen Freund, der mich liebt, auch wenn er oft falsche Entscheidungen trifft. Du willst wissen, ob ich mir wünsche, er wäre ein besserer Mensch? Ja. Würde ich ihn verlassen, wenn ich die Möglichkeit hätte? Ja. Natürlich. Wünsche ich mir, dass nicht immer so viel los ist in seinem Haus, damit ich mal die Chance habe, einen ruhigen Platz zum Lernen zu finden oder sogar etwas Schlaf zu bekommen? Aber so was von. Wünsche ich mir, ich könnte meinen Abschluss früher machen, um aus dieser Scheiße rauszukommen? Ja. Schäme ich mich dafür, wie Asa mich behandelt? Ja. Wünsche ich mir, du hättest mit alldem nichts zu tun? Ja. Wünsche ich mir, du wärst der Typ, für den ich dich bei unserer ersten Begegnung gehalten habe? Ja. Wünsche ich mir, du könntest mich retten?« Ich stoße ein kurzes, ergebenes Seufzen aus und senke den Blick auf meine Hände. »So sehr, Carter«, flüstere ich. »Ich wünsche mir so sehr, du könntest mich aus dieser ganzen Scheiße retten. Aber das kannst du nicht. Ich bin nicht um meinetwillen in diesem Leben gefangen. Wenn es nur um mich ginge, wäre ich schon vor langer Zeit geflohen.«

Wie könnte er mich jemals aus diesem Leben retten? Er ist ja *Teil* dieses Lebens. Würde ich vor Asa wegrennen und direkt in Carters Arme, wäre es genau derselbe Lebensstil … nur in einem anderen Paar Arme. Und Carter hat keine Ahnung, dass der wahre Grund, wieso ich in dieser Lage bin, nichts mit mir oder den Gefühlen zu tun hat, die ich mal für Asa hatte.

Ich schüttle den Kopf angesichts dieser durch und durch unglücklichen Situation, in der wir uns befinden, und versuche, die Tränen zurückzublinzeln. »Einmal habe ich ihn schon verlassen«, erzähle ich Carter. »Ganz am Anfang, als ich herausgefunden habe, womit er sein Geld verdient. Ich hatte sonst niemanden, kein Zuhause, aber ich habe ihn trotzdem verlassen, weil ich wusste, dass ich etwas Besseres verdiene.« Ich halte inne, suche nach den richtigen Worten. Als ich den Blick wieder hebe, fällt mir als Erstes die aufrichtige Sorge in seinen Augen auf. Es ist ein merkwürdiges Gefühl, jemandem, den man kaum kennt, mehr zu vertrauen als der Person, mit der man sich ein Bett teilt.

»Ich hatte zwei jüngere Brüder. Sie wurden geboren, als ich zwei war. Zwillinge. Meine Mutter war damals schon drogenabhängig, deswegen sind beide mit verschiedenen Komplikationen auf die Welt gekommen. Drew ist mit zehn gestorben. Mein anderer Bruder – Stephen – braucht intensive Pflege. Pflege, die ich ihm nicht bieten kann, wenn ich gleichzeitig ein gutes Leben für uns aufbauen will. Als er sechzehn wurde, wurde ihm endlich ein

Platz in einem Gruppenheim bewilligt, in dem er wohnt und rund um die Uhr betreut wird. Ich konnte aufs College gehen und daran arbeiten, uns etwas Besseres aufzubauen. Alles war super, bis ich mit Asa Schluss gemacht habe, denn ein paar Wochen später wurde die staatliche Finanzierung für Stephens Heim gestrichen, und ich hatte keine Wohnung für uns – keinen Ort, an dem ich mich um ihn kümmern konnte. Mir blieb nur die Option, die Gebühren selbst zu zahlen – mehrere Tausend Dollar im Monat. Das konnte ich mir nicht leisten, aber ich wollte um jeden Preis verhindern, dass er gezwungen ist, wieder bei meiner Mutter einzuziehen. Dort ist er nicht sicher. Sie ist nicht in der Lage, sich selbst zu versorgen, ganz zu schweigen von Stephen. Da ist mir klar geworden, in was für eine ausweglose Situation ich uns beide gebracht hatte. Als Asa angeboten hat, für Stephens Pflege aufzukommen, wenn ich ihm noch eine Chance gebe, konnte ich nicht Nein sagen. Ich bin wieder bei ihm eingezogen. Und jetzt bin ich gezwungen, gute Miene zum bösen Spiel zu machen. Ich tue so, als würde ich nichts von seinen illegalen Geschäften mitbekommen. Und im Austausch dafür schickt er jeden Monat einen Scheck an Stephens Pflegeheim. Deswegen bin ich immer noch hier, Carter. Weil ich keine andere Wahl habe.«

Carter starrt mich an, vollkommen stumm. Einen Moment lang bereue ich, so offen mit ihm gewesen zu sein. Das habe ich noch nie jemandem erzählt. Asa verdient mich nicht, das ist mir klar, und ich schäme mich dafür, dass ich nur mit ihm zusammen bin, weil er mir hilft. Es ist peinlich, die Wahrheit zuzugeben.

Es kommt mir vor, als wäre seit unserem gemeinsamen Mittagessen eine Ewigkeit vergangen. Heute ist so viel passiert. Carter sieht sogar anders aus. Nicht mehr wie der ausgelassene Carter aus dem Spanischkurs heute Morgen. Nicht wie der reumütige Carter, der er nach unserem Mittagessen war.

In diesem Moment sieht er aus … ich weiß auch nicht … wie ein vollkommen anderer Mensch. Fast, als hätte er sich bisher verstellt, als würde er mir erst jetzt sein wahres Ich zeigen.

Kurz wendet er den Blick ab, und ich sehe ihn schlucken, bevor er schließlich sagt: »Ich habe großen Respekt davor, was du für deinen Bruder tust, Sloan. Aber was nützt es ihm, wenn du am Ende tot bist? Dieses Haus ist kein guter Ort für dich. Bei Asa bist du nicht sicher.«

Seufzend wische ich eine Träne weg, die mir trotz aller Bemühungen entwischt ist. »Ich tue, was ich kann. Und über *Was-wäre-wenns* nachzudenken, kann ich mir nicht leisten.«

Mit dem Blick folgt er einer weiteren Träne, die über meine Wange rollt, dann hebt er eine Hand und wischt sie fort. Von all den Tränen, die ich schon vor Asa vergossen habe, hat er nicht eine einzige fortgewischt, hat es nicht mal versucht.

»Komm her«, sagt Carter und nimmt meine Hand. Er zieht mich zu sich und rutscht gleichzeitig näher. Ich sehe auf seine Hand, die meine hält, und versuche, sie zurückzuziehen. Er drückt sie und legt die andere Hand an meinen Ellbogen. »Na komm«, flüstert er beruhigend und schlingt die Arme um mich. Ich lasse meinen Kopf an seine Schulter sinken, und er legt seine warme Wange darauf und hält mich ganz fest.

Das ist alles, was er tut.

Er findet keine Ausreden. Er sagt mir nicht, dass alles wieder gut wird, denn wir wissen beide, dass es nicht so ist. Er verspricht nichts, was er nicht halten kann, wie Asa es so oft tut. Er hält mich einfach nur, um mich zu trösten – und es ist das erste Mal, dass ich eine so aufrichtige Anteilnahme erlebe.

Ich lausche auf sein Herz, das schnell in seiner Brust schlägt. Mit einem Seufzen schließe ich die Augen und versuche, mich an eine Zeit in meinem verkorksten Leben zu erinnern, in der ich mich behütet gefühlt habe, doch es gelingt mir nicht. Ich lebe seit zwanzig Jahren auf dieser Erde, und das hier ist der erste Moment, in dem ich das Gefühl habe, dass sich tatsächlich jemand um mich sorgt.

Ich kralle meine Finger in sein T-Shirt und versuche, noch näher zu rutschen, will mich in ihm zusammenrollen und dieses Gefühl für alle Ewigkeit genießen. Er hebt den Kopf und drückt mir einen sanften Kuss auf den Scheitel.

So eng umschlungen bleiben wir sitzen, halten uns gegenseitig, als hinge das Schicksal der Welt von dieser Umarmung ab.

Der dünne Stoff seines Shirts ist nass von den Tränen, die über meine Wangen strömen. Ich weiß nicht einmal, warum ich weine. Vielleicht weil ich bis zu diesem Moment nicht wusste, wie es sich anfühlt, geschätzt und respektiert zu werden. Was es bedeutet, umsorgt zu werden.

Niemand sollte sein Leben führen müssen, ohne sich jemals wirklich umsorgt zu fühlen – nicht einmal von den Eltern, die einen gezeugt haben. Doch genau so ein Leben habe ich zwanzig Jahre lang geführt.

Bis zu diesem Moment.

16

Carter

Ich schließe die Augen und halte sie fest, während sie leise an meiner Brust weint. Ich halte sie, während die Dämmerung der Dunkelheit weicht und das letzte Tageslicht vom Sternenhimmel verschluckt wird.

Ich halte sie, bis ich ein Auto um die Ecke biegen höre. Es fährt in die entgegengesetzte Richtung davon, aber jetzt muss ich die ganze Zeit daran denken, dass Asa oder auch Ryan mich hier mit ihr sehen könnten.

Das würde alles nur noch schlimmer für Sloan machen.

Sie hat recht. Ich kann sie nicht retten, so gern ich es auch täte. Denn damit würde ich etwas riskieren, das viel wichtiger ist als wir beide. Ich kann den Erfolg unserer Operation nicht gefährden, indem ich ihr helfe, sich von Asa zu befreien. Das muss sie alleine tun, sobald sie es sich finanziell leisten kann.

Und jedes Mal, wenn ich sie festhalte, ihre Hand nehme oder sie irgendeiner anderen vermeintlich harmlosen Situation aussetze, stoße ich sie näher an einen Abgrund heran. Wenn ich es nicht schaffe, mich von ihr fernzuhalten, werde ich sie früher oder später abstürzen sehen.

Ich lasse sie los und versuche, von ihr wegzurücken, doch sie klammert sich weiter an mir fest. Ich nehme ihre Hände und löse sie von meinem T-Shirt. Sie hebt den Kopf und sieht mich an. Ihre Augen sind rot und geschwollen, ihr Mund wie in Erwartung eines Kusses leicht geöffnet …

So etwas darfst du nicht mal denken, Luke.

Als ich mich von der Bank erhebe, hält sie mich erneut am T-Shirt fest und sieht mich verwirrt an.

»Lass mich los«, flüstere ich.

Sie lässt die Hände sinken, umklammert die Beine, zieht sie an den Oberkörper und beginnt in ihre Knie zu weinen. Es kostet mich meine gesamte Kraft, sie so allein zu lassen. »Du hast recht, Sloan«, sage ich, während ich mich rückwärts von ihr entferne. »Ich kann dich nicht retten.«

Ich mache kehrt und gehe wie betäubt zum Auto zurück. Ohne mich noch einmal zu ihr umzudrehen, öffne ich die Tür, steige ein und fahre zu ihrem Haus.

***

Schon beim Eintreten verraten mir der Zustand des Wohnzimmers und die Geräusche aus dem Garten, dass es wieder eine lange Nacht werden wird.

Ich bahne mir einen Weg durchs Haus und trete ins Freie. Im Garten halten sich mehrere Leute auf. Keiner von ihnen sieht auf, als ich hinzukomme. Im Pool veranstalten vier Mädchen ein ziemliches Spektakel. Zwei von ihnen tragen die anderen beiden auf den Schultern, die sich gegenseitig ins Wasser zu stoßen versuchen. Jon und Ryan stehen mit Bierflaschen neben dem Becken und jubeln ihren jeweiligen Favoritinnen zu.

Asa sitzt am Beckenrand und lässt die Beine im Wasser baumeln. Er sieht nicht die Mädchen an, sondern mich. Sein Blick wirkt misstrauisch. Ich nicke ihm zu und tue, als fiele mir sein Starren nicht auf.

Ryan sieht mich, ruft meinen Namen und läuft unsicheren Schrittes um den Pool herum. Dabei lacht er die ganze Zeit und verschüttet die Hälfte seines Biers. Als er bei mir ankommt, schlingt er den Arm um mich und beugt sich zu meinem Ohr.

»Keine Sorge, ich bin nicht so besoffen, wie ich aussehe«, sagt er. »Hast du irgendwas aus Sloan herausbekommen?«

Ich trete einen Schritt zurück und sehe ihn an. »Woher weißt du, dass ich mit Sloan zusammen war?«

Er lacht leise. »Ich hatte keine Ahnung. Aber gut gemacht.« Er drückt meine Schulter. »Du fackelst nicht lange. Das gefällt mir. Ich glaube, sie weiß mehr, als wir glauben.«

»Und ich glaube, sie hat keinen blassen Schimmer. Mit ihr verschwenden wir nur unsere Zeit.« Ich blicke über Ryans Schulter und sehe, dass Asa zu uns herüberschaut. Er zieht die Füße aus dem Wasser und steht auf.

»Er kommt hierher«, sage ich.

Ryan hebt eine Braue und dreht sich mit erhobener Bierflasche grinsend um. »Hundert Dollar, dass ich länger unter Wasser bleiben kann als jeder von euch Schwachmaten!«

Asa hält direkt auf mich zu, geht dann aber, ohne mich anzusehen, an mir vorbei ins Haus.

Ich weiß nicht, was mich mehr Nerven kostet – dass ich ihm abgrundtief misstraue oder dass es ihm mit mir offensichtlich genauso geht.

17

Sloan

Nachdem Carter gegangen war, hat es noch eine halbe Stunde gedauert, bis ich mich wieder so weit im Griff hatte, dass ich meine Sachen zusammenpacken und nach Hause gehen konnte. Seit zehn Minuten stehe ich nun am Rand unserer dunklen Einfahrt. Ich starre die Pflastersteine an, folge dem verschlungenen Weg mit meinem Blick. Es wäre so leicht, einfach weiterzugehen. In diesem Haus gibt es nichts, was mir wichtig ist. Nichts, was ich brauche. Ich könnte einfach weiterlaufen, bis ich zu weit weg bin, um umzukehren.

Ich wünschte, es wäre so leicht, wie es klingt, aber wie gesagt … es geht eben nicht nur um mich. Und ich bin die Einzige, die irgendetwas an dieser Situation ändern kann.

Carter kann mich nicht retten. Asa wird mich ganz sicher nicht retten. Ich muss einfach weitersparen, bis ich genug habe, um auf eigenen Beinen zu stehen und meinen Bruder bei mir aufzunehmen.

Ich mache einen Schritt aufs Haus zu, bleibe dann aber in der Einfahrt stehen. Das Haus ist der letzte Ort, an dem ich jetzt sein will. Ich will zurück in den Park, zurück auf die Bank, zurück in Carters Arme. Ich will dieses Gefühl zurück, muss jedoch beschämt zugeben, dass ich noch mehr will. Ich will wissen, wie es sich anfühlt, von jemandem geküsst zu werden, der mich respektiert.

Allein der Gedanke löst heftige Schuldgefühle in mir aus. Soweit ich weiß, ist Asa mir treu. Er sorgt für mich. Er unterstützt meinen Bruder finanziell … obwohl es eigentlich nicht seine Aufgabe ist. Er tut es, weil er mich liebt und weil er weiß, dass ich meinen Bruder glücklich machen will. Das kann ich nicht einfach missachten. Es ist mehr, als irgendjemand sonst in meinem Leben für mich getan hat.

Ich werfe meinen Rucksack mit den Collegeunterlagen in Asas Wagen und gehe dann durch die Vordertür ins Haus. Ich laufe weiter, bis ich die Küche erreiche. Wie jeden Abend werde ich mir etwas zu essen und zu trinken mit aufs Zimmer nehmen. Dort werde ich allein bleiben und versuchen, trotz der lauten Musik, des Lachens und der gelegentlichen gedämpften Schreie zu schlafen. Irgendwann werde ich wegdämmern, und ich hoffe, dass Asa mir wenigstens vier Stunden Schlaf gönnt, bevor er mich wieder weckt.

Ich stelle den Timer der Mikrowelle und fülle Eiswürfel in mein Glas. Als ich die Gefriertruhe schließe und die Kühlschranktür öffnen will, fällt mir eine vertraute Handschrift auf dem Whiteboard ins Auge. Mir stockt der Atem, als ich lese, was dort steht.

Sorgen fließen von ihren Lippen wie zufällige Worte aufs Papier. Ich versuche, sie aufzufangen und will nichts mehr, als sie alle in meinen Händen festzuhalten.

Ich starre seine Worte an, sie sind offen, für alle sichtbar, und doch weiß ich, dass sie nur mir gelten. Allerdings hat er das Spiel falsch gespielt. Er hat darüber nachgedacht, was er sagen will, bevor er es aufgeschrieben hat. Das entlockt mir ein Lächeln. *Schummler.*

Ich wische die Worte weg, nachdem ich sie mir eingeprägt habe. Dann nehme ich den Stift zur Hand und drücke ihn auf die Tafel.

18

Asa

Meine Hände sind schweißnass. Die Klimaanlage ist mal wieder kaputt, und es ist zu heiß, um nach draußen zu gehen. Ich streiche mit der feuchten Handfläche über die Lederlehne des Sofas und hinterlasse eine Schweißspur.

Woher kommt Schweiß?

Woher kommt Leder?

Meine Mutter hat mir gesagt, dass es aus Kühen gemacht ist, aber da sie eine Lügnerin ist, glaube ich ihr nicht. Wie kann Leder aus Kühen gemacht sein? Ich habe schon mal eine Kuh angefasst, und sie hat so eine Art Fell. Für mich sieht das nicht wie Leder aus. Leder sieht eher aus wie aus Dinosauriern gemacht und nicht aus Kühen.

Keine Ahnung, warum meine Mom mich immer anlügt. Sie lügt auch Daddy an. Ich weiß, dass sie ihn anlügt, weil sie deswegen oft Ärger kriegt.

Daddy sagt mir immer, dass man Huren nicht trauen darf. Ich weiß nicht, was eine Hure ist, aber ich weiß, dass Daddy sie hasst.

Manchmal, wenn er wütend auf meine Mutter ist, nennt er sie eine Hure. Vielleicht ist Hure ein anderes Wort für Lügnerin, und deshalb hasst er sie so.

Ich wünschte, meine Mutter wäre keine Hure. Ich wünschte, sie würde aufhören zu lügen, damit sie nicht so oft Ärger kriegt. Ich mag es nicht, wenn sie Ärger hat.

Aber Daddy sagt, das ist gut für mich. Er sagt, wenn ich erwachsen werden und ein Mann sein will, muss ich wissen, wie eine weinende Frau aussieht. Daddy sagt, die Tränen einer Frau machen Männer schwach, und je öfter ich als Kind ihre Tränen sehe, desto weniger werde ich später ihren Lügen glauben. Manchmal, wenn er meine Mutter dafür bestraft, dass sie eine Hure ist, lässt er mich zusehen, wie sie weint, damit ich schon früh begreife, dass alle Huren heulen und es mir deshalb egal sein kann.

»Traue niemandem, Asa«, sagt er immer zu mir. »Vor allem nicht den Huren.«

***

Ich lege die Lederschlaufe um meinen Arm, ziehe sie fest und klopfe auf die Vene in meiner Ellenbeuge. Heute weiß ich, dass Leder nicht aus Dinosauriern gemacht ist.

Zumindest in *dem* Punkt hat meine Mutter nicht gelogen.

Ich habe nur eine vage Erinnerung an den Streit in ihrem Schlafzimmer an diesem Abend. Das Geschrei gehörte inzwischen zum Alltag, war also nichts Neues für mich. Was an diesem Abend anders war, war die Stille. So ruhig war es noch nie im Haus gewesen. Ich weiß noch, wie ich im Bett lag und meinem eigenen Atem lauschte, denn das war das einzige Geräusch im ganzen Haus. Ich hasste die Stille. *Ich hasse sie noch immer.*

Es dauerte ein paar Tage, bis man herausfand, was er ihr angetan hatte. Sie entdeckten ihre Leiche, in ein blutiges Laken gewickelt, unter dem Haus versteckt und halb mit Erde bedeckt. Ich weiß das, weil ich mich nach draußen geschlichen und gesehen habe, wie sie unter dem Haus hervorgezogen wurde.

Nachdem die Polizei meinen Vater verhaftet hatte, brachten sie mich zu meiner Tante, bei der ich wohnte, bis ich mit vierzehn weglief.

Er hockt irgendwo im Gefängnis, aber ich habe nie nach ihm gesucht. Seit dieser Nacht habe ich ihn weder gesehen noch von ihm gehört.

Schätzungsweise sollte man auch *Männern* nicht trauen, die Huren heiraten.

Ich setze die Nadel an meinen Arm und übe ein wenig Druck aus. Sobald die Spitze die Haut durchbohrt hat, zögere ich es so lange wie möglich hinaus. Der Moment unmittelbar nach dem Einstich ist für mich der beste Teil.

Ich drücke mit dem Daumen den Kolben nach unten und spüre, wie sich das warme Brennen von der Einstichstelle bis in mein Handgelenk und meine Schulter ausbreitet.

Ich ziehe die Spritze raus, lasse sie auf den Boden klappern, löse den Lederriemen und lasse auch ihn fallen. Dann lege ich meinen Arm vor die Brust, halte ihn mit der anderen Hand fest und lehne meinen Kopf gegen die Wand. Erst jetzt schließe ich die Augen und lächle vor mich hin, erleichtert, nicht bei einer Hure wie meiner Mutter gelandet zu sein.

Der Gedanke, Sloan könnte heute mit einem anderen Mann zusammen gewesen sein, hat mir klargemacht, warum mein Vater Huren hasste. Ich glaube, ich habe ihn in diesem Moment erst richtig verstanden – als ich für Sloan den gleichen Hass empfand wie er für meine Mutter.

Ich bin so erleichtert, dass Sloan keine Hure ist.

Mein Arm fällt schlaff auf die Matratze.

Scheiße, fühlt sich das gut an.

Ich höre Sloans Schritte im Treppenhaus.

Sie wird angepisst sein, dass ich das hier in unserem Schlafzimmer mache. Sie denkt, dass ich das Zeug nur verkaufe – nicht selbst ausprobiere.

Nach dem, was sie mir heute angetan hat, sollte sie besser kein verdammtes Wort darüber verlieren, wenn sie in dieses Schlafzimmer kommt.

Fuck … ist das gut.

19

Carter

Sie ist vor ungefähr zehn Minuten nach Hause gekommen. Ich habe die Lichter in der Küche angehen sehen.

Ich sitze mit Jon, Ryan und einem Typen namens Kevin am Pool. Sie hocken vor einem Tisch, auf den Kevin einen Laptop gestellt hat, und verfolgen gebannt die Live-Übertragung eines Pokerturniers. Anscheinend haben sie selbst Geld gesetzt.

Ich merke, dass Ryan das Gespräch der beiden aufmerksam verfolgt. Soll er ruhig. Ich selbst bin dafür nach den Ereignissen des heutigen Tages zu erschöpft. Außerdem zerbreche ich mir die ganze Zeit den Kopf darüber, wohin Asa verschwunden sein mag.

Ich fixiere das Haus und beobachte durch die Fenster, wie Sloan in der Küche hin und her geht und sich etwas zu essen macht. Als sie hinaufgegangen zu sein scheint, nutze ich die Gelegenheit für eine kurze Auszeit. Ich will mich sammeln, um mich wieder auf die Gespräche um mich herum konzentrieren zu können. Dazu muss ich ein paar Minuten allein sein. Manche Leute beziehen ihre Energie aus der Gesellschaft anderer.

Zu denen gehöre ich nicht.

Ich habe mal gelesen, dass introvertierte und extrovertierte Menschen sich nicht dadurch voneinander unterscheiden, wie sie sich in Gruppen verhalten, sondern wie sie sich dabei fühlen, ob es sie erschöpft oder belebt. Eine introvertierte Person kann auf andere extrovertiert wirken, und umgekehrt. Es kommt nur darauf an, was diese Interaktionen mit einem machen.

Ich bin definitiv introvertiert, da mich andere Leute auslaugen. Und jetzt brauche ich Ruhe, um neue Energie zu tanken.

»Willst du ein Bier?«, frage ich Ryan. Er schüttelt den Kopf. Ich stehe auf und gehe ins Haus. Wie Sloan tagein, tagaus so leben und trotzdem funktionieren kann, ist mir ein Rätsel.

In der Küche fällt mir als Erstes die neue Nachricht auf dem Whiteboard auf.

Er öffnete die Hände und ließ ihre Sorgen fallen. Er konnte sie nicht für sie festhalten. Sie hob sie auf und staubte sie ab. Von nun an will sie sie selbst halten.

Ich lese sie mehrmals hintereinander, bis oben die Schlafzimmertür knallt und mich aus meinen Grübeleien reißt. Während ich vom Kühlschrank zurücktrete, kommt Sloan in die Küche. Als sie mich sieht, bleibt sie jäh stehen und wischt sich mit beiden Händen die Tränen aus dem Gesicht. Ich beobachte, wie sie erst ihre Worte auf dem Whiteboard und dann mich ansieht.

Wir stehen nur einen halben Meter voneinander entfernt und starren uns an. Ihre Augen sind aufgerissen. Ich sehe, wie sich ihre Brust hebt und senkt.

Drei Sekunden.

Fünf Sekunden.

Zehn Sekunden.

Ich weiß nicht, wie viel Zeit vergeht, während wir einander nur beobachten, ratlos, was wir gegen das unsichtbare Band unternehmen sollen, das uns mit einer Kraft zusammenzieht, die unsere Willensstärke bei Weitem übertrifft.

Sie stemmt schniefend die Hände in die Hüften und blickt zu Boden. »Ich hasse ihn, Carter«, flüstert sie.

Ich höre ihr an, dass oben etwas passiert sein muss, und blicke zur Decke hinauf, in Richtung ihres Schlafzimmers. Was könnte es gewesen sein?

»Er ist zugedröhnt«, sagt sie und fängt meinen Blick ein. »Er nimmt wieder Drogen.«

Ich sollte nicht darüber erleichtert sein, dass er bewusstlos ist, aber ich bin es. »Wieder?«

Sie lehnt sich mit verschränkten Armen an die Küchentheke und wischt sich eine weitere Träne von der Wange. »Er wird …« Sie holt tief Luft, offenbar fällt es ihr schwer, darüber zu sprechen. Ich stelle mich neben sie. »Asa wird paranoid«, sagt sie. »Er glaubt, dass er früher oder später erwischt wird, und diesen Druck hält er nicht aus. Er glaubt, ich würde es nicht merken, aber er fängt dann an, Drogen zu nehmen, und wenn das passiert, dann … dann nimmt das für uns alle ein schlimmes Ende.«

Ich stecke in einer Zwickmühle. Ich würde sie gern trösten, weiß aber, dass dies meine Chance ist, weitere Informationen aus ihr herauszuholen. »Für uns alle?«

Sie nickt. »Für mich. Für Jon. Für die Typen, die für ihn arbeiten.« Sie deutet mit einem Nicken auf mich. »Für *dich*.«

Sloan klingt verbittert. Sie beißt sich auf die Unterlippe und wendet den Blick ab. Ich lasse sie nicht aus den Augen. Ihre Finger umklammern ihre Arme, die sie immer fester an ihren Oberkörper presst. Inzwischen weint sie nicht mehr. Sie ist wütend, und ich kann nicht erkennen, ob ihre Wut Asa oder mir gilt.

Ich drehe mich zum Whiteboard um.

Er öffnete die Hände und ließ ihre Sorgen fallen. Er konnte sie nicht für sie festhalten. Sie hob sie auf und staubte sie ab. Von nun an will sie sie selbst halten.

Während ich die Worte noch einmal lese und anschließend wieder zu Sloan sehe, wird mir etwas klar. Die ganze Zeit habe ich mir um sie Sorgen gemacht. Ich habe geglaubt, Asa hätte sie einer Gehirnwäsche unterzogen, sodass sie nicht sehen konnte, was für ein Mensch er in Wirklichkeit ist.

»Ich habe mich in dir getäuscht«, sage ich zu ihr.

Sie hebt den Blick und sieht mich neugierig an.

»Ich habe geglaubt, du müsstest beschützt werden«, erkläre ich ihr. »Ich war überzeugt, du würdest Asa verklären. Aber das tust du nicht. Du kennst ihn besser als sonst irgendwer. Ich dachte, er würde dich benutzen … aber in Wahrheit benutzt du *ihn*.«

Sie kneift die Augen zusammen. »Ich *benutze* ihn?«

Ich nicke.

»Ich habe mich auch in dir getäuscht«, gibt sie zornig zurück. »Ich habe geglaubt, du wärst anders. Aber du bist genauso ein Mistkerl wie alle anderen.«

Sie wendet sich zum Gehen, doch ich halte sie am Ellbogen fest, drehe sie ruckartig zu mir um und packe ihre Unterarme. »Ich bin noch nicht fertig.«

Sie sieht mich schockiert an.

Ich streichle sie mit den Daumen, um sie ein wenig zu beschwichtigen. »Liebst du ihn?«, frage ich sie.

Sie atmet tief durch, antwortet aber nicht.

»Nein«, beantworte ich meine Frage selbst. »Das tust du nicht. Du hast es wahrscheinlich mal getan, aber echte Liebe setzt Respekt voraus. Und den bekommst du nicht von ihm.«

Sie wartet schweigend darauf, dass ich zum Punkt komme.

»Du liebst ihn nicht. Dass du noch immer hier bist, liegt nicht daran, dass du zu schwach bist, um ihn zu verlassen, sondern dass du dafür zu *stark* bist. Du tust dir diese Scheiße an, weil es dir dabei nicht um dich selbst geht. Deine eigene Sicherheit ist dir egal. Du tust es für deinen Bruder. Nicht viele haben so viel Mut und Kraft, Sloan. Das ist bewundernswert.«

Sie seufzt. Ihrer Reaktion nach zu urteilen, hört sie nicht viele Komplimente. Und das ist traurig.

»Es tut mir leid, was ich in dieser Pizzeria zu dir gesagt habe«, fahre ich fort. »Du bist nicht schwach. Du bist nicht Asas *Fußabtreter*. Du bist ...«

Eine Träne quillt ihr aus dem linken Auge. Ich lege ihr die Hand an die Wange und fange sie mit dem Daumen auf, streife sie aber nicht ab. Tatsächlich würde ich sie am liebsten in eine Flasche füllen und aufbewahren. Es ist wahrscheinlich die erste Träne, die sie nicht auf eine Beleidigung, sondern auf ein Kompliment hin vergossen hat.

»Ich bin was?«, fragt sie leise. Sie sieht zu mir auf. Sie will, nein ... sie *hofft inständig*, dass ich den Satz beende.

Mein Blick fällt auf ihren Mund. Die Vorstellung, wie ihre Lippen sich in diesem Moment auf meinen anfühlen würden, raubt mir den Atem. Ich schlucke und sage: »Du bist einer der stärksten Menschen, die ich kenne«, flüstere ich. »Du bist alles, was Asa nicht verdient.« *Und alles, was ich will*, füge ich in Gedanken hinzu.

Sie seufzt leise. Wir sind uns so nahe, dass ich ihren Atem auf den Lippen spüre – so nahe, dass ich sie bereits zu schmecken glaube. Ich fahre ihr mit der Hand durch die Haare und ziehe sie an mich.

Als unsere Münder sich fast berühren, geht die Hintertür auf. Wir lösen uns schnell voneinander und blicken in verschiedene Richtungen, um zu verschleiern, was wir eben beinahe getan hätten. Während ich den Kühlschrank öffne, betritt Jon die Küche. Ich sehe ihn kurz an und bemerke seinen wissenden Blick.

Scheiße.

Ich höre Sloan hinter mir in einem Küchenschrank wühlen und greife in den Kühlschrank. »Willst du ein Bier?«, frage ich Jon und halte ihm eine Flasche hin.

Er kommt extra langsam auf mich zu, nimmt sie mir mit hochgezogenen Brauen aus der Hand und sieht zu Sloan, während er sie öffnet. »Was habe ich da gerade unterbrochen?«

Ich warte ab, ob Sloan darauf antwortet, doch sie sagt nichts. Das Schweigen zieht sich in die Länge. Ich nehme ein weiteres Bier aus dem Kühlschrank, schließe die Tür und sehe zu Sloan. Sie steht mit dem Rücken zu uns vor der Spüle und lässt Wasser in ein Glas laufen.

Ich könnte mich unbedarft geben und so tun, als hätte ich keine Ahnung, was er meint. Doch das würde nichts bringen. Ich weiß genau, wonach es ausgesehen hat, als er hereinkam und wir uns schuldbewusst voneinander abgewendet haben.

Jon kennt mich nicht. Für ihn bin ich einfach irgendein Typ. Wenn er glaubt, ich hätte keine Angst vor Asa, steige ich wahrscheinlich in seinem Ansehen. Ich zwinkere ihm zu und schlendere betont selbstbewusst aus der Küche. Soll er doch denken, was er will.

Sobald sich die Tür hinter mir schließt, muss ich mich jedoch mit einer Hand an der Wand abstützen. Das Blut schießt mir in den Kopf, während ich hektisch den Atem einsauge, den Sloan mir gerade eben in der Küche geraubt hat. Und mit mir meine ich Luke. Denn der Typ, der sie da drinnen an sich gezogen hat und sie küssen wollte, das bin ich selbst gewesen. Das hatte nichts mit meinem Auftrag zu tun.

Ich habe es geschehen lassen und bekomme dafür jetzt die Quittung serviert. Jon weiß, dass er uns in einer intimen Situation erwischt hat, und ich muss irgendwie verhindern, dass er Asa davon erzählt.

Damit hat sich der Einsatz gerade drastisch erhöht.

20

Sloan

Mit zitternden Händen trinke ich einen Schluck Wasser. Ich weiß, dass Jon noch in der Küche ist, irgendwo hinter mir steht, aber ich will mich nicht umdrehen. Ich verabscheue Jon fast genauso sehr wie Asa, und mir ist klar, dass er denkt, er hätte jetzt ein Ass im Ärmel, weil er Carter und mich bei etwas ertappt hat. Mir ist völlig klar, wie er tickt.

Ich stelle das Glas ab und werfe einen Blick über die Schulter. Jon steht beim Kühlschrank und starrt die Worte an, die ich geschrieben habe. Er hebt eine Hand und streicht mit einem Finger um die Worte auf dem Whiteboard, dann fährt er mitten hindurch, löscht sie aus. »Was zur Hölle soll das überhaupt heißen?«, fragt er und sieht mich an.

Ich weiche seinem Blick nicht aus, verschränke die Arme vor der Brust. Ich hasse die Art, wie er seinen Blick über meinen Körper wandern lässt. Ich hasse es, wie er mich anstarrt – als wäre ich die eine Sache, die er nicht haben kann. Nur dass ich in seinen Augen jetzt irgendwie erreichbarer geworden bin, weil er denkt, dass Carter mich fast hatte.

Mein Herz fühlt sich an, als wäre es in meine Kehle hochgerutscht. Ich spüre meinen Puls in meinem Hals pochen, als Jon ein paar Schritte auf mich zukommt. »Wo ist Asa?«, fragt er, den Blick dabei auf meine Brüste statt auf mein Gesicht gerichtet.

»In unserem Schlafzimmer«, sage ich, will ihn wissen lassen, dass Asa im Haus ist. Dass er bewusstlos ist und vermutlich erst in einigen Stunden wieder aufwachen wird, behalte ich allerdings für mich.

Schon witzig, wie die Dinge manchmal zusammenhängen. Ich habe mehr Angst vor Asa als vor allen anderen – trotzdem ist Asa mein einziger Schutz vor den Leuten in diesem Haus.

Jon sieht zur Decke hinauf. »Pennt er?«

Ich schüttle den Kopf. »Nein«, sage ich. »Ich bin nur runtergekommen, um ihm was zu trinken zu holen.«

Er weiß, dass ich lüge, ich kann es in seinen Augen sehen. Er weiß, dass ich mich nur schützen will. Er macht noch einen Schritt auf mich zu, steht jetzt direkt vor mir. Etwas in seiner Miene verändert sich. Ich sehe den unheilvollen Ausdruck in seinen Augen – den Hass – und öffne den Mund, um zu schreien. Aber ich kann nicht, denn Jon schließt die Hand um meine Kehle und erstickt meine Stimme.

»Weißt du, was mir echt auf den Sack geht?«, fragt er und starrt mich wütend an, während er immer fester zudrückt. Meine Augen sind weit aufgerissen, ich kann weder nicken noch den Kopf schütteln. Ich zerre an seiner Hand an meinem Hals, versuche, mich zu befreien.

»Es geht mir auf den Sack, dass Asa sich immer nimmt, was er will«, sagt er, »und mir überhaupt nichts gönnt.«

Ich schließe fest die Augen. Irgendjemand wird gleich reinkommen. Carter, Dalton – irgendjemand muss ihn aufhalten.

In dem Moment, als mir dieser Gedanke durch den Kopf schießt, schwingt die Hintertür auf und Erleichterung überflutet mich. Ich öffne die Augen, und Jon wirbelt herum, ohne jedoch meine Kehle loszulassen.

Mein panischer Blick begegnet Kevins. Er bleibt in der Tür stehen, starrt uns an. Ich kenne ihn kaum, weil er nur selten hier ist, aber das ist mir jetzt egal. Er ist hier, und Jon ist aufgeflogen. Er hat keine andere Wahl, als mich loszulassen.

»Verzieh dich, Alter«, knurrt Jon Kevin an.

Kevin betrachtet die Szene, die sich vor ihm abspielt: Jon an mich gepresst, eine Hand an meiner Hüfte, die andere um meine Kehle, die Angst in meinem Blick. Ich versuche, den Kopf zu schütteln, um Kevin stumm anzuflehen, mir zu helfen, doch er interpretiert die Situation offensichtlich falsch, denn er lacht. Oder … vielleicht interpretiert er sie gar nicht falsch. Vielleicht ist es ihm einfach egal. Vielleicht ist er genauso krank wie Jon. Kevin hebt die Hände und sagt: »Sorry«, dann geht er zurück nach draußen.

Was zur Hölle …?

Jon dreht mich um und drängt mich aus der Küche in Richtung Wohnzimmer. Ich versuche zu schreien, doch es kommt nichts heraus. Seine Hand liegt immer noch fest um meine Kehle.

Das Wohnzimmer ist dunkel und leer, und ich versuche, mich aus seinem Griff zu befreien, werde jedoch mit jeder Sekunde, in der er mir die Luft zum Atmen verweigert, schwächer und schwächer. Panik steigt in mir auf, aber ich zwinge sie zurück. Ich darf jetzt nicht die Kontrolle über mich verlieren.

Er schubst mich aufs Sofa, und kaum hat er endlich meine Kehle losgelassen, sauge ich gierig Luft ein, hustend und keuchend, bis ich meine Lunge genug gefüllt habe, um zu schreien. Doch bevor ich das tun kann, spüre ich etwas Kaltes an meiner Kehle. Etwas Scharfes.

O Gott.

Ich schließe fest die Augen, als Jon mit der anderen Hand versucht, meine Knie auseinanderzudrücken. Ich hatte noch nie solche Angst wie in diesem Moment. Ich war schon häufiger in gefährlichen Situationen – meistens dank Asa. Doch bei ihm habe ich noch nie um mein Leben gefürchtet.

Jon ist anders. Jon würde mir wehtun, nur um es Asa heimzuzahlen.

Seine Hand wandert meinen Oberschenkel hinauf, findet

ihren Weg zwischen meine Beine. Die Angst, die langsam meinen ganzen Körper ergreift, lässt mich zittern.

»Asa denkt, er kann sich bei den Mädels aller anderen bedienen, aber er ist der Einzige, der das hier bekommt?« Er senkt seinen Mund an mein Ohr. »Er schuldet mir ein paar Gefallen, Sloan. Und einen davon wirst du mir jetzt zurückzahlen.«

»Jon«, stoße ich hervor. »Bitte hör auf. Bitte.«

Er drückt seinen Mund auf meinen. »Sag noch mal bitte«, flüstert er.

»Bitte«, flehe ich wieder.

»Ich steh drauf, wenn du bettelst.« Grob fällt er über meinen Mund her, und ich schmecke sofort die aufsteigende Galle, als er seine Zunge brutal zwischen meine Lippen zwingt. Je mehr ich mich gegen ihn wehre, desto fester drückt er die Klinge an meine Kehle.

Trotz all der Panik und des Tumults höre ich plötzlich das leise Klicken einer Pistole, die entsichert wird.

Jon erstarrt auf mir, und als ich die Augen öffne, sehe ich, wie ihm der Metalllauf einer Schusswaffe an die Schläfe gedrückt wird.

»Lass sie sofort los«, sagt Carter.

O Gott. Danke, Carter. Danke, danke, danke.

Langsam nimmt Jon das Messer von meiner Kehle. Er drückt die Hand, in der er es hält, gegen die Lehne des Sofas. »Das wirst du bereuen«, knurrt er.

Ich sehe zu Carter auf, der mit einem Ausdruck in den Augen auf Jon hinabstarrt, den ich noch nie zuvor gesehen habe.

»Falsch«, sagt er mit ruhiger Stimme. »Ich werde nur bereuen, dass ich dich nicht vor drei Sekunden erschossen habe.«

Jon schluckt und weicht langsam von mir zurück. Carter hält die Waffe weiter an seine Schläfe, folgt seinen Bewegungen, und erst als Jon sich vollständig aufgesetzt hat, drückt er sie ihm an die Stirn.

»Entschuldige dich bei ihr.«

Jon verschwendet keine Zeit. »Tut mir leid«, sagt er mit bebender Stimme.

Ich ziehe meine Beine an und klettere, so schnell ich kann, vom Sofa, weiche zurück, bis ich hinter Carter stehe. Mit einer Hand reibe ich über meinen Hals, versuche, den Schmerz wegzumassieren, den Jons Griff hinterlassen hat.

Carter tritt einen Schritt von Jon zurück, hält die Pistole aber weiterhin auf ihn gerichtet.

»So wie ich das sehe, haben wir beide Geheimnisse, die wir vor Asa verbergen wollen«, sagt Carter. »Vorschlag: Du hast mich und Sloan nicht in der Küche gesehen, und ich habe nicht gesehen, wie du sie bedrängt hast. Deal?«

Ich weiß nicht, was ich davon halten soll, als Objekt dieses Tauschhandels benutzt zu werden. Aber ich weiß auch, dass Asa Carter wehtun würde, sollte Jon ihm erzählen, was er denkt, in der Küche gesehen zu haben. Und das will ich auf keinen Fall.

Jon nickt. »Deal.«

»Gut«, sagt Carter, »dann sind wir uns ja einig.« Er drückt ihm den Lauf seiner Pistole so fest an die Stirn, dass Jons Kopf gegen die Sofalehne gepresst wird. »Aber wenn du Sloan noch mal anfasst, werde ich keinen Gedanken daran verschwenden, es Asa zu verraten, weil ich dich dann sofort selbst umbringen werde.« Plötzlich holt Carter aus und lässt seine Waffe mit voller Wucht gegen Jons Kopf krachen. Jon hat nicht mal Gelegenheit zu reagieren. Er sackt gegen die Armlehne des Sofas, bewusstlos nach nur einem Schlag.

Ich starre Jon immer noch schockiert an, als ich Carters Hände an meinen Wangen spüre. Ich sehe ihn an, er tastet mich mit seinem Blick ab, sucht nach Verletzungen. »Bist du in Ordnung?«, fragt er.

Ich nicke. Und kaum tue ich das, beginnen auch die Tränen zu fließen. Carter zieht mich an sich, und das Schluchzen lässt meinen gesamten Körper beben.

Er streicht mir über den Hinterkopf und drückt die Lippen an mein Ohr. »Sloan, ich bitte dich wirklich nur ungern darum, weil Asas Schlafzimmer der letzte Ort ist, an dem ich dich sehen will. Aber da oben bist du sicherer. Geh in dein Zimmer und komm den restlichen Abend nicht mehr runter, okay?«

Ich nicke, weil ich weiß, dass er recht hat. Asa kann manchmal der Teufel selbst sein, aber er würde niemals zulassen, dass mir jemand wehtut. Außerdem ist er bewusstlos. Genau wie Jon.

Carter bringt mich zum Fuß der Treppe. »Pass auf dich auf. Wir sehen uns morgen früh«, sagt er, streicht mir dabei beruhigend über die Wange.

Ich habe vollkommen vergessen, dass ich morgen wieder Spanisch habe. Die Tatsache, dass ich mit Carter im Kursraum sitzen werde – weit weg von dieser ganzen Scheiße hier –, ist das Einzige, worauf ich mich noch freuen kann.

»Okay«, sage ich. Nach den Ereignissen der letzten halben Stunde zittert meine Stimme immer noch.

Er beugt sich vor und küsst mich auf die Stirn, bevor er mich loslässt. Auf dem Sofa beginnt Jon sich zu regen, und Carter nickt die Treppe hinauf. Er will mich aus dem Zimmer haben, bevor Jon aufwacht. Ich drehe mich um und steige die Stufen hinauf, benommen von dem Schock darüber, wie anders das Leben innerhalb dieses Hauses im Vergleich zur Außenwelt ist.

Wenn jemand angegriffen wird, meldet man das normalerweise der Polizei. Doch in Asas Haus wird das anders gehandhabt. Hier wird so was als Druckmittel verwendet. Und statt Anzeige zu erstatten, gehe ich hoch zu einem Typen, der zehnmal gefährlicher ist als der Typ, der mich beinahe vergewaltigt hätte.

Ich lebe in einem Gefängnis, das seine eigenen Regeln hat.

Und Asa ist der Gefängnisaufseher. Das war er immer schon.

Allerdings glaube ich nicht, dass Asa klar ist, wie leicht Carter ihn von dieser Position verdrängen könnte.

Ich hoffe, es wird ihm nie bewusst. Denn das würde für keinen von uns gut ausgehen.

21

Asa

Mein Mund ist völlig ausgetrocknet. Es fühlt sich an, als hätte ich die ganze Nacht an einem verdammten Handtuch genuckelt.

Ich rolle mich auf die Seite und taste nach einer der Wasserflaschen, die Sloan immer neben unserem Bett stehen hat. Ich will die Augen nicht öffnen, weil mein ganzer Kopf sonst zu explodieren droht, also suche ich auf dem Nachttisch herum, bis ich eine finde. Meine Hände zittern. Am liebsten würde ich mir gleich wieder einen Schuss setzen. Diesmal aber cleverer. Auf keinen Fall wieder randvoll mit Whiskey, sodass ich einpenne und meinen verdammten Rausch nicht auskosten kann, wie diese Nacht.

Ich leere die Flasche in einem Zug und schleudere sie quer durchs Zimmer. Dann lasse ich mich wieder aufs Kissen fallen.

Ich habe immer noch Durst.

Als ich mich strecke, stoße ich Sloan versehentlich gegen die Schulter. Ich werfe einen Blick zu ihr rüber, aber ich bin zu groggy, um wirklich scharf zu sehen. Sie seufzt ein wenig, aber sie wacht nicht auf. Ich schaue auf die Uhr und blinzle. Es ist 4:30 Uhr. Sie hat noch zwei Stunden, bevor sie aufstehen und sich fürs College fertig machen muss.

Ich lasse mir eine Minute Zeit, bis ich mich an die Dunkelheit gewöhnt habe und wirklich gut sehen kann. Dann drehe ich mich auf die Seite und schaue ihr beim Schlafen zu.

Sie schläft seit einiger Zeit auf dem Rücken. Nie auf der Seite, nie auf dem Bauch. Als ich klein war, schlief mein Dad immer auf dem Rücken, selbst wenn er wegen irgendwelcher Drogen, die er sich an dem Tag eingepfiffen hatte, auf dem Sofa eingepennt war. Ich habe ihn einmal gefragt, warum er so schläft, und er hat gesagt: »Wenn man auf dem Rücken liegt, ist man auf alles vorbereitet. Man wacht schneller auf und kann sich verteidigen. Wer es sich zu bequem macht, ist unvorbereitet.«

Ich frage mich, ob Sloan auf dem Rücken schläft, um sich zu schützen. Und dann frage ich mich, ob sie auf dem Rücken schläft, um sich vor *mir* zu schützen.

Nein. Sie hat keine Angst vor mir. Sie betet mich an, verdammt noch mal.

Früher hat sie auf dem Bauch geschlafen. Vielleicht brauche ich nur eine neue Matratze. Vielleicht mag sie das Bett einfach nicht.

Früher hat sie auch nackt geschlafen, aber seit einem Jahr nicht mehr. Weil zu viele Leute im Haus sind und sie sich nicht wohlfühlt, behauptet sie. Es hat mich immer gestört, wenn ich nachts mit ihr schlafen wollte und feststellen musste, dass sie einen verdammten Pyjama trägt, den ich ihr erst ausziehen muss, bevor ich in sie eindringen kann.

Nachdem ich mich ein paarmal beschwert hatte, haben wir schließlich einen Kompromiss gefunden und sie schläft jetzt nur noch im T-Shirt. Was den Zugang erleichtert, aber ganz nackt wäre sie mir trotzdem lieber.

Ich ziehe die Decke herunter, vorsichtig, um sie nicht zu wecken. Manchmal betrachte ich sie gerne im Schlaf. Dann stelle ich mir vor, dass sie von mir träumt. Gelegentlich streichle ich sie dann, vorsichtig, um sie nicht zu wecken, aber doch so, dass sie im Schlaf stöhnt.

Ihr T-Shirt hat sich um ihre Taille zusammengerollt. Ich hebe es an, langsam, Zentimeter für Zentimeter, bis ihre Brüste frei liegen. Dann lehne ich mich zurück, greife unter die Decke und in meine Boxershorts. Ich packe meinen Schwanz und reibe ihn, während ich zuschaue, wie sich im Schlaf ihre weichen Brüste mit jedem Atemzug auf und ab bewegen.

Sie ist so verdammt schön. Diese langen dunklen Haare. Diese Wimpern. Dieser Mund. Um ehrlich zu sein, habe ich noch nie ein so schönes Mädchen gesehen. Bei unserer ersten Begegnung war mir sofort klar, dass sie mir gehören muss. So etwas Perfektes durfte einfach nicht mit jemand anderem zusammen sein. Aber ich habe mich zurückgehalten, bin nicht sofort auf sie zugegangen, weil mir gefiel, wie sie mich ansah. Da war diese Unschuld in ihren Augen. Ich habe ihre Neugier geweckt. Und obwohl ich sie bewusst ignoriert habe, hat auch sie *mich* neugierig gemacht. Sie war anders als alle Mädchen, mit denen ich je zusammen war.

Ich habe vor nichts Angst – seit meiner Kindheit nicht mehr. Meine Besessenheit für sie hatte jedoch etwas verdammt Beängstigendes. Die Vorstellung, dass ich so etwas Süßes verderben könnte, ließ meine Gedanken fast ausschließlich um sie kreisen.

Vor Sloan war ich keiner, der Mädchen liebt. Jedenfalls nicht im üblichen Sinn. Ich habe sie für das benutzt, wofür die meisten von ihnen gut sind. Ein schneller Fick am späten Abend, manchmal ein Fick vor dem Frühstück, aber nie was nach 8:00 Uhr oder vor 20:00 Uhr.

Typen, die zwischen 8:00 und 20:00 Uhr Mädchen in ihrem Leben zulassen, haben nur Scheiße im Hirn.

Originalzitat meines Vaters.

Daran erinnerte ich mich jedes Mal, wenn ich Sloan ansah, bevor sie mir gehörte. Wenn ich sie dabei erwischt habe, wie sie mich während unserer gemeinsamen Kurse anstarrte. Wenn mein Schwanz beim Gedanken an sie in meiner Hose zuckte.

Scheiße im Hirn.

Je länger ich sie studieren konnte, desto mehr habe ich mich gefragt, ob mein Vater überhaupt einen Schimmer von diesen Dingen hatte. Wahrscheinlich war er nie einem Mädchen wie Sloan begegnet. Einem Mädchen, das noch nicht von einem anderen Mann verdorben worden war. Einem Mädchen, das zu schüchtern war, um zu wissen, wie man mit einem Mann flirtet. Einem Mädchen, das noch nicht die Gelegenheit hatte, zur Hure zu werden.

Ich beschloss, sie zu testen. Ob sie die Ausnahme von der Regel war. Eines Tages habe ich sie nach dem Kurs angesprochen und gefragt, ob sie mit mir essen gehen will. War vermutlich das erste Mal, dass ich ein Mädchen um ein Date bat. Ich hatte damit gerechnet, dass sie lächeln und schüchtern zustimmen würde, aber stattdessen hat sie mich nur gemustert, sich abgewandt und ist weitergegangen.

Da wurde mir klar, dass ich sie falsch eingeschätzt hatte. Sie war nicht schüchtern. Sie hatte nur die Erfahrung gemacht, wie grausam Menschen sein können. Sie wusste *genau*, wie grausam die Welt war, und deshalb hielt sie sich von allen fern.

Was sie nicht wusste, war, dass ihr vorgetäuschtes Desinteresse mich nur noch mehr anzog. Es veranlasste mich dazu, sie so lange zu umgarnen, bis sie alles von mir wollte … sogar die Grausamkeit. Ich wollte, dass sie darum *bettelt.*

Es war nicht so schwer, wie ich dachte. Es ist erstaunlich, wie weit man es mit gutem Aussehen und Humor bringen kann.

Und … mit guten Manieren. *Wer hätte das gedacht?*

Wenn du einem Mädchen die Tür aufhältst, denkt sie automatisch, dass du ein Gentleman bist. Sie glaubt, du bist ein Typ, der seine Mutter auf Händen trägt. Mädchen schätzen Männer mit Manieren als ungefährlich ein.

Ich habe für Sloan jede verdammte Tür geöffnet, die ich finden konnte. Einmal habe ich sogar einen Regenschirm für sie gehalten.

Aber das war vor langer Zeit. Das war, als sie noch auf dem Bauch geschlafen hat. *Nackt.*

Manchmal frage ich mich, ob sie nicht mehr so glücklich ist wie früher. Sie hat mich einmal verlassen, und das war verdammt schlimm. In jeder Sekunde, in der sie weg war, hatte ich das Gefühl, genau zu dem geworden zu sein, was mein Vater befürchtet hatte. *Ein liebeskranker Idiot. Ein Typ mit Scheiße im Hirn.*

Aber ich liebe sie wirklich. Scheiß auf ihn und seine idiotischen Sprüche über die Liebe. Damals wurde mir klar, dass sie das Beste ist, was mir je passiert ist.

Ich wusste, wenn sie mich endgültig verlässt, wird sie einen anderen finden. Und ich konnte den Gedanken nicht ertragen, dass ein anderer Mann seinen Mund auf ihren legt. Seine Hände auf ihre. Seinen verdammten, ekligen Schwanz in sie steckt, wo sie doch immer nur mich hatte.

Also habe ich getan, was ich tun musste, um sie zurückzubekommen – auch wenn sie keinen Zusammenhang zu mir herstellen konnte. Ich habe es für sie getan, weil ich sie liebe. Und sie liebt mich auch. Als sie zu mir zurückkam und mich um Hilfe bat, war ich so stolz auf mich wie nie zuvor. Denn in diesem Moment wusste ich, dass es entschieden war. Sie würde für immer mir gehören.

Aber es gibt immer noch diesen kleinen Makel in unserer Beziehung, der mich an ihrer Beständigkeit zweifeln lässt. Sie will meinen Lebensstil nicht akzeptieren – ich muss ihr andauernd versprechen, eines Tages auszusteigen. Dabei wissen wir beide, dass das nie passieren wird. Ich bin gut in dem, was ich mache. Aber vielleicht muss ich ihr beweisen, dass ich beides kann. Ihre Bedürfnisse erfüllen, ohne meinen Lebensstil zu ändern.

Irgendwie muss ich dafür sorgen, dass sie mich nie verlässt. Ich muss sie zu einem dauerhaften Teil meines Lebens machen.

Ich könnte sie heiraten. Ich könnte ihr ein Haus kaufen – ein

Haus, in dem nur wir beide leben. Natürlich müsste ich zwischen 8:00 Uhr und 20:00 Uhr in *diesem* Haus arbeiten, weil nur ich den Durchblick habe und mich darum kümmern muss, dass alles richtig läuft.

Aber Sloan könnte in dem gemeinsamen Haus unsere Babys aufziehen. Und nach meiner Arbeit könnte sie mir abends etwas kochen, wir würden uns lieben und nebeneinander schlafen. Und sie würde auf dem Bauch schlafen.

Heiraten war bisher kein Thema für mich. Ich frage mich, warum mir diese geniale Idee erst jetzt kommt.

Sie hat nie von Ehe gesprochen. Keine Ahnung, ob sie damit einverstanden wäre. Aber wenn sie schwanger wird, bleibt ihr keine Wahl. Leider verhütet sie gewissenhafter und regelmäßiger, als ich mir einen blasen lasse. Nicht, dass ich ihre Verhütungsmethode nicht manipulieren könnte. Obendrein zwingt sie mich jedoch, jedes Mal ein verdammtes Kondom zu benutzen.

Aber ... auch Kondome kann man manipulieren.

Wie es wohl wäre, ohne Gummi in ihr zu sein? Sie hat mich schon mal für ein paar Sekunden reingelassen – um mich zu erregen, bevor ich das Kondom überziehe. Aber ich bin noch nie ohne in ihr gekommen.

Ihre warme Muschi, die sich fest um meinen Schwanz schmiegt, während ich mich in ihr entlade und alles ungehindert spüre.

Ich stöhne bei dem Gedanken und beginne, mit meiner Faust schneller zu pumpen. Scheiße, fühlt sich das gut an. Sie anzusehen, mir vorzustellen, in sie einzudringen. Ich muss sie berühren. Ich beuge mich vor und nähere meinen Mund ihrer Brust. Normalerweise versuche ich, sie nicht aufzuwecken, aber es wäre nicht das erste Mal, dass sie aufwacht, weil ich mir einen runterhole.

Ich lasse meine Zunge über ihre Brustwarze gleiten und umkreise sie langsam. Sie streckt ihren Arm auf dem Kissen aus und stöhnt. Es gefällt mir, dass sie noch schläft. Ich bin gespannt, wie nahe ich sie einem Orgasmus bringen kann, bevor sie aufwacht.

Ich umschließe ihre Brustwarze mit meinen Lippen und sauge sanft daran. Sofort wird sie in meinem Mund hart.

»Mmm«, stöhnt sie wieder, ihre verschlafene Stimme ist atemlos. »Carter.«

Meine Kiefermuskeln spannen sich, während ich ihren verdammten Nippel noch im Mund habe.

Was zum Teufel hat sie gerade gesagt?

Sofort löse ich mich von ihr und ihre Brustwarze ploppt aus meinem Mund. Ich starre sie fassungslos an und löse den Griff um meinen Schwanz. Er ist sofort schlaff geworden, als der Name über ihre Lippen kam.

Was zum Teufel?

Was.

Zum.

Teufel?

Meine Brust schmerzt. Als hätte jemand sie eingedrückt. Einen Ziegelstein darauf geworfen. Ein ganzes verfluchtes Gebäude auf sie krachen lassen.

Irgendwann zwischen dem Stöhnen seines Namens und dem Aufwachen hat Sloan sich das T-Shirt über die Titten gezogen.

Irgendwann zwischen dem Stöhnen seines Namens und dem Aufwachen habe ich meine Hand um ihre Kehle gelegt.

Ihre Augen sind schreckgeweitet. Ich bin mir sicher, dass es beängstigend ist, mit einer Hand um den Hals aufzuwachen, aber sie sollte froh sein, nicht das zu fühlen, was ich in diesem Moment fühle.

»Fickst du ihn?«

Es kostet mich alle Kraft, diese Worte nicht zu schreien. Stattdessen klingt meine Stimme ruhig und gefasst, ganz im Gegensatz zu meinem sonstigen Innenleben. Ich würge sie nicht sonderlich fest.

Noch nicht.

Ich habe meine Hand so um ihren Hals gelegt, dass sie mir noch antworten kann. Sie könnte sprechen, aber sie weigert sich. Die verdammte Hure starrt mich nur an, als hätte ich sie auf frischer Tat ertappt.

»Sloan? Fickst du Carter? War er in dir drin?«

Sofort schüttelt Sloan den Kopf. Sie krallt ihre Finger in die Matratze und rutscht hoch gegen das Kopfteil. Meine Hand lässt ihren Hals nicht los.

»Wovon redest du?«, fragt sie. »Nein. Natürlich nicht. Gott, nein.«

Sie schaut mich an, als wäre ich verrückt. Sie ist sehr überzeugend.

Meine Mutter war auch sehr überzeugend. Und was hat es ihr gebracht?

Ich würge sie fester und beobachte, wie ihr Gesicht langsam eine Nuance röter wird. Sie krümmt sich und schlägt ihre Fäuste in die Laken an ihren Seiten. Ihre Augen beginnen, sich mit Tränen zu füllen.

Gut, dass mein Vater mir beigebracht hat, mich von den Tränen einer Frau nicht täuschen zu lassen.

Ich beuge mich tief zu ihr runter. Ich studiere ihre Augen, ihren Mund, jeden verlogenen Teil ihres Gesichts. »Du hast gerade seinen *Namen* gesagt, Sloan. Ich hatte deinen verdammten Nippel im Mund und wollte dich verwöhnen. Aber dann hast du seinen Scheißnamen geflüstert. Du hast *Carter* gesagt.«

Sloan schüttelt den Kopf. Sie schüttelt ihn so heftig, dass ich meinen Griff um ihren Hals lockere, damit sie sprechen kann. Nachdem sie nach Luft geschnappt hat, platzt es aus ihr heraus: »Ich habe nicht *Carter* gesagt, du Blödmann. Ich habe gesagt *här-*

ter. Ich war wach und habe gefühlt, wie du mich geküsst hast. Ich wollte, dass du es *härter* machst.«

Ich starre sie an.

Ich lasse ihre Worte auf mich wirken.

Ich lasse ihre Erklärung den Schmerz in meiner Brust massieren, bis ich wieder atmen kann.

Langsam löse ich meine Hand von ihrem Hals, lasse sie ihren Nacken hinuntergleiten.

Fuck.

Ich bin paranoid.

Wie komme ich auf die Idee, dass sie von einem anderen Mann träumt, während sie neben *mir* schläft? Sie würde mich nie betrügen. Das kann sie gar nicht. Sie hat ja sonst niemanden. Es wäre der größte Fehler ihres Lebens, und das weiß sie auch.

Ich muss sie aus diesem Haus bringen. Weg von all diesen Menschen. Ich bin mir jetzt noch sicherer als vor zehn Minuten, dass ich sie zur Mutter machen muss. Zur Ehefrau. Ihr einen eigenen Platz schaffen muss, wo es keine anderen Männer gibt, die mich so verdammt paranoid machen.

Sloan beugt sich vor, greift nach dem Saum ihres T-Shirts und streift es sich über den Kopf. Sie wirft es auf den Boden, drückt mich zurück gegen das Kopfende und gleitet auf meinen Schoß.

Und schon bin ich wieder hart.

Sie drückt ihre Brust an meinen Mund und bietet sich mir an. Erneut nehme ich ihre Brustwarze zwischen die Lippen und gebe ihr, was sie will. Ich sauge fester. So fest, dass es ihr wehtut. Sie soll den Schmerz den ganzen Tag lang spüren.

Sie greift in mein Haar und zieht mich an sich, stöhnt und sagt meinen Namen. Sie sagt: »*Asa*.«

Sie sagt ihn *drei Mal*.

Meinen Namen.

Ich packe ihre Hüften und hebe sie leicht an, bis sie direkt über meinem Schwanz schwebt. Dann lasse ich sie wieder herab, bis ich ganz in ihr bin, und ich bin mir ziemlich sicher, dass ich noch nie so tief in ihr war. Gott, fühlt sich das gut an. Es fühlt sich so gut an, sie nicht hassen zu müssen.

Es hat mir nicht gefallen, sie zu hassen.

»Du gehörst mir, Sloan«, sage ich und wandere mit meinen Lippen ihren Hals hinauf zu ihrem Mund.

Sie flüstert: »Nur dir, Asa.«

Ich lasse meine Zunge in ihren Mund gleiten, bis sie stöhnt, dann ziehe ich mich von ihr zurück. Mit der rechten Hand greife ich wieder nach ihrem Hals und bewege mit der linken ihre Hüften auf und ab. Sie zuckt ein wenig zusammen, als ich ihren Hals zudrücke, und ich frage mich, ob ich ihr vorhin wehgetan habe. Ich hebe meine Hand an und sehe schon einen Fingerabdruck. Sogar ein kleiner Bluterguss ist da.

Fuck. Das war ich. Ich habe ihr mehr wehgetan, als ich wollte.

Ich beuge mich vor und küsse sie sanft auf den Hals, um mich wortlos bei ihr zu entschuldigen. Dann schaue ich ihr in die Augen, während sie mich reitet. »Ich möchte dich heiraten, Sloan. Ich will, dass du für immer mir gehörst.«

Sie antwortet nicht sofort. Ihr ganzer Körper versteift sich, und sie hört auf, sich auf mir zu bewegen. »Was hast du gesagt?«, fragt sie mit zitternder Stimme.

Scheiße. *Habe ich ihr gerade einen Antrag gemacht?* Erstaunlicherweise erfüllt mich dieser Gedanke nicht mit Grauen. Ich grinse und streiche mit den Händen über ihren Rücken, umfasse ihren Po. »Ich sagte: Heirate mich, Baby. Werde meine Frau.«

Ich hebe sie von mir herunter und lege sie auf den Rücken. Dann dringe ich wieder in sie ein und genieße es, dass ich kein Kondom benutze. Ich bewege mich vor und zurück, koste jede Empfindung aus, während sie sprachlos zu mir aufschaut.

»Ich kaufe dir einen Ring, wenn du heute im College bist. Den größten, den ich finden kann. Aber erst musst du Ja sagen.«

Eine Träne quillt aus ihrem Auge, und in diesem Moment weiß ich, dass sie mich liebt. Der Gedanke, für immer mit mir zusammen zu sein, rührt sie zu Tränen.

Gott, ich liebe dieses Mädchen.

Ich spreche zwischen den Stößen und schaue ihr direkt in die tränengefüllten Augen. »Ich liebe dich, Sloan. So sehr. Ich will, dass du Ja sagst.« Ich stöhne und bin kurz davor zu kommen. *In ihr* zu kommen. Etwas mit ihr zu erleben, was wir noch nie zusammen erlebt haben. Ich küsse sie auf die Schläfe, dann nähere ich meinen Mund ihrem Ohr. »Ich muss hören, dass du Ja sagst, Baby.«

Schließlich gibt sie ein leises »Ja« von sich.

Dieses Wort macht mich so verdammt glücklich, dass ich nur noch einen Stoß bis zum Höhepunkt brauche. Und ich ergieße mich in ihr. Tief in ihr. In meiner *Verlobten.*

Sie keucht leise, als ich komme, aber das ist auch schon alles. Während ich über ihr zittere, bleibt sie ganz ruhig. Wahrscheinlich ist sie völlig gebannt von dem, was gerade passiert ist. Sie hat sich nicht bewegt oder gesprochen, weil sie nicht mit einem Antrag gerechnet hat. Schon gar nicht mitten in der Nacht. Oder am frühen Morgen. Keine Ahnung, wie spät es ist. Ich küsse sie, dann rolle ich mich auf die Seite und lasse meine Finger durch ihre gleiten. Ich lächle und denke darüber nach, was gerade zwischen uns passiert ist. Und dann schließe ich meine Augen, um neben meiner Verlobten einzuschlafen. Meiner nackten Verlobten, die bald wieder auf dem Bauch schlafen wird. Ich hätte nie gedacht, dass dieser Tag kommen würde, aber das könnte der glücklichste Moment meines Lebens sein.

Scheiß auf meinen Vater und seine bescheuerten Ansichten über die Liebe.

22

Carter

»Zum letzten Mal: Ich will sie nicht in diese Angelegenheit reinziehen.«

Ryan ballt die Fäuste und lehnt sich frustriert auf seinem Stuhl zurück. »Sie steckt bereits mittendrin, Luke. Du bringst sie nicht in Gefahr – sie hat schon dort gewohnt, bevor wir was mit der Sache zu tun hatten.« Er beugt sich wieder vor. »Beim letzten Job war das doch auch kein Problem. Erinnerst du dich noch an Carrie?«

Ja, ich erinnere mich an sie. »Carrie war *dein* Projekt, nicht meins. Ich habe mich nie wegen eines Jobs mit einem Mädchen eingelassen, Ryan.«

Er zieht eine Augenbraue hoch. »Vielleicht nicht *wegen*, aber *während* eines Jobs. Dass du uns beide damit in Gefahr bringst, scheint dir völlig egal zu sein.«

Ich schiebe den Stuhl zurück und stehe auf. »Ich bringe uns nicht in Gefahr. Zwischen ihr und mir ist nichts. Ich weiß nicht, wie oft ich das noch sagen muss.« Es ärgert mich, dass er recht hat. Aber das würde ich ihm gegenüber niemals zugeben. Ich starre in dem Einwegspiegel des Verhörraums mein müdes Gesicht an, fahre mir mit der Hand durch die Haare und schließe die Augen.

»Glaubst du wirklich, was immer da zwischen euch läuft, wäre nichts? Dass es uns nicht gefährdet?« Ryan runzelt die Stirn. »Hast du nicht erst gestern Abend Jon angegriffen – Asas *besten Freund*, wohlgemerkt –, weil er Sloan geküsst hat?«

Mein Blick zuckt zu seinem Spiegelbild, und ich sehe ihm fest in die Augen. »*Geküsst?*« Ich wirble zu ihm herum. »Er wollte sie *vergewaltigen*, Ryan! Was hätte ich deiner Meinung nach denn tun sollen? Einfach rausgehen und mir weiter das verdammte Pokerspiel ansehen?«

Ich beobachte ihn wieder im Spiegel. Er weiß genau, dass er an meiner Stelle dasselbe getan hätte.

Der Befragungsraum, in dem wir uns befinden, ist ein wirklich angemessener Ort für unsere heutige Fallbesprechung, die sich immer mehr wie ein Verhör anfühlt.

Eine Zeit lang herrscht Schweigen.

Schließlich reibe ich mir mit beiden Händen über das Gesicht und seufze. »Was würde es uns deiner Meinung nach überhaupt bringen, wenn ich so täte, als würde ich etwas für sie empfinden?«

Ryan zuckt mit den Schultern. »Keine Ahnung. Vielleicht nichts, aber einen Versuch ist es wert. Zumal euch beide sowieso schon eine Art Freundschaft zu verbinden scheint. Möglicherweise vertraut sie dir Dinge an, die wir noch nicht wissen.«

Er steht auf, geht um den Tisch herum und baut sich vor mir auf. Da wir uns bei unseren Undercover-Einsätzen in der Regel nicht anmerken lassen, dass Ryan mein Vorgesetzter ist, vergesse ich es manchmal. Und so ungern ich es mir auch eingestehe: Er macht diesen Job schon gute fünf Jahre länger als ich und weiß, wovon er spricht.

»Ich verlange ja nicht, dass du dich mit ihr einlässt oder auch nur so tust, als wärst du in sie verliebt. Ich will bloß, dass du aus ihren Gefühlen für dich das Beste machst. Damit wir mit diesem Fall vorankommen.«

»Und wie soll ich das anstellen?«, frage ich. »Asa ist ständig in ihrer Nähe. Es wäre viel riskanter für uns, wenn ich sie hineinziehe.«

»Nicht unbedingt«, erwidert Ryan. »Bei eurem Kurs ist er

nicht dabei, und ich weiß, dass sie sonntags immer ihren Bruder besucht. Begleite sie beim nächsten Mal doch einfach.«

Ich lache. »Ja, das fände Asa bestimmt ganz toll.«

»Der wird davon nichts mitbekommen. Er hat zu Jon gesagt, dass er am Sonntag mit uns allen ins Casino fahren will. Du wirst also freie Bahn haben. Sag einfach, du hättest schon was anderes geplant, und schlag stattdessen Sloan vor, sie zu begleiten. Dann hast du einen kompletten Tag mit ihr ganz allein.«

Ich weiß, dass ich mich eigentlich weigern sollte, aber die traurige Wahrheit ist, dass ich Sloan liebend gern begleiten möchte, ganz egal, ob es unseren Ermittlungen nützt oder nicht. Daran kann man erkennen, wie mies ich in meinem Job geworden bin. Nichts sollte wichtiger für mich sein als unser Fall. Und schon gar nicht eine Person, die zum Kreis der Verdächtigen gehört.

»Also gut«, sage ich und ziehe meine Jacke an. Bevor ich die Tür öffne, drehe ich mich noch einmal langsam zu ihm um. »Woher weißt du eigentlich von unserem gemeinsamen Kurs?«

Ryan grinst. »Sie ist dein heißer Arsch, Luke. Denkst du, ich bin ein Idiot?« Er streift ebenfalls seine Jacke über. »Was glaubst du eigentlich, wieso wir dich in den Kurs eingeschleust haben?«

23

Sloan

Ich zittere immer noch, als ich das Gebäude betrete. Der Zwischenfall mit Asa ist zwar schon Stunden her, aber ich bin immer noch völlig durch den Wind. Ich hatte noch nie solche Angst. Nicht mal gestern Abend, als Jon auf mir lag und mir ein Messer an die Kehle gedrückt hat.

Unfassbar, dass ich im Schlaf Carters Namen gesagt habe. Damit hätte ich nicht nur mich selbst in ernsthafte Schwierigkeiten bringen können – ich wäre auch verantwortlich für das gewesen, was Asa Carter womöglich angetan hätte.

Es ist mir ein Rätsel, wie ich es geschafft habe, mich so leicht aus dieser Situation zu retten. Zum Glück reimt sich Carters Name auf *härter*, mehr oder weniger jedenfalls.

Was danach passiert ist, war jedoch noch viel schockierender. Dass Asa mir einen Heiratsantrag gemacht hat.

Dass er kein Kondom benutzt hat.

Ich weiß nicht, was Asa treibt, wenn ich nicht dabei bin. Bis zu Jons Kommentaren gestern Abend hatte ich zwar keinen Anlass zu denken, dass er fremdgeht, und ich bin mir nicht mal sicher, was Jon wirklich gemeint hat. Aber auch wenn ich Asa nie bei irgendwas erwischt habe, vertraue ich ihm nicht genug, um meine Gesundheit und mein Leben zu riskieren.

Doch genau das ist heute Morgen passiert, und ich kann an nichts anderes denken. Kaum war es acht Uhr, habe ich meine Frauenärztin angerufen und einen Termin für nächste Woche vereinbart, um mich testen zu lassen. Ich nehme die Pille und achte streng darauf, sie nie zu vergessen, deswegen mache ich mir keine Sorgen darum, dass er mich geschwängert haben könnte. Aber ich mache mir Sorgen um alles andere, was er mir anhängen könnte.

Ich werde versuchen, bis nächste Woche nicht daran zu denken. Und ich werde tun, was immer ich kann, um zu verhindern, dass es noch einmal passiert. Heute Morgen hatte ich einfach zu viel Angst, um etwas zu sagen. Er hat mich noch nie so hasserfüllt angesehen wie in dem Moment, als er gehört hat, wie ich Carters Namen gestöhnt habe.

Bevor ich in den Kursraum gehe, verschwinde ich kurz auf der Toilette und versuche, mich zu beruhigen. Seit ich mich nicht mehr im selben Haus wie Asa befinde, fällt mir das Atmen wieder etwas leichter. Allerdings habe ich keine Ahnung, wie ich sicherstellen kann, dass ich nicht noch mal im Schlaf spreche. Wenn das bedeutet, in Asas Beisein nie wieder zu schlafen, muss ich eben einen Weg finden, das zu schaffen.

Als ich aus dem Waschraum zurück in den Flur trete, entdecke ich Carter sofort. Er lehnt in der Nähe unseres Kursraums an der Wand.

Er wartet auf mich.

Als er mich entdeckt, richtet er sich auf und sieht mir entgegen, bis ich ihn erreicht habe.

»Alles okay?«, fragt er und sein Blick huscht sofort zu meinem Hals. Jons Griff hat blaue Flecken hinterlassen, und dank dem, was Asa heute Morgen getan hat, werden sie im Lauf des Tages sicher noch deutlich dunkler werden.

Gott, was führe ich eigentlich für ein beschissenes Leben, dass ich innerhalb von zwölf Stunden von zwei verschiedenen Männern halb erwürgt werde?

»Alles gut«, sage ich wenig überzeugend.

Carter deutet auf meinen Hals. »Ganz schön blau«, sagt er. »Hat Asa was bemerkt?«

Er streicht mit der Rückseite seines Fingers über meinen Hals. Ich weiß, dass er es nur aus Sorge um mich tut, aber wann immer er mich berührt – ganz egal aus welchem Grund –, wird mir bewusst, dass ich offenbar doch noch in der Lage bin, etwas zu fühlen. In den letzten zwei Jahren mit Asa habe ich mir antrainiert, sämtliche Emotionen abzustellen, doch Carter macht all diese Bemühungen zunichte.

»Er hat die blauen Flecke gesehen, dachte aber, sie wären von ihm.«

Bei meinen Worten verzieht Carter das Gesicht. Sein Blick findet meinen. »Sloan«, flüstert er kopfschüttelnd. Er nimmt die Hand von meinem Hals und fährt sich damit durch die Haare. Ich kann sehen, wie sein Kehlkopf sich bewegt, als würde er den aufsteigenden Hass hinunterschlucken – puren Hass auf Asa, weil er mir wehtun kann. Es ist offensichtlich, dass er sich Sorgen um mich macht, was ich durchaus verstehen kann. Aber er weiß auch, wieso ich trotzdem bleibe, und er scheint mich nicht dafür zu verurteilen. Er ist einfühlsam und versteht meine Situation. Das gefällt mir an ihm – sein Mitgefühl.

Etwas, das Asa vermutlich noch nie für jemanden empfunden hat.

Sanft legt Carter eine Hand an meinen Ellbogen. »Komm, lass uns reingehen.« Er versucht, mich zur Tür zu ziehen, doch ich mache mich von ihm los.

»Carter, warte.«

Er dreht sich um und tritt einen Schritt zur Seite, um zwei andere Kursteilnehmer durch die Tür zu lassen. Ich sehe erst nach links, dann nach rechts den Flur entlang. »Ich muss dir was erzählen.«

Sorge verdrängt den letzten Rest Wut aus seiner Miene. Er nickt und führt mich den Flur hinunter, weg von der Tür, auf der Suche nach einem ungestörten Ort. Als wir an einer weiteren

Tür vorbeikommen, wirft er einen Blick durch die Scheibe und versucht dann, den Knauf zu drehen. Die Tür lässt sich öffnen, und er führt mich hindurch.

Wir treten in ein verlassenes Musikzimmer, an einer Wand sind verschiedene Instrumente aufgereiht und in der Raummitte stehen einige Tische zu einem Kreis arrangiert. Als die Tür hinter uns ins Schloss fällt und wir endlich ungestört sind, rechne ich damit, dass Carter mich fragt, was ich zu sagen habe. Stattdessen zieht er mich an sich, schlingt die Arme fest um mich und legt meinen Kopf an seine Schulter.

Er umarmt mich.

Das ist alles, was er tut. Er drückt mich fest an sich, ohne ein Wort, trotzdem kann ich genau spüren, was er damit sagen will. Und mir wird klar, dass er sich seit dem Vorfall mit Jon gestern Abend unglaubliche Sorgen um mich gemacht haben muss. Vermutlich wollte er mich schon gleich danach umarmen und trösten. Und auch, als er mich heute Morgen gesehen hat. Doch in meinem Leben sind simple Umarmungen alles andere als simpel.

Ich schlinge die Arme um ihn und vergrabe mein Gesicht in seinem Shirt, atme den dezenten Duft seines Rasierwassers ein. Er riecht nach Strand. Ich schließe die Augen und wünsche mir, wir wären dort. Weit weg von all diesem Mist.

Ein paar Minuten stehen wir schweigend so da, keiner von uns bewegt sich. Nach einer Weile kann ich nicht mehr sagen, wer wen umarmt – wer wem Halt gibt. Es ist, als hätten wir beide kaum noch Boden unter den Füßen, wir klammern uns aneinander, als hätten wir Angst zu fallen, wenn einer von uns loslässt.

»Ich habe im Schlaf deinen Namen gesagt«, flüstere ich, durchschneide damit die Stille.

Sofort löst sich Carter von mir und sieht mich an. »Hat er es gehört?«

»Ja. Aber ich glaube, ich habe es gut überspielt. Hab behauptet, dass er mich falsch verstanden hat, dass ich … was anderes gesagt habe. Doch im ersten Moment war er richtig wütend, Carter. Wütender, als ich ihn je erlebt habe. Und ich … ich dachte nur, du solltest es wissen. Ich glaube, wir müssen vorsichtiger sein. Ich meine, ich weiß natürlich, dass zwischen uns nicht wirklich etwas ist, aber …«

Carter fällt mir ins Wort: »Ist da wirklich nichts? Ich weiß, dass wir theoretisch nichts getan haben, aber das hier ist nicht unschuldig, Sloan. Wenn Asa auch nur wüsste, dass wir einen Kurs zusammen haben …« Er fährt sich wiederholt frustriert durch die Haare.

»Ganz genau«, sage ich.

Carter seufzt, er weiß, was das bedeutet. Er kann bei uns im Haus nicht mehr mit mir reden. Am besten sollte er nicht mal mehr in meine Richtung sehen. Nach dem, was heute Morgen passiert ist, wird Asa misstrauisch sein, auch wenn er mir meine Ausrede abgenommen hat. Carter in Schwierigkeiten zu bringen ist das Letzte, was ich will, aber offenbar habe ich das bereits getan.

»Es tut mir leid«, sage ich.

»Wieso entschuldigst du dich? Weil du von mir geträumt hast?«

Ich nicke.

Carter legt eine Hand an meine Wange und grinst schief. »Wenn das ein Grund für Entschuldigungen ist, dann schulde ich dir mindestens ein Dutzend.«

Ich beiße auf die Innenseite meiner Wange, um mein Lächeln zu verbergen. Er lässt die Hand sinken und legt sie mir in den Rücken. »Wir kommen noch zu spät, wenn wir uns nicht langsam beeilen.«

Damit bringt er mich zum Lachen. Was spielt es neben alldem

anderen Mist in unserem Leben schon für eine Rolle, wenn wir zu spät zum Unterricht kommen? Aber er hat recht.

Ich folge ihm durch die Tür und den Flur entlang zurück zu unserem Kursraum. Bevor wir hineingehen, beugt er sich zu mir und flüstert: »Übrigens siehst du heute wunderschön aus. Du raubst mir regelrecht den Atem.«

Dann geht er einfach weiter, obwohl seine Worte meine Füße am Boden festgefroren haben.

Mehr war es nicht. *Worte.* Ein paar einfache aneinandergereihte Worte, und doch waren sie mächtig genug, um mich zum Stillstand zu bringen.

Unwillkürlich halte ich mir eine Hand vor den Mund, während ich leise einatme. Ich zwinge das Lächeln zurück, das sich über mein Gesicht ausbreiten will, und schaffe es irgendwie, meine Füße wieder in Bewegung zu setzen. Als ich den Blick hebe, sehe ich, wie Carter in der letzten Reihe zwei Stühle rauszieht, also gehe ich zu ihm.

Meine Knie fühlen sich an, als würden sie jeden Moment nachgeben. *So sollte es sein. Genau dieses Gefühl sollte ein Junge in einem Mädchen auslösen.*

Wieso zur Hölle habe ich mich jemals mit Asa abgegeben?

Als ich unsere Plätze erreiche, steht Carter immer noch, wartet darauf, dass ich mich zuerst setze. Ich lächle ihn zum Dank kurz an und nehme dann Platz. Wir holen unsere Bücher heraus, und als wir gerade fertig sind, betritt der Dozent den Raum. Er dreht sich um und schreibt etwas an die Tafel.

Hab gestern beim Football ein bisschen zu viel gebrüllt. Meine Stimme ist weg. Gehen Sie bitte Kapitel 8–10 durch, und wir machen nächste Woche weiter.

Die Hälfte der Kursteilnehmer lacht, als sie die Nachricht liest. Die andere Hälfte stöhnt auf. Carter schlägt sein Buch an der entsprechenden Stelle auf. Ich beuge mich vor, öffne ebenfalls mein Buch und beginne zu lesen. Ich bin noch nicht weit gekommen, als Carter nach einem Stift greift und etwas auf seinen Block schreibt. Vorfreude steigt kribbelnd in mir auf, ich hoffe, dass es eine Nachricht für mich ist und er sich nicht einfach nur Notizen zum Unterricht macht.

Ich habe nicht mal ein schlechtes Gewissen. Dabei sollte ich mich schuldig fühlen. Vor allem, nachdem Asa mir heute Morgen einen Heiratsantrag gemacht hat und ich aus Angst um mein Leben Ja gesagt habe.

Ein Heiratsantrag sollte etwas Positives sein, doch Asas Antrag fühlt sich eher an wie eine Bestrafung für irgendetwas Grauenvolles, das ich in einem früheren Leben getan haben muss.

Ich habe das Gefühl, den Großteil meines Lebens in der Hölle zu verbringen. In letzter Zeit bin ich nur glücklich, wenn Carter in der Nähe ist.

Carter schiebt mir das Blatt Papier zu. Es ist einmal in der Mitte gefaltet, also klappe ich es auf und lese, was er geschrieben hat. Ich habe etwas Zusammenhangloses erwartet, wie in dem Spiel, das wir schon einmal gespielt haben. Stattdessen ist es eine einfache Bitte.

Leg deine Hand unter dem Tisch auf dein Bein.

Ich lese die Worte zweimal, bevor ich den Blick auf meine Hände richte. Die Nachricht ist etwas zusammenhanglos, aber nicht so wie in meinem Spiel. Sie verwirrt mich. Ich schiebe den Zettel unter mein Buch und strecke dann eine Hand unter den Tisch, warte darauf, dass er mir gibt, was immer er hat.

Zu meiner Überraschung gibt er mir gar nichts. Er legt seine warme Hand auf meine und verschlingt unsere Finger miteinander, sodass unsere verschränkten Hände auf meinem Oberschenkel liegen.

Dann konzentriert er sich wieder auf sein Spanischbuch, liest einfach weiter, als hätte er nicht gerade ein Feuer in mir entfacht.

Denn genau so fühlt es sich an – meine Hand in seiner, seine Hand auf meinem Bein. Ich habe das Gefühl, jemand sollte einen Eimer Wasser über mich kippen. Mein Herz beginnt zu rasen, und mein gesamter Körper kribbelt.

Er hält meine Hand.

Oh mein Gott.

Ich hatte keine Ahnung, dass Händchenhalten besser sein kann als ein Kuss. Besser als Sex. Zumindest besser als Sex mit Asa.

Ich schließe die Augen und konzentriere mich auf das Gewicht seiner Hand in meiner. Das Gefühl seiner Finger zwischen meinen. Die Art, wie er immer wieder mit dem Daumen über meinen streicht.

Nachdem ich etwa fünfzehn Minuten lang so getan habe, als würde ich den Text lesen, zieht er seine Hand zurück. Doch er lässt mich nicht ganz los. Stattdessen fängt er an, mit seinen Fingerspitzen kleine Kreise auf meine Handfläche zu malen. Er fährt jeden Zentimeter meiner Hand nach, gleitet über meine Handfläche, meine Finger, zwischen die Finger. Mit jeder Minute, die auf diese Art verstreicht, kann ich mir besser vorstellen, wie sich seine Finger wohl an meinem Bein anfühlen würden. In meinem Nacken. Auf meinem Bauch.

Mein Atem geht schwerer. Ich atme immer flacher, je näher wir dem Ende der Stunde kommen. Ich will nicht, dass sie zu Ende geht. Ich will, dass sie niemals zu Ende geht.

Nachdem er jeden Teil meiner Hand gründlich erforscht hat, wandern seine Finger über mein Bein. Er streichelt mein Knie, fährt etwa zehn Zentimeter an der Innenseite meines Beins hinauf, dann zurück zu meinem Knie. Meine Augen sind geschlossen, und ich halte das Buch viel zu fest umklammert. Ein paar

Minuten lang fährt er so fort, treibt mich damit komplett in den Wahnsinn, bis ich das Gefühl habe, ich muss aufspringen und in den Waschraum rennen, um mir kaltes Wasser ins Gesicht zu klatschen.

Doch so weit kommt es nicht, denn irgendwie sind die fünfzig Minuten Unterricht bereits um und alle packen zusammen.

Mit Mühe finde ich die nötige Kraft, die Augen zu öffnen, und sehe zu ihm auf. Er starrt mich an, mit hitzigem Blick und feuchten Lippen, von denen ich mich einfach nicht losreißen kann. Er greift wieder nach meiner Hand und drückt sie sanft. »Ich weiß, ich sollte nicht …«

Ich schüttle den Kopf. »Solltest du nicht.«

Ich bin mir nicht mal sicher, was er sagen wollte, aber ich kann mir vorstellen, wo seine Gedanken gerade sind, denn meine sind genau am selben Ort.

»Ich weiß«, sagt er. »Aber … wenn ich dir so nahe bin, kann ich nicht anders, als dich zu berühren.«

»Und ich kann nicht anders, als es zuzulassen.«

Er holt tief Luft, stößt sie dann im selben Moment wieder aus, in dem er meine Hand loslässt. Er klappt sein Buch zu und stopft es in den Rucksack, dann steht er auf und schwingt ihn sich über die Schulter. Ich warte darauf, dass er sich verabschiedet oder einfach geht, doch das tut er nicht.

Wir starren uns ein paar Sekunden lang an, bevor er seinen Rucksack abnimmt und sich wieder auf seinen Stuhl fallen lässt. Er schiebt die Hand in mein Haar und presst seine Stirn an meine Schläfe. Ich habe keine Ahnung, was er da tut, doch die Verzweiflung seiner Geste versetzt mir einen Stich.

»Sloan«, flüstert er, sein Mund direkt über meinem Ohr. »Ich will dich. Alles an dir. Du raubst mir den Verstand.«

Ich schnappe nach Luft.

»Bitte pass auf dich auf«, sagt er. »Bis ich dir helfen kann, aus diesem Haus zu verschwinden. Ich weiß nicht, wann das sein wird, aber bitte sei bis dahin so vorsichtig wie nur möglich.«

Ich schließe die Augen, als er mir einen Kuss auf den Kopf drückt. Was würde ich dafür geben, diese Lippen auf meinen zu spüren.

Wie kann ich so viel für jemanden empfinden, den ich gerade erst kennengelernt habe? Für jemanden, den ich noch nicht mal geküsst habe? Für jemanden, der alles ist, was ich will, und doch in alles involviert ist, was ich verabscheue?

»Wenn ich heute Abend zu euch komme, werde ich nicht mal in deine Richtung schauen«, sagt er. »Aber du musst wissen, dass ich nur dich sehe.«

Genauso schnell, wie er mich gepackt hat, lässt er mich auch wieder los. Er greift nach seinem Rucksack und steht auf. Ich höre ihn weggehen, während ich selbst immer noch vollkommen regungslos auf meinem Stuhl sitze, mit geschlossenen Augen und wild pochendem Herzen.

Ich will mehr von diesem Gefühl, das er in mir auslöst – was auch immer es ist. Aber ich will es nicht hier. Nicht in dieser Stadt. Nicht in Asas Nähe. Carter will, dass ich das alles hinter mir lasse, das weiß ich. Und ich will es auch. Ich will es so sehr, aber ich muss besser vorbereitet sein, bevor das passieren kann. Und wenn ich gehe, muss Carter auch gehen. Er muss nicht nur seine Verbindung zu Asa aufgeben, sondern auch sämtliche illegalen Geschäfte.

Wir müssen beide hier weg.

Bevor es zu spät ist …

24

Asa

Ich bin keiner, der sich mit überflüssigem Kram abgibt. Noch so eine Weisheit, die mir mein Vater beigebracht hat.

Was dir nichts nützt, sollte dir scheißegal sein.

Das ist wahrscheinlich der beste Rat, den er mir je gegeben hat. Ich wende diese Weisheit auf jeden Aspekt meines Lebens an. Meine Freundschaften. Meine Geschäftspartner. Meine Ausbildung. Mein Imperium.

Ja, ich sagte Imperium. Ganz so weit bin ich zwar noch nicht, aber es lebe das positive Denken und der ganze Scheiß, oder?

Als ich mit dem Dealen anfing, war ich ein kleiner Fisch. Ich habe vertickt, was ich konnte, wann ich konnte und an wen ich konnte. Meistens Ecstasy an Studenten, Gras an Schulabbrecher. Nachdem ich gemerkt hatte, dass es weder das große Geld noch Macht bringt, habe ich angefangen zu studieren.

Zu Beginn des Colleges gab es ein ganzes Jahr, in dem ich jede Minute des Tages gelernt habe. Und ich spreche nicht von dem blödsinnigen Lehrbuchstudium, mit dem man einen Vollzeit-Schreibtischjob bekommt und genug verdient, um sich ein Haus, ein Auto und eine Frau leisten zu können. Ich rede von *echtem* Studium. Menschen durchschauen lernen. Jemand zu werden, den die Leute kennenlernen wollen. Das gute Zeug probieren, Heroin, Koks, nur um ein Gefühl dafür zu kriegen, welche Droge für welche Zielgruppe am besten funktioniert. Herausfinden, wie man von dem Zeug nicht abhängig wird. Den eigenen Dealer so gut kennenlernen, dass man irgendwann auch mit dem Dealer des eigenen Dealers bestens befreundet ist. Ein Vertrauensverhältnis zu dem aufbauen, der mehr Macht hat als du, aber gleichzeitig so diskret sein, dass er es nicht kommen sieht, wenn du plötzlich mehr Macht hast als er.

Ich habe viel gelernt, auf die harte Tour. Auf die *richtige* Art. Von der Pike auf.

Ich deale nicht mehr mit dem kleinen Scheiß: X, Gras, Pillen. Vor allem nicht mit Gras. Reine Zeitverschwendung. Du willst Gras? Kauf deine Kinderkacke woanders. Vergeude nicht meine kostbare Zeit.

Aber wenn du das gute Zeug willst … den Scheiß, bei dem du dich fühlst, als würdest du den gottverdammten Schöpfer persönlich küssen. Dann komm zu mir. Ich verkaufe dir keinen Ford, sondern den seltensten Bugatti, den du je gesehen hast.

Ich bin immer noch am Ausbauen. Bin immer fleißig am Expandieren. In dem Moment, in dem jemand in meiner Position das Gefühl hat, nichts mehr dazulernen zu können, wird er vom Nächsten überflügelt. Doch in dieser Stadt gibt es niemanden, der über Asa Jackson steht. Ich habe ein gutes Team unter mir. Jungs, die wissen, wo sie hingehören. Jungs, die wissen, dass ich fair zu ihnen bin, wenn sie fair zu mir sind.

Meinen neuesten Mann, Carter, lerne ich gerade erst kennen. Die meisten Leute sind durchschaubar, aber er ist ein verdammtes trübes Gewässer. Die meisten Typen, vor allem die, die für mich arbeiten, küssen meinen Arsch, weil sie wissen, wie gut es sich anfühlt, auf meiner Lohnliste zu stehen. Carter ist anders. Ihm scheint alles egal zu sein.

Es ist seine Gleichgültigkeit, die mich nervös macht. Er erinnert mich ein bisschen an mich selbst, und ich weiß nicht, ob das gut ist. Es gibt nur Platz für einen wie mich.

Mein ältester Mitarbeiter Jon wird langsam nachlässig. Früher war er meine rechte Hand, aber in letzter Zeit ist er zu meiner Achillesferse geworden.

Womit wir wieder beim Anfang wären.

Wenn es dir nichts nützt, sollte es dir scheißegal sein.

Ich bin mir nicht sicher, ob mir Jon noch nützt. Er vermasselt alles, wo er auftaucht. Letzte Woche hat er einen meiner wichtigsten Kunden verloren, weil er seinen Schwanz nicht im Zaum halten konnte, als es um dessen Frau ging. Sogar ich weiß, wo die Grenze zwischen meinem Schwanz und meiner Brieftasche ist.

Im Gegensatz zu Jon ist Carter eine Bereicherung. Er kann gut verhandeln, ist ruhig, taucht zur richtigen Zeit am richtigen Ort auf und erledigt meine Aufträge wie gewünscht. Deshalb habe ich ihn mir noch nicht vom Hals geschafft, auch wenn ich ihm nicht ganz über den Weg traue.

Aber Jon. Jon wird zum Ballast.

Nur weiß Jon zu viel, und das ist ein noch größeres Problem.

Für Jon. Nicht für mich.

Abgesehen vom Geschäft habe ich auch sonst alles Nebensächliche aus meinem Leben gestrichen. Mit Ausnahme von Sloan. Sloan ist alles andere als nebensächlich. Wenn ich sie mit einer Droge vergleichen müsste, wäre Sloan Heroin. Heroin ist schön. Heroin entspannt. Solange man richtig guten Stoff hat, könnte man sich für den Rest seines Lebens jeden Tag Heroin spritzen.

Vielleicht ist es komisch, Menschen mit Drogen zu vergleichen, aber wenn Drogen alles sind, was du kennst, ist das normal.

Jon wäre Meth. Er ist viel zu eingebildet, quatscht zu viel und ist manchmal nervtötend. Wirklich verdammt nervtötend.

Dalton wäre Koks. Sympathisch, freundlich, macht Lust auf mehr Koks. Ich mag Koks.

Carter wäre …

Was wäre Carter?

Eigentlich kenne ich Carter nicht gut genug, um zu wissen,

welcher Droge er ähnelt. Aber letzte Nacht, als ich dachte, Sloan hätte seinen Namen gesagt, war Carter die beschissene Überdosis.

Aber sie hat seinen Namen nicht gesagt. Sie hat nie mit ihm gesprochen, soweit ich weiß. Und wenn er schlau ist, hat er sie auch nicht wieder angesprochen, seit sie sich in der Küche kennengelernt haben.

Bald muss ich mir wegen der Jungs hier keinen Kopf mehr machen, denn sie wird nicht mehr in diesem Haus wohnen. Sie wird in *unserem* Haus wohnen.

Fuck!

Ich wollte heute diesen beschissenen Ring kaufen. Wusste ich's doch, dass ich was vergessen habe.

Ich gehe zum Kleiderschrank. Überlege kurz, ob ich den Armani raushole. Besonderer Tag und so. Stattdessen nehme ich das dunkelblaue Hemd, das Sloan so gut gefällt, und kombiniere es mit einer schicken Hose. Egal, was ich aus dem Kleiderschrank nehme, es ist alles cool. Ich ziehe mich immer so an, dass man mir den gewünschten Respekt zollt.

Und nein, mein verdammter Vater hat mir das nicht beigebracht. Er wäre wahrscheinlich in der Welt da draußen viel besser über die Runden gekommen, wenn er sich nicht wie der letzte Penner angezogen hätte, der er war.

Als ich die Treppe runterkomme, finde ich Jon in der Küche. Er seht mit dem Rücken zu mir an der Spüle und hält sich einen Eisbeutel an den Kopf.

»Was ist mit dir passiert?«

Er dreht sich um, und ich sehe, dass die ganze rechte Seite seines Gesichts schwarz und blau ist. »Heilige Scheiße, Mann. Mit wem hast du dich angelegt?«

Jon lässt die Eistüte in die Spüle fallen. »Mit niemandem.«

Ich betrete die Küche. Aus der Nähe sieht sein Gesicht noch

schlimmer aus. Und wenn er glaubt, mir nicht verraten zu müssen, mit wem er sich angelegt hat, dann hat er sich geschnitten. Wenn er noch einen Kunden verloren hat, sieht seine linke Gesichtshälfte bald noch übler aus als die rechte. Ich nehme meine Schlüssel von der Theke und wiederhole meine Frage. »Wer zum Teufel hat dich so zugerichtet, Jon?«

Er schiebt den Kiefer vor und dreht sich von mir weg. »Irgend so ein Arschloch hat mich letzte Nacht mit seiner Freundin erwischt. In flagranti. Sieht schlimmer aus, als es war.«

Verdammter Idiot. Ich lache. »Nein, ich bin sicher, es sieht genauso schlimm aus, wie es war.« Ich schaue in der Vorratskammer nach dem Alkoholvorrat. Wie üblich ist er aufgebraucht. Ich schlage die Tür wieder zu. »Wir feiern heute Abend. Sieh zu, dass du die Vorräte auffüllst. Ich habe noch etwas zu erledigen.«

Jon nickt. »Besonderer Anlass?«

»Ja. Wir haben uns verlobt. Kauf was Anständiges. Nicht diesen billigen Mist.« Ich gehe zur Haustür und höre Jon lachen. Als ich mich umdrehe, grinst der Wichser immer noch. »Was ist so lustig?«, frage ich und gehe zurück in die Küche.

Er schüttelt den Kopf. »Was ist daran *nicht* lustig, dass ausgerechnet du heiratest, Asa?«

Ich lache. Und dann demoliere ich ihm seine linke Gesichtshälfte.

Nutzloser Wichser.

25

Carter

Irgendwie schaffe ich es zum Parkplatz und in mein Auto. Ich umklammere das Lenkrad und lehne den Kopf zurück.

Ich habe keine Ahnung mehr, wo die Grenze verläuft. Ich versuche, meinen Job zu machen, aber Sloan bringt mich so weit, dass ich mich frage, ob ich dieses Leben wirklich will. Ich habe keine Ahnung, ob ich gerade Carter war oder ganz und gar Luke. Luke wird zu Carter.

Ich bringe viel zu viel von meinem wahren Ich in diesen Job ein, aber ich habe keine Ahnung, wie ich es anstellen soll, nicht ich selbst zu sein, wenn ich mit ihr zusammen bin. All die Dinge, die ich ihr sagen möchte. Die Dinge, die ich gern mit ihr tun würde. Die Wahrheit, die ich ihr nicht mehr vorenthalten will.

Aber wenn ich ihr erzähle, wer ich bin und was ich hier tue, bringe ich alles in Gefahr. Mein Leben. Ryans Leben. Vielleicht sogar *ihres*. Je weniger sie weiß, desto besser.

Ich presse die Stirn ans Lenkrad und versuche, mir die Katastrophe vorzustellen, die unweigerlich über uns hereinbrechen wird.

Ich will mit ihr zusammen sein, und zwar als Luke. Aber das ist erst möglich, wenn wir genug gegen Asa in der Hand haben, um ihn für lange Zeit hinter Gitter zu bringen. Und das wird uns nur gelingen, wenn er einen Fehler macht. Im Moment ist er jedoch sehr vorsichtig. Er ist klüger, als ich dachte.

Aber je länger wir für unsere Ermittlungen brauchen, desto gefährlicher wird es für Sloan. Nach allem, was ich mittlerweile über Asa weiß, wäre es überhaupt nicht gut für sie, sich von ihm zu trennen. Er würde sie auf keinen Fall friedlich ihrer Wege ziehen lassen. Er würde ihr wehtun. Und ihrem Bruder vielleicht auch.

Sie ist ihm auf Gedeih und Verderb ausgeliefert, solange er nicht aus dem Verkehr gezogen ist. Und bis dahin können noch Monate vergehen.

Ich lehne mich wieder auf dem Sitz zurück und schaue auf mein Handy. Wenn man an den Teufel denkt: Asa hat mir zwei Nachrichten geschickt.

Asa: Wo bist du?

Asa: Komm um zwölf zum Mittagessen ins Peralta. Ich habe einen Mordshunger.

Ich starre die Nachrichten mehrere Sekunden lang an. Das sieht ihm gar nicht ähnlich. Er benutzt sein privates Handy nie für Geschäftliches ... Will er wirklich nur mit mir *essen*?

Ich: Bin in zehn Minuten da.

Zwölf Minuten später bahne ich mir einen Weg durch das Restaurant zu Asas Tisch.

»Hey«, sagt er, ohne von seinem Handy aufzusehen. Er schreibt eine Nachricht fertig, schickt sie ab und legt es zur Seite. »Hast du heute Abend schon was vor?«

Ich schüttle den Kopf und nehme die Speisekarte. »Nein. Warum?« Obwohl ich den Blick fest auf die Karte richte, merke ich, dass er lächelt. Er greift hinter sich und stellt etwas auf den Tisch. Ich lasse die Karte sinken und sehe eine Schachtel vor mir stehen.

Eine Schmuckschachtel.

Was zum Teufel?

Er öffnet den Deckel und reicht sie mir. Bestürzt starre ich den Ring an. *Will er ihr etwa einen Antrag machen?*

Ich versuche, nicht zu lachen. Wenn er glaubt, dass sie ihn annehmen wird, hat er nicht alle Tassen im Schrank. Außerdem kennt er Sloan nicht so gut, wie er glaubt, denn dieser Ring ist nichts für sie. Er ist viel zu protzig. Sie wird ihn hassen.

»Du machst ihr einen Antrag?« Ich gebe ihm die Schachtel zurück und nehme wieder die Speisekarte in die Hand, als wäre ich nicht weiter interessiert.

»Nein, das habe ich schon getan. Heute Abend findet die Verlobungsfeier statt.«

Unwillkürlich schaue ich ihm in die Augen. »Hat sie Ja gesagt?« Bis zu diesem Moment hatte ich keine Ahnung, dass man angeberisch nicken kann. Ich zwinge mich zu einem Lächeln. »Glückwunsch, Mann. Da hast du einen guten Fang gemacht.«

Wieso hat sie es heute Morgen nicht erwähnt? Warum lässt sie sich darauf ein? Wahrscheinlich hat sie das Gefühl, nicht anders zu können. Schließlich kann sie Asa in ihrer Situation nicht gut zurückweisen. Es war auf jeden Fall vernünftig von ihr, den Antrag anzunehmen, auch wenn es mir wahnsinnig leid für sie tut.

Ich weiß nur nicht, warum sie mich nicht vorgewarnt hat.

Er steckt die Schachtel in seine Jackentasche zurück. »Sie ist wirklich ein guter Fang. Sie ist Heroin.«

Ich hebe eine Braue. »Heroin?«

Statt auf meine Frage einzugehen, ruft er den Kellner. »Ich will irgendein Bier. Hauptsache vom Fass. Und einen Cheeseburger mit allem Drum und Dran.«

Der Kellner sieht mich an. »Für mich das Gleiche«, sage ich.

Als wir ihm die Karten zurückgeben, fühle ich mein Handy

vibrieren. Wahrscheinlich eine Nachricht von Ryan. Von unterwegs habe ich ihm geschrieben, dass ich mich mit Asa zum Essen treffe. Ich habe keine Ahnung, warum er mich herbestellt hat, aber ich möchte, dass mein Team immer weiß, wo ich bin. Nachdem Sloan im Schlaf meinen Namen gesagt hat, war ich nicht sicher, ob ich dieses Treffen überleben würde.

Ich verschränke die Hände auf dem Tisch. »Und wann ist der große Tag?«

Asa zuckt mit den Schultern. »Keine Ahnung. Bald. Ich will sie aus diesem verdammten Haus schaffen, ehe ihr da noch wer auf die Pelle rückt. Wenn es um sie geht, traue ich keinem.«

Wie umsichtig von ihm. Allerdings ist er damit einen Tag zu spät dran, was Jon ihm aber sicher nicht gesagt hat.

»Ich dachte, es gefällt ihr dort«, lüge ich. »Führt ihr beiden nicht eine Art offene Beziehung? Wie funktioniert das eigentlich?«

Asa verengt die Augen. »Nein, wir führen keine offene Beziehung. Wie kommst du denn auf den Schwachsinn?«

Ich lache und zähle beiläufig alle Gründe auf, wieso ich darauf kommen *könnte*, obwohl ich es natürlich besser weiß: »Weil du es letzte Woche Jess in deinem Schlafzimmer besorgt hast? Und vorgestern Nacht der Kleinen im Pool.«

Asa lacht ebenfalls. »Du musst noch viel über Beziehungen lernen, Carter.«

Ich lehne mich zurück und versuche, dieses Gespräch am Laufen zu halten. Ich möchte nicht allzu neugierig erscheinen, will aber unbedingt wissen, warum er Sloans Zeit verschwendet. »Kann sein. Ich bin davon ausgegangen, dass sich eine Beziehung normalerweise auf zwei Personen beschränkt, aber da habe ich mich wahrscheinlich geirrt. Beziehungen verwirren mich grundsätzlich. Da bildet deine keine Ausnahme.«

»*Da bildet deine keine Ausnahme*«, wiederholt er. »Wer redet denn so daher?« Er verstummt kurz, als der Kellner unser Bier bringt. Nachdem wir beide einen Schluck getrunken haben, stellt er seines beiseite und beugt sich vor. »Lass mich dir was über Beziehungen beibringen, Carter«, sagt er und klopft mit dem Zeigefinger auf den Tisch. »Für den Fall, dass du je in eine gerätst.«

Jetzt wird's interessant.

»Lebt dein Vater noch?«, fragt er.

»Nein. Er ist gestorben, als ich zwei war.« Das ist eine Lüge. Er ist erst seit drei Jahren tot.

»Siehst du, das ist dein erstes Problem. Du bist von einer Frau großgezogen worden.«

»Wieso ist das ein Problem?«

Er nickt. »Alles, was du über das Leben weißt, hast du von einer Frau gelernt. Das geht vielen Männern so, und im Grunde ist auch nichts dagegen einzuwenden. Aber die meisten Männer sind deswegen völlig verkorkst. Männer müssen von Männern lernen. Wir ticken anders, als es den Frauen gerne eingeredet wird.«

Ich antworte nicht und warte darauf, dass er mich weiter an seiner *Weisheit* teilhaben lässt.

»Männer sind von Natur aus nicht monogam. Wir haben das angeborene Bedürfnis, unseren Samen zu verbreiten und unsere Art zu erhalten. Die Reproduktion liegt uns im Blut, und egal was man uns aufzwingen will, solange die Menschheit existiert, werden wir uns immer weiter fortpflanzen. Deswegen sind wir die ganze Zeit so unfassbar geil.«

Ich sehe nach links, wo zwei ältere Damen mit offenem Mund Asas Ausführungen über das männliche Geschlecht lauschen.

»Frauen gebären die Kinder«, merke ich an. »Haben sie damit nicht auch ein Interesse an der Fortpflanzung? Der Wunsch, die Erde zu bevölkern, ist ihnen doch sicher auch angeboren.«

Er schüttelt den Kopf. »Ihnen geht es vor allem um die Aufzucht. Ihre Aufgabe besteht darin, unsere Art am Leben zu erhalten. Nicht, sie zu erschaffen. Außerdem liegt Frauen nicht so viel an Sex wie Männern.«

Ich wünschte, ich könnte das alles aufzeichnen. »Nicht?«

»Nein, natürlich nicht. Sie sehnen sich nach einem offenen Gedankenaustausch … nach Gefühlen. Sie wollen eine Beziehung eingehen … eine lebenslange Bindung. Deswegen drängen sie so auf die Ehe. Sie suchen von Haus aus nach einem Beschützer. Jemandem, der sie versorgt. Sie brauchen Sicherheit, ein Heim, in dem sie ihre Kinder aufziehen können. Frauen haben nicht die gleichen körperlichen Bedürfnisse wie wir. Deswegen ist es nur fair, dass wir für sie Familien gründen und gleichzeitig nach einem Ventil für unsere natürlichen Triebe suchen. Wenn Männer rumficken, ist das was anderes, als wenn es Frauen tun.«

Ich nicke, als würde ich seiner Philosophie zustimmen, doch tatsächlich wächst mein Mitleid mit Sloan ins Unermessliche. »Deiner Meinung nach haben Frauen also keinen biologischen Grund, mit mehr als einem Mann zu schlafen, umgekehrt ist es aber völlig in Ordnung, richtig?«

»Ganz genau. Wenn ein Mann fremdgeht, ist das was rein Körperliches. Wir fühlen uns von den Hüften, den Beinen, dem Arsch und den Titten einer Frau angezogen. Es geht nur um den Geschlechtsakt. Das gute alte Rein-raus-Spiel. Bei einer Frau ist das anders. Wenn sie fremdgeht, findet alles in ihrem Kopf statt. Sie wird von Gefühlen angetörnt. Wenn eine Frau mit einem Mann fickt, dann nicht, weil sie geil ist, sondern weil sie will, dass er sie liebt. Das ist der Grund, warum ich mit anderen Frauen vögle und Sloan es nicht mit anderen Männern treiben darf. Mutter Natur will es so.«

Krass. Männer wie ihn gibt es also wirklich.

»Und Sloan ist damit einverstanden?«

Asa lacht. »Das ist der springende Punkt, Carter. Frauen verstehen das nicht, weil sie anders sind als wir. Deswegen sind Männer auch geborene Lügner.«

Ich lächle, obwohl ich am liebsten unter dem Tisch nach ihm greifen und seiner Fortpflanzungsfähigkeit ein Ende bereiten würde – damit er auf keinen Fall Ableger von sich in die Welt setzen kann. »Und welche Rolle spielen bei alldem die Frauen, mit denen du rummachst?«, frage ich.

Er schenkt mir ein widerliches Grinsen. »Gott hat die Huren nicht umsonst erschaffen, Carter.«

Ich zwinge mich zu einem weiteren Lächeln. Mit einem hat er recht – ich bin definitiv ein sehr guter Lügner. »Dann dienen die Huren also zur Triebbefriedigung und die Ehefrauen zur Kinderaufzucht?«, frage ich.

Asa nickt stolz, als hätte er mir etwas Grundlegendes beigebracht, und erhebt sein Bier. »Darauf trinken wir.« Wir stoßen an, und er nimmt einen Schluck. »Mein Vater hätte es ganz ähnlich formuliert.«

»Ist er noch am Leben?«

Asa nickt angespannt. »Ja. Irgendwo.«

Unser Essen kommt, aber ich bin nicht sicher, ob ich nach dieser bizarren Lektion in angewandtem Darwinismus noch etwas runterbekommen werde. Da ich nun weiß, dass ich Sloan heute Abend bei ihrer beschissenen *Verlobungsfeier* sehen werde, ist mir ohnehin überhaupt nicht nach Essen zumute.

»Du solltest eine Rede halten.«

Ich halte mitten im Kauen inne. »Wie bitte?«

Asa trinkt noch einen Schluck. »Heute Abend«, sagt er und stellt das Glas wieder auf den Tisch. »Bei der Party. Nachdem ich die Verlobung verkündet habe, solltest du etwas sagen. Du kannst das besser als all die Schwachköpfe, die sonst noch dabei sein werden. Stell mich in einem guten Licht dar. Sloan steht auf so was.«

Ich würge den halbgekauten Bissen hinunter. »Es wäre mir eine Ehre.«

Arschloch.

26

Sloan

Ich vertrödle jeden Tag so viel Zeit wie möglich, bevor ich mich auf den Heimweg mache. Je weniger ich bei Asa bin, desto besser. Nach meinem letzten Kurs bin ich ins Fitnessstudio und danach noch in die Bibliothek gegangen. Es war schon nach sieben, als ich schließlich nach Hause gekommen bin. Jon saß auf dem Sofa und hat mich böse angestarrt.

Ich bin so schnell wie möglich die Treppe hoch und in mein Zimmer verschwunden, habe aber trotzdem kurz sein Gesicht gesehen. Ich weiß nicht, was passiert ist, nachdem ich gestern Abend nach oben gegangen bin, aber es ist offensichtlich, dass Carter noch nicht fertig mit ihm war, denn inzwischen sind beide Gesichtshälften grün und blau.

Vorsichtshalber schließe ich die Schlafzimmertür hinter mir ab. Ich weiß nicht, ob Asa zu Hause ist oder nicht, aber ich werde nie wieder das Risiko eingehen, mit Jon allein zu sein.

Als ich meinen Rucksack in eine Ecke werfe, fällt mein Blick auf die Kommode. Genauer gesagt auf die *Schmuckschachtel*, die darauf steht.

Er hat mir einen Ring gekauft. Verdammt, fast täglich macht er mir irgendwelche Versprechen und hält sie nie. Aber an das eine Versprechen, auf das ich absolut keinen Wert lege, erinnert er sich natürlich.

Typisch.

Ich gehe rüber zur Kommode und hebe den Deckel der kleinen Schachtel ganz leicht an, eigentlich will ich ihn gar nicht wirklich sehen.

Sofort verziehe ich das Gesicht. Es war klar, dass er mir so einen Ring kaufen würde, vermutlich war es wirklich der protzigste, den der Juwelier zu bieten hatte. Drei riesige Brillanten nehmen den Großteil des Platinrings ein, jeder von ihnen sitzt zwischen mehreren kleinen Steinen.

Das ist der absolut hässlichste Ring, den ich je gesehen habe. Bei der Vorstellung, dass ich ihn tragen muss, wird mir ganz schlecht.

Ein solches Ungetüm lässt sich nicht mal verstecken. Ich hätte Carter heute Morgen davon erzählen sollen. Aber ich wusste einfach nicht, wie ich dem Mann, für den ich immer mehr Gefühle entwickle, gestehen soll, dass ich mich gerade mit einem anderen verlobt habe. Mit jemandem, den er verabscheut. Auch wenn diese Verlobung mir nichts bedeutet.

Aus dem Garten dringt Lachen zu mir, also gehe ich rüber zum Fenster. Dalton steht am Grill, auf dem bereits Burger brutzeln. Es sind bestimmt schon an die zwanzig Leute da, die herumstehen und auf Liegestühlen fläzen. Asa muss den Pool beheizt haben, denn in den letzten Tagen ist es kühler geworden und trotzdem sind schon ein paar Leute im Wasser.

Asa beheizt den Pool nur für große Partys.

»Sloan!«

Scheiße.

Der Klang meines Namens und das Klopfen an der Tür lassen mich herumwirbeln. Schnell gehe ich rüber und schließe auf, um Asa einzulassen.

Er lächelt schon, bevor er mir überhaupt in die Augen sieht. »Hey, zukünftige Ehefrau.«

Schon seltsam, dass die Bezeichnung, die er zärtlich meint, in meinen Ohren klingt wie eine Beleidigung.

»Hey … zukünftiger Ehemann.«

Er schlingt einen Arm um mich und küsst meinen Nacken.

»Ich hoffe, du hast gestern genug geschlafen, denn heute Nacht wirst du nicht dazu kommen.« Mit den Lippen wandert er meinen Hals hinauf, hält an meinem Mundwinkel inne. »Willst du deinen Ring jetzt oder später?«

Ich behalte für mich, dass ich mir den Ring schon angesehen habe und er nur ein weiterer Beweis dafür ist, dass Asa mich überhaupt nicht kennt. Stattdessen sage ich ihm, dass ich den Ring jetzt haben will, denn wenn ich mich für später entscheide, würde er bloß eine Riesenshow daraus machen. Und das ist das Letzte, was ich will.

Er streckt die Hand zur Kommode aus und greift nach der Schmuckschachtel. Er macht Anstalten, sie mir zu geben, zieht sie dann aber noch mal zurück. »Warte. Ich muss das richtig machen.«

Er lässt sich auf ein Knie sinken und präsentiert mir den Ring in der geöffneten Box. »Würdest du mir die Ehre erweisen, Mrs Asa Jackson zu werden?«

Im Ernst? Das muss der mieseste Heiratsantrag der Geschichte sein. Mal abgesehen von dem, den er mir heute Morgen gemacht hat, direkt nachdem er mir die Kehle zugedrückt hat.

»Ich hab doch schon Ja gesagt«, erwidere ich und zwinge mich zu einem Lächeln.

Er grinst und schiebt den Ring auf meinen Finger. Ich betrachte ihn, hebe ihn ins Licht, tue so, als würde ich ihn bewundern. *Ich wusste gar nicht, dass die Hölle so funkeln kann.*

Asa steht auf und geht rüber zum Schrank. Er zieht sein blaues Hemd aus und macht sich daran, ein neues auszusuchen. »Wir sollten heute Abend im Partnerlook gehen«, sagt er. »Schwarzes Hemd, schwarzes Kleid.« Er zieht ein Hemd vom Bügel und wirft mir dann ein Kleid zu. Ich unterdrücke ein Stöhnen, als ich es auffange. Es ist eins der Kleider, die er mir gekauft hat, und kürzer als alles, was ich mir jemals selbst aussuchen würde.

»Ich bin so froh, dass wir bald unser eigenes Haus haben«, sagt er. »Dann hat jeder von uns seinen Schrank.«

Ich balle die Hände zu Fäusten, zerknittere das Kleid zwischen meinen Fingern. »Unser eigenes Haus?«

Er lacht. »Du denkst doch nicht wirklich, dass ich dich heirate und dann in diesem Haus halte, oder?«

»Du *hältst* mich?«

Er schlüpft in die Ärmel des schwarzen Hemds und lacht leise, während er es zuknöpft. »Ich war heute übrigens mit Carter Mittag essen«, sagt er wie nebenbei, als er sich aufs Bett setzt.

Mittag essen? Was? Der Spanischkurs war gegen Mittag zu Ende. Das würde bedeuten, dass Carter den Kursraum verlassen hat, nachdem er all diese Gefühle in mir ausgelöst hat, um sich direkt danach mit *Asa* zum Essen zu treffen …

Wieso?

Ich lasse mich auf die andere Seite des Betts sinken und bemühe mich um einen desinteressierten Ton. »Ach ja?«

Asa zieht ein Paar Socken an. »Er ist gar nicht so übel. Irgendwie mag ich ihn. Vielleicht frage ich ihn sogar, ob er einer meiner Trauzeugen sein will.«

Plant er etwa schon die Hochzeit?

Asa schlüpft in seine Schuhe und steht auf, dreht sich zum Spiegel. Zufrieden fährt er sich mit beiden Händen durch die Haare. »Hast du schon überlegt, wer deine Brautjungfern sein sollen? Du hast nicht wirklich viele Freundinnen, oder?«

Du machst es mir nicht gerade leicht, Freunde zu haben, Asa.

»Wir haben uns doch erst heute Morgen verlobt«, erwidere ich. »Danach war ich den ganzen Tag am College. Ich hatte noch nicht wirklich Zeit, über die Details einer Hochzeit nachzudenken.«

»Frag doch Jess, ob sie deine Brautjungfer sein will«, schlägt er vor.

Ich nicke, doch innerlich lache ich laut auf. Jess hasst mich. Ich weiß nicht, warum, aber sie sieht mich nicht mal an, egal, wie nett ich zu ihr bin. »Ja«, sage ich, »ich könnte Jess fragen.«

Asa öffnet die Tür und deutet auf das Kleid, das ich noch immer fest umklammert halte. »Geh duschen und mach dich fertig. Ich will, dass du dich für heute Abend richtig aufbrezelst, wenn wir allen die große Neuigkeit verkünden.«

Dann fällt die Tür hinter ihm zu. Ich sehe hinab auf das Kleid in meinen Händen. Auf den Ring an meinem Finger.

Diese Grube, die ich mir selbst grabe, wird immer tiefer und tiefer. Wenn ich nicht bald einen Weg finde, rauszuklettern, wird Asa sie mit Zement füllen.

***

Asa mag es, wenn meine Haare glatt sind. Das weiß ich, weil es schon zwei Mal vorgekommen ist, dass er von mir verlangt hat, meine Frisur zu ändern, nachdem ich meine Haare ein bisschen gelockt hatte. Das erste Mal war ganz zu Beginn unserer Beziehung, als er mich Jon vorgestellt hat. Dann noch mal an unserem ersten Jahrestag, an dem wir in ein Restaurant gegangen sind, das ich selbst reserviert hatte. Der Jahrestag, an den ich ihn drei Mal erinnern musste.

Er hat gesagt, seine Mutter hatte Locken, und deswegen sei es ihm lieber, wenn ich meine Haare glatt trage.

Ich weiß nichts über seine Familie, abgesehen von der Tatsache, dass er keine hat. Und diese eine Aussage über seine Mutter war das einzige Mal in den gut zwei Jahren, die ich ihn schon kenne, dass er sie überhaupt erwähnt hat.

Und doch stehe ich jetzt mit dem Lockenstab vor dem Spiegel. Einfach nur, weil ich weiß, dass Carter Locken mag. Mir ist schon ein paarmal aufgefallen, wie er mein Haar verträumt ansieht, wenn ich es gelockt trage. Als wünschte er sich, er könnte es berühren – könnte mit der Hand hindurchfahren und mein Gesicht zu sich ziehen. Und obwohl er heute Abend am anderen Ende des Raums bleiben und nicht mal in meine Richtung sehen wird, locke ich mein Haar. Für ihn.

Nicht für meinen *Verlobten.*

Die Musik ist laut, das Haus ist voller Leute, und ich habe eineinhalb Stunden im Badezimmer verbracht, um mich fertig zu machen. Wobei mindestens eine Stunde dafür draufgegangen ist, mein Spiegelbild anzustarren und mich zu fragen, wie zur Hölle ich es geschafft habe, mich in diese immer ausweglosere Situation zu bringen. Doch ich muss aufhören, über all die schlechten Entscheidungen nachzudenken, die ich getroffen habe, und stattdessen herausfinden, wie ich bessere treffen kann.

Am Sonntag besuche ich meinen Bruder. Da seine Pflege jetzt privat finanziert wird, treffe ich mich nicht mehr mit seiner Sozialarbeiterin, um die jährlich anfallenden Formulare auszufüllen. Aber ich glaube, ich werde einen Termin mit ihr vereinbaren, wenn ich am Sonntag dort bin. Ich will sie fragen, ob ich nicht doch irgendetwas tun kann, um Stephens staatliche Unterstützung zurückzubekommen. Davon darf Asa natürlich nichts erfahren.

Jemand hämmert an die Badtür, also lege ich den Lockenstab weg und stecke ihn aus. Als ich die Tür öffne, steht Asa davor, stützt sich mit beiden Händen am Türrahmen ab. Sein Blick wandert an mir hinab, dann langsam wieder hinauf. »Heilige Scheiße«, sagt er und kommt zu mir ins Bad. Er schlingt einen Arm um meine Taille, während die andere Hand auf meinem Oberschenkel landet, wo er mit den Fingern mein Kleid hochschiebt. »Ich wollte ja eigentlich warten, bis ich dich heute Nacht in meinem Bett habe, aber ich weiß nicht, ob ich das schaffe.«

Sein Atem stinkt nach Whiskey. Es ist noch nicht mal neun,

und er ist jetzt schon auf gutem Weg ins Koma. Aber immerhin scheinen ihn meine Locken heute nicht zu stören.

Ich schiebe ihn mit beiden Händen weg. »Tja, du *musst* leider warten. Ich habe mich extra für dich schick gemacht. Jetzt will ich dich wenigstens ein paar Stunden mit diesem Outfit quälen.«

Knurrend hebt er mich auf den Waschtisch, drängt sich zwischen meine Beine. »Verdammt, Sloan, womit habe ich dich bloß verdient?«

Ich schließe die Augen, während er Küsse über meine Schulter verteilt. Womit habe ich *ihn* bloß verdient?

Er packt meine Taille und hebt mich vom Waschtisch. Allerdings stellt er mich nicht wieder auf die Füße, sondern hält mich in seinen Armen, sodass ich gezwungen bin, mich an seinen Hals zu klammern, um nicht das Gleichgewicht zu verlieren. So trägt er mich aus dem Bad und die Treppe hinunter. Bevor wir ganz unten angekommen sind, bleibt er stehen und setzt mich ab. »Warte hier«, sagt er, bevor er die restlichen Stufen runterläuft und in der Küche verschwindet.

Ich sehe mich im überfüllten Wohnzimmer um. So viele Menschen … Als ich Jess entdecke, lächle ich ihr zu. Sie wendet den Blick ab, aber ich bin mir fast sicher, dass sie vorher kurz das Gesicht verzieht.

Ich habe keine Ahnung, was ich ihr getan habe oder wieso sie mich so sehr hasst. Aber ich bin daran gewöhnt, so behandelt zu werden. Ich habe schon als Kind aufgehört, mir deswegen den Kopf zu zerbrechen.

Während ich auf Asa warte, drehe ich nervös den Ring an meinem Finger. Er ist so riesig, dass ich ihn zur Selbstverteidigung nutzen könnte – immerhin etwas. Das könnte sich als Vorteil erweisen, falls ich mich noch mal allein mit Jon wiederfinde.

Ich spüre ein nervöses Kribbeln in meinem Magen, noch bevor ich seinen Blick bemerke. Carter steht am anderen Ende des Wohnzimmers, lehnt neben Dalton an der Wand. Seine Arme sind verschränkt, und er steht zu seinem Wort – er sieht mich nicht an. Nicht direkt. Sein Blick ist auf meine Hand gerichtet.

Ich höre auf, mit dem Ring zu spielen, und sofort huscht sein Blick hoch zu meinem Gesicht. Seine Augen sind schmal, sein Kiefer angespannt. Dalton steht neben ihm, lacht und redet und merkt überhaupt nicht, dass Carter total abgelenkt ist. Es ist genauso, wie Carter vorhin gesagt hat, er kann nichts anderes sehen – er sieht nur mich. Seine Miene bleibt unverändert. Selbst als Asa mit zwei Champagnergläsern zurückkommt und mir eins davon in die Hand drückt, wendet Carter nicht den Blick ab. Es macht fast den Eindruck, als würde er sich absichtlich quälen.

Um es ihm leichter zu machen, breche ich als Erste den Blickkontakt ab. Wobei es vermutlich nicht gerade hilfreich ist, dass ich stattdessen zu Asa aufsehe. Ich kann Carters Blick immer noch auf mir spüren, als Asa sein Glas hebt.

»Ihr Wichser!«, ruft er. »Macht mal die Musik aus!«

Wenige Sekunden später verstummt die Musik. Aller Augen richten sich auf uns, und ich will plötzlich nur noch die Treppe hochrennen und mich verstecken. Ich zwinge mich dazu, nicht in Carters Richtung zu sehen.

Nachdem Asa sich die volle Aufmerksamkeit gesichert hat, sagt er: »Die meisten von euch wissen es ja schon, weil ich einfach nicht meine verdammte Klappe halten kann, seit sie Ja gesagt hat.« Er zieht meine Hand hoch. »Aber sie hat Ja gesagt!«

Jubel und Glückwünsche erfüllen den Raum, verstummen jedoch schnell wieder, als klar wird, dass Asa noch nicht fertig ist.

»Ich liebe dieses Mädchen schon lange«, sagt er. »Sie ist alles für mich. Es ist also verdammt noch mal höchste Zeit, dass wir es offiziell machen.« Er lächelt mich an, und ich müsste lügen, würde ich behaupten, dass ich nichts für ihn empfinde – auch wenn es inzwischen nur noch Mitleid ist. Irgendwo tief in mir ahne ich, dass er eine richtig miese Kindheit gehabt haben muss. Doch nur weil ein Großteil seines Verhaltens vermutlich damit erklärt werden kann, dass er in seiner Kindheit von grausamen Menschen umgeben war, bin ich noch lange nicht verpflichtet, ebenfalls ein unglückliches Leben zu führen. Auch wenn er mich noch so sehr liebt.

Denn das tut er, er liebt mich. Auf eine ziemlich kranke Art, okay, aber er liebt mich. So viel ist offensichtlich.

Asa deutet quer durch den Raum. »Carter! Kumpel! Hilf uns dabei, dieses monumentale Ereignis zu feiern, und sag ein paar Worte!«

Ich schließe die Augen. Wieso muss er Carter da mit reinziehen? Ich kann gar nicht hinsehen.

»Na los, bringt dem Wichser mal ein Glas Schampus!«, ruft Asa.

Ich öffne die Augen und zwinge meinen Blick langsam durch den Raum, bis er Carter findet, dessen Miene immer noch unverändert ist. Der einzige Unterschied ist, dass ihm jetzt jemand ein Glas Champagner in die Hand drückt.

Und ihm einen Stuhl zuschiebt, auf den er steigen soll.

Ich hasse mein Leben.

Asa zieht mich an sich und drückt mir einen Kuss auf die Schläfe, während wir beobachten, wie Carter auf den Stuhl klettert. Es ist unglaublich still im Raum. Er hat die volle Aufmerksamkeit der Leute, mehr noch als Asa, und das, obwohl Carter noch kein einziges Wort gesagt hat. Es scheint fast so, als wären alle mehr daran interessiert, was Carter zu sagen hat, als daran, was Asa zu sagen hatte. Eine Tatsache, die Asa hoffentlich entgeht.

Carter sieht mich nicht an. Er setzt sein Glas an die Lippen und leert es in einem Zug, bevor er seine Rede überhaupt beginnt.

Dann hält er Dalton, der die Champagnerflasche in der Hand hat, sein Glas hin. Nachdem Dalton es aufgefüllt hat, hebt Carter es vor die Brust und sieht Asa direkt in die Augen. Ich kann sehen, wie er angespannt die Luft ausstößt, bevor an anfängt zu reden.

»Kaum zu glauben, dass wir jetzt in einem Alter sind, in dem man sich verlobt. Heiratet. Familien gründet. Noch schwerer zu glauben ist allerdings, dass Asa Jackson uns allen damit zuvorkommt.«

Ein paar Leute lachen.

»Ich habe mich nie für einen Typen gehalten, der sich häuslich niederlässt. Aber seit ich Asa kenne und miterlebt habe, wie sehr er seine Beziehung zu Sloan *schätzt*, habe ich meine Meinung geändert. Denn wenn er es geschafft hat, eine so wunderbare Frau abzukriegen, ist es für den Rest von uns vielleicht auch noch nicht zu spät.«

Rund um uns herum werden Gläser gehoben, doch Carter bringt die Leute mit einer Geste wieder zum Schweigen. Ich kann spüren, wie Asa sich neben mir anspannt – ich selbst bin schon nervös, seit Carter den Mund aufgemacht hat.

»Ich bin noch nicht fertig«, sagt Carter und lässt seinen Blick über die Menge schweifen. »Asa Jackson hat eine längere Rede verdient, ihr ungeduldigen Arschlöcher.«

Mehr Lachen.

Carter leert sein zweites Glas Champagner und wartet, bis Dalton es wieder aufgefüllt hat. Mein Puls rast, und ich kann nur beten, dass Asa nicht nach meinem Handgelenk greift und es spürt.

»Sloan ist wirklich sehr, *sehr* hübsch«, sagt Carter, ohne mich anzusehen, »aber Aussehen hat nichts mit Liebe zu tun. Man findet Liebe nicht in der Anziehungskraft, die jemand auf einen ausübt, oder im Lachen, das man teilt. Man findet Liebe nicht in den Dingen, die man gemeinsam hat, oder in dem Glück, das zwei Menschen empfinden, so groß es auch sein mag.«

Er kippt das dritte Glas Champagner runter, und Dalton füllt es routinemäßig wieder auf. Auch ich nehme jetzt einen Schluck, weil mein Mund und meine Kehle völlig ausgetrocknet sind.

»Liebe«, fährt Carter fort, seine Stimme inzwischen etwas verwaschen und lauter, »Liebe wird nicht gefunden. Liebe *findet*.«

Carters Blick schweift durch den Raum, bis er auf mir landet. »Liebe findet einen im Verzeihen nach einem Streit. Liebe findet einen im Mitgefühl, das man für jemanden hat. Liebe findet einen in der Umarmung nach einer Tragödie. Liebe findet einen in dem Freudenfest nach einer überwundenen Krankheit. Und auch in der Verzweiflung, nachdem eine Krankheit gesiegt hat.«

Carter hebt sein Glas. »Auf Asa und Sloan. Möge die Liebe euch in jeder Tragödie finden, der ihr euch stellen müsst.«

Der gesamte Raum bricht in Jubelschreie aus.

Mein Herz explodiert in meiner Brust.

Asa drückt seine Lippen auf meine und küsst mich kurz, bevor er sich in die Menge stürzt, zwischen all den Leuten versinkt, die sich darum reißen, ihm auf den Rücken zu klopfen, ihm zu gratulieren und sein Ego aufzupumpen.

Ich bleibe allein auf der Treppe zurück und starre den Typen an, der immer noch auf seinem Stuhl steht und mich ebenfalls anstarrt, bevor er sein viertes Glas Champagner leert, vom Stuhl steigt und in der Menge verschwindet.

Ich lege eine Hand auf meinen Bauch und stoße die Luft aus, die ich angehalten habe, seit er seine Rede begonnen hat.

Liebe findet einen in der Tragödie.

Carter hat mich definitiv in einer Tragödie gefunden. Inmitten einer ganzen Reihe von Tragödien …

Mit dem Blick suche ich die Menschenmenge ab, bis ich Asa am anderen Ende des Raums entdecke. Er starrt mich an. Misstrauen hat das Lächeln vertrieben, das den ganzen Abend auf sein Gesicht gekleistert war. Sein Blick bohrt sich genauso intensiv in meinen wie meiner eben noch in Carters.

Ich finde nicht mal die Kraft, ein Lächeln vorzutäuschen.

Asa kippt den Inhalt eines Shotglases runter und knallt es neben sich auf den Tisch. Kevin füllt es auf und er leert es wieder. Dann noch eins. Dabei lässt er mich keine Sekunde aus den Augen.

27

Asa

»Noch einen.«

»Du hattest schon fünf, Asa«, erwidert Kevin. »Es ist kurz nach neun. Wenn du so weitermachst, kippst du um zehn aus den Latschen.«

Ich löse meinen Blick von Sloan und fixiere Kevin. Er besinnt sich eines Besseren, gießt mir den sechsten Drink ein und ich kippe ihn runter. Als ich wieder zur Treppe schaue, ist Sloan verschwunden.

Ich sehe mich im Raum um, aber sie ist nirgends zu entdecken. Sofort bahne ich mir einen Weg durch die Menge und steige die Treppe zu unserem Zimmer hinauf.

Als ich die Tür öffne, sitzt sie auf dem Bett und starrt auf ihre Hand. Dann sieht sie zu mir und lächelt, aber es wirkt gezwungen. *In letzter Zeit wirkt ihr Lächeln oft gezwungen.*

»Was machst du hier oben?«, frage ich sie.

Sie zuckt mit den Schultern. »Du weißt doch, dass ich keine Partys mag.«

Früher mochte sie die schon. So wie sie früher nackt geschlafen hat. Auf dem Bauch.

Ich mache zwei Schritte auf sie zu und schaue auf sie hinab. »Was hältst du von Carters kleiner Rede?«

Sie befeuchtet ihre Lippen und zuckt wieder mit den Schultern. »War gar nicht so einfach, ihm zu folgen. Irgendwie verwirrend, um ehrlich zu sein.«

Ich nicke und beobachte aufmerksam ihre Reaktion. »Ach ja? Hast du ihn deshalb so angestarrt, nachdem ich gegangen bin?«

Sie neigt den Kopf ein wenig zur Seite, wie es verwirrte Menschen tun. Oder Menschen, die Verwirrung vortäuschen wollen.

Das Einzige, was mir an Sloan *nicht* gefällt, ist, dass sie klug ist. Schlauer als die meisten Mädchen. Sogar klüger als viele Männer, die ich kenne. Möglicherweise ist sie sogar eine gute Lügnerin, immerhin habe ich sie noch nie bei einer Lüge ertappt. Ich lege meine Hand seitlich an ihr Gesicht und lenke ihren Blick zu mir hoch. »Ich habe dich das schon einmal gefragt. Das ist das letzte Mal, Sloan.«

Wenn ich es nicht besser wüsste, würde ich sagen, sie zittert. Aber das könnte auch an den sechs Drinks liegen, die durch meinen Blutkreislauf rauschen. Ich streiche mit den Fingern über ihre Wangenknochen. Bei ihren Lippen halte ich inne und ziehe ihre Konturen langsam nach. »Willst du ihn ficken?«

Ihr Nacken wird steif, und sie weicht zurück. »Asa, rede keinen Unsinn«, wehrt sie meine Frage ab.

Ich schüttle den Kopf. »Ich bin nicht dumm, Sloan, also behandle mich nicht so. Ich habe doch mitbekommen, wie du ihn unten angesehen hast. Und ich bin immer noch nicht restlos überzeugt, dass es nicht sein Name war, den du letzte Nacht im Schlaf gestöhnt hast. Also raus damit … willst du ihn ficken?«

Sie schüttelt den Kopf. »Nicht schon wieder, Asa. Du bist betrunken. Das macht dich paranoid.« Sie steht auf, und meine Hand gleitet zu ihrer Taille hinab. Sie schaut mir direkt in die Augen. »Carter ist mir scheißegal. Ich kenne ihn nicht einmal. Keine Ahnung, warum du immer wieder von ihm anfängst, aber wenn er dir so auf die Nerven geht, dann *feuere* ihn. Lass ihn nicht mehr in unser Haus. Wenn ich jemand anderen wollte, würde ich diesen Ring nicht tragen.«

Sie hebt die linke Hand und lächelt. »Er ist übrigens sehr schön«, sagt sie und bewundert den Ring. »Ich war vorhin so sprachlos, dass ich dir gar nicht gesagt habe, wie perfekt er ist.«

Entweder bin ich ein wahnhaftes Arschloch, oder sie ist die beste Lügnerin, die mir je begegnet ist. Wenn ich wählen müsste, würde ich mich für Ersteres entscheiden.

Ich schlinge die Arme um ihre Taille. »Komm mit runter«, sage ich. »Ich will dich die ganze Nacht anschauen.«

Sie küsst mich auf die Wange. »In einer halben Stunde. Ich will meinen Ring noch ein bisschen für mich allein haben, bevor die ganzen Mädchen unten ihn unbedingt anprobieren wollen.« Sie dreht den Ring an ihrem Finger und bestaunt ihn erneut.

Frauen. Sie sind so leicht zufriedenzustellen. Vielleicht sollte ich ihr mehr verdammten Schmuck kaufen.

Ich lasse sie los und gehe zur Tür. »Warte nicht zu lange, du musst noch eine Menge an Drinks aufholen.« Ich öffne die Tür, halte dann aber inne, als sie meinen Namen ruft. Ich drehe mich um. Sie sitzt wieder auf dem Bett.

»Ich liebe dich«, sagt sie, und ihre süßen Lippen kräuseln sich bei diesen Worten. Ich habe ein fast schmerzhaftes Verlangen, in ihr zu sein.

Das werde ich auch. Später.

»Ich weiß, Baby. Du wärst dumm, wenn du es nicht tun würdest.«

Ich schließe die Tür und geh wieder nach unten. Wahrscheinlich hätte ich das nicht sagen sollen, aber ich bin immer noch verärgert darüber, wie sie Carter angestarrt hat. Als ich den Raum durchquere, steht Kevin noch am Tisch mit dem ganzen Alkohol. Ich nehme ihm ein Glas aus der Hand. »Noch einen«, sage ich, zeige auf die Flasche und kippe den Drink. Ich brauche ungefähr das Doppelte von dem, was ich schon intus habe, um zu vergessen, wie sehr mein Blut bei dem Gedanken an Carter und Sloan kocht.

Apropos Carter …

Aus dem Augenwinkel sehe ich, wie er sich gerade zu einer

heißen Blondine hinunterbeugt und ihr etwas ins Ohr flüstert. Sie lacht und gibt ihm einen Klaps auf die Brust. Mein Blick folgt seinen Händen, die ihre Taille umfassen und sie gegen die Wand hinter ihr drücken.

Sloan hat recht. Ich bin paranoid. Wenn zwischen Carter und Sloan etwas wäre, würde er mir aus dem Weg gehen oder sich zumindest nach Sloan umsehen. Und nicht gierig den Hals einer anderen lecken, so wie er es gerade tut.

Gut für ihn. Das ist das erste Mal, dass er so richtig locker ist. Das muss an der halben Flasche Schampus liegen, die er zu seinem Trinkspruch geleert hat.

Ich schnappe mir einen weiteren Drink und spaziere an den beiden vorbei zur Hintertür. Dabei klopfe ich Carter auf die Schulter, aber er nimmt es wahrscheinlich gar nicht wahr. Die Beine der Braut sind jetzt um seine Taille geschlungen. Sie hat verdammt schöne Beine.

Der Glückspilz.

Im Vorbeigehen lasse ich meine Finger leicht über einen ihrer Schenkel streifen. Carter hat sein Gesicht immer noch an ihrem Hals vergraben, aber die Kleine nimmt Blickkontakt mit mir auf, als sie meine Berührung spürt. Ich zwinkere ihr zu und schlendere zur Hintertür.

Ich gebe ihr fünf Minuten, um einen Vorwand zu finden und mir nach draußen zu folgen.

Ich sollte ein schlechtes Gewissen haben, weil ich Carter das Mädchen vor der Nase wegschnappe. Aber der Wichser hat mich in den letzten vierundzwanzig Stunden mehr als genug beschäftigt, zumindest in Bezug auf Sloan. Genau genommen hat er nichts Besseres verdient.

28

Carter

»Ist er weg?«, flüstere ich ihr ins Ohr.

Tillie nickt, lässt das Bein sinken, das sie mir um die Hüften geschlungen hat, und wischt sich über den Hals. »Ich verstehe ja, dass es überzeugend wirken musste, aber ich möchte bitte nie wieder deine Zunge auf mir spüren. Widerlich.«

Ich lache.

Sie kämmt sich mit den Fingern die Haare glatt. »Und jetzt verschwinde und störe mich nicht bei der Arbeit. Das wird möglicherweise noch einfacher als gedacht.« Sie schiebt mich beiseite und geht zur Hintertür, um nach ihrem neuen Projekt Ausschau zu halten. *Asa.*

Tillie hat schon bei ein paar Einsätzen geholfen, an denen ich beteiligt war, aber normalerweise ist sie Ryans Partnerin. Ich habe mir überlegt, dass ihre Anwesenheit nicht nur für mich persönlich, sondern auch für die Ermittlungen hilfreich sein könnte. Wenn irgendwer imstande ist, Asa eine Zeit lang von Sloan abzulenken, dann Tillie. Nicht nur wegen ihres Aussehens, sondern auch, weil sie wie ein Chamäleon ist. Sie kann sich jede beliebige Persönlichkeit überstreifen, um sich für ihr Gegenüber attraktiv zu machen.

Nachdem sie verschwunden ist, vergewissere ich mich, dass gerade niemand auf mich achtet, und gehe zur Treppe.

Zugegeben, Tillie ist nicht hier, damit ich mich in Sloans Zimmer schleichen kann. Tatsächlich hat Ryan mir sogar ausdrücklich befohlen, mich heute Abend von ihr fernzuhalten. Ich soll mich erst am Sonntag um sie kümmern, wenn Asa weit weg ist.

Zum Glück ist Ryan draußen. Genau wie Asa.

Und jetzt auch Tillie. Ich habe mindestens zehn Minuten, um nach Sloan zu sehen.

Wahrscheinlich haben meine Worte vorhin sie vor den Kopf gestoßen. Ich kann es ja selbst kaum fassen, dass Asa ausgerechnet mich darum gebeten hat, eine Rede zu halten. Entweder beginnt er, mir zu trauen, oder er ist einer von den Leuten, die ihre Feinde noch näher bei sich halten wollen als ihre Freunde.

Um keine Zeit zu verschwenden, betrete ich ihr Schlafzimmer, ohne vorher anzuklopfen, und schließe schnell die Tür hinter mir.

Sie sitzt auf dem Bett. Als sie mich reinkommen sieht, erhebt sie sich. »Carter«, sagt sie und wischt sich eine Träne aus dem Gesicht. »Du solltest nicht hier sein.«

Sie ist so unfassbar schön. Mir ist richtig übel geworden, als ich vorhin sah, wie Asa sie die Treppe hinuntertrug. Ich konnte gar nicht richtig hinsehen. Ihre dunklen Locken fallen ihr über die nackten Schultern, ihr Kleid schmiegt sich so eng an sie, wie ich es in diesem Moment gern täte. *Verdammt.* Vorhin musste ich eine halbe Flasche Champagner leeren, um die Rede halten zu können, aber jetzt merke ich allmählich, wie der Alkohol einfährt.

Ich schaffe es irgendwie, an ihr vorbei zum Fenster zu gehen, ohne sie zu berühren, und spähe in den Garten. Asa fläzt sich auf einen Liegestuhl am Pool, Tillie sitzt auf der Liege daneben. Sie beugt sich vor und führt ein angeregtes Gespräch mit ihm. Er hat die Hände entspannt hinter dem Kopf verschränkt, und ich kann sogar von hier oben aus erkennen, dass er ihr auf die Brüste starrt.

Ryan unterhält sich derweil auf der anderen Seite des Pools mit Jon.

Ich drehe mich um. Sloan steht hinter mir und schüttelt den Kopf. »Was suchst du hier drinnen? Bist du *verrückt*?«

Ich nicke. »Offensichtlich.«

Sie schlingt die Arme um sich und sieht nervös zu mir auf. Mein Herz fühlt sich an, als wollte es mir jeden Moment aus der Brust springen. So heftig schlägt es nur, wenn ich etwas wirklich Dummes tue. »Willst du, dass ich wieder gehe?«

Sie beißt sich kurz auf die Unterlippe. Dann schüttelt sie den Kopf. »Noch nicht gleich.«

Ich nehme ihren linken Arm und ziehe ihr den Ring vom Finger. »Ich kann das nicht tun, solange du den hier trägst«, sage ich und werfe ihn aufs Bett.

»Was tun?«, flüstert sie und sieht mich erwartungsvoll an.

»Dich küssen.« Ich hebe die Hände, berühre kurz ihre Wangen und umfasse ihren Hinterkopf. »Ich werde dich küssen, bis ich wieder nüchtern bin oder wir erwischt werden. Was immer zuerst passiert.«

Trotz ihrer Angst huscht ein Lächeln über ihr Gesicht. »Mach schnell«, stößt sie atemlos hervor.

Nein, ich werde auf gar keinen Fall schnell machen. Ganz im Gegenteil.

Ich neige den Kopf zur Seite und spüre, wie sie die Finger in mein Hemd krallt. Meine Lippen streichen wie Federn über ihre. Sobald sie sich berühren, atmen wir beide zitternd aus – als hätten wir seit unserer ersten Begegnung im Kurs die Luft angehalten.

Sie stellt sich auf die Zehenspitzen. Offenbar will sie, dass ich sie fester küsse und ihr gebe, was wir beide schon die ganze Zeit wollen. Doch stattdessen löse ich mich von ihr und sehe sie an. Als ihr klar wird, dass ich nicht tun werde, worauf sie wartet, schlägt sie die Augen auf.

Versonnen bewundere ich ihren Mund. Langsam hebe ich

die Hand und streiche mit dem Daumen über ihre Unterlippe.

»Worauf wartest du?«

Ich sehe weiter ihren Mund an und zeichne mit dem Daumen den Schwung ihrer Oberlippe nach. »Ich habe Angst, dass wir nicht mehr aufhören können, sobald wir einmal angefangen haben.«

Sie lässt die Hände über meinen Hals gleiten, und ich bekomme eine Gänsehaut. »Ich finde, darüber hättest du dir klar werden müssen, bevor du in mein Schlafzimmer gekommen bist«, sagt sie. »Jetzt ist es ein bisschen zu spät für einen Rückzieher.«

Ich nicke und ziehe sie mit einer Hand an mich, die andere vergrabe ich in ihren Haaren. »Ja. Dafür ist es definitiv zu spät.« Als ich die Lippen auf ihren warmen Mund presse, beginnt mein Puls zu rasen und ich höre mich selbst stöhnen. Sie ist so verdammt süß, und unser Kuss so leidenschaftlich, dass mir immer heißer wird. Ich drücke sie fester an mich und küsse sie noch intensiver, doch wir sind uns noch immer nicht nahe genug. Wir klammern uns aneinander und versuchen, mehr aus diesem Kuss herauszuholen, als uns zusteht. Ihre Lippen, ihr Atem, ihr Stöhnen … ich kann nicht genug von ihr bekommen.

Ich kann nicht aufhören.

Mit einem Mal steht Sloan mit dem Rücken an der Wand. Wir wissen, dass wir für diesen Moment unser Leben riskieren. Unser Kuss wird mal langsamer, mal schneller …

Dann endet er.

Keuchend sehen wir uns an. Ihr Blick wirkt verzweifelt. Ich küsse sie noch einmal sanft und lege die Stirn an ihre. »Ich sollte nach Hause gehen«, sage ich, als ich wieder einigermaßen bei Atem bin. »Bevor meine Dummheit dich noch umbringt.«

Sie nickt, hält mich aber am Arm fest, als ich mich ihr entziehen will. »Nimm mich mit.«

Ich rühre mich nicht.

»Bitte«, sagt sie, und ich sehe, wie sich ihre Augen mit Tränen füllen. »Lass uns abhauen. Jetzt, bevor ich es mir anders überlege. Ich will hier weg und nie wieder zurückkommen.«

Verdammt. Das meint sie doch sicher nicht ernst, oder?

»Bitte, Carter«, drängt sie. »Wir holen meinen Bruder aus dem Heim, damit Asa mich nicht mit ihm erpressen kann. Ich werde schon eine Möglichkeit finden, dass er wieder die Pflege bekommt, die er braucht. Lass uns einfach von hier verschwinden.«

Mein Herz sackt in sich zusammen. Könnte ich ihr doch nur begreiflich machen, wie sehr ich mir das auch alles wünsche. Ich schüttle den Kopf. Sie lässt meine Arme los und legt mir die Hände auf die Wangen. Eine Träne quillt ihr aus dem Augenwinkel. »Carter, *bitte*. Du schuldest ihm gar nichts. Du kannst einfach gehen. Wir beide können es. Gleich jetzt.«

Ich kneife die Augen zusammen und beuge mich zu ihrem Ohr vor. »Das ist nicht so einfach, Sloan«, flüstere ich.

Ginge es nur nach Luke und nicht nach Carter, hätten wir bereits den halben Staat durchquert. Aber würde ich wirklich heute Abend mit ihr durchbrennen und Ryan im Stich lassen, wäre der Erfolg unserer gesamten Operation gefährdet. Asa wäre danach sicher noch gefährlicher. Und ich hätte keinen Job mehr und könnte nicht mal für uns sorgen.

»Ich will dich hier rausschaffen, Sloan«, flüstere ich. »Aber im Moment kann ich noch nicht weg. Ich kann dir nicht erklären, wieso, und ich weiß auch nicht, wann ich dich wegbringen kann, aber ich werde es tun. Das schwöre ich dir.«

Als ich sie auf die Schläfe küsse, fängt sie an zu weinen. Ich würde sie gern in die Arme nehmen und sie trösten, so gut es geht, aber das kann ich nicht. Je länger ich hier bin, desto gefährlicher wird es für sie.

Ich küsse sie ein letztes Mal fest auf den Mund und mache einen Schritt zurück. Sie lässt den Kopf an die Wand sinken und wirkt noch viel trauriger als vorhin, als ich den Raum betreten habe.

Ich versuche zu gehen, doch sie hält mich noch immer am Arm fest. Sie weigert sich, mich loszulassen, und mir bleibt nichts anderes übrig, als ihre Finger von meinem Handgelenk zu lösen. Ich sehe zu, wie sie die Hand kraftlos fallen lässt.

Sie in diesem Zustand allein lassen zu müssen, macht mich völlig fertig.

Es ist tragisch.

Und es sind vor allem die tragischen Momente, in denen die Liebe dich findet.

29

Sloan

Ich habe noch nie einen Sonntagsbesuch bei meinem Bruder ausgelassen. Und obwohl ich, seit Carter am Freitag gegangen ist, im Bett liege und so tue, als wäre ich krank, gelingt es mir heute irgendwie, mich aufzuraffen.

Asa ist mit seinen Freunden in ein Casino gegangen, das etwa drei Stunden nördlich von hier liegt. Zum Heim meines Bruders fährt man eine Stunde Richtung Süden. So traurig es auch ist, ich habe das Gefühl, je mehr Abstand ich heute zwischen mich und Asa bringe, desto besser wird es mir gehen. Desto freier werde ich atmen können.

Ich will gerade das Zimmer verlassen, bleibe jedoch im Türrahmen stehen. Ich greife nach meiner linken Hand, ziehe den Ring vom Finger und lege ihn auf die Kommode. Ich werde lange vor Asa wieder zu Hause sein, er wird also nicht merken, dass ich ihn heute nicht getragen habe.

Meine Hand fühlt sich sofort tausendmal leichter an.

Ich lege einen kurzen Zwischenstopp in der Küche ein, um mir etwas zu trinken für die Fahrt mitzunehmen. Als ich die Gefriertruhe öffnen will, um mir ein paar Eiswürfel zu holen, erstarre ich in meiner Bewegung. Mein Blick fällt auf die neuen Worte, die auf dem Whiteboard stehen.

Saure Gurken haben kein schlechtes Gewissen, wenn jemand jodelt, wieso sind die Bettlaken dienstags also nie gefaltet?

Ich habe keine Ahnung, wann Carter diese Nachricht geschrieben hat, aber ich weiß, dass er es getan hat, um sich dafür zu entschuldigen, wie er am Freitag gegangen ist. Er hat diese Worte geschrieben, um mich zum Lachen zu bringen.

Und es funktioniert. Als ich die Gefriertruhe öffne, lächle ich zum ersten Mal seit zwei Tagen.

Ich fülle meinen Becher mit Eis und Cola und stecke dann noch eine extra Dose für Stephen ein. Aufgrund seiner gesundheitlichen Einschränkungen darf er im Heim keine Cola trinken, deswegen schmuggle ich ihm jeden Sonntag eine Dose rein. Mit der Erlaubnis seines Arztes natürlich. Aber das verrate ich Stephen nicht.

Ich schnappe mir meine Tasche, meine Schlüssel und die Getränke und will gerade zur Tür gehen, als ich eine neue Nachricht bekomme. Doch erst als ich draußen bin und neben meinem Auto stehe, ziehe ich das Handy aus der Tasche und lese sie.

Unbekannte Nummer: Hol mich bitte an der Ecke Standard und Wyatt ab. Ich würde gern mitkommen. C.

Diese unerwartete Nachricht lässt mich erröten. Ich dachte, Carter wäre mit Asa und den anderen im Casino. Ich will ihm gerade antworten, als eine weitere Nachricht eingeht.

Unbekannte Nummer: Antworte NIE auf meine Nachrichten. Und lösch beide, die ich dir gerade geschickt habe.

Ich tue, worum er mich bittet, setze dann rückwärts aus der Einfahrt und fahre in Richtung Standard und Wyatt. Die Kreuzung ist nur ein paar Straßen entfernt. Mir ist klar, dass er dort abgeholt werden will, weil es sicherer ist, als seinen Wagen in unserer

Auffahrt stehen zu lassen. Allerdings frage ich mich, woher er überhaupt weiß, dass ich jetzt irgendwo hinfahre.

Voller Vorfreude halte ich Ausschau nach ihm. Als ich um die letzte Ecke biege, steht er wie angekündigt an der Kreuzung, ganz allein, die Hände in den Gesäßtaschen seiner Jeans vergraben. Als er mich sieht, lächelt er, und es tut weh. Zugleich fühlt es sich unglaublich gut an. Direkt vor ihm bremse ich ab, er öffnet die Tür und steigt ein.

»Was machst du hier?«, frage ich.

»Ich gehe mit dir deinen Bruder besuchen.«

»Aber ... wie hast du dich aus dem Casinobesuch rausgeredet? Und woher wusstest du überhaupt, wann ich losfahre?«

Er lächelt mich an, beugt sich dann über den Sitz und fährt mir mit der Hand durchs Haar. Sanft legt er seine Lippen auf meine und sagt: »Ich habe meine Methoden.«

Er küsst mich noch einmal, bevor er auf seinen Sitz zurückrutscht und sich anschnallt. »Wenn du denkst, es ist zu riskant, mit dir reinzugehen, kann ich gern im Auto warten. Aber ich wollte unbedingt etwas Zeit allein mit dir verbringen.«

Ich versuche zu lächeln, doch ihm so nahe zu sein, erinnert mich an Freitagabend und daran, wie erbärmlich ich mich angehört haben muss, als ich ihn angefleht habe, mit mir abzuhauen.

Das war alles andere als durchdacht. Ich kann nicht einfach verschwinden, ich bin kurz davor, meinen Collegeabschluss zu machen. Ich kann Stephen nicht aus seinem Heim holen und quer durchs Land schleifen. Er ist glücklich dort, und ich würde ihm damit keinen Gefallen tun.

Aber die Gefühle, die Carters Kuss in mir ausgelöst hat, haben mich total aufgewühlt. Ich habe mir einfach so sehr gewünscht, dass er unrecht hat – und mich doch retten kann.

Carter greift nach meiner Hand. »Sloan. Kannst du mir etwas versprechen?«

Ich werfe einen kurzen Blick zu ihm rüber. »Kommt drauf an, was es ist.«

»Ich sehe dir an, dass du an Freitagabend denkst. Lass uns heute nicht über Asa reden. Oder darüber, was passieren muss. Ich will nicht mal darüber sprechen, wie riskant es ist, dich zu begleiten. Lass uns heute einfach nur Sloan und Luke sein, okay?«

Ich hebe eine Braue. »*Luke*? Wer ist Luke? Ist das ein neues Spiel?«

An seinem Kinn zuckt ein Muskel, und er sagt: »Ich meine Carter. Früher habe ich meinen zweiten Vornamen benutzt. Alte Gewohnheiten lassen sich manchmal schwer ablegen.«

Ich schüttle lachend den Kopf. »Mache ich dich so nervös, dass du deinen eigenen Namen vergisst?«

Er drückt meine Hand und lächelt. »Hör auf, dich über mich lustig zu machen. Und sag bloß nicht Luke zu mir. Mein Großvater ist der Einzige, der mich so genannt hat. Aus deinem Mund wär das echt komisch.«

»Okay. Aber wenn ich ehrlich bin, gefällt mir der Name Luke irgendwie. Luke.«

Er streckt die Hand aus und drückt mein Knie. »Sloan und *Carter*. Lass uns heute einfach nur Sloan und Carter sein«, korrigiert er mich wieder.

»Und wer bin ich?«, necke ich ihn. »Sloan oder Carter?«

Lachend beugt er sich über die Mittelkonsole, streicht mit der Hand über meinen Schenkel, und ich halte den Atem an, als er dicht an meinem Ohr flüstert: »Du bist Sloan. Ich bin Carter. Und auf dem Heimweg heute Nachmittag parken wir an irgendeinem ruhigen Ort und sind auf der Rückbank *Sloan und Carter*. Klingt das gut?«

Mit einem Nicken stoße ich die Luft aus. »Mh-hm.«

30

Carter

»Wann war Asa das letzte Mal hier zu Besuch?«, frage ich.

Sie stellt den Motor ab und sucht ihre Sachen zusammen. »Vor zwei Jahren. Er war nur einmal hier. Er hat gesagt, er hätte sich unwohl gefühlt.«

War ja klar.

»Dann fände es also niemand merkwürdig, wenn du mit mir ankommst?«

Sloan schüttelt den Kopf. »Ich glaube, die Leute, die hier arbeiten, sind so sehr daran gewöhnt, mich allein zu sehen, dass sie es höchstens bemerkenswert fänden, dass mich überhaupt wer begleitet. Aber sie würden nicht misstrauisch werden oder Asa darauf ansprechen, da sie ihn gar nicht kennen.« Sie lässt ihre Schlüssel und das Handy in die Handtasche fallen, legt die Hände auf das Lenkrad und blickt durch die Windschutzscheibe auf den Parkplatz hinaus. »Es ist wirklich traurig, was? Außer Stephen habe ich niemanden, und er hat auch nur mich. Wir beide gegen den ganzen verdammten Rest der Welt.«

Ich strecke die Hand aus und streiche ihr eine Strähne hinters Ohr. Ich würde sie gern trösten und ihr sagen, sie hätte doch mich – aber sie ist gerade so aufrichtig zu mir, dass ich sie auf keinen Fall mit einer weiteren Lüge abspeisen will. Je mehr Unwahrheiten ich ihr in Augenblicken wie diesem erzähle, umso schwerer wird es ihr fallen, mir zu verzeihen, wenn die Wahrheit schließlich ans Licht kommt.

Was vorhin fast passiert wäre. Wie konnte ich bloß in so eine

Misere geraten? Ich bin wirklich der schlechteste Undercover-Ermittler aller Zeiten.

Manchmal glaube ich, dass sie die Wahrheit vielleicht sogar ganz gut verkraften würde und Ryan und mir tatsächlich in irgendeiner Weise helfen könnte. Aber ich will sie auf keinen Fall noch mehr gefährden.

Wenn ich Ryan dazu bringen kann, ihr zu vertrauen, ist er vielleicht irgendwann bereit, sie in alles einzuweihen, aber im Moment ist es besser, wenn ich sie weiter im Dunkeln tappen lasse.

Sie sieht noch immer mit leerem Blick durch die Windschutzscheibe. Als ich sie an mich ziehe und sie sich seufzend an meine Brust schmiegt, wünsche ich mir einen Moment lang inständig, dass Asa auf dem Rückweg vom Casino verreckt.

Ich zucke zusammen. Das geht wirklich zu weit.

Aber sieht er denn nicht, dass es allen um ihn herum viel besser ginge, wenn er nicht existieren würde?

Natürlich sieht er das nicht. Als sadistischer Narzisst denkt er nur an sich selbst.

»Deine Umarmungen sind wirklich schön«, sagt Sloan.

Ich drücke sie noch etwas fester an mich. »Du bist in deinem Leben wohl nicht oft umarmt worden.«

»Das stimmt«, sagt sie und seufzt erneut.

Ich halte sie noch ein bisschen länger.

»Sechsundfünfzig Taschenkrebse aßen an Ostern Schnürsenkel und bliesen anschließend Schlümpfe durch ihre Nüstern«, flüstert sie an meinem Hals.

Ich lache und küsse sie auf ihre Haare. »Mit einem Fahrradreifen oder mit Luftschlangenspray kann man keine illegale Butter kaufen.«

Als sie mich auf den Mund küsst, spüre ich, dass sie lächelt.

Und genau das wollte ich erreichen, bevor wir aus dem Auto steigen.

***

»Du hast gesagt, dass er Asa nicht mochte«, sage ich, als wir durch den Korridor zu Stephens Zimmer gehen. »Woher weißt du, ob er jemanden mag oder nicht, wenn er nicht sprechen kann?«

Auf dem Weg durch das Gebäude hat sie mir den Gesundheitszustand ihres Bruders beschrieben. Sie hat fünf verschiedene Störungen genannt, die bei ihm diagnostiziert wurden. Ich habe bereits wieder vergessen, wie sie heißen, möchte aber gern begreifen, was sie bewirken.

»Wir kommunizieren auf unsere eigene Weise«, sagt sie. »Ich habe ihn sozusagen großgezogen.« Sie biegt um eine Ecke und zeigt in den Korridor dahinter. »Es ist die Tür ganz am Ende.«

Ich halte sie fest, da ich noch immer ein paar Fragen habe. »Aber du bist doch nur ein paar Jahre älter als er. Wie hast du ihn da großziehen können?«

Sie sieht mich an und zuckt mit den Schultern. »Ich habe getan, was ich konnte, Carter. Außer mir hatte er niemanden.«

Ich glaube nicht, dass ich schon mal jemandem wie ihr begegnet bin. Ich küsse sie, zum Teil, weil ich heute so viele Küsse wie möglich von ihr ergattern möchte, aber auch, weil sie in ihrem Leben mehr Zuneigung verdient. *Selbstlose* Zuneigung, wohlgemerkt. Ich habe ihr eigentlich nur einen kurzen Kuss geben wollen, aber natürlich wird viel mehr daraus …

Bis sich jemand hinter uns räuspert. Wir lösen uns voneinander und sehen eine Pflegerin. Sie möchte durch die Tür, vor der wir stehen. Sloan entschuldigt sich bei ihr und läuft lachend durch den Korridor zu Stephens Zimmer.

Sie klopft an und stößt die Tür auf. Ich trete hinter ihr ein und sehe mich beeindruckt um. Ich habe einen Raum wie in einem

Pflegeheim oder einem Krankenhaus erwartet, aber das hier sieht eher wie ein kleines Apartment aus – mit einem Wohnbereich, einer Schlafecke und einer Küchenzeile. Letztere enthält weder einen Herd noch eine Mikrowelle, was wahrscheinlich bedeutet, dass Stephen alle Mahlzeiten aufs Zimmer gebracht bekommt.

Sloan betritt den Wohnbereich, um ihren Bruder zu begrüßen. Ich möchte die beiden nicht stören und warte so lange an der Tür.

Stephen sitzt auf der Couch und sieht fern. Als er zu Sloan aufblickt, erkenne ich sofort, dass die beiden Geschwister sind. Ihre Haare haben die gleiche Farbe und Struktur, und auch ihre Augen sind ähnlich.

Im Gegensatz zu ihrem Gesicht ist seines jedoch völlig ausdruckslos. Traurig sehe ich zu, wie er sich gleich wieder zum Fernseher umdreht. Der einzige Mensch auf der Welt, den Sloan liebt, ist nicht imstande, ihr seine Liebe zu zeigen. Kein Wunder, dass sie so verlassen wirkt. Sie ist wahrscheinlich die einsamste Person, der ich je begegnet bin.

»Stephen, hier ist jemand, den ich dir vorstellen möchte«, sagt sie und deutet auf mich. »Das ist mein Freund Carter. Wir gehen zusammen aufs College.«

Stephen sieht kurz zu mir und dreht sich genauso schnell wie vorhin wieder zum Fernseher zurück.

Sloan klopft neben sich auf die Couch. Ich verstehe den Wink und setze mich zu ihr.

Sie holt nacheinander Papier, einen Stift und eine Coladose aus ihrer Handtasche. Dabei spricht sie die ganze Zeit. Sie erzählt ihm von unserer Fahrt und sagt ihm, was ihr an seinem neuen Zimmernachbarn aufgefallen ist.

»Möchtest du Eiswürfel haben?«, fragt sie dann.

Ich sehe Stephen an, der durch nichts zu erkennen gibt, ob

er welche möchte oder nicht. Sloan deutet auf die Küchenzeile. »Könntest du bitte ein Glas mit Eiswürfeln füllen und den blauen Strohhalm aus der obersten linken Schublade holen?«

Mit einem Nicken erhebe ich mich und sehe, dass sie den Stift nimmt und etwas aufschreibt. Anschließend schiebt sie das Blatt Stephen zu. Er schaut es sich sofort an, nimmt den Stift und beugt sich vor, um selbst etwas zu schreiben.

Er kann lesen und schreiben? Das hat sie gar nicht erwähnt.

Als ich fertig bin, kehre ich in den Wohnbereich zurück und reiche Sloan das Glas. Sie schreibt gerade etwas Neues. Als sie damit fertig ist, gibt sie Stephen das Blatt zurück und schenkt Cola in das Glas. Sobald sie den Strohhalm hineingesteckt hat, nimmt Stephen es ihr aus der Hand und beginnt zu trinken. Er gibt ihr das Blatt zurück, und sie reicht es an mich weiter. Ich lese, was sie zuerst geschrieben hat.

Bücher aus Geleebonbons werden sehr klebrig, wenn man Pelzhandschuhe trägt.

Anschließend sehe ich Stephens Satz an. Seine Handschrift ist nicht so leserlich wie ihre, aber ich kann sie entziffern.

Körbe voller Eidechsen auf meinem Kopf brechen die Baumwolle für dich in der Mitte durch.

Sloan lächelt mich an. Ich erinnere mich an unsere erste Begegnung am College. Sie hat gesagt, sie würde dieses Spiel gelegentlich spielen. Offenbar meinte sie damit: immer sonntags mit Stephen.

»Kann er richtig lesen?«, frage ich.

Sie schüttelt den Kopf. »Er versteht nicht, was er da macht. Ich habe ihm als Kind Lesen und Schreiben beigebracht, aber ich habe ihn noch nie zusammenhängende Gedanken zu Papier bringen sehen. Es ist sein Lieblingsspiel.«

Ich sehe Stephen an. »Darf ich auch etwas schreiben, Stephen?« Ich strecke die Hand aus, und er reicht mir, ohne mich anzusehen, den Stift. Ich beginne zu schreiben.

Deine Schwester ist wunderbar, und du hast großes Glück, dass du sie hast.

Ich gebe Sloan das Blatt. Als sie meinen Satz liest, wird sie rot und stupst mich an der Schulter an. Als Nächstes ist wieder Stephen dran.

Auf diese Weise füllen wir zehn Seiten. Stephen und Sloan reihen sinnlose Wortketten aneinander, und ich mache Sloan einen Haufen Komplimente.

Deine Schwester hat tolle Haare. Ganz besonders schön finde ich sie, wenn sie sich Locken dreht.

Wusstest du, dass deine Schwester hinter mehreren Männern herräumt und putzt, die selbst keinen Finger krummmachen? Und wahrscheinlich hat sich noch nie jemand dafür bei ihr bedankt. Danke, Sloan.

Der Ringfinger deiner Schwester sieht heute wunderschön nackt aus.

Ich mag deine Schwester. Sehr.

Nach ungefähr einer Stunde kommt eine Schwester und unterbricht unser Spiel, um Stephen zur Physiotherapie mitzunehmen.

»Ist die Sozialarbeiterin heute zufällig da?«, fragt Sloan sie.

Die Schwester schüttelt den Kopf. »Sonntags arbeitet sie nicht. Aber wenn Stephens Therapie vorbei ist, lege ich ihr eine Nachricht ins Fach, dann meldet sie sich morgen bei Ihnen.«

Sloan bedankt sich bei ihr und geht zu Stephen, um ihn zu umarmen. Als sie mit ihrer Verabschiedung fertig sind, weiß ich nicht, was ich tun soll. Ich habe keine Ahnung, wie man mit Menschen wie Stephen umgeht, und möchte nichts falsch machen.

»Kann ich ihm die Hand geben?«, frage ich Sloan.

Sie schüttelt den Kopf. »Er mag es nicht, von anderen berührt zu werden.« Sie fasst mich an der Hand.

»Es hat mich gefreut, dich kennenzulernen, Stephen«, sage ich. Sloan nimmt ihre Tasche, und wir brechen auf, damit die Schwester ihn für die Therapiesitzung fertig machen kann. Als wir fast bei der Tür sind, fühle ich, wie mir jemand auf die Schulter tippt. Ich drehe mich um und sehe, dass Stephen vor mir steht und mit gesenktem Blick auf den Fußballen wippt. Er gibt mir den Stift und ein leeres Blatt Papier. Ich nehme es, ohne recht zu wissen, wie ich ihm erklären kann, dass wir jetzt gehen und nicht mehr spielen können.

Ich blicke zu Sloan, um herauszufinden, was ich jetzt tun soll. Ihr Gesichtsausdruck verwirrt mich noch mehr. Stephen geht in den Wohnbereich zurück. Ich sehe auf das leere Blatt und den Stift hinunter.

»Er will, dass du wiederkommst«, flüstert Sloan. Als ich sie wieder ansehe, schüttelt sie lächelnd den Kopf. »Das habe ich ihn noch nie tun sehen, Carter.« Sie schlägt die Hand vor den Mund und macht ein Geräusch, das wie eine Mischung aus Lachen und Weinen klingt. »Er mag dich.«

Ich sehe zu Stephen, der uns nun den Rücken zukehrt. Als ich mich wieder zu Sloan umdrehe, stellt sie sich auf die Zehenspitzen und küsst mich. Dann führt sie mich aus dem Raum. Ich falte das Blatt zusammen und stecke es mitsamt dem Stift in meine Gesäßtasche.

Keine Ahnung, was ich von unserem Besuch bei Stephen erwartet habe, aber das bestimmt nicht.

Ich bin froh, dass ich mitgekommen bin – nicht nur wegen Sloan.

31

Asa

Irgendwie hat es letzten Monat viel mehr Spaß gemacht.

Gelangweilt fahre ich mir durchs Haar und massiere mir den Nacken. Ich habe Hunger. Kevin und Dalton unterhalten sich mit einer Barkeeperin, die eher die Kategorie ist, die Jon hinterm Haus vernascht, und keine, mit der sie sich üblicherweise abgeben.

Der einzige Grund, warum Jon sie nicht gerade hinter dem Haus vögelt, ist wahrscheinlich der, dass er mit zwei billigen Nutten von der Raststätte nebenan abgezogen ist. Wahrscheinlich hat er sie auf die Herrentoilette mitgenommen. Erstaunlich, dass er das schafft, obwohl sein Gesicht wie eine beschissene Riesenblaubeere aussieht.

Er müsste längst zurück sein, denn ich bin mir ziemlich sicher, dass er pro Tussi nicht länger als zwei Minuten braucht. Macht vier Minuten für beide, aber ich habe ihn seit über einer Stunde nicht mehr gesehen.

Wo zum Teufel steckt er?

Ich schaue mich um, und als ich ihn nirgends entdecke, sammle ich meine Jetons ein. Dann schreie ich über den Tisch hinweg – *über das beschissene nervtötende Geklingel der Spielautomaten hinweg* – Dalton und Kevin zu, dass ich mich auf die Suche nach Jon mache. Dalton nickt.

Ich durchquere das Casino, aber nirgends eine Spur von ihm. Ich mache kehrt und komme an einem Blackjack-Tisch vorbei, als mein Blick auf einen Typen fällt, der dem Croupier etwas zunuschelt. »Jedes Mal, wenn ich in dieses gottverdammte Casino komme, sehe ich dieselben elenden Wichser über diese Tische gebeugt und ihren hart verdienten Lohn an euch Arschlöcher abgeben, und ihr nehmt einfach alles. Nehmt, nehmt, nehmt.«

Der Croupier räumt die Jetons vor dem Typen ab. Ein Mann auf der anderen Seite des Tisches sagt: »Und in neun von zehn Fällen bist du der Wichser.«

Ich lache und nehme Augenkontakt mit dem Mann auf, der das gesagt hat.

Das Lachen bleibt mir im Hals stecken.

Er wendet den Blick von mir ab, ohne mich wiederzuerkennen.

Der Typ, der rumgejammert hat, schiebt seinen Hocker vom Tisch weg und erhebt sich. Er deutet auf den Mann, den ich anglotze, und sagt: »Du hast Glück gehabt, Paul. Mehr nicht. Wird nicht lange anhalten.«

Ich balle die Fäuste so fest, dass sich meine Fingernägel ins Fleisch bohren.

Ich musste nicht einmal seinen Namen hören, um mir sicher zu sein, dass er es war. Ein Sohn vergisst seinen Vater nie.

Egal, wie bedenkenlos dieser Vater seinen Sohn vergessen hat.

Ich kehre ihm den Rücken zu und wische die Hände an meiner Jeans ab. Mit meinem Handy mache ich eine schnelle Google-Suche. Nach einigen Minuten des Scrollens und Hin- und Herschauens zwischen ihm und meinem Handy werde ich endlich fündig.

Der Wichser wurde letztes Jahr auf Bewährung entlassen.

Ich stecke mein Handy in die Hosentasche und nehme den leeren Platz ihm gegenüber ein. Ich war noch nie so angespannt, aber nicht aus Angst davor, was er mir antun könnte. Sondern aus Angst davor, was *ich ihm* antun könnte. Ich platziere meinen Einsatz und versuche, ihn nicht allzu auffällig anzustarren, aber er beachtet mich gar nicht. Er konzentriert sich auf den Croupier.

Sein Haar ist so dünn, dass man ihn für kahl halten könnte, würde er nicht verzweifelt die letzten verbliebenen Strähnen kultivieren. Ich fahre mir durchs Haar. Es fühlt sich so dicht an wie immer.

Vielleicht hat er seine Haare durch Stress verloren, und es ist nicht erblich. Gott, ich hoffe, nichts an diesem Mann ist erblich; er sieht aus wie eine verdammte Ruine.

In meiner Erinnerung war mein Vater viel größer. Viel breiter. Viel einschüchternder. Ich bin ein bisschen enttäuscht.

Eigentlich bin ich ziemlich enttäuscht. Ich habe ihn immer gehasst, aber vor meinem geistigen Auge schien er mir in gewisser Weise unbesiegbar. Daher dachte ich, ich hätte das auch ein bisschen von ihm. Aber zu sehen, was aus ihm geworden ist, kratzt an meinem Stolz.

»Hey, Junge«, sagt er und schnippt mit seinen knochigen Fingern. »Hast du mal 'ne Kippe?«

Unsere Blicke begegnen sich, er starrt mich an und versucht, bei seinem einzigen Kind eine Zigarette zu schnorren, ohne mich wiederzuerkennen. Nicht im Geringsten.

»Ich rauche nicht, Arschloch.«

Er kichert und hebt eine Hand, die Handfläche nach außen. »Na, na, Kumpel. Schlechten Tag?«

Offenbar hält er das nur für eine vorübergehende miese Laune. Ich drehe einen Jeton zwischen den Fingern und beuge mich vor. »Könnte man so sagen.«

Er schüttelt den Kopf, und wir schweigen während der nächsten Runde. Eine ältere Tussi mit Titten, die faltiger sind als die Knöchel meines alten Herrn, stellt sich neben ihn und legt ihren Arm um seine Schultern. »Ich würde gerne gehen«, quengelt sie.

Er stößt sie mit dem Ellbogen weg und sagt: »Ich nicht. Ich habe dir doch gesagt, ich hole dich, wenn ich so weit bin.«

Sie jammert noch ein bisschen, bis er einen Zwanziger aus der

Tasche fischt und ihr sagt, sie soll sich zu den Spielautomaten verziehen. Als sie weg ist, nicke ich in ihre Richtung. »Deine Frau?«

Er gluckst wieder. »Nein. Verdammt, nein.«

Ich decke meine erste Karte auf. Es ist eine Herzzehn. »Schon mal verheiratet gewesen?«, frage ich.

Er legt seine Hand in den Nacken und massiert ihn, schaut mich aber nicht an. »Einmal. Hat nicht lange gehalten.«

Ja, ich weiß. Ich war dabei.

»War sie eine Hure?«, frage ich ihn. »Bist du deshalb nicht mehr mit ihr verheiratet?«

Er lacht und nimmt wieder Blickkontakt mit mir auf. »Ja. Ja, das war sie.«

Ich atme langsam aus und drehe meine zweite Karte um. Ein Kreuzass.

Blackjack.

»Ich werde bald heiraten«, sage ich. »Aber sie ist keine Hure.«

Was für ihn vermutlich keinen Sinn ergibt, denn er legt den Kopf schief und seine Augen verengen sich ein wenig. Dann beugt er sich vor und klopft auf die Tischkante. »Lass mich dir einen Rat geben, mein Sohn.«

»Nenn mich nicht *Sohn.*«

Er hält eine Sekunde inne, und ich erkenne einen Anflug des verächtlichen Blicks, mit dem er mich früher immer bedacht hat. Dann sagt er: »Das sind *alles* Huren. Du bist jung, lass dich nicht einsperren. Genieße dein Leben.«

»Ich genieße mein Leben, verflucht. Ich genieße es in vollen Zügen.«

Er schüttelt den Kopf, murmelt: »Du bist der wütendste Hurensohn, der mir je begegnet ist.«

Richtig. Das bin ich.

Ich war noch nie so wütend wie jetzt.

Am liebsten würde ich über den Tisch hechten und ihm meine Karten in den Hals rammen, obwohl es ein Gewinnerblatt ist.

Der Croupier schiebt mir meinen Gewinn zu, aber ich springe auf und entferne mich, bevor ich in einem Gebäude voller Überwachungskameras und Sicherheitspersonal etwas Unüberlegtes tue.

»Sir!«, ruft mir der Croupier hinterher. »Sie können nicht einfach ohne Ihre Jetons gehen!«

»Behalten Sie die verdammten Jetons!«

Ich renne, so schnell ich kann, auf die andere Seite des Casinos. Endlich finde ich Jon, flankiert von den beiden Nutten, die an einem beschissenen Glücksrad spielen.

»Such Dalton und Kevin. Wir verschwinden.«

Ich marschiere zum Ausgang, und kaum bin ich draußen, beuge ich mich vor und schnappe nach Luft.

Ich bin nicht wie er.

Ich bin *kein bisschen* wie er.

Er ist erbärmlich. Er ist schwach. Er hat eine *verdammte Glatze*, um Himmels willen!

Meine Hände zittern.

»Hey!« Ich spreche einen Typen an, der gerade das Casino verlässt. »Kann ich eine von dir schnorren?«

Er steckt sich seine Zigarette in den Mund und greift in seine Tasche, um noch eine herauszufischen. Er reicht sie mir und bietet mir ein Feuerzeug an. Ich zünde sie an, murmle ein Dankeschön und nehme einen tiefen Zug. Ich laufe immer noch auf und ab, als die Jungs endlich rauskommen.

Dicht hinter ihnen sehe ich ihn, die Nutte mit den Schrumpeltitten an seinem Arm. Sie steuern auf den Ausgang zu.

»Lass uns gehen«, sagt Jon, sobald sie alle draußen sind.

Ich schüttle den Kopf, ohne meinen Vater aus den Augen zu lassen. »Wartet.«

Ich starre die beiden an, während sie zum Ausgang schleichen. Als sie die Tür aufstoßen und hinaustreten, bleibt sein Blick an mir hängen. Im Vorbeigehen bemerkt er die Zigarette in meinem Mund.

»Ich dachte, du rauchst nicht.«

»Tue ich auch nicht«, sage ich und puste ihm den Rauch entgegen. »Das ist meine erste.«

Wieder der verächtliche Blick. Derselbe, den er mir als Kind zugeworfen hat, nur dass er diesmal nicht mit einer Tracht Prügel verbunden ist.

Zumindest von seiner Seite.

Sie eiern weiter, und als sie etwa einen Meter entfernt sind, sage ich: »Einen schönen Nachmittag noch, Paul Jackson.«

Mein Vater hält abrupt inne und wartet ein paar Sekunden, bevor er sich umdreht. Als er es endlich tut, sehe ich es. Das Wiedererkennen. Er neigt den Kopf und sagt: »Ich habe dir gar nicht gesagt, wie ich heiße.«

Ich zucke mit den Schultern und lasse meine Zigarette auf den Beton fallen, wo ich sie mit dem Absatz austrete. »Mein Fehler. Ich hätte wohl *Dad* sagen sollen.«

Jetzt gibt es keinen Zweifel mehr, das Erkennen steht ihm ins Gesicht geschrieben. »Asa?« Er macht einen Schritt auf mich zu, aber das ist sein zweiter Fehler.

Sein erster war, dass er mich nicht wiedererkannt hat.

Ich gehe auf ihn los und schlage mit beiden Fäusten zu. Der erbärmliche Wichser sackt zu Boden, noch bevor ich mit einem Schwinger nachsetzen kann. Einer der Jungs versucht, mich von ihm zu trennen. Die Schlampe brüllt mir ins Ohr, zerkratzt mir das Gesicht und versucht ebenfalls, mich von ihm wegzuzerren.

Ich prügle weiter auf ihn ein. Ein Schlag für jedes Jahr, in dem er mich allein gelassen hat. Für jedes Mal, wenn er meine Mutter eine Hure genannt hat. Für jeden beschissenen Ratschlag, den er mir je gegeben hat. Ich dresche auf ihn ein, bis meine Fäuste voller Blut sind und ich das Gesicht meines Vaters nicht mehr erkennen kann. Da ist so viel Blut, dass ich wahrscheinlich sogar den Asphalt mit seinem Kopf verwechsle, denn die letzten Schläge tun am meisten weh.

Als die Jungs mich endlich von ihm wegziehen und zum Auto schleifen, spüre ich die nasse Scheiße in meinem Gesicht. Die Scheiße, von der mein Vater gesagt hat, dass sie den Unterschied zwischen Männern und Pussys ausmacht.

Ja, ich spreche von Tränen. Ich kann sie nicht zurückhalten, und ich habe mich in meinem ganzen verdammten Leben noch nie so stark und zugleich so schwach gefühlt.

Ich habe keine Ahnung, wie ich auf den Beifahrersitz gekommen bin oder wer mich überhaupt dorthin geschafft hat, aber ich donnere meine Faust so fest auf das Armaturenbrett, dass es knackt. Kevin rast vom Parkplatz, wahrscheinlich will er den Sicherheitsleuten zuvorkommen, bevor sie die blutige Schweinerei finden, die ich vor ihrem Eingang hinterlassen habe.

Jon greift von hinten um meinen Sitz und versucht, meine Arme zu umklammern, aber er ist noch dümmer, als ich dachte, wenn er sich einbildet, mich festhalten zu können. Ich reiße meine Arme aus seinem Griff und hämmere weiter auf das Armaturenbrett ein. Ich werde so lange draufhauen, bis meine Hände taub sind oder mir die Scheiße nicht mehr aus den verdammten Augen läuft.

Ich werde nicht so werden wie er. Ich werde mich nicht in so einen erbärmlichen Bastard verwandeln.

Ich will das nicht mehr fühlen.

»Jemand soll mir verflucht noch mal etwas geben«, schreie ich.

Es fühlt sich an, als wollten meine Knochen durch meine Haut brechen. Ich zerre an meinen Haaren und schlage gegen das Fenster. »*Fuck*, ich kriege keine Luft mehr!«

Kevin lässt das Fenster runter, aber es hilft nicht.

»Gib mir was!«, schreie ich wieder. Ich drehe mich um und versuche, Jon zu packen, aber er lehnt sich zurück und hebt sein bescheuertes Bein hoch, als würde ihn das vor mir schützen. »Jetzt!«

»Das Zeug ist im Kofferraum!«, schreit Jon. »Scheiße, Kevin! Halt an, damit wir ihn beruhigen können!«

Ich drehe mich um und schlage erneut auf das Armaturenbrett. Ein paar Schläge später sitzt Jon wieder auf dem Rücksitz. »Gib mir zwei Sekunden«, sagt er. Er ist ein beschissener Lügner, denn es dauert mindestens zehn Sekunden, bis er mir die Spritze reicht. Ich ziehe die Kappe mit den Zähnen ab und schiebe mir die Nadel in den Arm.

Ich lehne mich im Sitz zurück.

»Los«, sage ich zu Kevin.

Ich schließe die Augen und spüre, wie sich der Wagen wieder in Bewegung setzt.

Ich bin kein bisschen wie er.

Und sie sind nicht alle Huren. Sloan ist keine Hure.

»Sie ist Heroin«, flüstere ich. »Heroin ist schön.«

32

Carter

»Worauf hast du Hunger?«, frage ich sie.

Sie wollte, dass ich zurückfahre, und ich habe während der letzten fünf Meilen nach einem Restaurant Ausschau gehalten.

»Mir egal«, sagt sie. »Nur nichts Griechisches.«

»Magst du kein griechisches Essen?«

Sie zuckt mit den Schultern. »Eigentlich schon, aber wenn du zu einem Griechen möchtest, müssten wir bis zur nächsten Stadt fahren, und so lange kann ich es nicht mehr aushalten.«

Ich lache. Sie ist wirklich umwerfend. Ich strecke den Arm aus, um nach ihrer Hand zu greifen, als das Display meines Handys aufleuchtet. Normalerweise würde ich beim Fahren nicht damit hantieren, vor allem nicht, wenn Sloan mit im Auto sitzt, aber Ryan hat gesagt, dass er mich vorwarnen würde, wenn sie früher als geplant zurückfahren. Die Nachricht stammt tatsächlich von ihm.

Dalton: Zeit, dass du dich auf den Heimweg machst. Asa ist in keiner guten Verfassung.

Oh, verdammt. Habe ich ihn vorhin mit meinem Todeswunsch etwa verflucht?

Ich: Hattet ihr einen Autounfall?

Dalton: Nein, er hat nur seinen Vater verprügelt. Und danach sind die Nerven mit ihm durchgegangen.

Dalton: Er sagt die ganze Zeit, dass Sloan besser da sein sollte, wenn er nach Hause kommt. In so einem Zustand habe ich ihn noch nie erlebt.

Ich lösche die Nachrichten, stecke das Handy in den Becherhalter zurück und packe das Lenkrad fester. »Tut mir leid, aber wir können nicht anhalten und essen. Dalton hat geschrieben, dass Asa einen Nervenzusammenbruch hatte und sie auf dem Rückweg sind.«

»Einen Nervenzusammenbruch?«, fragt Sloan.

»Ja, es war irgendwas mit seinem Vater. Anscheinend hat Asa ihn im Casino zusammengeschlagen.«

Sloan blickt zum Fenster hinaus. »Ist sein Vater denn noch am Leben?«

Ich sehe zu ihr hinüber. Weiß sie denn nicht, dass Asas Vater wegen Mordes verurteilt wurde? Wundern würde es mich allerdings nicht. Das ist nichts, was man gern seiner Freundin erzählt.

»Er hat keine Ahnung, dass wir zusammen unterwegs sind«, sagt sie. »Wir müssen nicht vor ihnen zurück sein. Ich habe Hunger.«

Es widerstrebt mir, sie zu Asa zu bringen, anstatt sie von ihm fernzuhalten. »Laut Dalton will er unbedingt, dass du gleich zu Hause bist. Anscheinend geht es ihm nicht gut.«

Sie seufzt. »Das ist nicht mein Problem. Wieso weiß Dalton überhaupt, dass du mit mir unterwegs bist? Ich traue ihm genauso wenig über den Weg wie Jon oder Kevin.«

»Keine Sorge. Ich würde Dalton jederzeit mein Leben anvertrauen.« Ich nehme ihre Hand. »Ich steige bei meinem Auto aus und komme später nach. Wir sollten auf keinen Fall gleichzeitig im Haus auftauchen.«

Sie nickt.

Während der restlichen Heimfahrt schweigen wir. Uns beiden graut bei der Vorstellung, einem aufgewühlten Asa gegenübertreten zu müssen. Er ist schon schlimm genug, wenn er gute Laune hat. Ich will gar nicht darüber nachdenken, wie er Sloan heute Abend behandeln wird.

Als wir bei meinem Auto ankommen, vergewissere ich mich als Erstes, dass niemand in der Nähe ist. Bevor ich aussteige, ziehe ich sie an mich. Sie erwidert meinen Kuss mit einem Seufzer. Vermutlich macht es sie genauso traurig wie mich, dass wir uns immer wieder auf diese Weise voneinander verabschieden müssen.

»Wieso heißt es bei uns beiden eigentlich immer einen Schritt nach vorn und zehn zurück?«, fragt sie.

Ich schiebe ihr eine Strähne aus der Stirn. »Wir müssen einfach nur anfangen, größere Schritte nach vorn zu machen.«

Sie ringt sich ein Lächeln ab. »Ich finde es furchtbar, dass ich nicht mit dir sprechen oder dich nicht berühren kann, wenn du nachher vorbeikommst.«

Ich küsse sie auf die Stirn. »Geht mir genauso. Wir brauchen ein Zeichen, das wir heute Abend anstelle von Worten verwenden können. Etwas Unauffälliges, das außer uns niemand bemerkt.«

»Was zum Beispiel?«

Ich hebe die Hand und streiche mir mit dem Daumen über die Unterlippe. »Das ist meins«, sage ich zu ihr.

Sie zieht die Nase kraus, während sie über ihres nachdenkt.

»Du könntest dir eine Haarsträhne um den Finger wickeln«, schlage ich vor. »Ich mag es, wenn du das machst.«

Sie lächelt. »Okay. Wenn du mich das tun siehst, heißt das, dass ich gern mit dir allein wäre.« Sie nimmt eine Strähne und dreht sie mit dem Finger auf.

Ich beuge mich vor, küsse sie und zwinge mich dazu, aus

ihrem Auto zu steigen. Als sie davongefahren ist, schreibe ich eine Nachricht an Ryan.

Ich: Lass ihn nicht mit ihr allein, bis ich da bin. Ich mache mir Sorgen, dass er ihr etwas antun könnte.

Dalton: Okay. Keine Ahnung, was mit ihm los ist. Er hat sich einen Schuss gesetzt und zehn Minuten geschlafen. Jetzt hört er gar nicht mehr auf zu reden. Er sagt die ganze Zeit, dass er Spaghetti will und dass seine Haare richtig dicht sind. Er redet total wirr. Er hat sogar von Kevin verlangt, dass er ihm mit den Fingern durch die Haare fährt.

Fuck. Er benimmt sich tatsächlich unberechenbar. Das ist nicht gut.

Ich: Gib mir Bescheid, sobald ihr zurück seid. Dann warte ich eine Stunde und komme zu euch.

Dalton: Gute Idee. Er hat übrigens gesagt, du seist LSD. Was glaubst du, was das bedeutet? Wieso hat er dich LSD genannt?

Ich: Keine Ahnung.

Dalton: Er hat gesagt: »Carter erzeugt die schlimmsten Halluzinationen, und er ist schwer aufzutreiben. Er ist LSD.«

Ich: Er hat total den Verstand verloren.

33

Sloan

Kaum bin ich durch die Tür, klingelt mein Handy. Ein Blick auf den Bildschirm verrät mir, dass es Asa ist. *Na toll.*

Ich wische mit dem Daumen über das Display, um den Anruf anzunehmen. »Hey.«

»Hey, Babe«, sagt er. Er klingt, als wäre er gerade erst aufgewacht, aber ich kann hören, dass er noch im Auto ist. »Bist du zu Hause?«

»Ja. Bin grad reingekommen. Seid ihr noch im Casino?«

»Nein«, erwidert er. »Auf dem Rückweg.«

Ja, habe ich gehört.

»Wir haben einen Mordskohldampf. Kannst du uns Spaghetti kochen?«

»Ich hab noch jede Menge fürs College zu tun«, sage ich vorsichtig. »Eigentlich hatte ich nicht vor, heute zu kochen.«

Er seufzt und sagt dann: »Tja, ich hatte eigentlich auch nicht vor, Heißhunger auf Spaghetti zu bekommen.«

»Klingt so, als wären wir in einer Zwickmühle«, sage ich teilnahmslos.

»Finde ich nicht. Mach jetzt die verdammten Spaghetti, Sloan. *Bitte.* Ich habe einen echt miesen Tag.«

Ich schließe die Augen und lasse mich aufs Sofa fallen. Das wird ein langer Abend, also kann ich es mir genauso gut etwas leichter machen. »Okay. Ich koche Spaghetti. Möchtest du auch Hackbällchen dazu?«

»Hackbällchen wären super. Wir wollen Hackbällchen, oder, Jungs?«

Im Hintergrund höre ich ein paar der anderen »Klar« murmeln.

Ich lege die Füße auf die Armlehne des Sofas, stelle das Gespräch laut und lege das Handy auf meine Brust. »Wieso hast du einen schlechten Tag?«

Einen Moment lang ist es still in der Leitung, dann fragt Asa: »Habe ich dir jemals von meinem Vater erzählt, Sloan?«

»Nein.«

Er seufzt. »Genau. Zu dem gibt es nämlich absolut nichts zu sagen.«

Himmel. Was um alles in der Welt hat dieser Mann ihm angetan? »Wann seid ihr wieder da?«

Asa antwortet nicht. Stattdessen fragt er: »Ist Carter bei dir?«

Sofort setze ich mich auf. Dank der zunehmenden Paranoia klingt meine Stimme plötzlich schwach, obwohl ich es zu überspielen versuche. »Nein, warum? Ist er nicht bei euch?«

Darauf folgt eine kurze Pause. »Nein, Sloan. Ist er *nicht*.«

Es wird noch stiller in der Leitung, und als ich auf den Bildschirm sehe, wird mir klar, dass er aufgelegt hat. Ich presse das Handy an meine Stirn. *Was weiß er?*

***

Eine Stunde später kommen sie an. Das Essen ist noch nicht fertig, weil ich erst noch zum Supermarkt fahren musste, um die verdammten Zutaten zu besorgen. Asa kommt zu mir in die Küche, und bei seinem Anblick schnappe ich unwillkürlich nach Luft. Sein Shirt ist voller Blut und seine Faust ist kaum noch als solche zu erkennen. Sofort hole ich den Verbandskasten aus der Vorratskammer. »Komm her«, sage ich und führe ihn zum Spülbecken.

Ich lasse Wasser über seine Hand laufen, versuche herauszufinden, wo das viele Blut herkommt, doch es scheint einfach überall zu sein. Seine ganze Hand sieht aus wie rohes Fleisch. Mein Magen rebelliert, doch ich zwinge mich, die Wunden weiter zu säubern, damit ich sie verbinden kann und nicht mehr sehen muss.

»Was zur Hölle hast du getan, Asa?«

Er zuckt zusammen und sieht auf seine Hand. Dann hebt er die Schultern. »Nicht genug.«

Ich reibe seine Hand mit Wundsalbe ein und verbinde sie, auch wenn das nicht wirklich etwas nützt. Vermutlich müsste er genäht werden. Mit mehr als ein paar Stichen.

Plötzlich schließt er seine Finger fest um meine Hand, und ich zucke zusammen.

»Wo ist dein beschissener Ring?«

Mist.

»Auf der Kommode im Schlafzimmer. Ich wollte nicht, dass er beim Kochen schmutzig wird.«

Er steht auf und zerrt mich so gewaltsam zur Treppe, dass ich es bis hoch in meinen Nacken spüre. »Asa, hör auf!«

Doch er lässt mich nicht los, und als wir an Dalton vorbeikommen, steht der auf und sagt: »Hey, Alter, mach mal halblang.«

Asa bleibt immer noch nicht stehen. Ich muss rennen, um nicht zu stürzen, während er immer zwei Stufen auf einmal nimmt. Er reißt die Schlafzimmertür auf und schnappt sich den Ring von der Kommode, dann hält er meine linke Hand zwischen uns hoch. »Du lässt diesen verdammten Ring an deinem Finger, kapiert? Ich hab ihn dir verdammt noch mal gekauft, damit alle wissen, dass sie dich nicht anrühren dürfen.«

Er klatscht meine Hand auf die Kommode und öffnet dann die oberste Schublade, hält mich dabei mit der anderen Hand fest.

»Was hast du vor?«, frage ich, obwohl ich Angst vor der Antwort habe. Er zieht die zweite Schublade auf und durchwühlt den Inhalt.

»Hier, das wird dir helfen, dich daran zu erinnern, den Ring nie wieder abzunehmen«, sagt er und zieht eine kleine Tube aus der Schublade, bevor er sie wieder zuknallt. Ich starre den Sekundenkleber an, den er in der Hand hält.

Das kann nicht sein Ernst sein.

Ich versuche, meine Hand zurückzureißen, doch er klemmt sie nur noch fester unter seiner ein. Er schraubt den Deckel von der Tube und drückt Kleber auf meinen Finger, schmiert ihn unter den Ring.

Tränen brennen mir in den Augen. Ich habe ihn noch nie so erlebt und will ihn nicht noch weiter provozieren. Ich höre auf, Widerstand zu leisten, halte, so still ich kann – abgesehen von meinem rasenden Herzen. Carter ist nicht hier, und ich habe zu viel Angst davor, mich gegen Asa zu wehren, weil ich mir wirklich nicht sicher bin, ob irgendeiner von den Typen da unten mir zu Hilfe kommen würde.

Er wirft die Tube auf die Kommode, hebt dann meine Hand hoch und pustet darauf, um den Kleber zu trocknen. Dabei starrt er mich ununterbrochen an. Seine Augen sind schwarz. Riesig und schwarz und angsteinflößend.

»Fertig?«, flüstere ich. »Ich muss die Spaghetti abgießen.«

Er pustet noch ein paar weitere Sekunden auf meinen Finger, dann beugt er sich vor und küsst meine Handfläche. »Fertig. Jetzt wirst du ihn nie wieder vergessen.«

Er ist verrückt. Er ist absolut verrückt. Mir war ja immer schon klar, dass er kein besonders ausgeglichener Mensch ist, aber erst als ich ihm jetzt in die Augen sehe, begreife ich, wie wahnsinnig er wirklich ist.

Mit Asa auf den Fersen verlasse ich das Schlafzimmer und

gehe nach unten. Dalton steht am Fuß der Treppe, die Sorge ist ihm deutlich anzusehen.

Trotzdem traue ich ihm nicht.

Ich gehe direkt zurück in die Küche und an den Herd. Als ich den Topf von der Platte nehme und den Inhalt in ein Nudelsieb kippe, höre ich draußen ein Auto in die Einfahrt biegen.

Carter.

Ich lasse die Spaghetti abtropfen, starre dabei die ganze Zeit meinen Ring an.

Er ist schief. Es wird ewig dauern, den Superkleber wieder abzuknibbeln. Das Arschloch hätte wenigstens darauf achten können, dass der Ring gerade sitzt. Das wird mich absolut wahnsinnig machen.

Ich achte darauf, nicht zur Tür zu sehen, als sie aufgeht. Stattdessen gehe ich zurück zum Herd, um die Soße umzurühren und nach den Hackbällchen zu sehen. Asa wäscht sich gerade am Spülbecken Blut vom Arm, als Carter in die Küche kommt und auf den Kühlschrank zusteuert.

»Scheiße, was ist denn mit dir passiert?«, fragt Carter, als sein Blick auf Asa fällt.

Das Dröhnen in meinen Ohren ist immer noch so laut, dass ich Asas Antwort nicht hören kann, aber Carter lacht. »Habt ihr wenigstens den Jackpot geknackt?«

Ich drehe mich um und gehe zum Spülbecken, erhasche dabei aus dem Augenwinkel einen Blick auf Carter.

Asa schüttelt den Kopf und sagt: »Leider nicht. Jedenfalls nicht so einen heißen Jackpot wie den, den du letzten Freitag klargemacht hast.« Er grinst anzüglich.

Es fühlt sich an, als würde sämtliches Blut aus meinem Herzen strömen. Ich kann Carter nicht ansehen. Entweder ist das ein Test und Asa will sehen, ob ich reagiere, oder Carter ist nicht der Mensch, für den ich ihn gehalten habe.

»Die war ja mal der absolute Knaller«, fügt Asa hinzu. »Respekt, Kumpel. Ich war echt beeindruckt.«

Ich gehe wieder zum Herd, um nach den Hackbällchen im Ofen zu sehen, und werfe dabei einen schnellen Blick auf Carter. Er nimmt einen Schluck von seinem Bier, sieht mich nicht an. »Sie ist nur eine gute Freundin«, sagt er.

Ich muss mich mit aller Kraft an der Backofentür festklammern, weil ich das Gefühl habe, gleich zu Boden zu gehen.

Was für ein Mädchen? Wann? Am Freitagabend ist Carter in mein Zimmer gekommen und hat mich geküsst. Wie konnte ich nicht merken, dass er mit einer anderen hier war?

Während meiner gesamten Beziehung mit Asa bin ich mir nicht so dämlich vorgekommen. Bei Asa wusste ich zumindest von Anfang an, dass er ein Arschloch ist.

Bei Carter habe ich wirklich geglaubt, er wäre anders.

»Von wegen gute Freundin«, sagt Asa lachend. »Drängst du Dalton etwa auch so heiß gegen die Wand? Oder Jon? Wo ich herkomme, macht man so was nicht mit seinen *Freunden*, Alter.«

Ich bin gezwungen, den langen Weg um die Kücheninsel herumzugehen, damit keiner von beiden meine Tränen sieht. Ein paar Sekunden später spüre ich, wie Asa mir von hinten einen Arm um die Taille schlingt. Er küsst meinen Nacken, und mir fällt nichts Besseres ein, als mich umzudrehen und meinen Mund auf seinen zu drücken. Sosehr ich ihn auch hasse, so gern ich ihm für das, was er mir gerade oben angetan hat, den Schwanz abhacken würde, bei diesem Kuss geht es absolut nicht um ihn.

Ich will Carter spüren lassen, was ich gerade gespürt habe. Ich fühle mich, als hätte mir jemand eine klaffende Wunde in die Brust geschlagen.

Verdammtes Arschloch. Die sind doch alle verdammte Arschlöcher.

Ich löse mich von Asa. »So komme ich hier nicht weiter. Verschwindet endlich aus der Küche, damit ich das Essen fertig machen kann.«

Ich habe keine Ahnung, wie ich es schaffe, so normal zu klingen, obwohl jedes meiner Worte zu einem Schluchzen werden will. Ich kippe die Hackbällchen in die Soße und mische gerade die Nudeln unter, als Dalton in die Küche kommt.

»Verdammt, Asa. Geh endlich duschen und zieh dir was anderes an. Uns vergeht noch der Appetit, wenn wir beim Essen die ganze Zeit deine blutigen Klamotten anstarren müssen.«

Ich nutze Daltons Ablenkungsmanöver, um kurz zu Carter hinüberzusehen. Er sieht mich direkt an, seine Augen voller Sorge. Es ist, als wollte er mir mit diesem einen Blick tausend Dinge mitteilen. Er hebt die Hand und streicht sich mit dem Daumen über die Unterlippe.

Ich wickle mir jetzt garantiert keine Haarsträhne um den Finger. Stattdessen reibe ich mir mit dem Mittelfinger über die Lippen, bevor ich mich Asa zuwende.

Er streicht mir das Haar über die Schulter. »Komm doch mit unter die Dusche. Mit einer Hand wird das sonst ziemlich schwer.«

Ich schüttle den Kopf. »Später. Ich muss erst das Essen fertig machen.«

Asa streicht über meinen Arm, lässt die Finger über meine Hand und den Ring gleiten. Dann dreht er sich um und verlässt die Küche. Dalton folgt ihm. Kaum bin ich allein mit Carter, eilt er quer durch die Küche zu mir herüber, kommt mir aber nur so nahe, dass es nicht verdächtig aussieht. Ich halte mich an der Arbeitsplatte vor mir fest und sehe ihn nicht an.

»Es ist nicht so, wie du denkst, Sloan. Das schwöre ich dir. Du musst mir glauben.«

Seine Worte kommen als hektisches, verzweifeltes Flüstern über seine Lippen.

Ich sehe ihn immer noch nicht an, als ich sage: »Du hast also mit einer *anderen* rumgemacht?« Langsam drehe ich den Kopf und begegne seinem Blick, und einen Moment lang könnte ich schwören, dass er gleich riskiert, erwischt zu werden, und mich an sich zieht.

Er schüttelt den Kopf. »Das würde ich dir niemals antun. Es war nicht so, wie du denkst.«

Diesmal spricht er die Worte langsam und präzise aus. Alles an ihm lässt mich wünschen, ich könnte ihm vertrauen, doch meine Erfahrungen mit jedem einzelnen männlichen Wesen aus meiner Vergangenheit sagen mir, dass ich grundsätzlich niemandem vertrauen sollte, der einen Schwanz hat.

Er wirft einen kurzen Blick über die Schulter, um sicherzugehen, dass wir nicht beobachtet werden. Sämtliche Jungs im Wohnzimmer haben uns den Rücken zugewandt, die Aufmerksamkeit auf den Fernseher gerichtet. Carter lehnt sich vor und drückt mein Handgelenk. »Ich würde dir nicht wehtun. Niemals. Das schwöre ich auf das Leben deines Bruders, Sloan.«

Und das ist der Moment, in dem ich *richtig* wütend werde. Niemand schwört auf das Leben meines Bruders. Es ist passiert, bevor ich überhaupt begreife, was ich da tue. Ich habe ihm eine so heftige Ohrfeige verpasst, dass sich die Jungs im Wohnzimmer zu uns umgedreht haben.

Ich fasse es nicht, dass ich ihn geschlagen habe. Ich bin mir nicht sicher, wen das am meisten schockiert. Mich, ihn oder die Jungs, die uns jetzt allesamt anstarren. Noch nie in meinem Leben war ich so verletzt, trotzdem weiß ich, dass ich mir schnell einen Grund für die Ohrfeige einfallen lassen muss, damit unsere Zuschauer nicht auf die Idee kommen, dass es was Persönliches war. »Man tunkt die Finger nicht in die Nudelsoße, Arschloch! Das ist widerlich!«

Carter begreift sofort, was ich tue. Er zwingt sich zu einem

Lachen und reibt sich die Wange, doch ich kann die Enttäuschung in seinem Blick sehen, als er sich umdreht und die Küche verlässt. Ich habe kein Mitleid mit ihm. Mein Bruder und ich hatten genug Unglück in diesem Leben. Carters Lügen und seine leeren Versprechungen, die er auf Stephens Leben schwört, sind wirklich das Letzte, was wir brauchen.

Ich wirble herum und rühre die Spaghetti um. Kurz halte ich inne, um mir mit dem Ärmel die Tränen von den Wangen zu wischen, dann rühre ich weiter. Eine Minute später taucht Dalton neben mir auf und greift an mir vorbei. Er nimmt sich einen Löffel, tunkt ihn in die Soße und probiert. Mit anerkennendem Nicken wirft er den Löffel ins Spülbecken, dabei raunt er mir zu: »Er sagt die Wahrheit, Sloan.«

Als er weg ist, kann ich die Tränen nicht mehr zurückhalten. Ich weiß nicht mehr, was ich glauben soll. Wem ich vertrauen kann. Auf wen ich wütend sein soll, wen ich lieben darf. Ich gehe zum Spülbecken und wasche mir die Hände.

Dann gehe ich zur Hintertür und rufe über die Schulter zurück: »Eure verdammten Spaghetti sind fertig, ihr Arschlöcher!«

34

Carter

Ich spüle die letzten Teller ab und räume sie in die Maschine.

Asa ist nicht zum Essen heruntergekommen, und Sloan ist draußen geblieben. Vor ein paar Minuten habe ich Ryan eine Nachricht geschrieben und ihn gebeten, oben nach Asa zu sehen, bevor ich es riskiere hinauszugehen, um mit Sloan zu sprechen.

Ich wische die Arbeitsplatte und starte die Spülmaschine. Ryan kommt die Treppe herunter. Gleichzeitig bekomme ich eine Nachricht von ihm.

Dalton: Er liegt völlig weggetreten nackt auf dem Bett. Ich glaube, das wird auch noch eine Weile so bleiben, aber ich schreibe dir, wenn er runterkommt. Lass auf jeden Fall dein Handy an.

Ich prüfe dreimal die Ton- und Vibrationseinstellungen meines Handys, lösche die Nachricht und stecke es wieder in die Tasche. Dann gehe ich zu Sloan in den Garten.

Sie treibt mitten im Pool auf dem Rücken und sieht zu den Sternen hinauf. Obwohl sie sicher hört, wie die Tür ins Schloss fällt, schaut sie nicht zu mir her.

Als ich zu ihr gehe, sehe ich, dass sie ihr Shirt und ihre Jeans auf eine Liege geworfen hat.

Oh verdammt.

Sie schwimmt in ihrer Unterwäsche.

Vielleicht ist das hier im Haus ganz normal, aber ich habe das

Gefühl, auf eine Tretmine zu steigen, wenn ich mich ihr nähere, während sie keinen richtigen Badeanzug anhat.

Ich erreiche den Beckenrand und sehe zu ihr hinunter, doch sie erwidert meinen Blick nicht. Das Wasser bedeckt den größten Teil ihres Gesichts. Trotzdem sehe ich im Licht, das aus dem Haus fällt, dass ihre Augen gerötet sind.

Es ist wirklich absurd: Sloan ist eingeschnappt, weil sie glaubt, ich hätte was mit einer anderen Frau gehabt, während sie selbst jede Nacht mit Asa das Bett teilt. Sie hat ihn vorhin sogar geküsst, nur um mir eins reinzuwürgen.

Aber ich verstehe sie. Und ich mache ihr keinen Vorwurf, weil ich weiß, wie sehr die Vorstellung sie verletzt hat.

Das Schlimmste an dieser Sache ist nicht, dass sie an mir zweifelt, sondern dass ich nachempfinden kann, wie sie sich dabei fühlt.

Wenn ich ihr doch nur die Wahrheit sagen könnte. Dann wäre alles viel einfacher. Aber damit würde ich gegen die Vorschriften verstoßen und Ryans direkten Befehl missachten. Außerdem ist es sicherer für sie, wenn sie es nicht weiß. Insbesondere jetzt, da Asa so labil ist.

Als Asa vorhin in der Küche Tillie erwähnt hat, ist sie schlagartig ganz blass geworden. In diesem Moment hätte ich ihn umbringen können.

Sloan macht mit den Armen und Beinen einen Schwimmstoß, der sie in die Mitte des Beckens zurückbefördert. »Er hat vergessen, die Poolheizung abzustellen«, sagt sie leise. »Es fühlt sich richtig gut an. Ich glaube, ich werde für immer hier drin bleiben.«

Sie klingt traurig. Ich will mir die Schuhe von den Füßen treten, ins Wasser springen und für immer *mit ihr zusammenbleiben.* Nur nicht in diesem Pool oder in diesem Haus.

»Wie heißt sie?«, fragt sie leise, den Blick nach wie vor zum Nachthimmel gerichtet.

Ich massiere mir den Nacken und frage mich, wie viel ich preisgeben kann. »Tillie.«

Sie lacht verbittert. »Ist sie deine Freundin?«

Ich seufze. »Sie ist nur *eine* Freundin, Sloan. Manchmal tut sie mir einen Gefallen.«

Sloan verschwindet unter Wasser und lässt sich zum Grund des Beckens sinken. Als sie wieder auftaucht, wirft sie mir einen durchdringenden Blick zu.

Da erst wird mir klar, was ich gerade gesagt habe. »Nicht *diese* Art von Gefallen, Sloan.«

Sie streicht sich die nassen Haare aus dem Gesicht. »Und was für einen Gefallen hat sie dir am Freitag getan, für den es nötig war, sie überall zu betatschen?«

Ich versuche, nur ihr Gesicht anzusehen, was mir in Anbetracht ihrer durchscheinenden Unterwäsche allerdings sehr schwerfällt. Es gefällt mir nicht, wie ruhig sie klingt, obwohl sie offensichtlich vor Wut kocht. Wahrscheinlich wird sie jeden Moment explodieren. Es kommt mir vor, als stünde ich am Rand eines Vulkans.

»Sag schon: Was für einen Gefallen hat sie dir am Freitag getan?«, insistiert sie.

»Sie hat mir geholfen, Asa davon zu überzeugen, dass ich dich nicht vögeln will«, erwidere ich aufrichtig.

Ich muss nicht ihre Brust anstarren, um zu merken, dass sie nach Luft schnappt. Sie sieht mich einen Moment lang an, taucht wieder ab und schwimmt unter Wasser bis zum flachen Ende des Pools, wo sie aufsteht und aus dem Becken steigt. Ihr BH und der Slip sind hautfarben und komplett durchsichtig, was mich völlig kirre macht. Mein Herz schlägt so heftig, dass ich Angst habe, es könnte bis in Asas Zimmer zu hören sein.

Sloan geht ums Becken herum und stellt sich so dicht vor mich, dass ich ihren nassen BH an meiner Brust spüre.

»*Und?*«, flüstert sie. »Würdest du mich denn gern vögeln, *Carter?*«

Sie verhält sich merkwürdig. Ich weiß nicht, weshalb sie meinen Namen so betont hat, aber es macht mich nervös. Keine Ahnung, was in sie gefahren ist, doch es scheint nicht nur die Eifersucht auf Tillie zu sein. Ich will sie mit einem Handtuch bedecken, und gleichzeitig will ich sie wieder küssen. Sie verwirrt mich.

»Willst du mich *vögeln?*« Sie lässt nicht locker.

Ich kann nicht feststellen, ob sie wütend auf mich ist oder mich begehrt. Wider besseres Wissen greife ich nach ihren Hüften. »Das kann man so nicht sagen«, presse ich hervor. »Ich will dich lieben.«

Sloan schluckt schwer. Ich will sie unbedingt küssen, aber das wäre definitiv der Todeskuss, da ich mich nie mehr von ihr lösen könnte.

Vielleicht würde sie mich auch eigenhändig umbringen, wenn ich es versuchen würde. Ich durchschaue sie noch immer nicht. Sie benimmt sich, als würde sie mich begehren. Gleichzeitig sieht sie mich an, als würde sie mich am liebsten ins Becken werfen und meinen Kopf unter Wasser drücken.

Sie umfasst eine meiner Hände und zieht sie über ihren Bauch bis zu ihren Brüsten hinauf.

Mein Blick zuckt zum Schlafzimmerfenster. »Was tust du da, Sloan?«

Sie beugt sich vor und stellt sich auf die Zehenspitzen, sodass ihre Brüste sich an mich pressen und ihre Lippen mein Ohr berühren. Mir wird heiß. Ich lasse die andere Hand über ihren Rücken gleiten, schiebe die Fingerspitzen unter den Saum ihres Slips und ziehe sie an mich.

»Wirst du befördert, wenn du die Verlobte deiner Zielperson flachlegst?«, flüstert sie.

Ich reiße die Augen auf und erstarre. *Sie weiß es? Woher weiß sie es?* Ich schaue sie mit gespielter Verwirrung an.

Sloan lächelt, doch ich sehe ihr an, dass sie sich von mir verraten fühlt.

»Ich habe herausgefunden, warum du hier bist und weshalb du dich angeblich so für mich interessierst.« Sie schüttelt meine Hände ab. Ihr Zorn ist nicht mehr zu übersehen. »Wage es nicht, noch einmal mit mir zu sprechen, oder ich sage allen, dass du ein Undercover-Cop bist. *Luke.*«

Scheiße!

Sie versucht, an mir vorbeizugehen, doch ich versperre ihr den Weg. Als sie erneut den Mund aufmacht, halte ich ihn ihr mit der Hand zu und blicke zur Hintertür. Noch hat uns niemand gesehen, aber ich muss sie schnell irgendwo hinbringen, wo wir ungestört sind, bevor sie etwas tut, das uns beide das Leben kosten würde.

Sie zerrt mit beiden Händen an meinen Fingern. Ich schlinge den freien Arm um sie und schleife sie seitlich neben das Haus. Als ihr klar wird, was ich vorhabe, wird sie noch wütender und wehrt sich mit aller Kraft gegen mich. Ich hasse es, handgreiflich werden zu müssen, aber es ist zu ihrem eigenen Besten. Im Schutz der Bäume angekommen, drücke ich sie gegen die Wand.

»Hör auf, Sloan«, sage ich und sehe ihr direkt in die Augen. »*Hör mir zu*. Sei ganz ruhig und lass es mich dir erklären. *Bitte.*«

Sie atmet schwer unter meiner Hand, die sie nach wie vor fest mit ihren beiden umklammert hält. Als sie endlich aufhört, sich zu wehren, lasse ich sie langsam sinken.

»Alles, was ich zu dir gesagt habe, jeder Blick, jede Berührung – das alles hatte nichts mit meinem Auftrag zu tun, Sloan. Nicht das Geringste. Verstehst du das?«

Anstatt zu antworten, sieht sie mich nur weiter misstrauisch an.

Ich verziehe das Gesicht. Es ist furchtbar, dass ich sie in diese Lage gebracht habe. Dass sie an mir zweifelt. Dass ich ihr jeden Grund dazu gegeben habe. Und ich habe nicht die geringste Ahnung, was ich sagen kann, um sie von meiner Aufrichtigkeit zu überzeugen.

Also umarme ich sie einfach nur, da ich es nicht ertrage, sie so aufgewühlt zu sehen.

Einen Moment lang wirkt sie wie erstarrt, doch dann entspannt sie sich etwas. Ganz langsam hebt sie die Hände, hält sich an meinem T-Shirt fest und beginnt an meine Brust geschmiegt zu weinen. Ich umschlinge sie, so fest ich kann.

»Ich habe nur Augen für dich«, flüstere ich und küsse sie auf die Schläfe. »Trotz dieser Operation und auch wenn es vielleicht falsch ist, bist du alles, was ich sehe.« Ich suche nach keinen Ausflüchten und bestreite nicht, dass ich als verdeckter Ermittler hier bin. Keine Ahnung, woher sie es weiß, aber das ist mir im Moment auch ganz egal. »Der Grund, warum ich hier bin, hat keinen Einfluss auf meine Gefühle für dich.«

Noch immer weinend sieht sie zu mir auf. »Versprich mir, dass du mich nicht als Mittel zum Zweck einsetzt, um ihn zu verhaften.«

Ich bin überrascht, mein Herz nicht brechen zu hören. »Sloan«, flüstere ich. Etwas anderes fällt mir nicht ein, da mich ihr Schmerz um den Verstand bringt. Meine Schuldgefühle drohen mich zu überwältigen. Ich küsse sie auf die Stirn und noch einmal auf die Schläfe.

Offenbar spürt sie, wie ich mich fühle, denn sie seufzt erleichtert. Sie entspannt sich spürbar in meinen Armen, wie um mir zu signalisieren, dass sie mir glaubt. Ihre Lippen finden meine. Die Berührung wirkt wie eine wortlose Bitte, ihre letzten Zweifel wegzuküssen. Also tue ich es.

Ich küsse sie so aufrichtig, wie ich nur kann.

Ich sollte es nicht tun und sie auch nicht, aber so viel Selbstbeherrschung kann in diesem Moment keiner von uns beiden aufbringen. Ich schiebe sie erneut an die Hauswand, damit niemand uns sieht, aber ich schaffe es nicht, mich von ihr zu lösen. Jede Sekunde, in der unsere Lippen sich berühren, ist eine Sekunde zu viel, doch ich kann nichts dagegen tun. Stattdessen denke ich nur darüber nach, wie ich noch mehr von ihr bekommen kann.

Als ich mich an sie drücke, stöhnt sie in meinen Mund. Dieser Laut lässt mich meine Angst vergessen. Mein Verlangen nach ihr raubt mir den letzten Verstand. Und so begierig, wie sie ihre Hände unter mein T-Shirt schiebt, scheint es ihr genauso zu gehen.

Ich tappe in einem dichten Nebel, aus dem es für mich keinen Ausweg gibt.

Verdammter Mist.

»O Gott, Sloan«, flüstere ich, während ich kurz Luft hole. Ich hebe sie an, spüre, wie sie die Beine um mich schlingt, und trage sie zu meinem Auto.

Es ist stockfinster und das Grundstück von Bäumen umgeben, sodass ich mir keine Sorgen wegen neugieriger Nachbarn machen muss, als wir auf den Rücksitz klettern. Mich beunruhigt nur ihr Verlobter.

Wenn er uns erwischt …

Aber darüber will ich mir im Moment keine Gedanken machen. Bislang hat Ryan mir keine Nachricht geschrieben. Wir haben also noch Zeit.

Ich schließe die Tür hinter uns und greife über die Lehne des Beifahrersitzes, um ein Kondom aus dem Handschuhfach zu holen. Als ich auf die Rückbank zurücksinke, setzt sie sich auf mich, küsst mich und legt mir die Hände auf die Brust.

Ihre Finger gleiten an meinem Bauch herab.

Während ich ihren BH nach oben streife und ihre Brüste mit Küssen bedecke, befreit sie mich aus meiner Jeans.

Sobald ich das Kondom übergestreift habe, packe ich sie an den Hüften und hebe sie über mich. Sloan schiebt derweil ihren Slip beiseite. Ich lehne mich zurück, um ihr Gesicht betrachten zu können, während ich in sie eindringe. Wir sehen uns in die Augen, und ich senke sie langsam auf mich herab.

Mit einem Mal wird es viel stiller im Wagen. Während sie mich in sich aufnimmt, hält sie die ganze Zeit meinen Blick fest. Erst als wir vollends miteinander verschmolzen sind, stoßen wir gleichzeitig den Atem aus.

So gut wie in diesem Moment, in dem ich mich endlich in ihr befinde, habe ich mich noch nie gefühlt. Und auch noch nie so *schuldig*. Schließlich weiß ich, welchem Risiko ich sie damit aussetze.

Sloan beugt sich vor und schlingt mir die Arme um den Hals. »Luke«, haucht sie, dicht an meinen Lippen.

Ich habe das Gefühl zu sterben.

Sie hat mich Luke genannt.

Mein Mund findet wieder ihren, und ich küsse sie, wie sie es verdient. Mit Überzeugung. Mit Respekt. Mit Gefühl.

Sie fängt an, sich auf mir zu bewegen, und füllt mein ganzes Blickfeld aus.

Ich schließe die Augen – und sehe auch hinter meinen Lidern nur sie.

35

Sloan

Ich hatte keine Ahnung, dass es sich so anfühlen kann.

Mir ist klar, wie klischeehaft das klingt. Aber seine Hände, sein Mund, die Art, wie er mich berührt – es ist, als würde er nur für meine Reaktionen leben.

Und in diesem Moment bin ich voll und ganz auf ihn fokussiert, auf ihn und seine Hand, die mich genau an der richtigen Stelle streichelt, mich ernsthaft fürchten lässt, dass ich nicht nur Asa, sondern die gesamte Nachbarschaft aufwecken werde. Als könnte er das spüren, bedeckt er meinen Mund mit seinem, erstickt mein Stöhnen, während ich mich an ihn dränge. Meine Beine zittern, meine Arme, mein ganzer Körper, als eine Gefühlswelle mich erschüttert, die ich so noch nie erlebt habe.

»Luke«, stöhne ich an seinen Lippen. Ich liebe seinen Namen. Ich liebe es, ihn auszusprechen. Ich liebe es zu sehen, wie sehr es ihm gefällt, wenn ich seinen wahren Namen ausspreche.

So schwach ich mich auch fühle, ich finde die Energie, mich weiter zu bewegen, bis *ich sein* Stöhnen schlucke. Sein Mund ist unglaublich. Er schmeckt nach Obst. Er schmeckt süß.

Kein Vergleich mit dem bitteren Geschmack, den Asas Küsse auf meiner Zunge hinterlassen.

Als wir schließlich beide nicht mehr zittern und ich reglos auf ihm sitze, beugt er sich vor, um federleichte Küsse über meine Schulter zu verteilen.

Wie ist es nur möglich, dass ich ihn noch vor zwei Stunden gehasst habe und jetzt mehr für ihn empfinde als an allen bisherigen Tagen zusammen? Die Erkenntnis, dass er nicht so ist wie Asa … sondern das genaue Gegenteil von ihm … macht ihn einfach wahnsinnig … *attraktiv.*

Er ist einer von den Guten. Er ist ein *guter Mensch.* Es gibt sie wirklich.

Während ich im Pool geschwommen bin, haben sich all die kleinen Hinweise zu einer Offenbarung zusammengefügt. Dass er sich als Luke bezeichnet hat. Die Tatsache, dass er einen Spanischkurs belegt, der weit unter seinen Fähigkeiten liegt, nur damit er praktischerweise neben mir sitzen kann. Wie er mir immer wieder versichert hat, dass ich ihm vertrauen kann, ohne jemals zu erklären, *wieso.* Dass er ein anderes Mädchen als Ablenkungsmanöver benutzt hat.

Das war der entscheidende Punkt. Ich hatte mir die Wahrheit schon zusammengereimt, bevor er mir am Pool alles gestanden hat.

Als Dalton gemeint hat, dass Carter … oder besser gesagt *Luke* … die Wahrheit sagt, war mir klar, dass mehr dahintersteckt. Dahinter, dass Luke öffentlich mit einer anderen rummacht, während wir uns im selben Haus befinden. Also habe ich einen Entschluss gefasst: Würde er zu mir kommen und alles abstreiten, wüsste ich, dass er ein Lügner und nicht besser als Asa ist.

Würde er mir die Wahrheit sagen – dass er mit dieser Tillie nur rumgemacht hat, um Asa zu beruhigen –, dann wüsste ich, dass ich recht habe. Dass es nur Teil seines Jobs war.

Ich war mir nur nicht sicher, was ich lieber hören wollte. Dass er nicht besser ist als Asa … oder dass er mich die ganze Zeit nur benutzt hat, um an Asa ranzukommen.

Eigentlich habe ich damit gerechnet, dass zwischen uns alles vorbei ist, sobald er merkt, dass ich ihn durchschaut habe. Ich dachte, er hätte Angst um seinen Job und würde vielleicht versuchen, mir einen Deal anzubieten, damit ich ihn nicht verrate. Denn Typen wie er … Männer, die gut und erfolgreich und nett sind … solche Typen verlieben sich nicht in Mädchen wie mich. Zumindest hat mein bisheriges Leben mich das glauben lassen.

Doch ich lag falsch, denn er macht sich keine Sorgen um seinen Job. Seine Sorge gilt allein mir. Und jemandes einzige Sorge zu sein, fühlt sich verdammt gut an, fast so, wie geliebt zu werden.

Ich glaube ihm, wenn er sagt, dass er nur mich sieht. Denn ich sehe nur ihn. Ich will jede Sekunde mit ihm genießen. Er hat die Arme um mich geschlungen, während wir beide langsam wieder zu Atem kommen. Was wir getan haben, war leichtsinnig. Das wissen wir beide, trotzdem war es das Risiko wert.

»Sosehr ich mir auch wünsche, dass du für immer und ewig hierbleiben könntest … du solltest wieder reingehen«, sagt er und drückt mir einen Kuss auf die Schläfe.

Ich weiß, dass er recht hat, auch wenn ich wünschte, es wäre nicht so. Das Haus ist der letzte Ort, an dem ich sein will, vor allem nach dem, was gerade passiert ist. Ich fahre mit den Fingern durch seine Haare, rieche den frischen Duft seines Shampoos. »Hast du geduscht, bevor du gekommen bist?« Er lächelt, das kann ich sogar in der Dunkelheit sehen. »Du hast also geduscht *und* hattest ein Kondom im Auto bereitliegen? Hast du etwa damit gerechnet, heute Abend Sex zu haben?«, necke ich ihn.

Er lässt den Kopf gegen die Lehne sinken und ein langsames, zufriedenes Grinsen breitet sich auf seinem Gesicht aus. »Ich habe geduscht, weil ich für dich immer gut aussehen will. Das Kondom hatte ich im Auto, weil ich gern vorbereitet bin. Und es lag da schon seit sechs Monaten, falls es dich interessiert.«

Das tut es, auch wenn ich kein Recht habe, neugierig zu sein.

Er weiß, was beinahe jede Nacht zwischen Asa und mir passiert. Könnte ich das beenden, würde ich es sofort tun, aber im Moment ist das einfach keine Option. Nicht, solange ich noch in diesem Haus lebe.

Doch darüber sprechen wir nicht. Über die Tatsache, dass ich noch mit Asa zusammen bin und dass das, was gerade zwischen Luke und mir passiert ist, nicht richtig war, ganz egal, wie richtig es sich angefühlt hat. Allerdings ist es mir vollkommen egal, dass ich Asa betrogen habe. Ich sollte mich schuldig fühlen, doch das tue ich nicht.

Geschieht dir recht, Asa Jackson.

Mit dem Daumen streicht Luke über meinen Arm und schiebt meinen BH-Träger wieder nach oben. Ich fahre mit den Fingern an seinem Kinn entlang. Er hat ein tolles Gesicht. An all den richtigen Stellen männlich, und mit einem weichen Zug um den Mund.

»Wie hast du mich durchschaut?«, fragt er.

Ich grinse. »Ich sehe nur dich, Luke. Und ich bin ziemlich klug.«

Er nickt. »Ja, das bist du.« Er legt die Hände auf meinen Rücken und zieht mich an sich, doch bevor seine Lippen meine berühren, presst er mich urplötzlich nach unten auf den Sitz und legt mir eine Hand auf den Mund. »Sei still«, flüstert er, starrt dabei aus der Windschutzscheibe.

Mir rutscht das Herz in die Hose.

Wir sind tot. Wir sind tot.

Wir. Sind. Tot.

Ich höre ein lautes Pochen am Fenster, bin mir allerdings nicht ganz sicher, ob es nicht nur das Hämmern meines Herzens ist. »Mach die verdammte Tür auf!«

Ich schließe die Augen, spüre jedoch, wie Luke die Lippen an mein Ohr drückt. »Es ist nur Dalton«, flüstert er. »Bleib unten.«

Nur Dalton? Er sagt es, als würde er Dalton komplett vertrauen, also nicke ich und schlinge die Arme um meinen Oberkörper, als Luke sich aufsetzt und die Tür öffnet. Etwas kommt zu uns auf die Rückbank geflogen, und Luke fängt es auf.

Dalton lehnt sich durch die Tür und sieht uns an. »Wenn ihr das nächste Mal auf die Idee kommt, euch rauszuschleichen, um zu vögeln, nehmt gefälligst eure Klamotten mit.«

Luke gibt mir mein Shirt und meine Jeans, die Dalton ihm eben zugeworfen hat. Hektisch ziehe ich mir das Shirt über den Kopf. Ich kann selbst nicht glauben, dass wir so leichtsinnig waren.

»Ist er wach?«, fragt Luke Dalton.

Dalton starrt ihn an, in seinem Blick liegt so vieles, was ich nicht verstehe. »Nein. Aber du musst verschwinden, bevor du uns beide umbringst.« Dann richtet Dalton den Blick auf mich. »Und du solltest schleunigst zurück ins Haus gehen, bevor Carter auch noch für *deinen* Tod verantwortlich ist.«

Er richtet sich auf, und ehe er die Tür zuknallt, sagt er noch: »Wir müssen uns unterhalten, bevor du fährst, Carter.«

Ich habe mich ja eben in der Küche schon gefragt, ob die beiden unter einer Decke stecken. Die Art, wie Dalton mit Luke spricht, bestätigt meine Vermutung. Plötzlich ergibt die Freundschaft der beiden deutlich mehr Sinn.

Ich habe Mühe, auf der Rückbank in meine Jeans zu schlüpfen, deswegen streckt Luke die Hand aus, um mir zu helfen. O Gott, ich sollte ihn auch in Gedanken weiterhin Carter nennen, sonst rutscht mir bestimmt irgendwann vor Asa sein richtiger Name raus.

»Bist du jetzt in Schwierigkeiten?«, frage ich ihn. Ich knöpfe meine Jeans zu und ziehe mein T-Shirt glatt. Er legt mir eine Hand in den Nacken.

»Ich stecke immer in Schwierigkeiten, Sloan.« Er drückt mir

einen kurzen Kuss auf die Lippen. »Ich wünschte, ich könnte behaupten, ich wäre gut in meinem Job, aber meine Prioritäten sind etwas unangemessen.«

Ich lache. »Also ich finde, in der letzten halben Stunde waren deine Prioritäten absolut angemessen.«

Er küsst mich noch mal. »Geh schon. Sei vorsichtig.«

Ich erwidere seinen Kuss. Leidenschaftlich. Und als ich ihn diesmal zurücklasse, tut es nicht ganz so weh. Denn diesmal habe ich Hoffnung. Hoffnung, dass er einen Plan hat, wie er uns aus dieser Scheiße befreien kann.

***

Ich lächle die ganze Zeit, während ich unter der Dusche stehe, denn als ich durch die Hintertür in eine blitzblanke Küche gekommen bin, war mir sofort klar, dass Carter sie aufgeräumt haben muss.

Niemand, wirklich *niemand* in diesem Haus hat jemals auch nur einen Finger gerührt, um mir zu helfen. Ich bin mir nicht sicher, ob man mit Aufräumen jedes Herz gewinnen kann, aber *mein* Herz gewinnt man so auf jeden Fall. Mir sind fast die Tränen gekommen, als ich gehört habe, dass die Spülmaschine schon lief.

Ganz schön traurig, dass mir eine eingeräumte Spülmaschine mehr bedeutet als ein Verlobungsring. Von außen betrachtet muss es so aussehen, als wären meine Prioritäten auch etwas daneben.

Als ich ins Schlafzimmer komme, liegt Asa splitterfasernackt quer über das Bett ausgestreckt und schnarcht.

Na toll. Ich muss ihn irgendwie auf seine Hälfte der Matratze rollen, aber er ist zu schwer für mich.

Ich gehe auf seine Seite des Betts, packe seinen Arm und

versuche, ihn rüberzuziehen. Er rührt sich keinen Zentimeter, grunzt nur zwischen zwei Schnarchern.

Und dann … kotzt er quer über meine Decke.

Ich schließe die Augen und bemühe mich, ruhig zu bleiben. War ja klar, dass er diesen wunderschönen Abend noch irgendwie ruiniert.

Während Asa sich stöhnend immer wieder übergibt, füllt sich das Zimmer mit dem sauren Geruch von Erbrochenem. Ich laufe rüber zum Schreibtisch, um den Mülleimer zu holen, beuge mich dann über ihn und hebe seinen Kopf an, damit wenigstens der Rest seines Mageninhalts im Eimer landet.

Er würgt noch zweimal, bevor er nach ein paar Minuten Stille endlich die Augen öffnet. Als er zu mir aufsieht, ist der furchterregende Ausdruck von vorhin einer fast kindlichen Unschuld gewichen. »Danke, Babe«, murmelt er.

Ich stelle den Mülleimer auf den Boden und lege ihm eine Hand auf den Kopf. »Asa, du musst versuchen aufzustehen. Ich muss das Bett abziehen.«

Er dreht sich auf die andere Seite, weg von dem Erbrochenen, zieht ein Kissen an seine Brust und schläft sofort wieder ein.

»Asa.« Ich schüttle ihn, doch er ist völlig weggetreten.

Ich stehe auf und sehe mich im Zimmer um, überlege, wie ich das hier hinbekommen soll, ohne runtergehen und um Hilfe bitten zu müssen.

Aber allein habe ich keine Chance, das Bett frisch zu beziehen, und ich werde sicher nicht unten auf dem Sofa schlafen. Nicht, solange Jon hier ist. Ich bete, dass Dalton und Carter noch hier sind, denn wenn ich Jon und Kevin wissen lasse, dass Asa bewusstlos ist, kann das nichts Gutes für meine Sicherheit bedeuten.

Zu meiner Erleichterung stehen Carter und Dalton noch an

der Tür, als ich runterkomme. Carter ist bei meinem Anblick sofort in Alarmbereitschaft.

»Ich brauche Hilfe, um Asa zu bewegen, damit ich das Bett frisch beziehen kann. Er hat überall hingekotzt.«

»Viel Spaß«, murmelt Jon vom Sofa aus.

Carter wirft ihm einen bösen Blick zu, bevor er zur Treppe geht. Das Missfallen in Daltons Miene ist nicht zu übersehen, trotzdem folgt er Carter nach oben.

Als wir das Schlafzimmer erreichen, ist der Gestank so intensiv, dass ich mir die Nase zuhalten muss, um nicht selbst zu würgen.

»Heilige Scheiße«, grummelt Dalton. Er geht direkt rüber zu einem der Fenster und reißt es auf. Wir sehen alle auf Asa hinab, und ich schäme mich ein bisschen für seine Nacktheit. Doch wie ich Asa kenne, wäre ihm das völlig egal. Und selbst wenn nicht, hat er sich ganz allein in diese erbärmliche Situation gebracht.

Carter greift nach ihm und versucht, ihn wachzurütteln. »Asa. Wach auf.«

Asa brummt, wacht aber nicht auf.

»Was zur Hölle hat er genommen?«, fragt Carter an Dalton gewandt.

Dalton zuckt mit den Schultern. »Woher soll ich das wissen? Auf dem Weg zum Casino hat er irgendwelche Pillen eingeworfen, glaube ich, und auf dem Heimweg hat er sich einen Schuss gesetzt.«

Ohne zu zögern, beugt Carter sich vor, packt Asa unter den Achseln und zieht ihn hoch.

Sofort nehme ich die Decke vom Bett und balle sie zusammen. Ich werde gar nicht erst versuchen, sie zu waschen. Ich werfe sie raus in den Flur und wechsle zur Sicherheit auch noch das Laken.

»Auf welcher Seite schläft er?«, fragt Carter, der Asa immer noch aufrecht hält. Ich deute auf Asas Seite des Betts und Carter schleift ihn hinüber. Dalton hilft ihm, Asa auf die Matratze zu legen, während ich eine frische Decke aus dem Schrank hole und über ihn breite.

Als ich ihn zudecke, öffnet Asa die Augen und sieht zu mir auf. Mit einer Hand reibt er sich übers Gesicht und rümpft die Nase. »Was ist das für ein Gestank?«, grummelt er.

»Du hast ins Bett gekotzt.«

Er zieht eine Grimasse. »Hast du's sauber gemacht?«

Ich nicke und flüstere: »Ja. Ich hab das Bett frisch bezogen. Schlaf weiter.«

Doch er schließt die Augen nicht wieder. Stattdessen hebt er eine Hand zu meinem Haar und zupft an einer Strähne. »Du kümmerst dich so gut um mich, Sloan.«

Eine Sekunde lang starre ich ihn an – diese verletzliche Version von ihm. Und irgendwie, obwohl Carter nur wenige Schritte von mir entfernt steht, habe ich Mitleid mit ihm.

Ich kann nicht anders.

Asa ist nicht so, wie er ist, weil er es sich ausgesucht hat. Ich glaube, er ist, wie er ist, weil ihm nie jemand gezeigt hat, dass er auch etwas anderes sein kann.

Dafür wird er immer mein Mitgefühl haben. Mein Herz wird er niemals bekommen, und vermutlich auch nicht meine Vergebung.

Aber gegen das Mitgefühl komme ich nicht an.

Ich will aufstehen, doch er greift nach meinem Handgelenk und zieht mich wieder zu sich. Ich lasse mich neben dem Bett auf die Knie sinken und Asa umschließt meine Hand mit seiner. Seine Augen sind geschlossen, als er flüstert: »Einmal, als ich fünf war … habe ich ins Bett gekotzt. Mein Vater hat mich gezwungen, darin zu schlafen. Hat gesagt, das würde mich lehren, es nie wieder zu tun.« Er stößt ein leises Lachen aus, bevor er die

Augen noch fester zukneift. »Tja, damit lag der Bastard wohl auch falsch«, murmelt er.

O Gott.

Unwillkürlich lege ich die Hand an mein Herz, das sich für den kleinen Jungen in ihm schmerzhaft zusammenzieht.

Ich drehe mich zu Carter und Dalton um, die Asa ebenso mitleidig ansehen wie ich. Als ich mich wieder Asa zuwende, dreht er sich gerade auf den Bauch, packt das Kissen mit beiden Händen und vergräbt das Gesicht darin.

»Asa«, flüstere ich, streiche ihm beruhigend über den Kopf.

Seine Schultern zucken, und er bricht in ein haltloses Schluchzen aus. Es ist die Art Weinen, die so tiefgreifend und herzzerreißend ist, dass sie keinen einzigen Ton hervorbringt.

Ich habe Asa noch nie weinen sehen. Ich wusste nicht mal, dass er in der Lage ist, echte Tränen zu vergießen.

Morgen wird er sich an nichts davon erinnern. Er wird nicht mehr wissen, ob ich ihn allein gelassen oder mich zu ihm ins Bett gelegt und ihn gehalten habe. Während ich weiter Asas Kopf streichle, sehe ich zu Carter auf. Dalton hat das Zimmer bereits verlassen, nur noch wir drei sind hier.

Carter kommt zu mir herüber und ich kann Mitgefühl in seinen Augen sehen. Er hebt eine Hand und streicht mir über die Wange, beugt sich dann vor, um mir einen Kuss auf die Stirn zu drücken.

Er lässt seine Lippen mehrere Sekunden dort liegen, bevor er sich schließlich von mir löst und zur Tür geht. Dort angekommen, dreht er sich noch einmal um und sieht mich einen Moment lang an. Er hebt eine Hand und fährt sich langsam mit dem Daumen über die Unterlippe. Mein Herz fliegt ihm zu, doch ich bleibe auf dem Boden sitzen, tröste Asa.

Auch ich hebe eine Hand und ziehe an einer Haarsträhne, wickle sie um meinen Finger. Der Anflug eines Lächelns zupft an

Carters Lippen, während er mich noch ein paar Sekunden ansieht und dann die Tür schließt.

Ich steige ins Bett, krieche unter die Decke und schlinge die Arme um Asa, tröste ihn, bis ich mir sicher bin, dass er eingeschlafen ist.

Doch kurz bevor ich wegdämmere, höre ich ihn noch flüstern: »Wehe, du verlässt mich irgendwann, Sloan.«

36

Asa

Als ich den Kühlschrank öffne, entdecke ich als Erstes eine Schüssel mit gekochten Spaghetti. *Gott sei Dank.*

»Siehst du, Dad?«, flüstere ich. »Sie ist ein Geschenk des Himmels.«

Ich stelle die Spaghetti in die Mikrowelle, bevor ich mir am Waschbecken Wasser ins Gesicht spritze. Es fühlt sich an, als hätte ich die ganze Nacht mit dem Kopf in der Toilette geschlafen. Dem Gestank nach zu urteilen, der heute Morgen im Schlafzimmer herrschte, kommt das der Wahrheit ziemlich nahe.

Ich lehne mich an den Küchentresen und warte, bis die Spaghetti aufgewärmt sind. Ich starre auf die Schüssel, die sich in der Mikrowelle im Kreis dreht.

Ob ich ihn umgebracht habe?

Wohl kaum. Wir haben das Casino vor fast 24 Stunden verlassen. Wenn er tot wäre, wäre die Polizei längst hier aufgetaucht. Und wenn er überlebt hat, wird er sicher keine Anzeige erstatten. Er weiß, dass er es nicht anders verdient hat.

Die Mikrowelle piepst.

Ich ziehe die Spaghetti heraus, nehme eine Gabel und schiebe mir einen Bissen in den Mund. Kaum habe ich ihn runtergeschluckt, renne ich zum Mülleimer. Ich übergebe mich zweimal, spüle den Mund aus und schiebe mir einen weiteren Bissen in den Mund.

Ich werde diesen Entzug wie ein Mann durchstehen, denn ich will nicht wie dieser Bastard enden.

Also nehme ich noch eine Gabel voll Nudeln und schlucke sie samt der Galle runter. *Zieh es durch, Asa.*

Die Haustür schwingt auf, und Sloan tritt ein. Ein Blick auf die Uhr verrät mir, dass es kurz nach zwei ist. Normalerweise kommt sie nie so früh vom College nach Hause. Entweder hat sie mich in der Küche nicht bemerkt, oder es ist diese bestimmte Zeit im Monat und sie hat schlechte Laune, denn sie rennt sofort die Treppe hoch und ins Schlafzimmer.

Keine Minute später höre ich, wie sie das Schlafzimmer auf den Kopf stellt. Sachen fallen zu Boden. Sie trampelt im Zimmer hin und her. Ich starre an die Decke und frage mich, was zum Teufel sie da macht. Mein Kopf schmerzt zu sehr, um selbst nachzusehen. Das brauche ich auch nicht, denn Sekunden später kommt sie die Treppe heruntergestürmt.

Als sie um die Ecke in die Küche biegt, zuckt mein Schwanz in der Hose. Sie ist verdammt sauer, und das macht mich verdammt heiß. Ich grinse sie an, als sie auf mich zukommt.

Bevor ich auch nur ein Wort sagen kann, baut sie sich vor mir auf. Sie rammt mir einen Finger in die Brust. »Wo ist der Papierkram, Asa?«

Papierkram?

»Wovon zum Teufel redest du?«

Ihre Brust hebt und senkt sich, und wenn sie nur ein paar Zentimeter näher käme, könnte ich es spüren. »Die Akte meines Bruders!«, sagt sie. »Wo ist sie, Asa?«

Ach, *der* Papierkram.

Ich stelle die Schüssel mit den Spaghetti vorsichtig auf den Tresen und verschränke die Arme vor der Brust. »Keine Ahnung, wovon du redest, Sloan.«

Sie atmet kontrolliert ein, atmet noch kontrollierter aus und dreht sich um. Sie stemmt die Hände in die Hüften und versucht, die Kraft aufzubringen, ruhig zu bleiben.

Ich wusste, dass sie sauer sein würde, wenn sie das rausfindet. Trotzdem habe ich nie wirklich darüber nachgedacht, wie ich mich aus der Affäre ziehen könnte.

»Zwei Jahre«, sagt sie zähneknirschend. Sie dreht sich wieder zu mir um, ihre Augen sind voller Tränen.

Scheiße. Ich wollte nicht, dass sie weint.

»Zwei Jahre lang dachte ich, du würdest für ihn aufkommen. Du hast mir die Papiere gezeigt, Asa. Die Briefe, die der Staat geschickt hat. Die Scheckabrechnungen.« Sie geht auf und ab. »Die Sozialarbeiterin hat mich heute für bescheuert gehalten, als ich sie gefragt habe, ob seine Unterstützung jemals verlängert werden könnte. Weißt du, was sie zu mir gesagt hat, Asa?«

Ich zucke mit den Schultern.

Sie tritt einen Schritt vor und verschränkt die Arme vor der Brust. »Sie hat gesagt: *Die Leistungen wurden nicht gestrichen, Sloan. Stephens Pflege wurde nie privat bezahlt.*«

Tränen laufen ihr über die Wangen. Zum ersten Mal, seit sie heruntergekommen ist, beschleicht mich das ungute Gefühl, mit dieser Lüge vielleicht zu weit gegangen zu sein. Sie ist so wütend, wie ich sie noch nie erlebt habe.

Sie darf mich nicht verlassen.

»Sloan.« Ich trete einen Schritt vor und lege meine Hände auf ihre Schultern. »Baby, hör zu. Ich musste das tun, um dich zurückzubekommen. Du hattest mich *verlassen.* Es tut mir leid, dass du ärgerlich bist.« Ich nehme ihr Gesicht in meine Hände. »Du solltest deswegen nicht sauer sein. Es hat mich verdammt viel Mühe und Geld gekostet. Wenn überhaupt, dann solltest du dich geschmeichelt fühlen, dass du mir so wichtig bist.«

Ihre Hände schieben sich zwischen meine, und sie stößt mich von sich. »Du widerliches *Arschloch!*«, schreit sie. »Du hast eine ganze Akte gefälscht, um deine Lügen zu untermauern, Asa! Monatliche Briefe von der Regierung! Wer macht denn *so was?*«

Sie hat keine Ahnung, wie viel Geld ich dem Schwachkopf zahlen musste, der die Briefe verschickte, sonst würde sie sich jetzt bei mir bedanken.

Sie zeigt von der anderen Seite der Küche auf mich. »Du hast mich reingelegt. Die ganze Zeit hast du mich glauben lassen, es gäbe keinen Ausweg.«

Ich schlucke den Ärger hinunter. Ich mache einen Schritt auf sie zu. *Habe ich gerade richtig gehört?*

»Ich habe dich *reingelegt*?«

Sie ist so aufgebracht, dass sie kurz nach Luft schnappt. Wütend wischt sie sich die Tränen aus den Augen, nickt und senkt die Stimme. »Ja, Asa. Du hast mich reingelegt. Ich war die letzten zwei Jahre deine Gefangene, weil ich dachte, mein Bruder müsse sonst zurück zu meiner unfähigen Mutter. Und alles nur, weil du *wusstest*, dass ich dich verlassen hätte, wenn du mich nicht so in der Hand gehabt hättest.«

Sie meint es nicht so. Sie ist wütend. Sie hätte mich nie verlassen. Ja, ich habe sie angelogen. Ja, ich habe einen Haufen Geld bezahlt, um es so aussehen zu lassen, als wäre die staatliche Unterstützung für ihren Bruder gestrichen worden. Aber damit habe ich ihr nur ein wenig den Weg geebnet. Früher oder später wäre sie sowieso zu mir zurückgekrochen gekommen. Ich habe es ihr nur leichter gemacht.

»Glaubst du das wirklich? Dass du hier eine Gefangene bist?«, frage ich. »Gebe ich dir keinen Platz zum Schlafen? Kaufe ich dir kein Essen? Schenke ich dir keine schönen Dinge? Ermögliche dir, aufs College zu gehen? Lasse dich meine Autos fahren?« Ich durchquere die Küche, und als ich sie erreiche, dränge ich sie mit unvermindertem Tempo mit dem Rücken gegen die Wand. Meine Arme halten sie fest. »Wage es nicht, hier in *meinem* Haus zu behaupten, du hättest nicht alle Möglichkeiten der Welt gehabt, durch diese Scheißtür zu gehen.«

Ich stoße mich von der Wand ab und deute auf die Haustür. »Geh. Wenn du mich nicht mehr liebst, dann *hau ab*, verdammt!«

Sie würde niemals gehen. Denn wenn sie gehen würde, würde das bedeuten, dass sie mich in den letzten zwei Jahren nur wegen meines Geldes geliebt hat. Sie hätte mich nur ausgebeutet, um ihren nutzlosen Bruder zu unterstützen. Wenn das so ist, dann ist sie definitiv eine Hure.

Und ich werde keine Hure heiraten.

Sloan blickt zur Tür und dann wieder zu mir. Sie schüttelt den Kopf, und ich schwöre, sie lächelt. »Auf Wiedersehen, Asa. Genieße dein Leben.« Sie steuert auf die Haustür zu.

»Ja, ich genieße mein Leben, Sloan. Ich genieße es verflucht noch mal!« Ich lasse sie die Haustür erreichen, bevor ich ihr folge. Sie ist noch nicht einmal auf dem Rasen, als ich meinen Arm um ihre Taille schlinge und meine Hand auf ihren Mund lege. Ich drehe sie um und führe sie zurück in das Haus, für das sie so wenig dankbar ist. Ich trage sie hoch zum Schlafzimmer und trete die Tür auf. Als ich sie aufs Bett werfe, versucht sie, zu fliehen und um mich herum zu laufen.

Wie süß.

Ich packe sie an den Haaren und schleudere sie zurück aufs Bett. Sie schreit, was ich sofort unterbinde. Ich setze mich auf sie, halte ihr mit einer Hand den Mund zu und mit der anderen ihre Handgelenke fest. Gegen ihre Beine kann ich nicht viel ausrichten, da sie nach Kräften unter mir strampelt, aber ich habe mehr Kraft in einem Finger als sie in ihrem ganzen Körper. Ich habe eher das Gefühl, dass sie mich kitzelt, als dass sie mir wehtut.

»Hör zu, Babe«, flüstere ich und starre sie an. »Wenn du mir weismachen willst, dass du mich nicht liebst, werde ich sehr böse. *Wirklich* verdammt böse. Denn das würde bedeuten, dass du mich hintergangen hast seit dem Tag, an dem du wieder durch meine Tür gekommen bist. Es würde bedeuten, dass du jeden Orgasmus, jeden Kuss, jedes zärtliche Wort nur vorgetäuscht hast – für einen monatlichen Scheck. Und wenn das wahr wäre, dann wärst du eine Hure, Sloan. Weißt du, was Männer wie ich mit Huren machen?«

Ihre Augen sind vor Schreck geweitet. Hoffentlich heißt das, dass ich zu ihr durchdringe. Sie versucht nicht mehr, sich unter mir herauszuwinden, also ist das ein gutes Zeichen.

»Das war eine Frage, Babe. *Weißt* du, was Männer wie ich mit *Huren* machen?«

Eine Träne rinnt ihr aus dem Auge, als sie den Kopf schüttelt. Sie atmet stoßweise gegen meine Hand, ringt heftig nach Luft.

Ich führe meinen Mund an ihr Ohr. »Bitte zwing mich nicht, es dir zu zeigen.«

Wir bleiben noch einige Augenblicke so liegen, während ich mich vergewissere, dass meine Worte auch wirklich angekommen sind. Dann lockere ich meinen Griff und betrachte sie. Ihr Gesichtsausdruck hat sich nicht verändert, aber jetzt weint sie so heftig in meine Hand, dass ihr der Rotz aus der Nase läuft. Er klebt an meiner Hand, und ich ziehe sie von ihrem Mund weg und wische sie am Bett ab. Dann nehme ich den Ärmel meines Hemdes und trockne ihr Gesicht.

Ihre Lippen zittern. Ich weiß nicht, warum mir nie aufgefallen ist, wie verdammt attraktiv das ist. Ich küsse sie sanft und schließe die Augen, während ihre Lippen auf meinen beben. »Liebst du mich?« Vorsichtig flüstere ich ihr die Worte in den Mund. »Oder bist du eine Hure?«

Ein zitternder Hauch kommt über ihre Lippen. »Ich liebe dich«, flüstert sie. »Es tut mir leid. Ich war einfach wütend, Asa. Ich mag es nicht, wenn du mich anlügst.«

Ich presse meine Stirn an ihre Schläfe und atme aus. Irgendwie hat sie recht. Wahrscheinlich hätte ich sie nie wegen ihres Bruders anlügen sollen. Aber wenn sie an meiner Stelle gewesen wäre, hätte sie es genauso gemacht.

»Sei nie wieder so ärgerlich auf mich, Sloan.« Ich lehne mich zurück und streiche ihr die Haare aus dem Gesicht. Sie sind verschwitzt und kleben an meiner Hand. Ich fahre mit den Fingern hindurch und streiche sie mit ihrem restlichen Haar glatt. »Ich mag nicht, was es mit mir macht«, sage ich leise. »Was ich dann mit *dir* machen will.«

»Ich mag es auch nicht«, sagt sie.

Ihr Blick ist leicht vorwurfsvoll, aber ich fühle mich nicht schlecht. Es ist ihre eigene Schuld, dass sie so über mich hergefallen ist. Wenigstens ist es jetzt aus der Welt. Es war anstrengend, diese Lüge so lange aufrechtzuerhalten, und ich wurde langsam nachlässig.

Ich lasse ihre Handgelenke los und streiche mit den Fingerknöcheln über ihre Wange. »Sollen wir uns jetzt küssen und versöhnen?«

Sie nickt, und als meine Lippen ihre berühren, atme ich erleichtert aus. Denn für den Bruchteil einer Sekunde, als sie auf die Haustür zuging, dachte ich, dass sie es ernst meint mit dem Weggehen. Ich dachte, dass ich sie vielleicht nie wieder so schmecken würde.

Zum Glück war es nur eine leere Drohung. Ich weiß nicht, was ich tun würde, wenn ich rausfinden würde, dass sie mich nicht wirklich liebt.

Denn sie ist die Einzige, die mich liebt.

37

Sloan

Ich schließe die Augen und lasse das Wasser auf mein Gesicht prasseln.

Was habe ich mir nur dabei gedacht? Wie bin ich auf die Idee gekommen, ihn allein zu konfrontieren? Nicht mal Carter habe ich gesagt, was ich vorhabe. Das war wirklich dumm.

Zu meiner Verteidigung kann ich nur sagen, dass rasende Wut es einem wirklich sehr schwer macht, klar zu denken.

Nach meinem Arztbesuch heute Morgen hat mich Stephens Sozialarbeiterin angerufen. Ich war gerade unterwegs zum Campus, und als sie mir eröffnet hat, dass Stephens Pflege gar nicht privat finanziert ist, war ich einen Moment sprachlos. Dann bin ich ausgerastet. *Vollkommen* ausgerastet. Ich habe gewendet und bin direkt ins Pflegeheim gefahren, um mir noch mal persönlich versichern zu lassen, dass sämtliche Kosten für die Unterbringung nach wie vor vom Staat getragen werden. Als ich wieder gegangen bin, war ich so wütend wie in meinem ganzen Leben noch nicht.

Ich konnte nur noch an Asa denken und daran, wie gern ich ihn umbringen würde. Wut macht einen wirklich blind. Als ich in die Küche gekommen bin, um ihn zu konfrontieren, hat es mich nicht gekümmert, dass er mir wehtun könnte. Ich wollte einfach nur wissen, ob es wahr ist – ob er mir wirklich gefälschte Briefe von der Regierung geschickt hat. Ich wollte es nicht glauben, denn das würde bedeuten, dass er tatsächlich wahnsinnig ist. Denn jemand, der sich eine solche Lüge ausdenken und sie zwei Jahre lang aufrechterhalten kann, *muss* wahnsinnig sein.

Ich erinnere mich noch genau an den Tag, als er mir nach unserer Trennung die Post gebracht hat. Der Brief vom Amt lag obenauf. Nachdem ich ihn gelesen hatte, war ich am Boden zerstört. Und der Mistkerl hat mich getröstet – hat mir gesagt, dass er sofort zur Stelle ist, wenn ich Hilfe brauche. »Das tut man nun mal für die Menschen, die man liebt, Sloan«, hat er gesagt. »Man hilft ihnen.«

Damals dachte ich noch, er würde mich wirklich lieben und diese Geste wäre ein Beweis für seine Gefühle. Jetzt bin ich überzeugt davon, dass seine Gefühle für mich eher einer psychotischen Besessenheit nahekommen.

Ich hatte sonst niemanden, an den ich mich wenden konnte, und da ich dachte, Stephen würde seinen Anspruch auf Pflege verlieren, war ich gezwungen, Asa um Hilfe zu bitten. Er war mein letzter Ausweg. Damals habe ich sogar bei der Nummer angerufen, die im Formular angegeben war, um zu fragen, ob ich irgendeine andere Option habe. Jetzt ist mir klar, dass es eine falsche Nummer war, die mich vermutlich mit einem von Asas Freunden verbunden hat, aber damals konnte ich das nicht wissen.

Das heiße Wasser mischt sich mit den Tränen, die mir übers Gesicht strömen.

Wie konnte ich so lange darauf hereinfallen? Ich bin immer noch dabei, alle Puzzleteile zusammenzufügen, zum Beispiel, wieso Asa mir nur sonntags erlaubt hat, mit seinem Auto zu Stephen zu fahren.

Die Sozialarbeiterin arbeitet sonntags nicht. Es bestand also keine Gefahr, dass ich ihr zufällig über den Weg laufe und das Gespräch auf Stephens staatliche Unterstützung kommt.

Ich kann es immer noch nicht wirklich fassen, obwohl es jetzt schon Stunden her ist, dass ich die Wahrheit erfahren habe. Ich versuche, mir einzureden, dass ich nur so lange gebraucht habe, alles herauszufinden, weil ich keinen Grund hatte anzunehmen, dass Asa so etwas tun würde. Dabei hatte ich allen Grund der Welt.

Denn das ist genau Asas Art.

Er ist ein Lügner. Ein Betrüger. Er manipuliert Leute. Er legt sie rein.

Vor lauter Wut auf mich selbst schrubbe ich meine Haut noch rigoroser, um seinen Geruch wegzuwaschen. Ich bin gerade dabei, meinen Hals zu bearbeiten, als der Duschvorhang zurückgerissen wird. Ich schnappe nach Luft und drehe mich mit dem Rücken gegen die Wand, damit ich ihn besser abwehren kann, sollte das nötig sein.

Asa steht vor mir, inzwischen vollständig bekleidet in dunkelblauen Jeans und einem frischen weißen T-Shirt. Es bringt die Tattoos an seinen Armen zur Geltung – lässt sie wütender erscheinen. Doch seine Miene ist alles andere als wütend. Er sieht verwirrt aus.

Und er sieht mir tatsächlich ins Gesicht, statt meine Brüste anzustarren.

»Findest du es nicht komisch, dass niemand mehr zu uns kommt?«, fragt er.

Es sind dauernd Leute hier, deswegen habe ich keine Ahnung, was ich darauf erwidern soll. Ist das eine Fangfrage? Seine Gedankengänge werden immer undurchschaubarer. Ich stoße die Luft aus und halte meinen Kopf unter den Wasserstrahl, um mir den Conditioner aus den Haaren zu waschen. »Ich bin mir nicht sicher, was du meinst, Asa. Deine Freunde sind doch ständig hier.«

Nachdem der Conditioner ausgespült ist, werfe ich ihm einen Blick zu. Er starrt in die Wanne, auf das Wasser, das den Abfluss umkreist. »Früher waren so viele Leute hier, den ganzen Tag lang, jeden Tag und jede Nacht. Jetzt sind es nur noch die Leute, die hier wohnen, und ein oder zwei andere, außer ich schmeiße eine Party.«

Das liegt daran, dass du so unberechenbar geworden bist und den Leuten Angst machst, Asa.

»Vielleicht haben sie alle nur viel zu tun«, erwidere ich.

Sein Blick huscht hoch zu meinem Gesicht. Immer noch zutiefst verwirrt. Etwas Enttäuschung schimmert auch in seinen Augen. Ich weiß nicht viel über Drogen oder darüber, wie es sich anfühlt, wenn ein Rausch abklingt, aber vielleicht gehört Paranoia zu den Entzugserscheinungen? Ich hoffe es, denn sonst habe ich keine Ahnung, was ich von dieser Version von Asa halten soll.

»Ja«, sagt er. »Vielleicht haben sie einfach nur viel zu tun. Oder sie wollen, dass ich *denke*, sie hätten viel zu tun. Hier spielt doch jeder eine verdammte Rolle.«

Seine Worte sind scharf, doch seine Stimme ist ganz ruhig, klingt immer noch etwas verwirrt. Ich kann nur hoffen, dass er mit diesem letzten Satz nicht auf Carter anspielt. Oder auf mich. Ich muss Carter warnen. Irgendetwas stimmt heute absolut nicht mit Asa. Ich hatte noch nie solche Angst um mein Leben wie vorhin, als Asa mich zurück ins Haus gezerrt hat. Ich bin versucht, Carter einfach nicht zu erzählen, was passiert ist, weil ich weiß, dass er wütend sein wird, wenn er erfährt, dass ich Asa allein konfrontiert habe.

»Wir sollten die paar echten Freunde belohnen, die ich noch habe. Lass sie uns heute Abend zum Essen einladen. Kannst du was kochen?«

Ich nicke. »Für wie viele?«

Er zögert keine Sekunde. »Ich, du, Jon, Dalton, Kevin und Carter. Ich will, dass das Essen um sieben fertig ist. Ich schreibe ihnen gleich.«

Er zieht den Duschvorhang zu.

Was zur Hölle ist los mit ihm?

Langsam atme ich aus und greife nach dem Waschlappen. Als ich gerade meine Fersen schrubbe, öffnet er den Vorhang erneut. Ich begegne seinem Blick und stelle schockiert fest, dass er mir wieder direkt ins Gesicht sieht und sonst nirgendwohin. Er öffnet den Mund, schließt ihn wieder, hält dann zwei Sekunden inne, bevor er fragt: »Bist du sauer auf mich?«

Ist das eine weitere Fangfrage?

Ich verabscheue dich, Asa.

Ich versuche, seine Miene zu entschlüsseln, und sage dann: »Ich bin nicht sehr glücklich über das, was du getan hast.«

Er seufzt, nickt dann, als würde er mir daraus keinen Vorwurf machen. Jetzt weiß ich mit absoluter Sicherheit, dass etwas nicht stimmt. »Ich hätte dich nicht anlügen sollen. Manchmal denke ich, ich sollte dich besser behandeln, als ich es tue.«

Ich schlucke den Kloß in meiner Kehle. »Wieso tust du es dann nicht?«

Er legt den Kopf schief, als würde er tatsächlich über meine Frage nachdenken. »Ich weiß nicht, wie.« Er schließt den Duschvorhang. Die Badtür fällt krachend ins Schloss.

Mein Magen zieht sich zusammen und kurz befürchte ich, mich übergeben zu müssen. Alles, was er tut, macht mich unglaublich nervös. Nach diesem merkwürdigen Gespräch ist es noch zehnmal schlimmer.

Gott sei Dank lädt er heute Abend alle zu uns ein, denn ich will auf keinen Fall mit ihm allein sein. Ich will Carter hierhaben.

Als ich gerade das Wasser abdrehen will, geht die Badezimmertür wieder auf. Wenige Sekunden später wird der Vorhang zurückgezogen, diesmal von der anderen Seite. Meine Hand erstarrt auf dem Wasserhahn, als ich höre, wie er in die Wanne steigt.

Nein, nein, nein. Bitte zwing mich jetzt nicht noch mal dazu, Sex mit dir zu haben. Ich atme tief durch, hoffe, dass er nur darauf wartet, selbst zu duschen.

Ein paar Sekunden vergehen, doch ich spüre ihn nicht hinter mich treten. Er sagt nichts. Mein Herz schlägt so schnell, dass mir ganz schwindelig wird.

Ich drehe mich langsam um. Sein weißes Shirt ist komplett durchnässt, und er hat immer noch seine Jeans an. Barfuß steht er da und starrt auf seine Füße.

Ich warte noch einen Moment, um herauszufinden, was er will. Doch als er sich weder rührt noch etwas sagt, ergreife ich schließlich das Wort.

Die Angst lässt meine Stimme brechen, als ich frage: »Was machst du da, Asa?«

Meine Frage reißt ihn aus seiner Trance. Er sieht zu mir auf. Fünf unerträglich lange Sekunden starrt er mich an, dann sieht er sich in der Dusche um, an seinen Klamotten hinab. Er streicht mit den Händen darüber, als hätte er keine Ahnung, wieso sie nass sind. Dann schüttelt er den Kopf und sagt langsam: »Ich weiß es nicht.«

Seine Reaktion lässt meine Knie weich werden. Ich drehe nicht mal das Wasser ab. So schnell ich kann, steige ich aus der Dusche und greife nach einem Handtuch. Ich nehme mir nicht mal die Zeit, mich anzuziehen, bevor ich die Tür aufreiße, um in unser Schlafzimmer zu rennen. Ich muss mich einfach so weit wie möglich von ihm fernhalten, bis Carter kommt und ich mich etwas sicherer fühle.

Kaum bin ich in den Flur hinausgetreten, zieht etwas zu meiner Rechten meine Aufmerksamkeit auf sich. Als ich den Kopf drehe, sehe ich Jon, der gerade das Schlafzimmer am anderen Ende des Flurs betreten will. Mit der Hand am Türgriff starrt er mich an – tastet mit dem Blick meinen Körper ab, der nur von einem Handtuch bedeckt ist.

Als ich sehe, wie sich ein widerliches Grinsen über sein Gesicht ausbreitet, gehe ich schnell die drei Schritte zu meiner Tür. »Denk nicht mal dran, du verfluchtes Arschloch.« Ich knalle die Tür hinter mir zu und schließe sie ab, sperre all die kranken Arschlöcher aus. Dann gehe ich rüber zu meinem Handy und schreibe Carter, dessen Nummer ich unter einem Frauennamen gespeichert habe.

Ich: Er verliert den Verstand. Bitte komm nachher etwas früher.

Ich lösche die Nachricht und warte darauf, dass das Geräusch der laufenden Dusche verstummt. Doch das tut es nicht.

Als ich mich angezogen habe und einkaufen gehen will, beschließe ich, nach ihm zu sehen. Ich öffne die Badtür. Er steht nicht mehr, er sitzt in der Wanne, immer noch voll bekleidet, während das Wasser auf ihn niederprasselt – über seine weit geöffneten Augen läuft.

»Asa?« Ich halte mich am Türknauf fest und weiche einen kleinen Schritt zurück. »Ich gehe jetzt einkaufen. Was soll ich denn heute Abend kochen?«

Sein Kopf bewegt sich nicht, nur sein Blick wandert durchs Bad, bis er mich findet. »Hackbraten.«

Ich nicke. »Okay. Soll ich sonst noch was mitbringen?«

Ein paar Sekunden lang starrt er mich an, dann lächelt er. »Besorg noch einen Nachtisch. Zur Feier des Tages.«

Zur Feier des Tages? In meiner Kehle kratzt es plötzlich und das Schlucken fällt mir schwer. »Okay«, sage ich schwach. »Was gibt's denn zu feiern?«

Er wendet den Blick ab, sieht wieder starr geradeaus. »Das siehst du dann schon.«

38

Carter

Ich habe keine Ahnung, weshalb Asa uns zum Essen eingeladen hat. In letzter Zeit waren wir fast jeden Abend bei ihm, und heute steht meines Wissens nichts Besonderes an. Ich habe eigentlich gehofft, Sloans Nachricht, Asa würde den Verstand verlieren, wäre übertrieben gewesen, doch mittlerweile fürchte ich, dass sie damit vielleicht recht haben könnte.

Noch bevor ich die Tür öffne, rieche ich das Essen. Als ich eintrete, sehe ich, dass nur Ryan noch nicht da ist. Jon und Asa okkupieren die beiden Sessel, und Kevin fläzt auf der Couch.

Asa stützt die Ellbogen auf die Knie und zappt mit der Fernbedienung durch die Nachrichtensender. Als er die Tür hinter mir zufallen hört, dreht er sich um.

Ich nicke ihm zu.

Er sieht wieder zum Fernseher. »Verfolgst du die Nachrichten, Carter?«

Ich blicke zur Küche, wo Sloan gerade mit einem Lappen die Theke abwischt. Asa kann sie von seiner Position aus nicht sehen. »Gelegentlich«, erwidere ich.

Sloan sieht mir in die Augen und berührt mit einer Hand ihre Haare. Ich streiche mir derweil mit dem Daumen über die Unterlippe. Sie fasst sich auch mit der anderen Hand an den Kopf und wickelt mit drei Fingern gleichzeitig Strähnen auf, dann mit fünf und schließlich mit allen zehn. Dabei tut sie, als würde sie sich die Haare ausreißen, um mir zu signalisieren, dass sie kurz davor ist durchzudrehen.

Ich würde ihr gern zulächeln, gehe stattdessen aber ins Wohnzimmer und setze mich neben Kevin. »Wieso hast du gefragt, ob ich Nachrichten schaue?«, frage ich Asa.

Er schaltet erneut um. »Ich habe nichts von meinem Vater gehört und will sichergehen, dass er überlebt hat und ich nicht demnächst wegen Mordes verhaftet werde.«

Er sagt es völlig unbekümmert, als wäre so etwas ganz alltäglich für ihn. Ich nicke und sage ihm nicht, dass sein Vater laut Ryan noch am Leben ist. Er war nicht mal sonderlich schwer verletzt. Das Casino hat einen Krankenwagen gerufen, doch abgesehen von einer gebrochenen Nase und einer Kieferfraktur ist ihm nichts Schlimmes zugestoßen. Der Typ wollte nicht mal Anzeige erstatten.

Ryan hat mir auch erzählt, dass Asas Vater drogenabhängig sei und neben allen möglichen anderen Störungen an einer paranoiden Schizophrenie leide. Seither habe ich fast ein wenig Mitleid mit Asa. Mit so einem Vater aufzuwachsen, muss unfassbar schwer für ihn gewesen sein. Das ändert jedoch nichts daran, dass ich ihn am liebsten tot sähe.

Ich finde es gut, dass Asa nichts über den Zustand seines Vaters weiß und sich Sorgen über die Folgen seines Verhaltens macht. Das geschieht ihm sicher nicht sehr oft.

Nachdem Asa sich zweimal ergebnislos durch sämtliche Kanäle geschaltet hat, seufzt er und wirft Jon die Fernbedienung zu. »Ich will, dass ihr euch die Hände wascht«, sagt er und steht auf. »Meine Verlobte gibt sich große Mühe mit dem Essen, und ich möchte nicht, dass sich einer von euch Wichsern mit dreckigen Pfoten an den Tisch setzt.« Mit diesen Worten spurtet er nach oben und verschwindet im Schlafzimmer. Als die Tür hinter ihm zufällt, sehe ich zu Kevin, der die leere Treppe anstarrt.

»Er benimmt sich wirklich verdammt seltsam«, sagt er.

»Öfter mal was Neues«, erwidert Jon und wechselt den Sender.

Da keiner der beiden sich die Mühe macht, in die Küche zu gehen und sich die Hände zu waschen, tue ich es. Als ich an Sloan vorbeigehe, zieht sie gerade den Hackbraten aus dem Ofen. »Hey, Sloan«, sage ich lässig.

Sie gibt mir mit einem ernsten Blick zu verstehen, dass wir uns unterhalten müssen. Was im Moment allerdings nicht ganz einfach ist. Während ich das Wasser anstelle, platziert sie den Hackbraten neben mir auf der Arbeitsplatte und löst ihn mit einem Messer aus der Form.

»Ich habe heute Mist gebaut«, flüstert sie.

Ich reduziere die Wassermenge ein wenig, um sie besser verstehen zu können.

»Ich habe herausgefunden, dass der Staat noch immer für die Pflege meines Bruders zahlt. Asa hat mich angelogen. Ich habe ihn damit konfrontiert und ihm gesagt, dass ich ihn verlassen werde. Er ist total ausgeflippt.«

»Sloan«, flüstere ich erschrocken, »bist du okay?«

Sie zuckt mit den Schultern. »Jetzt ja. Aber irgendwas stimmt nicht mit ihm, Carter. Ich habe Angst. Er hat eine halbe Stunde lang in voller Montur unter der Dusche gesessen. Und als ich vom Supermarkt zurückgekommen bin, habe ich ihn auf einer Liege hocken und in den Pool starren sehen. Auf einmal hat er angefangen, sich mit der flachen Hand an die Stirn zu schlagen. Insgesamt sechsunddreißig Mal. Ich habe mitgezählt.«

Oh Mann.

Sie sieht zu mir. Ich kann ihren ängstlichen Blick kaum ertragen. Am liebsten würde ich sie an der Hand nehmen und mich sofort mit ihr aus dem Staub machen.

»Und jetzt sagt er die ganze Zeit, er habe eine Überraschung für mich«, flüstert sie. »Offenbar soll dieses Abendessen eine Art Feier sein. Ich will mir gar nicht vorstellen, was der Anlass ist.«

Über uns ertönen Asas Schritte. Es klingt, als käme er herunter. Sloan nimmt den Hackbraten und trägt ihn zum Tisch.

Die anderen beiden hören Asa offenbar auch, denn plötzlich stehen sie an der Spüle und waschen sich gehorsam die Hände.

Während wir Sloan helfen, den Tisch zu decken, kommt Ryan. Es ist erst fünf vor sieben, doch als er Asa die Stufen herunterlaufen sieht, entschuldigt er sich für seine Verspätung.

»Du kommst nicht zu spät«, sagt Asa, »sondern genau richtig.«

Ich nehme Asa gegenüber am Tisch Platz, schräg gegenüber von Sloan. Es ist eigenartig still, während wir das Essen herumreichen und unsere Teller füllen. Als alle versorgt sind, nimmt Asa seine Gabel. »Lasst uns dem Herrn für diese Mahlzeit danken.«

Keiner sagt etwas. Wir alle sehen ihn schweigend an und fragen uns, ob er nur einen Witz gemacht hat oder ob er ausrastet, wenn nicht bald jemand zu beten beginnt.

»Ihr glaubt auch wirklich alles«, sagt Asa schließlich lachend und steckt sich eine Gabel voll Kartoffelbrei in den Mund.

»Jetzt essen wir schon zum zweiten Mal hintereinander gemeinsam zu Abend«, sagt Jon. »Wie kommt's? Hat Sloan dich gezähmt?«

Asa sieht ihn mit zusammengekniffenen Augen an und spült den Kartoffelbrei mit einem Schluck Bier hinunter. »Wo steckt eigentlich Jess heute Abend?«

Jon zuckt mit den Schultern. »Ich habe sie schon seit ein paar Tagen nicht mehr gesehen. Wahrscheinlich haben wir Schluss gemacht.«

Asa lacht leise und wendet sich mir zu. »Und wo ist Tillie?«

Ich streiche mir mit dem Daumen über die Lippe. »Sie arbeitet. Vielleicht kommt sie morgen Abend vorbei.«

Asa leckt sich die Lippen und trinkt einen weiteren Schluck. »Das wäre nett«, sagt er und sieht Ryan an. »Wieso hast du eigentlich noch nie ein Mädchen mitgebracht?«

»Meine Freundin lebt in Nashville«, antwortet Ryan, den Mund voller Hackbraten.

Asa nickt. »Wie heißt sie?«

»Steph. Sie ist Sängerin. Wegen ihr bin ich fast zu spät gekommen. Sie hat vorhin angerufen, um mir zu erzählen, dass sie heute einen Plattenvertrag unterzeichnet hat.« Ryan ist deutlich anzumerken, wie stolz er auf sie ist.

Ich muss mir ein Lachen verkneifen, denn es gibt gar keine Steph. Er hat sich das alles gerade erst ausgedacht.

Asa nickt anerkennend. »Das ist cool.«

Er mag Ryan. Ich erkenne es an der Art, wie er ihn ansieht – ohne die geringste Spur von Misstrauen. Mich schaut er ganz anders an.

»Stimmt was nicht mit deinem Mund, Carter?«

Ich sehe Asa mit erhobenen Augenbrauen an.

»Du reibst dir noch die Lippe wund.«

Jetzt erst merke ich, dass ich mir noch immer über den Mund streiche. »Alles gut.« Ich lasse die Hand sinken und stecke mir eine weitere Gabel Kartoffelbrei in den Mund. So, wie er sich in letzter Zeit verhält, will ich ihn auf keinen Fall provozieren.

Asa nimmt noch einen Bissen von seinem Hackbraten und legt die Hände dann neben den Teller. »Also«, sagt er. »Ich habe eine kleine Überraschung.« Er lächelt Sloan zu, und ich sehe, wie sie schluckt.

»Was für eine Überraschung?«, fragt sie vorsichtig.

Er setzt zu einer Antwort an, wird aber von einem energischen Klopfen an der Haustür unterbrochen. Verärgert blickt er sich um. Wieder klopft es.

Asa lässt das Besteck mit einem lauten Klirren auf den Tisch fallen und sieht uns der Reihe nach an. »Erwartet einer von euch Besuch? Während wir essen?«

Keiner sagt etwas.

Er schiebt den Stuhl zurück und klatscht die Serviette neben seinen Teller. Als er zur Tür geht, schaut Sloan mich über den Tisch hinweg an. Sie wirkt ängstlich, aber auch erleichtert, dass er unterbrochen wurde. Ich sehe zu Ryan, der meinen Blick mit erhobener Augenbraue erwidert.

Wir beobachten alle, wie Asa ein paar Sekunden lang reglos durch den Spion linst und kurz die Stirn an die Tür presst. »*Fuck.*« Er eilt zum Tisch zurück und zieht Sloan am Arm vom Stuhl hoch. »Geh rauf ins Schlafzimmer und schließ die Tür ab«, sagt er zu ihr. »Mach sie auf keinen Fall auf.«

Ryan und ich erheben uns ebenfalls. Wir wechseln einen Blick und sehen wieder Asa an.

»Wer ist an der Tür?«, fragt Jon und schiebt seinen Stuhl zurück.

Ich glaube, dass keiner von uns Asa schon mal so nervös erlebt hat. Er schaut zur Treppe und sieht sich hektisch um, als würde er nach einem Fluchtweg suchen. »Das beschissene FBI, Jon.«

Was?

Ich drehe mich zu Ryan um. Der schüttelt ganz leicht den Kopf, um mir zu signalisieren, dass er genauso wenig Ahnung hat, was los ist, wie ich. »Scheiße!«, sagt er und ballt die Fäuste. Ich bin der Einzige im Raum, der weiß, worüber er sich aufregt: Das FBI ist drauf und dran, in dieses Haus einzudringen und unsere Operation zu zerschlagen.

Erneut klopft es an der Tür.

Asa fährt sich mit beiden Händen hektisch durch die Haare. »*Fuck! Fuck!*«

Er schaut zur Hintertür.

Ich kann förmlich sehen, wie er sich eine Fluchtroute zurechtlegt, und trete vor ihn hin. »Wenn sie hier sind, um jemanden zu verhaften, haben sie bestimmt das ganze Haus umstellt, Asa. Aber vielleicht haben sie auch nur ein paar Fragen zu deinem Vater. Am besten machst du einfach die Tür auf und verhältst dich ganz normal. Wir anderen bleiben am Tisch sitzen und tun, als wäre nichts.«

Ryan nickt. »Er hat recht, Asa. Wenn wir alle abhauen, glauben sie sicher, dass du was zu verbergen hast.«

Asa nickt, doch Jon schüttelt den Kopf. »Spinnst du? Wir haben im ganzen Haus Drogen liegen. Wenn wir die Tür aufmachen, ist es aus. Für uns alle.«

Asas Augen werden immer größer. Er sieht aus, als hätte er Schwierigkeiten, einen klaren Gedanken zu fassen. Als es erneut klopft, sehen wir alle zur Haustür.

Die Adern in Ryans Hals treten hervor. Ich weiß, dass er sich Sorgen macht, unsere ganze Arbeit könnte umsonst gewesen sein. Wenn das FBI den Fall übernimmt, ist die Sache für uns gelaufen.

Es wäre nicht das erste Mal, dass eine übergeordnete Behörde eine unserer Ermittlungen an sich reißt. Doch Ryan hat so viel in diese Sache investiert, dass er jetzt nicht zusehen will, wie alles den Bach runtergeht.

»Geh ins Schlafzimmer, Sloan«, befiehlt Asa. »Ich will nicht, dass du dabei bist, wenn ich die Tür öffne.«

Sloan sieht mich besorgt an. Sie will wissen, ob sie tun soll, was Asa sagt.

Ich nicke ihr kaum merklich zu, um ihr zu bedeuten, dass es okay ist, wenn sie den Raum verlässt. Mir ist es auch lieber, wenn sie aus der Schusslinie ist.

Asa marschiert quer durch den Raum zu Sloan und stellt sich vor sie hin. »Warum zum Teufel schaust du zu *ihm*?«, brüllt er und wedelt mit dem Finger in meine Richtung.

Oh nein. Ich will um den Tisch herumgehen, doch Ryan hält mich am Arm fest. Asa packt Sloan am Genick und schubst sie zur Treppe. »Geh endlich die Treppe rauf!«

Sie rennt, ohne sich umzusehen, nach oben.

Jetzt sieht Asa mich an. Ich verstehe ja, dass Ryan sauer ist, weil das FBI auf der Matte steht, aber ich bin in erster Linie erleichtert. Wenn sie gekommen sind, um Asa zu verhaften, habe ich eine Chance, den heutigen Abend zu überleben, denn er sieht mich an, als würde er mich am liebsten umbringen.

Er weiß Bescheid. Dieser eine Blick, den Sloan mir gerade zugeworfen hat, hat ihm klargemacht, dass etwas zwischen uns läuft. Doch weil es an der Tür klopft und er möglicherweise gleich verhaftet wird, hat er zum Glück keine Zeit, sich mit mir zu befassen.

»Zum Teufel, setzt euch verdammt noch mal wieder hin«, sagt er. »Und esst. Ich werde jetzt diese beschissene Tür aufmachen.« Wir nehmen alle Platz. Asa rennt in die Küche, öffnet einen Schrank und greift hinein. Er zieht eine Pistole heraus und schiebt sie hinten in den Hosenbund. »Wenn ich herausfinde, dass einer von euch Wichsern dafür verantwortlich ist, mache ich euch alle kalt«, zischt er uns im Vorbeigehen zu. Bevor er die Tür aufmacht, presst er noch einmal kurz die Stirn dagegen. Er sieht aus, als spräche er ein stummes Gebet. Dann zieht er sie lächelnd auf. »Wie kann ich Ihnen behilflich sein, meine Herren?«

»Asa Jackson?«, höre ich eine Stimme fragen.

Asa nickt.

Die Tür schwingt auf und mehrere Männer stürmen herein. Zwei von ihnen drücken ihn zu Boden.

Als Jon sieht, was geschieht, rennt er zur Hintertür, doch die fliegt ebenfalls gerade auf. Drei Männer stürzen sich auf ihn und fixieren ihn auf dem Küchenboden.

Erst jetzt wird mir bewusst, dass Ryan und ich für diese Männer nicht als Kollegen zu erkennen sind. Ich habe nicht mal eine Dienstmarke dabei, mit der ich mich ausweisen könnte. Sie werden sicher davon ausgehen, dass wir zu Asa gehören.

Während der nächsten Sekunden herrscht völliges Chaos.

Weitere Männer kommen durch die Tür, Pistolen richten sich auf unsere Köpfe, wir liegen mit dem Gesicht nach unten auf dem Boden und bekommen Handschellen angelegt.

Ich liege neben Ryan. »Ganz ruhig«, flüstert er mir zu. »Warte ab, bis du allein bist, bevor du etwas sagst.«

Ich nicke. Ein Agent sieht, wie wir miteinander kommunizieren, und reißt Ryan an den Armen hoch.

Als ich ebenfalls vom Boden hochgezogen werde, höre ich, wie ein Agent Asa seine Rechte vorliest. Befehle werden geblafft. Die Agenten bringen uns in verschiedene Räume. Mich schaffen sie in das Gästezimmer neben der Küche.

Ich denke die ganze Zeit an Sloan und stelle mir vor, wie viel Angst sie gerade haben muss.

Hinter mir knallt die Tür ins Schloss, und ich werde auf den Stuhl am Schreibtisch gedrückt. Zwei Männer sind bei mir. Einer ist größer als ich, hat dunkelblonde Haare und einen Bart. Der andere ist klein und stämmig. Er hat rote Haare und einen noch röteren Schnurrbart. Sie ziehen beide ihre Dienstmarken aus den Jackentaschen und zeigen sie mir. Der Rothaarige spricht zuerst. »Ich bin Agent Bowers. Das hier ist Agent Thompson. Wir werden Ihnen ein paar Fragen stellen und wüssten es sehr zu schätzen, wenn Sie kooperieren.«

Ich nicke.

Agent Bowers tritt dichter an mich heran. »Wohnen Sie hier?«

Ich schüttle den Kopf. »Nein.« Am liebsten würde ich ihnen sagen, was ich hier tue und dass sie einen verdammt großen Fehler machen.

»Wie heißen Sie?«, fährt der Größere der beiden mich an.

»Carter«, erwidere ich. Solange ich nicht sicher weiß, ob sie Asa verhaften, will ich ihnen meinen echten Namen nicht verraten. Ich möchte auf keinen Fall, dass das verdammte FBI meine Tarnung auffliegen lässt.

»*Carter?*«, fragt Agent Bowers. »Haben Sie nur einen Namen? Wie Madonna? Oder Cher?« Er beugt sich vor und sieht mich an. »Sag uns gefälligst deinen Scheißnachnamen, Freundchen.«

Ich versuche, meine Hände so zu drehen, dass die Handschellen nicht die Blutzufuhr in meine Finger abschnüren. Mein Puls pocht in den Schläfen. Zum Teil wegen der letzten Minuten, aber auch, weil es mich wütend macht, dass diese Typen unsere Operation durchkreuzen und die Lorbeeren für sich einheimsen werden. Grundsätzlich finde ich es gut, wenn sie Asa verhaften, und natürlich bin ich erleichtert, dass Sloan jetzt in Sicherheit ist. Aber es treibt mich in den Wahnsinn, dass all die Mühen der letzten Monate völlig umsonst gewesen sein sollen und dass ich Sloan für nichts und wieder nichts in Gefahr gebracht habe.

In der Stille höre ich Asa in einem anderen Raum »Fick dich!« brüllen.

Agent Thompson tritt gegen meinen Stuhl. »Wie lautet Ihr Nachname?«

Er kann nicht ahnen, dass ich weiß, wie man eine ordentliche Verhaftung durchführt und dass sie schon mindestens gegen drei Vorschriften verstoßen haben. Doch weder das FBI noch die Polizei sind dafür bekannt, dass sie sich in Situationen wie dieser haarklein an alle Regeln halten. Was einer der Gründe ist, weshalb ich nur wenigen Leuten vertraue.

Als ich den Mund zu einer Antwort öffne, stößt Sloan oben einen Schrei aus. Ich springe sofort auf, doch die beiden drängen mich auf den Stuhl zurück. »Verhaften Sie mich, verdammt noch mal, oder lassen sie mich gefälligst gehen!«, brülle ich sie an.

Ich muss zu Sloan. Sie hat sicher wahnsinnige Angst und keine

Ahnung, was los ist. Ich muss nach ihr sehen, bevor ich noch den Verstand verliere, doch die beiden werden mich nicht einfach so freilassen. »Ich bin auf Ihrer Seite«, sage ich betont ruhig, obwohl mir weiterhin nach Schreien zumute ist. »Wenn Sie mir die Handschellen abnehmen, werde ich es Ihnen beweisen und mich wieder an meinen beschissenen Job machen.«

Agent Thompson starrt mich einen Moment lang an und dreht sich lachend zu Agent Bowers um. »Hast du das gehört?«, fragt er und deutet auf mich. »Er ist ein Cop.«

Agent Bowers lacht ebenfalls. »Ups, unser Fehler«, sagt er und deutet zur Tür. »In dem Fall können Sie natürlich gehen, *Carter*.«

Auf seinen Sarkasmus könnte ich gut verzichten. Es wurmt mich, dass ich meine Tarnung fallen lassen musste, und Ryan wird sich noch viel mehr darüber ärgern, aber ich will auf keinen Fall noch mehr Zeit mit diesen Schwachköpfen verplempern. »Meine Dienstmarke klebt unter dem Beifahrersitz meines Autos. Es ist der schwarze Charger.«

Agent Thompson kneift die Augen zusammen und sieht mich einen Moment lang nachdenklich an. Dann dreht er sich zu Agent Bowers um und bedeutet ihm mit einem Nicken, nach draußen zu gehen und meine Behauptung zu überprüfen.

Ich höre Asa noch immer herumbrüllen. Inzwischen verlangt er lautstark nach einem Anwalt. Ich glaube nicht, dass ihm das im Moment weiterhilft.

»In einem der oberen Schlafzimmer ist eine Frau. Können Sie nach ihr sehen, wenn Ihr Partner zurückkommt?«

Agent Thompson nickt. »Ja, das können wir tun. Ist sonst noch wer im Haus, von dem wir wissen sollten?«

Ich schüttle den Kopf. Dass ich mich enttarnt habe, ist schlimm genug. Ryan werde ich mit keinem Wort erwähnen. Er soll selbst entscheiden, ob er seine Identität preisgibt. Wahrscheinlich wird er abwarten, bis Asa festgenommen ist.

Auch wenn es nicht unsere Ermittlungen waren, die Asa zu Fall gebracht haben, freue ich mich für Sloan, dass es endlich vorbei ist. Ryan ist im Moment jedoch sicher fuchsteufelswild.

Die Zimmertür wird geöffnet, und ich blicke auf, um zu sehen, ob Agent Bowers den Umschlag mit meiner Dienstmarke gefunden hat. Mein Blick fällt auf das Kuvert. Doch die Erleichterung, die ich dabei empfinde, schlägt jäh in Entsetzen um, als ich erkenne, wer es festhält.

Was zum Teufel ist hier los?

Asa sieht mir in die Augen.

Verfluchte Scheiße!

Er blickt auf den Umschlag, schlägt sich damit zweimal auf die Handfläche und dreht sich zu Agent Thompson um. »Ich würde mich gern allein mit meinem Freund unterhalten, bitte.«

Agent Thompson nickt und geht aus dem Raum. Während er in den Korridor tritt, deutet Asa auf die drei großen gelben Buchstaben auf dem Rücken seiner blauen FBI-Jacke. »Sie sehen unglaublich echt aus, was?«, fragt er und sieht zu mir zurück. »Ich habe sie aus einem Kostümverleih in der Stadt.« Lachend schließt er die Tür. »Die Schauspieler waren ein bisschen teurer als die Jacken.«

Nein.

Scheiße.

Scheiße.

Nein.

Das war eine Falle, und ich bin prompt hineingetappt.

Ich spüre Galle in meiner Kehle aufsteigen und reiße mit aller Kraft an meinen Handschellen, um mich irgendwie aus dieser Situation zu befreien.

Asa wirft den Umschlag mit meiner Dienstmarke auf die Matratze, zieht die Pistole aus dem Hosenbund und setzt sich mit verkniffenem Mund auf die Bettkante. »Und? Wie gefällt dir meine Überraschung, *Luke*?«

Ich sehe ihn unverwandt an und erkenne, dass ich gerade den größten Fehler meiner Karriere begangen habe. Den größten Fehler meines Lebens.

Und alles, woran ich denken kann, ist Sloan.

Ich kneife die Augen zusammen, und alles, was ich sehe, ist Sloan.

39

Asa

»Kennst du den Film *Point Break?*«, frage ich ihn.

Luke starrt mich an, seine Brust hebt und senkt sich, seine Nasenflügel beben. *Fuck, das gefällt mir.*

Er antwortet nicht. Komisch, da konnte er gar nicht schnell genug damit prahlen, ein verfluchter Bulle zu sein, und jetzt kriegt er kaum den Mund auf.

»Ich rede nicht von dem neuen, beschissenen Remake, Luke. Ich meine den Originalfilm mit Keanu Reeves und Patrick Swayze. Ach, und wie heißt der Typ von den Red Hot Chili Peppers? Der Sänger?«

Ich schaue Luke an in der Erwartung, dass er mir mit dem Namen aushilft, aber er tut es nicht. Er starrt mich nur weiter an. Warum warte ich eigentlich immer noch auf eine Antwort von ihm? Ich lehne mich auf dem Bett zurück und mache weiter: »Es gibt eine Stelle im Film, wo Keanu Reeves und sein Team einen Drogenring ausheben. Was sie aber nicht wissen, ist, dass einer der Typen, die dort wohnen, ein Undercover-Cop ist. Und durch ihre Ungeduld und mangelnde Planung ruinieren sie dem armen Kerl die ganze beschissene Ermittlung. Monatelange harte Arbeit. Erinnerst du dich daran?«

Natürlich antwortet er nicht. Er fummelt nur weiter an den Handschellen hinter seinem Rücken herum und versucht, sich zu befreien.

»Ich war wahrscheinlich erst zehn, als ich den Film zum ersten Mal gesehen habe, aber ich musste immer wieder an diese Rolle denken. Ich war besessen davon. Ich hab mich immer gefragt, was passiert wäre, wenn Keanus Team nur *so getan* hätte, als wäre es vom FBI. Was wäre passiert, wenn dieser Undercover-Arsch sich zu erkennen gegeben hätte, nur um rauszufinden, dass Keanu gar nicht beim FBI war? Sondern nur so getan hat, um ihn aus dem Weg zu räumen? Das wäre eine raffinierte doppelte Wendung der Geschichte gewesen.«

Carter schielt zur Tür, als würde gleich jemand kommen, um ihn zu retten. Ich sage es ihm nur ungern, aber das wird nicht passieren. »Wie auch immer«, füge ich hinzu und stehe auf. »Ich dachte, es wäre einen Versuch wert. Ich wollte sehen, ob einer von euch Wichsern wirklich so blöd ist, mich zu verarschen, und wenn ja, ob ihr vielleicht auch so dämlich seid, auf die doppelte Wendung reinzufallen.« Ich lege den Kopf schief und grinse ihn an. »Du musst dich jetzt verdammt blöd fühlen.«

Sein Kiefer verspannt sich. Meiner auch, denn ich habe keine Ahnung, als wen oder was ich ihn jetzt ansehen soll, und das macht mich wütend. Carter? Luke? *Tot?*

Ja, ich werde ihn als *tot* ansehen.

»Ich meine *echt* verdammt blöd«, sage ich lachend. »Warum hast du dich so schnell zu erkennen gegeben? Ich bin zwar kein Bulle, aber normalerweise gebt ihr eure Tarnung doch nicht so schnell auf.«

Ich laufe ein paarmal durch den Raum und versuche, mir einen Reim darauf zu machen. Warum hat es jemand so eilig, aus einer unangenehmen Situation herauszukommen, dass er gleich seine Identität preisgibt? Als ginge es für ihn um Leben und Tod. Als müsse er sich beeilen und jemanden warnen, bevor es zu spät ist.

Langsam lasse ich mich wieder auf dem Bett nieder. »Es sei denn …« Ich drehe mich zu ihm. »Es sei denn, du bist aus der Deckung gekommen, weil du zu den Typen gehörst, die sich von Gefühlen leiten lassen. Wie nennt man solche Typen noch gleich? Ich bin mir ziemlich sicher, dass wir neulich beim Mittagessen darüber gesprochen haben.« Ich schaue nachdenklich an die Decke. »Ach ja«, sage ich. »Pussys.«

Er lacht nicht über meinen Witz.

Das ist vermutlich auch besser so, denn sonst würde ich wahrscheinlich noch wütender werden.

Ich schaue zur Tür, und weil ich nicht mehr weiß, ob ich sie abgeschlossen habe, stehe ich auf und überprüfe es. Dann wende ich mich wieder Luke zu. »Aber die eigentliche Frage ist doch: Warum bist du gerade in einem solchen Moment so emotional? Wo du doch eigentlich die volle Kontrolle über deine geheime Mission haben solltest? Was ist nur in dir vorgegangen, dass sich Training und gesunder Menschenverstand nicht bemerkbar gemacht haben?«

Ich gehe ein paar Schritte auf ihn zu, bis ich direkt vor ihm stehe. Er sieht mir die ganze Zeit über in die Augen und hebt sein Kinn, um mir zu folgen. »Oh. Richtig. Du warst zu besorgt um meine verdammte *Verlobte*, um deinen Job richtig zu erledigen!« Ich donnere ihm meine Waffe ins Gesicht. Sein Kopf fliegt zur Seite. Ich bin mir ziemlich sicher, dass der Schlag hart genug war, um ihm ein oder zwei Zähne rauszubrechen, aber er tut völlig unbeeindruckt. Er nimmt wieder Blickkontakt mit mir auf und wirkt sogar etwas ruhiger als vor dem Schlag.

Scheißkerl.

Ich hasse es, dass ich diesen Zug an ihm immer noch mag. Diese ruhige, in sich gekehrte Seite, die ihn nicht ausflippen lässt vor Angst. Beeindruckend.

Nur dumm, dass das einzige Druckmittel, das ihn zusammenbrechen lässt, Sloan ist.

Ich frage mich, wie lange er sie schon einer Gehirnwäsche unterzieht. Sie für seine Ermittlungen benutzt. Wahrscheinlich hat er sie seit ihrer ersten Begegnung langsam gegen mich in Stellung gebracht.

Dieser Vorfall im Casino war wirklich übel. Ich dachte, ich wäre noch nie so wütend gewesen wie bei der Aktion gegen meinen Vater. Aber ich lag falsch. *Junge, ich lag so was von falsch.*

Als ich vorhin mitgekriegt habe, wie Sloan ihn ansah und um Anweisungen bettelte, hat mich das so rasend gemacht wie noch nie etwas zuvor in meinem Leben. Noch nie wollte ich jemanden so sehr töten wie Carter. Aber das hätte die Überraschung verdorben, also musste ich Geduld haben.

Langsam hebe ich meine Waffe, ziele auf seine Schläfe und stelle mir vor, wie es sein wird, wenn ich endlich abdrücke. Wenn sein verdammtes Hirn auf den Boden spritzt. Wie viel Schaden wird es an seinem Kopf anrichten? Wird er noch zu erkennen sein? Wird Sloan, wenn ich sie herhole, um einen letzten Blick auf ihn zu werfen, ihn überhaupt wiedererkennen? Oder wird sein ganzer Kopf explodieren?

Ich zwinge mich, die Waffe von seinem Kopf wegzuziehen, denn so neugierig ich auch auf diesen Moment bin, so habe ich doch vorher noch ein paar Fragen.

Ich hocke mich vor ihn und stütze die Arme auf meine Oberschenkel. »Hast du sie gefickt?«

Ich weiß, dass das in diesem Fall eine rhetorische Frage ist, denn er wäre dumm, wenn er antworten würde. Allerdings hat er sich heute ohnehin nicht als die hellste Birne im Kronleuchter erwiesen. »Wo hast du sie zum ersten Mal gevögelt? In meinem Haus? In meinem Bett? Ist sie gekommen?«

Er zieht die Lippen ein, um sie zu befeuchten. Aber er antwortet nicht. Sein Schweigen geht mir langsam auf die Nerven. Ich richte mich auf und gehe zur Tür, um mich noch einmal zu vergewissern, dass sie abgeschlossen ist. Ich weiß gar nicht, warum mir das so wichtig ist, die Jungs haben das Haus unter Kontrolle. Einer hat die Aufgabe, oben auf Sloan aufzupassen. Vier weitere teilen sich Jon und Kevin, obwohl ich mir um die beiden keine großen Sorgen mache. Sie sind zu blöd, um Polizisten zu sein, aber mir gefällt der Gedanke, dass sie sich noch zehn Minuten oder so in die Hosen scheißen.

Bei Dalton bin ich mir noch nicht sicher. Aber er ist im Wohnzimmer und hat zwei Knarren am Kopf, also kann ich mich um ihn kümmern, sobald ich mit Carter fertig bin.

»Willst du wissen, wie es war, als ich sie das erste Mal gefickt habe?«, frage ich.

Endlich reagiert er auf eine meiner Fragen. Zweimal schüttelt er leicht den Kopf. So unmerklich, dass er es wahrscheinlich selbst nicht mitkriegt. Er will es wohl *wirklich* nicht wissen.

»Dumm gelaufen, Carter. Ich werde dir trotzdem alles erzählen.«

Ich setze mich wieder auf das Bett, aber diesmal lehne ich mich ganz an das Kopfende. Ich schlage die Beine übereinander und lege die Pistole auf meinen Oberschenkel. »Sie war achtzehn«, erzähle ich. »Unschuldig. Unberührt. Das arme Mädchen musste sich so lange um ihren Bruder kümmern, dass sie nicht einmal die Chance hatte, eine richtige Teenagerzeit zu haben. Ausgehen, Spaß haben, Jungs treffen. Glaubst du mir, wenn ich dir versichere, dass ich der erste Mann bin, den sie geküsst hat?«

Er starrt vor sich hin und versucht, mich zu ignorieren. Die Adern an seinem Hals schwellen an. Ich lächle und erzähle meine Geschichte noch ausführlicher, weil es mir Spaß macht, wie er sich windet.

»Ihre Unerfahrenheit lag nicht an ihrer Schüchternheit, das möchte ich gleich klarstellen. Sie war unerfahren, weil es ihr schwerfiel, Vertrauen zu fassen. Sie ist bei einer unfähigen Mutter aufgewachsen, ihren Vater hat sie nicht gekannt. Als ich auftauchte, wusste sie also nicht, was sie von mir halten sollte. Sie hatte keine Ex-Freunde, mit denen sie mich vergleichen konnte, daher musste ich mich an niemandem messen lassen. Ich musste keinen anderen übertreffen. Ich wusste nur, dass sie sich glücklich schätzen würde, wenn ich besser wäre als ihre Eltern. Und das war ich, Carter. Ich war so gut zu ihr.

Zum Glück war sie nicht der Typ Mädchen, der es langsam angehen will. Bei unserem ersten Date hab ich sie geküsst, noch bevor wir das Restaurant betreten haben. Ich hab sie gegen eine Ziegelmauer in einer Gasse gedrückt, und sie hat es so sehr genossen, dass sie am liebsten in meinem Speichel ertrunken wäre.«

Oh Scheiße. Mein Schwanz wird hart, wenn ich nur daran denke.

»Ich kannte das Restaurant und wusste, wann es nicht so voll war. Und ich hab uns den perfekten Tisch reserviert, an dem wir völlig ungestört waren. Als wir saßen, konnte sie ihre Hände nicht mehr von mir lassen. Es war, als hätte ich ein Bedürfnis in ihr geweckt, von dem ich gar nicht wusste, dass Mädchen dazu fähig sind. Am liebsten hätte ich sie über den Tisch geworfen, ihr das Kleid hochgezogen und sie direkt auf den Vorspeisen gefickt.

Dieses Kleid werde ich nie vergessen. Es war ein süßes kleines weißes Teil mit winzigen Trägern und gelben Blumen drauf. Es fühlte sich in meinen Händen wie Seide an, und ich konnte nicht aufhören, es zu berühren. Sie hatte weiße Sandalen an, die ihre rosa Zehen hervorhoben, und irgendwann während des Essens hat sie ihre Schuhe ausgezogen. Das hat mir ziemlich gut gefallen. Stehst du auf Füße, Luke?«

Jetzt schaut er mich an. Ich weiß nicht, woher das kommt, aber er sieht nicht mehr so ruhig aus, wie kurz nachdem ich ihn geschlagen habe.

Ich hatte recht. Das ist das einzige Thema, das ihn aus der Reserve lockt. Lächelnd fahre ich fort. »Die ganze Zeit, während wir aßen, habe ich sie umworben. Habe ihr gesagt, wie schön sie ist, wie besonders sie ist. Dass das, was sie für ihren Bruder getan hat, das Mitfühlendste war, was mir je begegnet ist. Und während ich ihr genau das gesagt habe, was sie hören wollte, ist meine Hand langsam ihren Oberschenkel hinaufgewandert. Als die Dessertkarte kam, hatte ich meine Hand schon unter ihr Höschen geschoben. Der Kellner war kaum verschwunden, als mein Finger in sie eindrang.«

Ich atme tief aus und versuche, meinen Puls zu kontrollieren. Ich kann nicht einmal daran denken, ohne in Erregung zu geraten. »Es ist schwer zu beschreiben, was dann passiert ist. Man muss es einfach selbst erlebt haben. Aber ich versuche es trotzdem.«

Ich richte mich auf dem Bett auf und streiche mir mit der Pistole über die Wange. »Ihre Muschi ... heilige Scheiße. Sie war das wärmste, feuchteste, engste Ding, das ich je berührt habe. Ich wäre am liebsten unter den Tisch gekrochen und hätte meinen Mund in ihr vergraben. Und sie war so *empfänglich.*

Ihren allerersten Orgasmus hatte sie hinten in einem indischen Restaurant, den Currygeschmack auf der Zunge, meine Hand unter ihrem Kleid, meine Finger tief in ihr. Es war unglaublich.«

Ich seufze bei der Erinnerung und lache, weil ich merke, dass ich das Beste noch gar nicht erzählt habe. »Ich musste sie haben, also hab ich sie direkt zu mir nach Hause gefahren. Nachdem wir eine halbe Stunde rumgemacht hatten, bat sie mich zu warten. Sie meinte, wir wären zu *schnell.* Aber ich musste sie haben, Luke. Ich konnte kaum noch *atmen.* Also hab ich mit ihr das gemacht, was auch du vermutlich mit Mädchen so treibst. Ich hab zwei verdammte Stunden mit ihr gekuschelt. Hab bis mitten in der Nacht gewartet, sie dann geküsst. Gestreichelt. Sie ist mit meinem Kopf zwischen ihren Beinen aufgewacht. Und es hat nicht lang gedauert, und sie hat darum gebettelt. In der *ersten* Nacht, Luke. Bei ihrem ersten offiziellen Date. Sie hatte gerade ihren ersten Kuss bekommen. Ihren ersten Orgasmus gehabt. Und dann, um das Wunder komplett zu machen, habe ich sie gefickt.«

Er sieht aus, als müsse er gleich kotzen, also rede ich weiter. »Sie hat geschrien, als es passiert ist. Sie hat sogar ein bisschen geweint, wahrscheinlich weil ich sie nicht gerade geschont habe. Ich *konnte nicht*. Übrigens sind die Schrammen, die das Kopfteil an der Wand hinterlassen hat, immer noch da. Vielleicht zeige ich sie dir, bevor ich dich töte.«

Ich stehe auf und mache einen Schritt in seine Richtung. »Über zwei Jahre später denke ich immer noch an diese Nacht. Wie es war, der erste Mann in ihr gewesen zu sein. Der erste Mann, der ihr einen Orgasmus verschafft hat. Der erste Mann, dessen Namen sie geschrien hat. Und jedes Mal, wenn ich sie ansehe, liebe ich sie ein bisschen mehr, weil das, was zwischen uns passiert ist, immer heilig bleiben wird. Ich werde all diese ersten und letzten Male mit ihr haben. Sie würde nie einem anderen Mann erlauben, sie zu küssen. Sie zu berühren. Sie für mich zu *ruinieren*.«

Gelassen schlendere ich zu Luke hinüber und hocke mich wieder vor ihn. »Wenn ich rausfinden sollte, dass du mir das alles genommen hast, dann ist sie für mich wertlos. Warte kurz, ich gehe sie von oben holen. Ich glaube, wir drei müssen uns mal ernsthaft unterhalten.«

Ich schicke zwei der Wichser wieder rein, damit sie Luke im Auge behalten, während ich nach oben renne, um Sloan zu holen.

40

Sloan

Als ich hoch ins Schlafzimmer gerannt bin, wollte ich sofort mein Handy aus der Nachttischschublade holen. Doch es war nicht da. Ich habe überall danach gesucht, auf dem Boden, im Bett, *unter* dem Bett.

Und dann ist mir eingefallen, dass Asa kurz vor dem Essen noch mal hochgegangen ist.

Der Mistkerl hat mein Handy mitgenommen.

Als die Rufe und der Tumult zu mir nach oben gedrungen sind, habe ich mich sofort im Schrank versteckt. Keine zehn Sekunden später hat jemand an die Tür gehämmert, und die Worte »FBI, öffnen Sie die Tür!« haben zunächst eine Welle der Erleichterung in mir ausgelöst.

Ich bin aus dem Schrank geklettert und habe die Tür aufgerissen, wusste jedoch sofort, dass etwas nicht stimmt. Der Agent hat mich ins Zimmer gedrängt, die Tür hinter sich zugeknallt und seine Waffe auf mich gerichtet. Er hat mir befohlen, mich aufs Bett zu setzen, und hat mir seitdem nicht erlaubt, mich zu bewegen oder auch nur ein Wort zu sagen.

Das geht jetzt schon eine ganze Weile so. Zu lange. Was geht da unten vor? Ab und zu kann ich Daltons Stimme heraushören. Manchmal auch Jons und Kevins.

Aber nicht Asas Stimme.

Und nicht Lukes.

Beim Gedanken daran, dass Asa etwas mit dieser Sache zu tun haben könnte, zieht sich mein Magen zusammen. Allerdings wäre es nicht das erste Mal, dass er sich einen so absurd detaillierten Plan ausgedacht hat. Allmählich scheint das zu seinem Markenzeichen zu werden.

»Bin ich verhaftet?«, frage ich den Agenten.

Er bleibt vor der Tür stehen, ignoriert meine Frage.

»Wenn ich nicht verhaftet bin, würde ich gern nach unten gehen.«

Er schüttelt den Kopf.

Scheiß auf diesen Typen.

Ich stehe auf und versuche, mich an ihm vorbeizudrängen, doch er packt mich am Arm und wirft mich zurück aufs Bett. Und damit bestätigt er meinen Verdacht, dass etwas an dieser ganzen Situation faul ist. Ich springe auf und versuche es erneut. »Hilfe!«, schreie ich in der Hoffnung, irgendjemanden im Haus auf mich aufmerksam zu machen.

Er presst eine Hand auf meinen Mund und drängt mich gegen die Wand. »Setz dich gefälligst aufs Bett und halt die Klappe.«

Ich trete ihm auf den Fuß, obwohl ich weiß, dass ich es damit nur schlimmer mache. Aber ich bin es leid, mich nie zu wehren. Er packt mich an den Schultern und schubst mich so heftig an die Wand, dass mein Kopf dagegenkracht. Ich verziehe das Gesicht und will eine Hand an den Hinterkopf heben, doch er packt meine Handgelenke und zieht sie nach unten.

»Du bist ja ein freches kleines Ding«, sagt er und grinst dabei, als würde ihn das antörnen.

Aus welchem verdammten Loch ist dieser Typ denn gekrochen? Aus demselben wie Jon?

»Hilfe!«, schreie ich wieder.

Diesmal schüttelt er den Kopf und sagt: »Ich werd dich schon ruhigstellen, du Schlampe.« Er presst seine Lippen auf meine.

Ich *hasse* Männer. Ich *hasse* sie. Ich *hasse* sie!

Mit weit aufgerissenen Augen versuche ich, die Lippen so fest zusammenzupressen, dass er seine Zunge nicht in meinen Mund zwingen kann. Während ich versuche, mich zu befreien, sehe ich über die Schulter des Typen, dass die Schlafzimmertür aufschwingt.

Ich bin zugleich entsetzt und erleichtert, Asa zu sehen.

Was zur Hölle ist hier los?

Sein Blick huscht durchs Zimmer und landet schließlich auf uns – auf dem Typen, der immer noch versucht, seine Zunge in meinen Mund zu drängen. Eine Hand hat er unter mein Shirt geschoben, tastet sich vor. Mir wird klar, in was für einer kaputten Welt ich lebe, als ich mich bei der Hoffnung ertappe, dass Asa zu meiner Rettung kommt, obwohl ich gleichzeitig Angst vor dem Moment habe, wenn ich bei ihm in Sicherheit bin.

Asa braucht keine zwei Sekunden, um zu begreifen, was er da sieht. Brennende Wut füllt seine Augen. »Ich habe dir eine einzige verdammte Aufgabe gegeben, Arschloch!« Mit großen Schritten kommt er auf uns zu. Kaum hat der Typ mich losgelassen und will sich umdrehen, hebt Asa seine Waffe und drückt sie dem Typen an den Kopf. »*Eine* verdammte Aufgabe.«

Lautes Schrillen.

Das Geräusch in meinen Ohren übertönt alles andere. Tränen brennen in meinen Augen – auf meinem Gesicht. Ich halte mir die Ohren zu und kneife die Augen zusammen.

Nein, das ist nicht passiert.

Nein, nein, nein.

Ich höre den Typen auf den Boden aufschlagen und muss einen Schritt zur Seite machen, um meinen linken Fuß unter ihm herauszuziehen. »Nein, Asa. Nein, nein, nein«, flehe ich wieder und wieder, die Hände immer noch über den Ohren, die Augen weiterhin fest geschlossen.

»Er hat dich vermutlich für eine Hure gehalten, Sloan«, sagt er und packt mich am Arm. »Kannst du ihm da wirklich einen Vorwurf machen?«

Asa zerrt mich zu sich, und ich stolpere über den Typen auf dem Boden. Ohne mich loszulassen, zieht Asa mich auf die Füße und zur Tür.

Meine Augen sind immer noch geschlossen. Ich glaube, ich schreie, denn meine Kehle brennt, aber ich bin mir nicht sicher, weil es in meinen Ohren weiter schrillt. Plötzlich werde ich hochgehoben und über eine Schulter geworfen.

Während Asa mich die Treppe runterträgt, laufen die letzten zehn Sekunden vor meinem inneren Auge noch mal ab.

Das kann einfach nicht wahr sein.

Sekunden später lande ich auf einem Bett. Ich habe einfach zu viel Angst, um die Augen zu öffnen. Mehrere Augenblicke verstreichen, und ich kann spüren, dass meine Lunge nach Sauerstoff ringt. Unter Tränen schnappe ich nach Luft, höre Asas Stimme wenige Zentimeter über mir.

»Schau mich an, Sloan.«

Langsam öffne ich die Augen und sehe zu ihm auf. Er kniet über mir, berührt mein Gesicht, streicht mein Haar zurück. Da sind Blutspritzer auf seinem Gesicht – an seinem Hals.

Ich sehe ihm in die Augen, und seine Pupillen sind riesig, haben alles andere verdrängt. Zwei große schwarze Kreise starren mich an und lassen meinen ohnehin schon zitternden Körper noch heftiger beben.

»Sloan«, flüstert er, streicht mir immer noch über die Haare. Ich versuche, mich im Zimmer umzusehen, doch er packt mich am Kinn und zwingt mich, ihn wieder anzusehen. »Baby, ich habe echt schlechte Neuigkeiten.«

Ich fürchte, mein Herz wird diese Neuigkeiten nicht verkraften. Ich habe Angst, dass ich mich übergeben muss, sobald ich den Mund öffne, um etwas zu erwidern.

»Ich weiß von dir und Luke.«

Beim Klang dieses Namens bleibt mir das Herz stehen. Ich kämpfe verzweifelt gegen die Tränenflut. *Er hat ihn Luke genannt.*

Woher weiß er, dass er Luke heißt?

Ich kratze all meine verbleibende Kraft zusammen und stelle mich dumm. »Wer ist Luke?«

Sein Blick huscht über mein Gesicht. Seine Pupillen ziehen sich zusammen, weiten sich dann wieder. Ein langsames Lächeln breitet sich über sein Gesicht aus, bevor er die Lippen auf meine Stirn drückt. »Das dachte ich mir«, flüstert er, als er sich wieder von mir löst. »Es ist nicht deine Schuld, Sloan. Er hat dir eine Gehirnwäsche verpasst. Hat versucht, dich gegen mich aufzuhetzen. Aber er heißt nicht wirklich *Carter*, Baby. Er heißt Luke. Frag ihn selbst.« Er schiebt eine Hand unter meinen Rücken und hebt mich hoch, bis ich aufrecht sitze.

Und plötzlich bin ich mitten in meinem schlimmsten Albtraum.

Luke sitzt auf einem Schreibtischstuhl, die Hände mit Handschellen hinter seinem Rücken gefesselt. Die Todesangst in seinen Augen lässt keinen Zweifel daran, was er über unsere Situation denkt.

Nein.

Asa beobachtet mich, wartet auf meine Reaktion. Ich versuche, mich unter Kontrolle zu halten – meine Panik zu verbergen, meinen Schmerz, meine eigene Todesangst. Doch das Wissen, dass wir Asa vollkommen ausgeliefert sind, raubt mir die Kraft, ihm weiterhin etwas vorzuspielen.

Nicht reagieren. Nicht reagieren. Nicht reagieren.

Ich wiederhole diese Worte wie ein Mantra in meinem Kopf, während Luke mit seinem Blick das Gleiche sagt.

Genau das will Asa. Eine Reaktion. Ich gebe mein Bestes, um ihm nicht die zu zeigen, die er erwartet. Inzwischen ist er aufgestanden, also sehe ich mit so viel Unschuld zu ihm auf, wie ich zustande bringe. »Wovon redest du da, Asa? Wieso ist Carter gefesselt?«

Er starrt auf mich herab, als wäre er enttäuscht. Als hätte er ein Geständnis erwartet, dass ich von Lukes Undercover-Arbeit wusste oder zumindest, dass ich mit ihm schlafe. Er grinst. »Hältst du mich immer noch für so dumm, Sloan?« Langsam wandert sein Blick rüber zu Luke. »Dann ist es ja sicher okay, wenn ich das hier tue, oder?« Er hebt seine Waffe und geht auf Luke zu, genauso wie oben, kurz bevor er den Typen erschossen hat.

Sofort springe ich auf, greife nach seinem Arm und schreie: »Nein! Asa, nein!« Ich muss gar nichts mehr zugeben, meine Reaktion verrät alles.

Asa schießt nicht auf ihn. Stattdessen schwingt er die Hand mit der Pistole herum und trifft mich damit so heftig am Kopf, dass ich zurück aufs Bett geschleudert werde. Die Seite meines Kopfs, an der er mich getroffen hat, pocht schmerzhaft. Ich habe jetzt seine volle Aufmerksamkeit, sein Zorn brodelt sichtlich.

Im nächsten Moment ist er auf mir, packt meine Handgelenke, presst die Stirn an meine Schläfe. »Sloan, nein«, sagt er mit angespannter Stimme. »Nein, *nein*, Baby.« Als er sich von mir löst, ist sein Blick schmerzerfüllt. »War er in dir? Du hast ihn *in dich* gelassen?«

Ich weine zu heftig, um es zugeben zu können. Ich weine zu heftig, um es abzustreiten.

Er verzieht das Gesicht zu einer Grimasse, als wäre dies das Allerschlimmste, das ihm jemals passieren könnte. *Er hat gerade jemanden erschossen, und seine einzige Sorge ist, dass ich ihn vielleicht betrogen habe?*

Ich drehe den Kopf zur Seite und schließe fest die Augen.

Das war's.

Ich werde sterben.

Asa vergäbt das Gesicht an meinem Hals und murmelt: »Ich weiß nicht mehr, ob ich die Tür abgeschlossen habe.«

Er steigt von mir runter, und ich versuche zu begreifen, was er gerade gesagt hat, doch es war völlig zusammenhanglos, und mein Puls rast zu schnell, als dass ich noch einen klaren Gedanken fassen könnte. Als er zur Tür geht, drehe ich den Kopf, um Luke anzusehen. Seine Hände sind hinter der Lehne des Stuhls gefesselt. Doch in einer schnellen Bewegung steht er auf, hebt die Arme über die Lehne und setzt sich wieder, diesmal mit den Händen direkt hinter seinem Rücken. Es passiert so schnell, dass ich eine Sekunde brauche, um zu realisieren, dass er nicht an den Stuhl gefesselt ist.

Das kann Asa nicht bewusst gewesen sein, sonst hätte er ihm niemals den Rücken zugewandt.

Mein Blick huscht zur Tür, die Asa gerade abschließt. Dann sehe ich zurück zu Luke, und er schüttelt den Kopf, fleht mich stumm an, ruhig zu bleiben. Er kann den Daumen nicht an die Unterlippe legen, aber er beißt hinein, fährt mit den Zähnen darüber.

Ich ziehe an einer Haarsträhne, als Asa sich umdreht und mit dem Rücken gegen die Tür lehnt. Er legt die Waffe an seine Wange und sieht Luke direkt an. »Ich hab dir ja schon erzählt, wie es war, als *ich* sie das erste Mal gevögelt habe«, sagt er. »Jetzt bist du dran.«

41

Asa

Mein Vater steht am Fenster und hält Ausschau nach den Männern. Er hält die ganze Zeit nach ihnen Ausschau. Er sagt, wenn sie herausfinden, wo wir wohnen, werden sie ihn erschießen. Und dann erschießen sie meine Mutter und danach mich. Er sagt, wenn sie uns erschossen haben, werden sie wahrscheinlich nicht einmal die Polizei rufen. Sie werden uns alle hier liegen lassen, und unsere Leichen werden in diesem Haus verrotten und die Mäuse und Kakerlaken werden sie fressen.

»Asa!«, ruft er vom Fenster aus und zeigt auf die Haustür. »Sieh noch mal nach der Tür!«

Ich habe schon zweimal für ihn nachgesehen, aber er glaubt mir nicht, dass sie verschlossen ist. Jedes Mal, wenn er aus dem Fenster schaut, sagt er: »Schau noch mal nach der Tür.«

Ich verstehe nicht, warum er an manchen Tagen glaubt, dass die Männer hinter ihm her sind, und an anderen Tagen ist es ihm egal. Ich rutsche vom Sofa und krabble zur Tür. Meine Beine funktionieren, ich könnte ohne Probleme zur Tür laufen, aber manchmal habe ich Angst, dass die Männer kommen und mich erschießen, also krieche ich unter dem großen Fenster durch.

Ich überprüfe die Tür. »Sie ist verschlossen.«

Mein Vater schaut mich an und lächelt. »Danke, mein Sohn.«

Ich hasse es, wenn er mich Sohn *nennt. Er nennt mich nur Sohn, wenn er Angst vor den Männern hat, die ihn, meine Mutter und mich erschießen wollen. Wenn er Angst hat, ist er sehr nett zu mir, und ich helfe ihm, Dinge zu erledigen, wie das Sofa vor die Tür zu schieben und alle elektrischen Geräte auszustecken. Ich habe ihm heute viel geholfen, und er nennt mich ständig seinen Sohn. Mir ist es lieber, wenn er gar nicht mit mir redet und den ganzen Tag in seinem Sessel sitzt.*

Ich krabble zurück zum Sofa, aber bevor ich dort ankomme, packt mein Vater meinen Arm. »Sie sind da, Asa«, flüstert er. Er zieht mich hoch und sagt: »Du musst dich verstecken!«

Mein Herz schlägt rasend schnell in meiner Brust, und ich nicke.

Mein Vater hat große Angst vor den Männern, aber sie sind noch nie zuvor wirklich aufgetaucht. Ich schaue aus dem Fenster, während er mich durch das Wohnzimmer schiebt, aber da ist niemand. Ich sehe keine Männer.

Mein Vater zerrt mich zur Hintertür und die Treppe runter. Er kniet sich hin und fasst mich an den Schultern. »Asa, versteck dich unter dem Haus und bleib dort, bis ich dich hole.«

Ich schüttle den Kopf. »Ich will nicht.« Es ist dunkel da unten, und ich habe schon mal einen Skorpion gesehen.

»Du hast keine Wahl«, flüstert er viel zu laut. »Komm nicht raus, bevor ich dich hole, sonst töten sie uns alle!«

Er schubst mich zu der Öffnung, die unter das Haus führt. Ich falle auf die Knie, meine Hände versinken im Schlamm. Ich schaue nicht hinter mich. Ich krieche so weit wie möglich, damit die Männer mich nicht sehen.

Ich ziehe die Knie an die Brust und versuche, möglichst leise zu weinen.

Mir war sehr kalt, ich hatte Hunger und weinte, bis die Sonne wieder aufging. Aber weil mein Daddy gesagt hat, ich soll mich nicht bewegen, habe ich mich nicht bewegt. Bis jetzt. Ich hoffe, er wird nicht böse, aber ich habe mich im Schlaf vollgepinkelt. Das habe ich seit meinem letzten Geburtstag nicht mehr gemacht. Wenn die Männer ihn noch nicht umgebracht haben, wird er mir das übel nehmen.

Ich höre sie im Haus herumlaufen. Ich weiß nicht, ob sie meinen Vater umgebracht haben. Meine Mutter war im Schlafzimmer, wo sie meistens ist, und vielleicht haben sie sie auch umgebracht, wenn sie sie gefunden haben.

Aber mich haben sie nicht getötet, weil ich auf meinen Dad gehört habe.

Ich bin hiergeblieben und werde mich nicht rühren, bis er mich holt.

Oder bis die Männer weg sind.

Ich habe gefroren und gehungert und geweint, bis die Sonne unterging. Aber ich habe mich nicht bewegt. Mein Daddy hat gesagt, ich solle mich nicht bewegen, also habe ich es nicht getan. Aber meine Beine fühlen sich nicht mehr so an, als würden sie noch zu meinem Körper gehören. Meine Augen fallen mir ständig zu. Ich bin nicht mehr so durstig, denn aus einem Rohr neben mir kam ein bisschen Wasser, und ich habe meinen Mund drangehalten und etwas davon getrunken.

Ich glaube, die Männer haben meine Mutter und meinen Vater getötet, denn jetzt ist es ganz still in unserem Haus. Seit Sonnenaufgang habe ich die Männer nicht mehr herumlaufen gehört, vielleicht sind sie weggegangen.

Ich weiß, dass mein Daddy mir verboten hat, mich zu bewegen, aber wenn er noch leben würde, wäre er zurückgekommen, um mich zu holen.

Ich krieche unter dem Haus hervor. Draußen ist es ganz dunkel, also bin ich schon länger als einen ganzen Tag unter dem Haus. Ich glaube nicht, dass die Männer meine Mutter und meinen Vater töten und dann noch einen Tag in unserem Haus bleiben würden. Also sind sie jetzt wahrscheinlich weg, und es ist sicher für mich, das Haus zu betreten.

Als ich versuche aufzustehen, falle ich wieder hin. Meine Beine kribbeln und meine Finger tun weh. Ich krieche die Hintertreppe hoch und merke, dass meine Kleider voller Schlamm sind. Ich habe Angst, den Boden schmutzig zu machen, und versuche, etwas auf der Fußmatte abzuwischen, aber ich verteile es nur auf meiner Kleidung.

Ich greife nach dem Türknauf und ziehe mich hoch. Meine Beine spüre ich immer noch nicht richtig, aber sie funktionieren jetzt. Als ich die Tür öffne und das Haus betrete, sehe ich die Leiche meines Vaters. Er sitzt in seinem Sessel im Wohnzimmer.

Ich halte den Atem an. Ich habe noch nie eine Leiche gesehen und will jetzt auch keine sehen, aber ich muss sicher sein, dass es mein Vater ist und nicht einer der Männer. Also schleiche ich auf Zehenspitzen ins Wohnzimmer. Ich habe solche Angst, mein Herz pocht bis in meinen Hals.

Als ich den Sessel erreiche, atme ich tief durch und gehe um ihn herum, um meinen Vater anzusehen. Ich bin ein wenig überrascht, dass Tote gar nicht so anders aussehen als Lebende.

Ich dachte, er wäre blutverschmiert oder hätte eine andere Farbe – wie ein Geist. Aber er sieht noch genauso aus wie vorher.

Ich hebe einen Finger und berühre seine Wange. Ich habe gehört, dass Tote kälter sind als Lebende, also drücke ich die Fingerspitze in seine Wange, um zu sehen, wie sich seine Haut anfühlt.

Seine Hand packt mein Handgelenk und er reißt die Augen auf, und das erschreckt mich so sehr, dass ich schreie.

Daddys Blick wird richtig böse, als er auf meine Kleider schaut. »Wo zum Teufel warst du, Junge? Du bist dreckig!«

Ich dachte, er sei tot.

»Unter dem Haus, wo du mich gestern hingeschickt hast. Du hast gesagt, du würdest mich holen.«

Er drückt mein Handgelenk ganz fest, beugt sich vor und sagt: »Weck mich nie wieder auf, du kleiner Bastard! Und jetzt geh duschen, du stinkst wie ein verdammter Abwasserkanal!«

Er stößt mich von sich. Ich bin immer noch verwirrt, dass er noch lebt.

Ich dachte, die Männer wären gekommen. Ich dachte, sie hätten ihn umgebracht.

Er greift mich am Nacken und schubst mich, sodass ich aus dem Wohnzimmer stolpere. Ich glaube, er hat vergessen, dass ich unter dem Haus war.

Ich spüre, wie meine Augen brennen, also renne ich aus dem Wohnzimmer. Ich darf nicht vor meinem Dad weinen, sonst wird er richtig wütend.

Ich laufe den Flur entlang zum Badezimmer, aber eigentlich will ich nur etwas essen. Ich war noch nie so hungrig wie jetzt. Als ich an dem Zimmer vorbeikomme, in dem meine Mutter die meiste Zeit des Tages verbringt, steht ihre Tür offen. Sie schläft in ihrem Bett, also trete ich ein und frage sie, ob ich etwas zu essen haben kann. Ich schüttle sie und versuche, sie aufzuwecken, aber sie stöhnt nur und dreht sich um. »Lass mich schlafen, Asa«, sagt sie.

Es gefällt mir nicht, wie viel sie schläft. Sie sagt, dass sie schlecht schläft, deshalb nimmt sie viele Pillen, die ihr beim Schlafen helfen. Sie sagt, die weißen sind für die Nacht, aber manchmal nimmt sie auch eine am helllichten Tag. Ich habe sie dabei beobachtet.

Sie hat auch ein paar gelbe Pillen, aber sie sagt, das sind ihre besonderen. Die hebt sie sich für Tage auf, an denen sie in Gedanken ganz woanders sein will.

Ich schaue auf ihre Pillenfläschchen und frage mich, ob sie es merken würde, wenn ich eine der gelben klauen würde. Denn ich will in Gedanken ganz woanders sein. Ich möchte nicht mehr in diesem Haus sein.

Ich nehme das Fläschchen mit den gelben Pillen und versuche immer wieder, es zu öffnen, aber ich schaffe es nicht. Ich kann nicht gut lesen, weil ich erst in der zweiten Klasse bin, aber schließlich finde ich heraus, dass man den Deckel runterdrücken und dann aufdrehen muss.

Diesmal klappt es. Ich werfe einen Blick zu meiner Mutter, aber sie schaut immer noch in die andere Richtung. Schnell nehme ich eine der Pillen, stecke sie in den Mund und kaue. Ich verziehe das Gesicht, denn so etwas Ekliges habe ich noch nie geschmeckt. Sie ist wirklich bitter, und mein Mund wird ganz trocken. Ich trinke einen Schluck Wasser von meiner Mutter, um sie runterzuspülen.

Ich hoffe, sie hat recht. Ich hoffe, dass mich diese Pille in Gedanken woanders hinbringt, denn ich habe es langsam wirklich satt, in dieser Familie zu sein.

Ich verschließe das Fläschchen wieder und schleiche mich aus dem

Zimmer. Als ich ins Bad gehe, um zu duschen, fühlen sich meine Beine wieder an, als wären es nicht meine eigenen.

Und meine Arme auch. Meine Arme fühlen sich an, als würden sie in der Luft schweben.

Nachdem ich das Wasser in der Dusche aufgedreht habe, schaue ich in den Spiegel, weil ich glaube, dass meine Haare wachsen. Aber sie sehen aus wie immer. Ich spüre trotzdem, dass sie wachsen.

Meine Zehen beginnen zu kribbeln, genau wie meine Beine. Ich habe Angst, dass ich gleich umfalle, also setze ich mich schnell in die Badewanne. Ich habe vergessen, mich auszuziehen, aber das macht nichts, denn meine Sachen sind ganz schmutzig. Ich glaube, meine Kleider brauchen auch ein bisschen Wasser.

Ich frage mich, wie lange ich unter dem Haus gewesen bin. Wahrscheinlich habe ich einen ganzen Schultag verpasst. Eigentlich mag ich die Schule nicht so sehr, aber ich wollte heute unbedingt hingehen, um zu sehen, was Bradys Mutter ihm zum Mittagessen eingepackt hat.

Brady sitzt neben mir am Mittagstisch und bringt jeden Tag eine Lunchbox mit. Einmal hat ihm seine Mutter ein Stück Kokoskuchen eingepackt. Er mag keinen Kokoskuchen, also hat er ihn mir angeboten. Er hat so gut geschmeckt. Ich bin nach Hause gegangen und habe meiner Mutter erzählt, wie gut er war, aber sie hat mir trotzdem keinen Kokoskuchen gekauft.

Manchmal schreibt Bradys Mutter Zettel und legt sie in seine Lunchbox. Er liest sie uns dann vor und lacht, weil er sie blöd findet. Aber ich lache nie. Ich finde die Zettel nicht blöd.

Einmal habe ich einen Zettel gefunden, den er in den Mülleimer geworfen hat, und ich habe ihn aufgehoben. Da stand drauf: »Lieber Brady. Ich liebe dich! Ich wünsche dir einen schönen Tag in der Schule!«

Ich hab den oberen Teil des Zettels mit Bradys Namen abgerissen und die Nachricht behalten. Und wenn ich sie manchmal las, habe ich so getan, als hätte meine Mutter sie für mich geschrieben. Aber das ist schon lange her, und vor Kurzem habe ich die Nachricht verloren. Deshalb wollte ich heute in die Schule gehen, denn wenn Brady einen neuen Zettel von seiner Mutter bekommen hatte, wollte ich ihn stehlen und wieder so tun, als wäre er für mich bestimmt.

Ich frage mich, wie es wäre, wenn jemand diese Worte zu mir sagen würde.

Ich liebe dich!

Das hat noch nie jemand zu mir gesagt.

Mir ist schwindelig. Es fühlt sich an, als würde mein Kopf an der Decke schweben, und ich könnte von oben sehen, wie ich in der Badewanne sitze. Ob meine Mutter deshalb die gelben Pillen mag? Weil sie dann das Gefühl hat, hoch in der Luft zu schweben, wo niemand sie erreichen kann?

Ich schließe meine Augen und flüstere ins Leere: »Ich liebe dich«, *während ich in der Luft schwebe. Eines Tages werde ich jemanden finden, der mich so sehr liebt, dass er mir diese Worte sagt. Ich wünsche mir, dass es ein Mädchen ist.* Ein hübsches Mädchen. *Ein Mädchen, das mein Vater nicht für eine Hure hält.*

Das wäre schön. Vielleicht liebt sie mich genug, um mir Kokoskuchen zu backen. Ich mag Kokoskuchen sehr.

Wenn ich jemals ein Mädchen finde, das diese Worte zu mir sagt und mir Kokoskuchen backt, werde ich sie behalten. Ich werde sie nicht wegwerfen, so wie Brady die Zettel seiner Mutter wegwirft.

Ich werde sie für immer behalten und nicht zulassen, dass sie mich verlässt. Ich werde sie dazu bringen, mir jeden Tag zu sagen, dass sie mich liebt.

»Ich liebe dich, Asa«, wird sie mir versprechen. »Ich werde dich nie verlassen.«

***

Ich habe noch nie jemanden getötet. Bis ich vor ein paar Minuten den Kerl da oben umgelegt habe, weil er mir etwas wegnehmen wollte, das ihm nicht gehört.

Keine Ahnung, wie ich mich damit fühle.

Wahrscheinlich sollte ich besorgt sein, weil so ein Mord üblicherweise Konsequenzen nach sich zieht. Andererseits bin ich gerade ziemlich angepisst, denn sobald ich den Kerl erschossen und Sloan in diesen Raum geschleppt hatte, haben sich die anderen von mir angeheuerten Arschlöcher aus dem Staub gemacht.

Vermutlich aus Angst, dass ich sie auch abknalle.

Ich glaube, ich bin tatsächlich ein bisschen besorgt wegen der Konsequenzen. Wenn eine Waffe abgefeuert wird, ruft normalerweise jemand die Cops. Also sind die sicher schon auf dem Weg hierher, dank irgendeines neugierigen Nachbarn.

Und damit meine ich *richtige* Cops. Nicht dieses armselige Exemplar, das gerade vor mir sitzt.

Verdammt, das läuft echt nicht so wie geplant. Da erschieße ich *einen* Kerl in Notwehr, und der Rest vernachlässigt seine Pflichten und verpisst sich. Und das bedeutet, sie passen nicht mehr auf Jon, Kevin und Dalton auf. Was wiederum heißt, dass gleich mindestens einer von ihnen an die Tür klopft und wissen will, warum ich sie in diese Falle gelockt habe.

Man könnte also sagen … *ich stecke in einer Art Klemme.* Mir gehen die Möglichkeiten aus. Schätzungsweise ist meine einzige Option, Luke in sein verdammtes, selbstgefälliges Gesicht zu schießen und Sloan hier rauszuschaffen, solange ich noch kann. Klar, sie wird ein bisschen traumatisiert sein. Aber wir könnten zu einem Therapeuten gehen, sobald wir uns wieder irgendwo niedergelassen haben. Den wird sie brauchen, nachdem sie so einer Gehirnwäsche unterzogen wurde.

Es ist irgendwie traurig, dass ich nur eine Option habe und nur eine Minute, um sie umzusetzen, denn ich hätte wirklich gerne von Luke gehört, wie es war, als er Sloan gefickt hat.

Nicht, weil es mich erregt hätte. *Ich bin ja nicht pervers.*

Ich wollte mir nur einen klaren Eindruck des Ganzen verschaffen. Ich muss wissen, was er zu ihr gesagt hat, um sie gefügig zu machen. Ob er sie genauso dazu überreden musste wie ich. Ob sie die gleichen Laute von sich gegeben hat wie bei mir. In welcher Stellung er sie gefickt hat. War er oben? Oder sie? Hat er sie von hinten genommen?

Ich muss es einfach wissen, damit ich sichergehen kann, dass ich nichts von dem sage, was er zu ihr gesagt hat, wenn ich in Zukunft mit ihr schlafe. Ich muss sicher sein, dass ich sie nie in denselben Stellungen ficke, in denen *er* sie gefickt hat.

Aber jetzt bleibt mir keine Zeit mehr, denn es klopft an der Tür, und Luke hat immer noch nicht den Mund aufgemacht.

»Asa!«

Es ist Dalton.

Mir ist immer noch nicht ganz klar, was ich von Dalton halten soll. Ich mag ihn wirklich. Er ist wie Koks, jeder mag Koks. Aber jeder weiß, dass Kokain eine der am meisten gefälschten Drogen ist. Es gibt viele Betrüger. Angefangen mit Dealern, die an der Straßenecke zerstoßenes Aspirin verkaufen, bis hin zu halbtoten Crack-Süchtigen, die den Unterschied nicht mal mehr merken.

Vielleicht ist Dalton gar nicht wie Kokain. Möglicherweise ist er nur wie *Aspirin*, zerstampft und in einen Plastikbeutel gefüllt.

»Asa, mach die Tür auf«, schreit Dalton.

Ich greife hinter mich und vergewissere mich, dass die Tür abgeschlossen ist. »Wo sind denn alle hin?«, rufe ich Dalton zu. »Es ist so still da draußen!«

»Mach auf, damit wir reden können.« Er steht jetzt direkt auf der anderen Seite der Tür.

Ich lache und wiederhole: »Wo sind die anderen, Dalton? Wo sind Jon und Kevin?«

»Sie sind weg. Sie sind paranoid geworden und abgehauen.«

Klar doch. Verdammte beste Freunde fürs Leben. *Arschlöcher.*

Ich werfe einen Blick auf Sloan. Sie sitzt am Kopfende des Betts, die Knie angezogen, und starrt mich aus großen Augen an.

Auch Luke beobachtet mich. Egal, wo ich bin, egal, was ich mache, seine Augen sind immer auf mich gerichtet. Seit dem ersten Tag, an dem wir uns begegnet sind. Seit dem Tag, an dem *Dalton* uns einander vorgestellt hat.

Ich drehe meinen Kopf zum Türspalt. »Was machst du noch hier, Dalton? Wartest du auf deine Verstärkung?«

Diesmal zögert Dalton mit der Antwort. Nach einem Augenblick sagt er: »Ich bin hier, weil mein Freund da drin ist. Wenn du ihn freilässt, hauen wir beide ab.«

Unglaublich, dass ich darauf reingefallen bin. Monatelang habe ich praktisch mit diesen Arschlöchern gelebt, und sie waren nur darauf aus, mich zu vernichten.

Irgendwie fühle ich mich an meine Kindheit erinnert.

Wenigstens liebt Sloan mich.

Wenigstens das.

Mein Blick wandert durch den Raum zu ihr. »Weißt du noch, als ich vorhin unter der Dusche stand und du mich gefragt hast, ob ich etwas aus dem Supermarkt haben möchte?«

Sie nickt kaum merklich.

»Ich wollte einen Nachtisch für die Party. Hast du einen bekommen?«

Wieder nickt sie. »Deinen Lieblingsnachtisch«, flüstert sie. »Kokoskuchen.«

Hab ich's nicht gesagt? Sie liebt mich, verdammt.

»Dalton«, rufe ich und trete vorsichtshalber ein Stück zur Seite. Er steht direkt hinter der Tür. Ich traue dem Arschloch glatt zu, durch die Tür auf mich zu schießen.

Ich überprüfe noch schnell, ob die Tür verschlossen ist. »Tu mir einen Gefallen, ja? Bring uns den Kokoskuchen.«

Wieder zögert Dalton einen Moment, bevor er antwortet. »Du willst *Kuchen?*«, fragt er verwirrt. »Du willst jetzt einen verdammten Kuchen?«

Warum ist das so lächerlich?

»Ja, will ich! Bring uns den verdammten Kokoskuchen, Arschloch!«

Daltons Schritte entfernen sich in Richtung Küche. Luke starrt mich an, als hätte ich den Verstand verloren.

»Hast du ein Problem?«

Er schüttelt den Kopf und öffnet den Mund zum Sprechen. *Endlich.*

»Es gibt Medikamente, die dir helfen können, Asa.«

Medikamente?

»Wovon zum Teufel sprichst du?«

Luke schaut zu Sloan und dann wieder zu mir. Ich hasse es, wenn er sie ansieht. Dann möchte ich ihm die Augen auskratzen und sie schlucken wie die gelben Pillen meiner Mutter.

»Du hast in den letzten fünf Minuten fünfzehn Mal das Türschloss überprüft«, sagt er. »Das ist kein normales Verhalten. Aber du kannst es in den Griff kriegen. Genauso wie dein Vater hätte geheilt werden können.«

An dieser Stelle unterbreche ich den Wichser. »Sprich nicht mehr von meinem Vater, Luke. *Wag* es ja nicht.«

Sein Blick fällt auf die Waffe, die jetzt direkt auf ihn gerichtet ist, aber aus irgendeinem Grund hält er trotzdem nicht die Klappe.

»Wusstest du, dass bei ihm im Alter von siebenundzwanzig paranoide Schizophrenie diagnostiziert wurde? Ich habe es in seiner Akte gelesen. Er hat nie seine Medikamente genommen, Asa, nicht ein einziges Mal. Was sich jetzt in deinem Kopf abspielt, kann aufhören. Alles kann wieder in Ordnung kommen. Du musst nicht so werden wie er.«

Ich durchquere den Raum und drücke ihm die verdammte Waffe an den Kopf.

»Ich bin nicht wie er! Ich bin *kein bisschen* wie er!«

Bevor ich abdrücken kann, hämmert Dalton an die Tür. »Wie soll ich dir jetzt den Kuchen geben?«, schreit er.

Scheiße. Gute Frage.

Ich mache mich auf den Weg zur Tür, aber die Vorfreude auf den Kokoskuchen verfliegt, als ich draußen Sirenen höre. Sie klingen noch weit weg, etwa vier oder fünf Straßen weiter.

Mir bleibt immer noch Zeit. Wenn es in diesem Zimmer ein Fenster gäbe, könnte ich mir Sloan schnappen, Luke erschießen und durch das Fenster zum Auto verschwinden, bevor sie hier sind.

Aber so ist mir der bescheuerte Dalton im Weg.

Wenn er mit einem Kuchen in der Hand vor der Tür steht, dann wahrscheinlich … ungefähr … *da.*

Ich ziele, aber da trifft mich etwas Hartes am Rücken. Ich falle nach vorne, meine Knie donnern auf den Boden und die Waffe fliegt mir aus der Hand. Als ich mich umdrehe, steht Luke über mir und holt mit dem Bein aus, um mir ins Gesicht zu treten. Ich rolle zur Seite, fege ein Bein über den Boden und bringe ihn aus dem Gleichgewicht. Er landet auf dem Rücken.

Sofort versucht er, seine Beine durch die Arme zu ziehen, damit seine Hände vor ihm und nicht hinter ihm gefesselt sind. Ich setze mich auf und greife nach meiner Waffe, aber Sloan springt vom Bett auf den Boden. Unsere Hände greifen gleichzeitig nach der Pistole, doch meine sind erfahrener und wissen, wie man das Ding am besten packt. Ihre Hände fummeln an meinen herum, bis sie merkt, dass die Waffe wieder fest in meiner Hand liegt. Ich stoße sie von mir weg, zurück in die verfluchte Ecke.

Sie knallt gegen die Wand und kriecht dann so weit wie möglich von mir weg. Als ich die Waffe wieder auf Luke richte, hat es der Mistkerl irgendwie geschafft, seine Hände nach vorne zu bekommen. Er rappelt sich auf, aber ich bleibe einen Schritt voraus und drücke ab. Das Fleisch seines Oberschenkels explodiert in winzige Fetzen.

Verdammt, das muss wehtun.

Er geht auf die Knie.

Sein Rücken kracht gegen die Wand. Er krümmt sich vor Schmerzen und presst seine Hände auf die Wunde. Dalton hämmert gegen die Tür. »Asa, mach die Tür auf, oder ich schieße sie auf! Drei … zwei …«

»Wenn du die Tür aufbrichst, sind sie beide tot!«, schreie ich.

Dalton spart sich die Eins.

Sloan kauert an der Wand, die Hände auf die Ohren gepresst, Tränen laufen ihr über die Wangen. Sie starrt Luke an und sieht aus, als würde sie gleich komplett durchdrehen. Bevor das passiert, muss ich sie hier rausholen. Aber die Sirenen kommen immer näher. Wahrscheinlich sind sie schon hier in der Straße.

Fuck.

Denk nach, Asa. Denk nach.

Ich schlage mir die Pistole dreimal an die Stirn. Ich darf Sloan nicht verlieren. Wenn sie mich festnehmen, kann ich sie nicht mehr beschützen. Ich könnte sie nicht mehr erreichen. Sie würde auf die Lügen eines anderen reinfallen. Vielleicht sogar wieder auf die von *Luke*.

Sie ist der einzige Mensch, der mich je geliebt hat. Ich darf sie nicht verlieren. Auf keinen Fall.

Ich krieche auf sie zu und versuche, ihre Hände zu packen, aber sie weicht immer wieder vor mir zurück. Ich muss ihr die verdammte Pistole an den Kopf halten, damit sie stillhält. Ich drücke meine Stirn an ihre Schläfe. »Sag mir, dass du mich liebst, Sloan.« Sie zittert so heftig, dass sie keinen Ton herausbringt. »*Bitte*, Baby. Ich muss es von dir hören.«

Sie versucht es drei Mal, stottert aber zu heftig. Ihre Lippen zittern wie verrückt. Schließlich bringt sie einen Satz raus. »Lass Luke gehen, dann sage ich es.«

Ich lege meine Hand fester um die Waffe. Mit der anderen packe ich ihr Haar und ziehe daran. Will sie etwa zu seinen Gunsten *verhandeln*?

Ich stoße Atem durch die Nasenlöcher aus. Mein Kiefer ist zu verspannt, um Luft durch den Mund zu lassen. Als ich mich so weit beruhigt habe, dass ich sprechen kann, flüstere ich zwischen zusammengebissenen Zähnen: »Du liebst mich, stimmt's? Du liebst nicht ihn. Du liebst *mich*.«

Ich lehne mich etwas zurück und sehe ihr in die versteinerten Augen. Sie hebt das Kinn und sagt: »Ich antworte dir, wenn du ihn gehen lässt. Er braucht einen Arzt, Asa.«

Einen Arzt? Er braucht keinen *Arzt*. Er braucht ein verdammtes Wunder.

»Du brauchst mir nicht zu antworten«, sage ich zu ihr. »Ich schätze, wenn ich ihn töte, kann ich an deiner Reaktion ablesen, ob du ihn liebst.«

Ihre Augen werden groß, und sie beginnt sofort, den Kopf zu schütteln. »Ich liebe ihn nicht«, bricht es aus ihr heraus. »Bitte töte ihn nicht, das würde alles nur noch schlimmer für dich machen. Ich liebe *dich*, Asa. Bitte töte niemanden mehr.«

Ich sehe zwischen ihren Augen hin und her. Es ist schwer, darin eine Wahrheit zu erkennen, denn die Angst um Luke steht ihr ins Gesicht geschrieben. »Mach dir keine Sorgen, Sloan. Er trägt bestimmt eine kugelsichere Weste.«

Ich drehe den Kopf, hebe meine Waffe und ziele direkt auf Lukes Brust. Ich gebe einen Schuss ab. Luke wird gegen die Wand geschleudert. Seine Hände zucken zur Brust und Blut rinnt durch seine Finger. Er sackt schlaff zur Seite.

»Oh. Mein Fehler. Ich habe mich geirrt.«

Sloan schreit. Schreit seinen Scheißnamen, schreit *Nein*, schreit, *Was hast du getan*, schreit, schreit, schreit.

Sie schreit, verdammt.

Sie vergießt verfluchte Tränen.

Um *ihn*.

Ich packe sie an den Armen, hebe sie hoch und lasse sie wieder aufs Bett fallen. Dann setze ich mich rittlings auf sie. Sie hält ihren Kopf mit den Händen und schreit noch lauter, während ihr die Tränen übers Gesicht laufen.

»Warum *schreist* du so, Sloan? *WARUM!*«

Ich höre die Stimme meines Vaters, die unaufhörlich wiederholt: *Hure, Hure, Hure*. Ich schlage mir gegen die Stirn, damit es aufhört. *Hör auf, hör auf, hör auf.*

Sie liebt ihn nicht. Sie liebt *mich*. Für immer.

»Du liebst ihn nicht, Sloan«, sage ich und verziehe schmerzerfüllt das Gesicht. »Das ist nicht *wahr*, er hat dir eine Gehirnwäsche verpasst.« Ich greife in ihre Haare und presse meine Lippen auf ihre. Sie wehrt sich, versucht, sich von mir zu lösen.

»Doch, das tue ich«, schreit sie. »Ich liebe ihn, ich hasse dich, ich liebe ihn, ich *hasse* dich!«

Das wird sie bereuen. Sie wird es mehr bereuen als je etwas in ihrem ganzen wertlosen Leben. Wenn sie denkt, dass sie jetzt traurig ist, weil sie den Bastard sterben sieht, dann soll sie erst mal warten, bis sie *mich* sterben sieht.

Sie kannte den Kerl kaum. Mich hat sie *zwei verfluchte Jahre* geliebt! Mein Tod würde sie *vernichten*. Sie würde so sehr weinen, dass sie nicht mehr genug Luft hätte, ihren Hass rauszuschreien.

Hure, Hure, Hure.

Erneut schlage ich mir vor den Kopf und drücke dann meine Stirn an ihre. Sie schreit nicht mehr. Sie schluchzt nur noch unkontrolliert.

»Das wirst du bereuen, Sloan. Du glaubst, du weinst jetzt heftig? Wenn ich sterbe, wird dich das *umbringen. Es. Wird. Dich. Töten.*«

Sie schüttelt den Kopf und schluchzt zwischen ihren Worten. »Du kannst mich nicht mehr töten, Asa. Das hast du schon vor langer Zeit getan.«

Sie redet im Wahn.

Sie hat gottverdammte Wahnvorstellungen.

Ich lache, weil ich einfach weiß, wie sehr sie das erschüttern wird. Ich lache, weil ich weiß, wie sehr sie alles bereuen wird, was sie mir gerade gesagt hat. Ich wünschte, ich könnte dabei sein, wenn sie endlich kapiert, wie viel ich ihr bedeute. Wie viel ich für sie getan habe. Wie ihr Leben ohne mich sein wird.

Ich presse meinen Mund auf ihre zitternden Lippen.

Dann halte ich mir die Pistole an den Kopf und drücke den verdammten …

42

Luke

Wisst ihr, wie es sich anfühlt zu sterben?

Nein, ihr wisst es *nicht*, weil es keinen gibt, der es euch erzählen kann. Die Toten sind nicht mehr dazu imstande, und die Leute, die eine Nahtoderfahrung gemacht haben, können es euch auch nicht sagen, da sie nun mal nicht die komplette Erfahrung gemacht haben.

Aber ich bin gerade dabei zu sterben und werde euch so lange wie möglich davon berichten.

Es gibt einen Moment – einen Sekundenbruchteil, bevor man zum letzten Mal die Augen schließt –, in dem man sich in seinen Tod fügt.

Man spürt, wie das Herz langsamer wird und allmählich zum Stillstand kommt.

Man spürt, wie sich das Gehirn abschaltet, ein Areal nach dem anderen – wie zuknallende Türen.

Man spürt, wie einem die Augen zufallen – egal, wie sehr man sich bemüht, sie aufzuhalten. Und man realisiert, dass das, was man in diesem Moment sieht, das Letzte ist, was man jemals sehen wird.

Ich sehe Sloan. Sie ist alles, was ich sehe.

Ich sehe sie schreien.

Ich sehe, wie Asa sie hochhebt und aufs Bett wirft.

Ich sehe, wie sie ihn abzuwehren versucht.

Ich sehe, wie sie aufgibt.

Deswegen weigere ich mich, die Augen zu schließen.

Ich blicke auf das Blut, das aus meiner Brust quillt – das Leben, das sich aus mir auf den Fußboden ergießt. Nicht zuletzt dank meiner Fehler ist Sloan in diese Lage geraten. Ich weigere mich zu sterben, bevor ich ein paar von ihnen korrigiert habe.

Mit letzter Kraft strecke ich den Arm aus, bis ich die Pistole im Holster an meinem Fußknöchel zu fassen kriege. Da meine Hände voller Blut sind, fällt es mir schwer, sie festzuhalten, aber ich schaffe es. Ich verstehe zugegebenermaßen nicht viel von meinem Beruf, aber ich bin ein verdammt guter Schütze.

Als ich meine Pistole hebe, richtet Asa gerade seine Waffe auf sich selbst.

Das kann er vergessen. Auf gar keinen Fall wird er so leicht davonkommen.

Ich weigere mich, die Augen zu schließen, während ich den Finger auf den Abzug lege. Ich drücke ab und sehe, wie das Geschoss seinen Unterarm streift und seine Pistole mehrere Meter weit durch den Raum fliegt.

Ich weigere mich, die Augen zu schließen, als ich drei weitere Schüsse höre. Sie wurden an der Schlafzimmertür abgefeuert.

Ich weigere mich, die Augen zu schließen, als ich sehe, wie Ryan die Tür eintritt und gefolgt von ein paar Männern in den Raum stürmt.

Ich weigere mich, die Augen zu schließen, als Asa – ein ganzes Stück von Sloan entfernt – auf dem Boden liegt und mit Handschellen gefesselt wird.

Ich weigere mich, die Augen zu schließen, bis ich in Sloans Augen blicke.

Sie ist vom Bett gesprungen und quer durch den Raum gelaufen und kniet jetzt vor mir und presst mir die Hände auf die Brust. Sie bemüht sich nach Kräften, das letzte bisschen Leben nicht aus meinem Körper entweichen zu lassen.

Ich habe nicht mehr genug Energie, um ihr zu sagen, dass es dafür zu spät ist.

Ich schließe endlich die Augen.

Aber das ist okay, weil sie alles ist, was ich sehe.

Sie ist das Letzte, was ich jemals sehen werde.

43

Sloan

Dieses Gefühl ist nichts Neues für mich. Ich habe schon einmal den Tod eines geliebten Menschen erlebt. Einen schrecklichen, herzzerreißenden, lebensverändernden Tod.

Es war einen Monat vor meinem dreizehnten Geburtstag.

Ich hatte Zwillingsbrüder, Stephen und Drew. Von klein auf habe ich mich um die beiden gekümmert. Meine Brüder hatten beide diverse gesundheitliche Probleme, doch meine Mutter ist trotzdem oft nachts verschwunden, ohne auf die Bedürfnisse der beiden Rücksicht zu nehmen. Es gab Phasen, in denen sie die Mutter sein konnte, die sie sein sollte. Sie hat sie zu den Arztterminen gebracht, um ihnen die nötigen Medikamente zu besorgen und dem Staat so zu beweisen, dass sie eine fähige Mutter war. Den Großteil der täglichen Pflege hat sie allerdings mir überlassen, während sie bis in die frühen Morgenstunden feiern war oder Gott weiß was getrieben hat.

An dem Abend, als Drew gestorben ist, habe ich auf meine Brüder aufgepasst. Ich kann mich nicht an alle Details erinnern, weil ich versuche, nicht zu oft über diesen Abend nachzudenken, aber ich weiß noch, dass ich gehört habe, wie er in seinem Zimmer gestürzt ist. Ich war mir sicher, dass er mal wieder einen Krampfanfall hatte, deswegen bin ich in sein Zimmer gerannt, um nach ihm zu sehen.

Als ich die Tür geöffnet habe, lag er auf dem Boden und sein ganzer Körper hat gezuckt. Ich habe mich sofort neben ihn gekniet und versucht, ihn festzuhalten, so gut es ging, doch seit seinem zehnten Geburtstag war es zunehmend schwer für mich, ihm zu helfen, weil er und Stephen zu dem Zeitpunkt schon kräftiger waren als ich. Ich habe mein Bestes getan, habe seinen Kopf gehalten, bis der Anfall vorbei war.

Erst nachdem sich der Krampf gelegt hatte, habe ich das Blut bemerkt. Es war auf meinen Händen und meinen Klamotten. Als ich die Wunde an seinem Kopf gesehen habe, bin ich in Panik geraten. Überall war Blut.

Er hatte sich den Kopf an der Bettkante angeschlagen. Wir hatten kein Telefon, deswegen musste ich ihn mit dem schlafenden Stephen allein lassen und rüber zu den Nachbarn rennen, um einen Krankenwagen zu rufen.

Als ich zurückgekommen bin, hat er nicht mehr geatmet. Damals war mir nicht klar, dass er wegen der Kopfwunde gestorben ist, aber inzwischen weiß ich, dass er vermutlich schon tot war, bevor ich überhaupt den Notruf wählen konnte.

Dieser Abend hat mich verändert. Bis zu diesem Zeitpunkt dachte ich ganz naiv, dass jedes Leben zu gleichen Teilen aus Gutem und Schlechtem besteht, und es nur die Frage ist, wann man sein Glück und Unglück zugeteilt bekommt. Meine Hoffnung war, dass ich den Großteil meines Unglücks eben schon zu Beginn meines Lebens abbekommen hatte und dass es von da an immer leichter werden würde.

Doch in dieser Nacht habe ich begriffen, dass das Glück einfach nicht gerecht verteilt ist.

Drew hätte überall in diesem Zimmer stürzen können, und ein paar Zentimeter weiter nach rechts oder links hätten schon gereicht, und Drew hätte überlebt.

Der Schlag auf die Schläfe hat ihn beinahe sofort umgebracht.

Monatelang habe ich mich in diese wenigen Zentimeter hineingesteigert. Noch lange nachdem meine Mutter aufgehört hat, so zu tun, als würde sie um meinen Bruder trauern.

Diese paar Zentimeter hätten schon ein Wunder ausgemacht.

Doch was Drew passiert ist, war das Gegenteil eines Wunders. Es war ein tragischer Unfall.

Ein tragischer Unfall, der meinen Glauben an Wunder ein für alle Mal zerstört hat. Als ich dreizehn geworden bin, hat mich alles, was als »Wunder« bezeichnet wurde, stinkwütend gemacht.

Das ist einer der Gründe, wieso ich Soziale Medien nie wirklich genutzt habe. Bei der Menge von »Wundern« auf meiner Facebook-Pinnwand wären mir die Augen vor lauter Verdrehen fast aus dem Kopf gefallen. So viele Krebskranke, die nur dank all der Gebete ihrer Facebook-Freunde »geheilt« wurden. »*Er ist gutartig! Halleluja! Gott liebt mich!*«

Bei solchen Postings hätte ich am liebsten durch meinen Laptopbildschirm gegriffen, die Leute bei den Schultern gepackt und geschrien: »Hey, glaub bloß nicht, du wärst was *Besonderes*!«

Jede Menge Leute sterben an Krebs. Wo war *deren* Wunder? Waren ihre Facebook-Freunde nicht oft genug in der Kirche? Wieso hat die Chemotherapie bei ihnen nicht angeschlagen? Weil sie nicht genug öffentliche Aufforderungen zum Beten gepostet haben? Wieso haben die kein Wunder bekommen? Hat Gott weniger Interesse an ihren Leben als an denen, die er verschont hat?

Nein.

Manchmal wird Krebs geheilt … und manchmal eben nicht. Manchmal stoßen sich Leute den Kopf und sterben; meistens stoßen sie sich den Kopf und überleben. Und jedes Mal, wenn man von jemandem hört, der entgegen aller Wahrscheinlichkeit überlebt hat … dann ist es genau das.

Aber irgendwie denkt nie jemand darüber nach, dass man nur entgegen aller Wahrscheinlichkeit überleben kann, wenn viele andere gestorben sind, um dieses eine Überleben außergewöhnlich zu machen.

Mag sein, dass Drews Tod mir den Glauben an Wunder genommen hat, aber so wie ich das sehe, überlebt man entweder oder eben nicht. Die Reise vom ersten bis zum letzten Atemzug hat nichts mit Wundern zu tun oder mit dem Willen Gottes. Vieles ist reiner Zufall, da kann man beten, so viel man will.

Denn die Reise eines Menschen ist nicht Teil eines Masterplans. Manchmal reichen schon wenige Zentimeter, um deinen nächsten Atemzug zu deinem letzten zu machen.

Und genau aus dem Grund musste ich mich setzen, als der Arzt zu uns ins Wartezimmer gekommen ist, um uns über Lukes Zustand zu informieren, und gesagt hat: »Wäre die Kugel ein paar Zentimeter weiter rechts oder links eingeschlagen, wäre er sofort tot gewesen. Jetzt können wir nur noch auf ein Wunder hoffen.«

Ich habe dem Arzt nicht gesagt, dass ich nicht an Wunder glaube.

Luke wird überleben … *oder nicht.*

***

»Du solltest dir einen Kaffee holen«, sagt Ryan. »Dir ein bisschen die Beine vertreten.«

Es ist jetzt schon über acht Stunden her, dass Luke aus dem OP gekommen ist. Er hat viel Blut verloren und brauchte Transfusionen, und ich habe mich seitdem geweigert, ihm von der Seite zu weichen.

Ich schüttle den Kopf. »Ich bleibe, bis er aufwacht.«

Ryan seufzt, weiß aber, dass er mich nicht von meinem Entschluss abbringen kann. Er geht zur Tür. »Dann hole ich dir eben einen Kaffee.«

Ich sehe ihm nach, als er das Zimmer verlässt. Er ist schon genauso lange im Krankenhaus wie ich, obwohl es sicher einiges für seinen Job zu erledigen gibt. Zum Beispiel eine Aussage zu den Geschehnissen von gestern Abend zu machen. Aussagen aufzunehmen. Einen Mord, eine Verhaftung und einen versuchten Mord abzuhandeln.

Ich habe nicht mitbekommen, wie sie Asa gestern Abend aus dem Gästezimmer geführt haben, weil ich zu besorgt um Luke war, um mich darum zu kümmern, was mit ihm passiert. Aber ich konnte ihn hören. Die ganze Zeit, während ich meine Hände auf die Schusswunde in Lukes Brust gepresst und auf den Notarzt gewartet habe, hat Asa hinter mir gebrüllt: »Lass ihn *sterben*, Sloan! Er liebt dich nicht! Ich liebe dich! *Ich!*«

Ich habe mich nicht zu ihm umgedreht, habe weder ihm noch seinen Worten Beachtung geschenkt. Ich habe nur weiter versucht, Lukes Blutfluss zu stoppen, während sie Asa aus dem Zimmer gezerrt haben. Das Letzte, was ich von ihm gehört habe, war: »Das ist *mein* verdammter Kuchen! Ich will meinen verdammten Kokoskuchen mitnehmen!«

Ich weiß nicht, was jetzt mit Asa passieren wird. Sicherlich wird es eine Gerichtsverhandlung geben, aber wenn ich ehrlich bin, will ich nicht als Zeugin auftreten. Ich habe Angst, dass er leichter davonkommt, wenn ich gegen ihn aussage. Denn ich müsste ehrlich sein. Ich müsste all die kleinen Veränderungen offenlegen, die mir an ihm aufgefallen sind, vor allem die drastischen Veränderungen in den letzten Wochen. Wenn man ihn so erlebt hat, ist es offensichtlich, dass er Symptome von Schizophrenie entwickelt hat – der vererbbaren Krankheit, die auch sein Vater hatte. Doch wenn es wirklich so ist, wird er vermutlich nur in die Hochsicherheitsabteilung einer Psychiatrie eingewiesen statt ins Gefängnis.

Ich wünsche ihm zwar, dass er die Hilfe bekommt, die er braucht, aber ich will auch, dass er bezahlt. *Im Gefängnis.* Wo er neben Männern schmoren kann, die vermutlich noch viel böser sind, als er es sich in seinen kühnsten Träumen ausmalen könnte.

Manche würden das vielleicht als kaltherzig bezeichnen. Ich nenne es Karma.

Ich umklammere die Armlehnen meines Stuhls und flüstere ins Nichts: »Ich bin fertig mit dir, Asa Jackson.«

Denn das bin ich. Er hat schon einen viel zu großen Teil meines Lebens in Anspruch genommen, jetzt will ich mich nur noch auf die Zukunft konzentrieren. Auf Stephen. *Auf Luke.*

Er ist mit mehreren Schläuchen, Kabeln und Infusionen verbunden, trotzdem schaffe ich es, eine Ecke auf seinem Bett zu finden, in der ich Platz habe, wenn ich mich ganz klein zusammenrolle. Ich steige zu ihm ins Bett und schlinge einen Arm um ihn, lege meinen Kopf auf seine Schulter und schließe die Augen.

Einige Minuten später reißt mich Ryans Stimme aus dem Schlaf.

»Kaffee.«

Als ich die Augen öffne, sehe ich ihn auf dem Stuhl neben dem Bett sitzen. Er hält mir einen dampfenden Becher entgegen. Es ist vermutlich mein fünfter Kaffee, seit Luke aus dem OP gekommen ist, aber ich trinke gern noch eine Million mehr, sollte es nötig sein.

Ryan nimmt einen Schluck von seinem Kaffee, legt dann beide Hände um den Becher und beugt sich vor.

»Hat er dir mal erzählt, wie wir uns kennengelernt haben?«, fragt er.

Ich schüttle den Kopf.

Ein nostalgisches Lächeln umspielt Ryans Lippen. »Vor einer Weile wurden wir für denselben Job eingeteilt. Schon am zweiten Abend hat er seine Tarnung in den Wind geschossen«, erzählt Ryan kopfschüttelnd. »Ich war echt sauer auf ihn, aber ich wusste, wieso er es getan hat. Die Details kann ich dir leider nicht verraten, aber hätte er seine wahre Identität nicht in dem Moment preisgegeben, wäre ein Kind ums Leben gekommen. Damit hätte Luke nicht leben können. In dem Moment ist mir klar geworden, dass sein Herz absolut nicht für diesen Job geeignet ist. Doch so sauer ich auch war, ich hatte trotzdem einen Heidenrespekt für das, was er getan hat. Das Leben eines Kindes, das er nicht mal kannte, war ihm wichtiger als seine Karriere. Und das ist keine Schwäche, Sloan. Das ist eine Stärke. Ich bin mir ziemlich sicher, dass man es als Mitgefühl bezeichnet«, sagt er mit einem Zwinkern.

Ryans Geschichte bringt mich das erste Mal seit einer gefühlten Ewigkeit zum Lächeln. »Das macht ihn ja so sexy«, flüstere ich. »Sein Mitgefühl.«

Er zuckt mit den Schultern. »Ich weiß nicht … sein Hintern ist auch nicht von schlechten Eltern.«

Ich lache. Das kann ich nicht wirklich beurteilen – das einzige Mal, als ich die Chance hatte, Lukes Hintern nackt zu sehen, saß er darauf.

Ich stelle meinen Kaffeebecher auf den Nachttisch und beuge mich vor, um Luke einen Kuss auf den Mund zu drücken. In den letzten Stunden habe ich jede Gelegenheit genutzt, ihn zu küssen, nur für den Fall, dass es nicht mehr viele Gelegenheiten gibt.

Als ich meine Lippen von seinen löse und meinen Kopf gerade neben ihm aufs Kissen sinken lasse, höre ich ein leises Geräusch in seiner Kehle. Ryan springt im selben Moment auf, in dem ich den Kopf wieder hebe.

»Kam das gerade von ihm?«, fragt Ryan ungläubig.

»Ich glaube schon«, flüstere ich.

Mit wild wedelndem Arm deutet Ryan auf Luke. »Küss ihn noch mal! Ich glaube, das hat ihn aufgeweckt!«

Ich tue es. Sanft küsse ich ihn auf die Lippen, und diesmal ist das Geräusch, das Luke von sich gibt, nicht zu überhören. Er wacht definitiv auf.

Wir starren ihn beide an, während seine Lider flattern, sich mehrmals öffnen und dann wieder schließen. »Luke? Kannst du mich hören?«, fragt Ryan.

Endlich gelingt es Luke, die Augen ganz zu öffnen, doch er sieht Ryan nicht an. Stattdessen wandert sein Blick quälend langsam durch den Raum, bis er schließlich dort landet, wo ich immer noch an seiner Seite gekuschelt liege. Einen Moment lang sieht er mich an, bevor er mit schwacher Stimme flüstert: »Kaleidoskop-Gürtelschnallen sehen Kobolde, wenn der Nebel sie fallen lässt wie heiße Kartoffeln.«

Sofort treten Tränen in meine Augen, und ich muss gegen ein Schluchzen ankämpfen.

»O Gott«, sagt Ryan. »Er redet wirres Zeug. Das ist gar nicht gut. Ich hole den Arzt.« Er stürzt aus dem Zimmer, bevor ich ihm sagen kann, dass mit Luke alles in Ordnung ist.

Ich hebe die Hand an Lukes Gesicht, berühre seine Lippen und flüstere: »Deprimierte Baguettes hängen auf dem Spielplatz rum und futtern Müsli, bis die Schnecken verwelken.« Meine Stimme bricht vor lauter Erleichterung, vor Glück, vor Dankbarkeit. Unsere Lippen berühren sich, und obwohl ich weiß, dass es nicht gut für ihn ist und er vermutlich starke Schmerzen hat, umarme ich ihn, so gut es geht, bedecke sein Gesicht und seinen Hals mit Küssen. Ich schlinge meinen Körper um ihn, achte vorsichtig darauf, seine Wunden nicht zu berühren. Stumm liege ich neben ihm, während mir Tränen über die Wangen rollen.

»Sloan«, sagt er mit heiserer Stimme. »Ich kann mich nicht daran erinnern, was passiert ist, nachdem ich alles ruiniert habe. Hast du mich gerettet?«

Lachend stütze ich mich auf einen Ellbogen. »Nicht wirklich«, sage ich leise. »Du hast Asa die Waffe aus der Hand geschossen, und dann bin ich zu dir gerannt und habe versucht, die Blutung zu stillen, bis der Krankenwagen gekommen ist. Ich würde sagen, wir haben uns gegenseitig gerettet.«

Er versucht sich an einem Lächeln. »Ich hab dir ja gesagt, dass ich nicht sehr gut in meinem Job bin«, sagt er.

Ich lächle zustimmend. »Es ist nicht zu spät, um zu kündigen, weißt du? Du könntest noch mal an die Uni gehen und Spanischlehrer werden.«

Sein Lachen lässt ihn schmerzhaft das Gesicht verziehen. »Das ist gar keine schlechte Idee, Sloan.«

Er versucht, sich vorzubeugen, um mich zu küssen, doch die simple Bewegung bringt ihn an seine Grenzen.

Als ich ihn küsse, weiß ich, dass ich damit ein Kapitel beende. Ein sehr dunkles Kapitel, dessen Ende ich seit zwei Jahren herbeisehne.

Und dieser Kuss ist der Anfang eines ganz neuen Buchs. Eines Buchs, in dem Wunder vielleicht gar nicht so unwahrscheinlich sind.

44

Asa

Ich setze mich gerade hin und öffne die Augen. Nicht, dass ich geschlafen hätte. Niemand könnte an diesem beschissenen Ort schlafen. Ich balle die Fäuste und frage mich, warum mir das erst jetzt klar wird. Sie hat nicht *härter* gesagt. Sie hat *Carter* gesagt!

»Verdammte Hure!«

45

Sloan

Leise klopfe ich an die Tür seines Krankenhauszimmers, bekomme jedoch keine Antwort. Als ich sie aufschiebe und einen Blick ins Zimmer werfe, sehe ich, dass Luke schläft. Im Hintergrund läuft der Fernseher. Ich sehe rüber zur Couch, auf der Ryan liegt. Er hat sich eine Baseballkappe über die Augen gezogen und schläft ebenfalls.

Ich schließe die Tür vorsichtig hinter mir, um die beiden nicht zu wecken, doch Ryan hört mich trotzdem und setzt sich auf.

»Hey.« Gähnend streckt er die Arme über den Kopf, bevor er aufsteht. »Bleibst du jetzt eine Weile bei ihm?«

Ich nicke. »Ich übernachte wahrscheinlich hier«, flüstere ich. »Du kannst also ruhig gehen und etwas Schlaf nachholen.«

Nach einem kurzen Blick zu Luke sagt er: »Der Arzt war vorhin hier. Hat gesagt, dass Luke morgen entlassen wird, aber noch eine Weile Hilfe braucht. Ich würde ja anbieten, mich um ihn zu kümmern, aber ich bin mir sicher, es wäre ihm lieber, wenn du das übernimmst.«

Ich lege meine Tasche auf der Couch ab. »Kein Problem. Ich bleibe gern bei ihm und kümmere mich um alles, wenn das okay für ihn ist.«

»Das ist mehr als okay für mich«, sagt Luke vom Bett aus. Ich drehe mich zu ihm um, und er lächelt mich verschlafen an.

Ryan lacht und sagt: »Ich komme morgen früh nach meinem Meeting mit Young wieder vorbei.«

Luke nickt und streckt dann die Hand nach mir aus. »Komm her.«

Ich gehe zu ihm, während Ryan das Zimmer verlässt. Wie jedes Mal, wenn ich ihn besuche, rutscht er ein Stück, damit ich mich neben ihn legen kann.

Ich schlinge ein Bein um seine und lege einen Arm über seine Brust, mein Kopf liegt auf seiner Schulter.

»Wie geht's deinem Bruder?«, fragt er.

»Gut«, sage ich. »Sehr gut. Du musst bald mal wieder mitkommen, wenn du fit genug bist. Er hat immer wieder zur Tür geschaut, als hätte er erwartet, dass du noch kommst. Ich bin mir sicher, dass er enttäuscht war, dich nicht zu sehen.«

Ich spüre das leise Lachen in Lukes Brust vibrieren. »Ich hätte ja versucht, mich rauszuschleichen, um dich zu begleiten, aber irgendjemand Überfürsorgliches hatte was dagegen.«

Ich schüttle den Kopf. »Dir wurde in die Brust geschossen, Luke. Du wärst fast gestorben. Ich will kein Risiko eingehen.« Ich hebe den Kopf von seiner Schulter. »Apropos Risiko, was genau hat der Arzt denn zu deiner Entlassung morgen gesagt? Bettruhe? Keine körperliche Anstrengung?«

Mit einer Hand fährt er durch mein Haar und lächelt mich an. »Was wäre, wenn ich dir sage, dass er mir strikte Bettruhe *und* körperliche Anstrengung verschrieben hat?«

»Dann würde ich dich einen Lügner nennen.«

Er zieht eine Grimasse. »Vier bis sechs Wochen«, sagt er. »Der Arzt meint, mein Herz braucht erst mal Ruhe. Hast du eine Ahnung, wie schwer das wird, wenn du dich die ganze Zeit um mich kümmerst?«

Ich streiche über seine Brust, fühle die Verbände unter seinem Krankenhaushemd. »Vier bis sechs Wochen sind doch nichts, wenn wir noch eine ganze Ewigkeit vor uns haben.«

Er lacht leise. »Du hast leicht reden. Männer denken alle sieben Sekunden an Sex.«

»Das ist ein Gerücht«, erwidere ich. »Im Biounterricht haben wir gelernt, dass es tatsächlich nur vierunddreißig Mal am Tag sind.«

Ein paar Sekunden lang starrt Luke mich schweigend an, dann sagt er: »Das heißt trotzdem, dass ich mich in den nächsten vier Wochen knappe tausend Mal zurückhalten muss.«

Lächelnd schüttle ich den Kopf. »Dann werde ich versuchen, es dir so leicht wie möglich zu machen. Ich werde den ganzen nächsten Monat nicht duschen, mir nicht die Haare kämmen und mich nicht schminken.«

»Das wird auch nicht helfen«, sagt er seufzend. »Womöglich macht es das noch schlimmer.«

Ich neige den Kopf und drücke meine Lippen an seinen Hals. »Wenn es zu schwer für dich ist, können wir auch einen männlichen Pfleger anheuern, der sich um dich kümmert«, necke ich.

Luke schlingt den Arm fester um mich und gähnt. »Niemand außer dir kümmert sich um mich«, wispert er.

Der Klang seiner Stimme verrät mir, dass die Schmerzmittel langsam wieder die Oberhand gewinnen, deswegen erwidere ich nichts darauf. Wir liegen eine Weile so da, bis ich fast sicher bin, dass er eingeschlafen ist. Doch dann sagt er: »Sloan? Wo wohnst du jetzt?«

Ich habe schon auf diese Frage gewartet. Er ist seit zwei Wochen im Krankenhaus, und jedes Mal, wenn er das Gespräch auf meine Wohnsituation bringt, weiche ich ihm aus und sage, dass wir später darüber sprechen.

Allerdings habe ich das Gefühl, dass er sich diesmal nicht so leicht abwimmeln lassen wird.

»In einem Hotel.«

Sofort versteift er sich neben mir und legt eine Hand an mein Kinn, um mein Gesicht anzuheben. »Ist das dein Ernst?«

Ich zucke mit den Schultern. »Das ist schon okay, Luke. Ich finde bestimmt bald eine Wohnung.«

»Welches Hotel?«

»Das in der Stratton Street.«

Er stöhnt laut auf. »Check da heute noch aus. Du solltest nicht allein dort sein, die Gegend ist nicht sicher.« Er versucht, sich aufzusetzen. »Wieso hast du mir das nicht schon früher gesagt?«

Ich werfe die Hände in die Luft. »Du wärst fast gestorben, Luke. Das Letzte, was du jetzt brauchst, ist, dir noch mehr Sorgen um meine Situation zu machen, als du es sowieso schon tust.«

Er lässt den Kopf zurück ins Kissen sinken und reibt sich mit den Händen übers Gesicht. Dann sieht er mir direkt in die Augen. »Du wohnst bei mir. Ich brauche sowieso Hilfe. Es wäre sinnlos, wenn du dann auch noch Geld für ein Hotel ausgibst.«

»Ich ziehe nicht bei dir ein. Ich kümmere mich tagsüber um dich, solange du mich brauchst, aber dann gehe ich wieder. Wir kennen uns doch kaum. Das geht mir viel zu schnell.«

Er neigt das Kinn und starrt mich durchdringend an. »Du wohnst bei mir, Sloan, keine Widerrede. Ich verlange ja nicht, dass du es dauerhaft tust. Aber bis ich wieder auf den Beinen bin und du deine eigene Wohnung hast, bleibst du bei mir. Du gehst nicht zurück in dieses Hotel.«

Das Hotel ist wirklich eine ziemliche Absteige, aber etwas anderes konnte ich mir nicht leisten. Nachdem Asa verhaftet wurde, habe ich mir meine versteckten Ersparnisse und ein paar Klamotten geschnappt und seitdem keinen Fuß mehr in sein Haus gesetzt.

Ich nicke. »Maximal zwei Wochen. Dann ziehe ich in eine eigene Wohnung.«

Er seufzt, offensichtlich erleichtert, dass ich mich nicht länger wehre. Allerdings habe ich keine Ahnung, wie ich mir in zwei Wochen eine eigene Wohnung finanzieren soll. Ich müsste erst einen Job finden und mir ein Auto besorgen. Heute bin ich mit

Lukes Wagen zu Stephen gefahren. Er hat ihn mir auch die ganze Zeit über geliehen, um zum College zu kommen, aber das kann nicht ewig so weitergehen.

Ich spüre, wie Luke die Hand durch mein Haar schiebt, sie mir in den Nacken legt. Als ich seinem Blick begegne, ist er sanfter als noch vor ein paar Sekunden. »Denk nicht zu viel darüber nach«, sagt er leise. »Du bist jetzt nicht mehr allein. Okay?«

Ich seufze. »Okay«, flüstere ich.

Zum ersten Mal in meinem Leben habe ich das Gefühl, dass ich meine Probleme nicht allein bewältigen muss. Ich bin noch nie jemandem begegnet, der mehr Erleichterung als Stress in mein Leben gebracht hat.

Bis ich Luke kennengelernt habe.

Liebe sollte sich nicht wie eine zusätzliche Belastung anfühlen. Liebe sollte einem das Gefühl geben, leichter als Luft zu sein.

Asa hat alles in meinem Leben schwer gemacht.

Luke gibt mir das Gefühl zu schweben.

Das ist wohl der Unterschied, wenn man auf die richtige oder auf die falsche Art geliebt wird. Entweder fühlt man sich festgebunden … oder als könnte man fliegen.

***

»Brauchst du sonst noch irgendwas?«, frage ich ihn.

Ich bin zum ersten Mal in Lukes Haus, und ich war geradezu schockiert, wie normal es ist. Ein kleines Häuschen ungefähr eine Stunde von dem Viertel entfernt, in dem ich mit Asa gewohnt habe. Von hier aus bin ich sogar noch schneller bei meinem Bruder.

Luke hat das Haus nur gemietet, es gehört ihm nicht. Da er nie weiß, wo sein Job ihn hinführt, hätte es bisher keinen Sinn gemacht, einen Kredit für etwas Eigenes aufzunehmen.

»Alles in Ordnung«, sagt Luke. »Hör auf, dir Sorgen zu machen. Ich melde mich schon, wenn ich was brauche, okay?«

Ich nicke und sehe mich im Schlafzimmer um, weiß nicht so recht, was ich mit mir anfangen soll. Vermutlich braucht er Schlaf, nachdem er gerade erst aus dem Krankenhaus entlassen wurde. Es fühlt sich nur irgendwie merkwürdig an, weil das hier nicht mein Zuhause ist.

»Willst du dich zu mir ins Bett kuscheln und einen Film anschauen?«, fragt er und hebt die Decke an.

»Das klingt himmlisch.«

Ich steige zu ihm ins Bett und kuschle mich an ihn, wie ich es jeden Tag im Krankenhaus getan habe. Er macht den Fernseher an und zappt durch die verschiedenen Sender. Nach einer Weile sagt er: »Danke, Sloan.«

Ich sehe zu ihm auf. »Wofür?«

Sein Blick wandert langsam über mein Gesicht. »Für alles«, flüstert er. »Dafür, dass du dich um mich kümmerst. Dafür, dass du so stark bist, trotz allem, was du durchgemacht hast.«

Ich weiß, der Arzt hat körperliche Anstrengung verboten, aber ich bezweifle, dass ihm klar war, was für verlockende Dinge Luke zu mir sagen würde. Ich drücke meine Lippen auf seine, weil es sich einfach verdammt gut anfühlt, wertgeschätzt zu werden. Komplimente zu bekommen. Ach was, allein schon jemanden zu haben, der nett zu mir ist, ist so neu für mich, dass ich dahinschmelze, wann immer er den Mund aufmacht.

Er legt eine Hand an meinen Hinterkopf, vertieft unseren Kuss.

Das ist nicht gut. Luke hat recht. Vier Wochen lang sollen wir uns zusammenreißen? Großer Gott. Wir sind erledigt.

Doch da rettet uns ein lautes Klopfen an der Tür.

»Ich geh schon«, sagt er und schlägt die Decke zurück. Ich ziehe sie sofort wieder über ihn.

»Nein, tust du nicht. Du ruhst dich aus. Ich mache die Tür auf.«

Als ich aus dem Bett steige, greift er nach meiner Hand. »Schau erst durch den Spion«, sagt er. »Wenn es Ryan ist, kratzt er sich im Nacken, um zu zeigen, dass es sicher ist. Wenn er sich nicht kratzt, machst du auf keinen Fall die Tür auf.«

Ich halte inne, frage mich, wieso diese stummen Geheimzeichen überhaupt nötig sind. Aber ich frage nicht nach. An diese ganze Undercover-Sache muss ich mich erst noch gewöhnen. Ich hoffe, Luke hat es ernst gemeint, als er gesagt hat, dass er sich einen neuen Job suchen will.

Als ich die Tür erreiche und durch den Spion sehe, kratzt Ryan sich tatsächlich gerade im Nacken. Allerdings steht noch jemand neben ihm. Eine Frau.

Ich laufe zurück ins Schlafzimmer. »Da ist eine Frau bei ihm!«, flüstere ich.

»Lange blonde Haare?«, fragt er.

Ich nicke.

»Okay. Das ist nur Tillie.«

Tillie. Na super.

Ich gehe zurück ins Wohnzimmer, gebe den Code für die Alarmanlage ein und öffne dann die Tür.

»Hey«, sagt Ryan und tritt ein, gefolgt von Tillie. Sie lächelt mich an, doch ich bin jetzt schon eingeschüchtert. Sie überragt mich ein ganzes Stück, trägt eine eng anliegende schwarze Hose und eine weiße Bluse. Die obersten zwei Knöpfe stehen offen, geben den Blick auf eine schimmernde Kette aus geflochtenen Silbersträngen frei. Ich habe noch nie jemanden gesehen, an dem ein so simpler Look so gut aussah.

»Tillie, das ist Sloan. Sloan, Tillie.«

Sie streckt die Hand aus, um meine zu schütteln, und ihr Griff ist so fest, dass es beinahe wehtut. Ich kann nicht anders, als daran zu denken, dass sie was mit Luke hatte. Auch wenn ich weiß, dass es nur für die Arbeit war, löst der Gedanke ein ungutes Gefühl in meinem Magen aus.

Als könnte sie meine Gedanken lesen, sagt sie: »Tut mir leid, dass ich neulich mit Luke rumgemacht habe. Es ließ sich nicht umgehen, aber es wird nicht noch mal vorkommen. Glaub mir. Es war fast so schlimm wie damals, als ich den hier knutschen musste«, sagt sie und deutet auf Ryan.

Ryan verdreht die Augen. »Tillie, Tillie, Tillie«, sagt er. »Das ist jetzt schon über ein Jahr her, und du denkst immer noch an meine heißen Küsse.«

Sie nickt. »Albträume lassen sich nicht so leicht abschütteln.«

Ich lache. Sie ist mir sofort sympathisch. Ich schließe die Tür und deute zum Schlafzimmer. »Luke ist da drin.«

Ryan wirft einen Blick zum Schlafzimmer, sieht dann wieder mich an. Etwas Besorgniserregendes liegt in seiner Miene, doch er versucht, es hinter einem gezwungenen Lächeln zu verbergen. »Macht es dir was aus, wenn wir kurz allein mit Luke sprechen?«, fragt er.

Mein Magen zieht sich zusammen. Ich sehe zwischen ihm und Tillie hin und her. »Geht es um Asa?«

Der Blick, den Tillie Ryan zuwirft, verrät mir, dass ich richtigliege.

»Ich will es wissen«, sage ich. »Wenn ihr mich davon abhaltet, am Gespräch teilzunehmen, werde ich sowieso an der Tür lauschen.«

Ryan lacht nicht. Er presst die Lippen zusammen und nickt einfach nur. »Meinetwegen«, sagt er.

Dann drehen sich beide um und gehen ins Schlafzimmer, während ich einmal tief durchatmen muss.

Das ist alles höchst beunruhigend.

46

Luke

Tillie und Ryan kommen in mein Schlafzimmer, doch mein Blick verharrt auf Sloan. Sie steht mit geschlossenen Augen im Wohnzimmer und sieht aus, als wäre ihr schlecht.

»Was habt ihr ihr gesagt?«, will ich von Ryan wissen.

Während ich ihm diese Frage stelle, stößt Sloan den Atem aus, richtet sich auf und geht ebenfalls in Richtung Schlafzimmer.

Ryan schüttelt den Kopf. »Nichts, aber sie will unbedingt mitkriegen, was ich dir gleich sagen werde.«

Sloan ist mittlerweile auch im Schlafzimmer. Sie lehnt an der Tür und sieht zu, wie Ryan und Tillie zur Couch gehen. Ich will nicht, dass Sloan an diesem Gespräch teilnimmt. Ginge es nach mir, müsste sie Asas Namen nie wieder hören. Aber ich weiß, dass wir noch einen langen Prozess mit vielen Verhandlungsterminen vor uns haben. Vielleicht müssen wir sogar in den Zeugenstand. Solange Asa nicht verurteilt und für immer weggesperrt ist, wird sie keine Ruhe haben. Ich winke Sloan zu mir her.

Als sie neben mir auf dem Bett sitzt, sehe ich Ryan an. »Was willst du mir sagen?«

Er schüttelt den Kopf, beugt sich vor und knetet die Hände. »Ich weiß nicht, wo ich anfangen soll«, sagt er und blickt mir in die Augen. »Ich habe mich heute mit Young getroffen.«

»Und?«

»Es ist nicht gut gelaufen«, erwidert er. »Ich weiß nicht, wie ich es euch schonend beibringen kann …«

Ich spüre, dass Sloan zittert, und drücke beruhigend ihre Hand. Ryan neigt dazu, dick aufzutragen. Würde Sloan ihn besser kennen, wäre sie weniger besorgt.

»Asa behauptet, er habe den Typen in seinem Schlafzimmer aus Notwehr erschossen.«

Sloan schnaubt. »Das war keine Notwehr! Ich war dabei!«

Ryan nickt kaum merklich. »Nicht, um sich selbst zu verteidigen. Er sagt, er wollte *dich* beschützen. Dass er deinen Hilferuf gehört habe. Und als er in den Raum gestürmt sei, habe der Mann dich gerade angegriffen und eine Pistole in der Hand gehalten. Er sagt, anders hätte er ihn nicht daran hindern können, dich umzubringen.«

Sloan schüttelt den Kopf. »Das war nicht ...« Sie sieht mich an. »Er musste ihn nicht töten, Luke.«

Ich wusste, dass Asa so etwas versuchen würde. Ich nehme Sloan in den Arm und sehe wieder Ryan an. »Was will er damit bewirken? Vor Gericht wird seine Behauptung durch Sloans Zeugenaussage widerlegt.«

Ryan seufzt. »Das hoffen wir«, sagt er. »Falls es eine Verhandlung gibt.«

»*Falls?*«, fragt Sloan.

»Die Sache ist die ...«, schaltet Tillie sich ein. »Es ist ein eindeutiger Fall von Selbstverteidigung. Der Typ hatte eine nicht registrierte Waffe. Du hast um Hilfe gerufen, Sloan. Er hat dich attackiert. Nicht mal deine Zeugenaussage kann Asas Verteidigung ins Wanken bringen. Und seine eigene Pistole war ordnungsgemäß auf seinen Namen registriert. Außerdem behauptet Asa, die Männer, die in sein Haus eingedrungen sind, nicht gekannt zu haben. Die Polizei hat keinen von ihnen ausfindig machen können. Nur das Opfer, das in keiner für uns nachvollziehbaren Beziehung zu Asa stand.«

Ich reibe mir mit beiden Händen das Gesicht. Sloans Atem beschleunigt sich, als ihr klar wird, was Ryan und Tillie uns beizubringen versuchen.

»Aber was ist mit uns dreien?«, frage ich Ryan. »Unser Wort steht gegen seines. Wir wissen, dass er die ganze Sache eingefädelt hat. Er hat es vor uns zugegeben.«

Ryan nickt. »Er hat es vor *dir* zugegeben, Luke«, erwidert er. »Ich habe es ihn nie sagen hören und werde es demzufolge nicht vor Gericht bezeugen können. Ich war nicht mit euch beiden zusammen im Raum. Und dazu kommt noch …« Ryan verstummt.

Tillie beugt sich vor. »Er behauptet, ihr beide hättet ihn reingelegt.«

Ich setze mich auf. »Wollt ihr mich verarschen? Glaubt er wirklich, dass die Geschworenen ihm diesen Scheiß abkaufen werden?« Das ist lächerlich. Die beiden verzapfen Blödsinn und regen Sloan bloß unnötig auf. Ich hätte nie zulassen dürfen, dass sie sich das anhört.

»Ich weiß, wie verrückt das klingt«, sagt Ryan. »Wir alle wissen, wie viel Dreck er am Stecken hat. Aber was glaubst du, wie die Geschworenen es aufnehmen werden, dass Asas Verlobte wissentlich mit dem Undercover-Cop geschlafen hat, der gegen ihn ermittelte? Wenn besagte Verlobte und besagter Cop gemeinsam gegen Asa aussagen?«

Sloan schlägt sich die Hände vors Gesicht. Meine Brust beginnt zu schmerzen.

»Wer immer der Richter ist, könnte den Fall abweisen, bevor es zur Verhandlung kommt«, sagt Tillie. »Die meisten Fälle von Notwehr werden als gerechtfertigter Tötungsakt eingestuft, wenn es einen Zeugen gibt, der die Aussage des Angeklagten stützt.«

»Aber es gibt niemanden, der seine Geschichte bestätigen würde«, sage ich.

Ryan deutet mit einem Nicken zu Sloan. »Doch, Sloan.«

»Wie bitte?«, fragt Sloan verdutzt.

Ryan steht auf, geht um das Bett herum und lehnt sich neben ihr an die Wand.

»Hat das Opfer dich angegriffen?«, fragt er.

Sie nickt.

»Hielt er eine Pistole in der Hand?«

Sloan nickt erneut.

»Hat er sich als FBI-Agent ausgegeben?«

Wieder nickt sie.

»Hast du um Hilfe gerufen?«

Diesmal nickt sie nicht. Stattdessen rinnt eine Träne an ihrer Wange herab. »Zweimal«, flüstert sie.

»Und wie hast du dich gefühlt, als Asa den Raum betrat?«, hakt Ryan nach. »Diese Frage wirst du bei einem Prozess unter Eid beantworten müssen.«

Ein Schluchzen entringt sich ihrer Brust. »Erleichtert«, flüstert sie unter Tränen. »Verängstigt und erleichtert.«

Ryan nickt. »Das genügt, um seine Aussage zu bestätigen, Sloan. Er hat dich vor einem Angreifer gerettet. Die Geschworenen werden das kaum als Mord betrachten, egal, wie böse Asa ist. Vor Gericht wird es nicht um seinen generellen Charakter gehen, sondern nur um diese eine Tat.«

»Aber …« Sloan wischt sich die Tränen aus den Augen. »Er musste ihn nicht erschießen. Er hätte ihn auch aufhalten können, ohne ihn zu töten.«

Wieder nickt Ryan zustimmend. »Ich weiß, dass er das gekonnt hätte. Wir alle wissen das. Doch die Geschworenen werden Asa nicht so gut kennen wie wir. Und seine Verteidiger werden dich im Zeugenstand auseinandernehmen, Sloan. Sie werden Asa als das Opfer hinstellen, weil du seine Verlobte bist und dich sehenden Auges auf eine Affäre mit dem verdeckten Ermittler eingelassen hast, der ihn hinter Gitter bringen wollte. Das wird

Asa die Sympathie der Geschworenen einbringen und deine Aussage in ihren Augen unglaubwürdig erscheinen lassen.«

Sloan steht auf und wischt sich ein weiteres Mal über die Augen. »Was ist mit *euren* Ermittlungen gegen Asa? Werden die nicht meine Behauptungen untermauern und dazu beitragen, dass er wegen Mordes verurteilt wird?«

Ryan sieht mir in die Augen, seufzt tief und kehrt zur Couch zurück. »Das ist der andere Grund, aus dem wir hier sind«, sagt er. »Young will im Rahmen unserer Ermittlungen keine Anklage erheben. Da die Operation noch in vollem Gange war, ist keiner unserer Berichte komplett. Young hat Angst, dass wir von der Presse in der Luft zerrissen werden, wenn wir auf eine Anklage drängen und die ganze Sache vor Gericht kommt. Es macht keinen guten Eindruck, dass sich einer unserer Cops mit der Verlobten des Hauptverdächtigen eingelassen hat. Und auch nicht, dass wir vor falschen Agenten unsere Identität enthüllt haben. Young hält es für unwahrscheinlich, dass Asa tatsächlich verurteilt wird, und möchte dafür nicht den Ruf unserer Abteilung riskieren. Er hat verfügt, dass der Fall ohne Anklageerhebung geschlossen wird.«

»Oh mein Gott.« Sloan setzt sich wieder hin, stützt die Ellbogen auf die Knie und vergräbt das Gesicht in den Händen. »Das ist alles meine Schuld«, flüstert sie.

Ich strecke den Arm aus und ergreife ihre Hand. »Du kannst nichts dafür, Sloan. Es war mein Fehler. Schließlich bin ich von uns beiden der Cop und hätte es besser wissen müssen.« Ich sehe zu Ryan. »Was ist mit seinem Mordversuch an mir? Er hat mir in die Brust geschossen, und das war keine Notwehr. Dafür wird er angeklagt, oder?«

Ich kann Ryan die Antwort vom Gesicht ablesen.

»Das ist nicht dein beschissener Ernst«, flüstere ich und lasse den Kopf an die Wand zurücksinken.

»Er behauptet, auch dabei aus Notwehr gehandelt zu haben«, sagt Ryan. »Ihr habt beide aufeinander geschossen. Sloan war als Einzige bei euch im Raum. Ich kann nur bezeugen, was ich durch die Tür gehört habe.«

»Er hat mich fast umgebracht, Ryan!«

Ryan und Tillie wechseln einen Blick. Tillie räuspert sich. »Es ist nur so, Luke … Wenn der Staatsanwalt nach allem, was an diesem Tag passiert ist, Anklage gegen ihn erhebt, kann es gut sein, dass auch du angeklagt wirst. Und dann landet ihr beide vor Gericht.«

»Ich würde angeklagt werden? Was zum Teufel könnte man mir denn vorwerfen?«

»Das hängt vom Richter ab. Entweder Körperverletzung oder versuchter Mord. Und da unsere Abteilung sich aus der Sache zurückzieht, würde das Ganze wie eine persönliche Auseinandersetzung zwischen dir und Asa aussehen. Das Resultat einer aus dem Ruder gelaufenen Dreiecksbeziehung.«

Ich höre Sloan weinen.

Meine Gedanken rasen. »Damit ich das richtig verstehe: Es kann also nicht nur sein, dass dieser kranke Wichser mit allem ungestraft davonkommt … es ist zudem möglich, dass *ich* mich auf der Anklagebank wiederfinde. Richtig?«

Ryan nickt bedächtig. »Außer … wir einigen uns außergerichtlich. Seine Anwälte drängen darauf. Sie wollen, dass wir im Gegenzug für Informationen über Jon, Kevin und ein paar andere in diesen Fall verwickelte Leute alle Anklagepunkte fallen lassen. Das hängt wie gesagt alles vom Richter ab. Und natürlich vom Bezirksstaatsanwalt. Gut, dass der dich mag. Ich glaube nicht, dass er dich auflaufen lassen will, aber wenn wir auf einer Anklage gegen Asa bestehen, werden dessen Anwälte mit aller Macht dagegenhalten. Du musst also sehr genau abwägen, was du tun willst.«

Ich kann nicht glauben, was ich da höre.

»Und was ist mit all den anderen Dingen, die er getan hat?«, fragt Sloan. »All die Male, die er mich zum Sex genötigt hat? Kann ich ihn deswegen nicht anzeigen?«

Tillie sieht sie an. »Er hat dich vergewaltigt?«

Sloan blickt kurz mich an, dann Tillie und zuckt mit den Schultern. »Das kann ich nicht genau sagen«, erwidert sie leise. »Ein paarmal habe ich … Ich hatte Angst, dass er mir was antut … Also habe ich ihn machen lassen.«

Nun steht Tillie auf und kommt zu uns herüber. Sie setzt sich neben Sloan aufs Bett. »Hast du jemals Nein zu ihm gesagt? Hast du ihn gebeten aufzuhören, und er hat trotzdem weitergemacht?« Tillie drückt mitfühlend Sloans Hand. »Du wirst dich vor Gericht dazu äußern müssen. Er wird sicher behaupten, ihm wäre nicht klar gewesen, dass du keinen Sex mit ihm haben wolltest. Ich bezweifle, dass Asa irgendein Fehlverhalten einräumen wird, aber wenn du es durchziehen willst, werden wir dich dabei unterstützen.«

»Das ist lieb, aber … ohne Beweise wäre es wohl nur Zeitverschwendung.« Sloan vergräbt wieder das Gesicht in den Händen und lässt sich an meine Brust sinken. Ich schlinge die Arme um sie und küsse sie auf die Haare. Sie ist völlig am Boden zerstört.

»Es tut mir leid«, sagt Tillie. »Einige Dinge hätten bei den Ermittlungen anders gehandhabt werden müssen. Dinge, die uns jetzt daran hindern, Asa vor Gericht so unter Druck zu setzen, wie wir es gern getan hätten.«

»Einige Dinge, die ich verbockt habe, meinst du«, werfe ich ein.

Ryan erhebt sich. »Sei nicht so hart zu dir selbst, Luke. Zu ein paar dieser Dinge habe ich dich ermuntert. Manchmal laufen Ermittlungen wie am Schnürchen, und wir haben am Ende alles zusammen, was wir brauchen. Bei diesem Fall war es leider nicht so, und im Moment haben wir nur wenig, womit wir arbeiten können.«

»Was hat die Hausdurchsuchung ergeben?«

»Nichts, weil Jon und Kevin davor alles weggeschafft haben, woraus wir eine Anklage hätten stricken können. Es wurde nur etwas Bargeld gefunden, dessen Herkunft sich nicht klären lässt, und ein paar verschreibungspflichtige Medikamente. Wenn wir versuchen würden, Asa dafür zu verknacken, würden uns seine Anwälte die Hölle heiß machen. Das ist es nicht wert.«

Ich fühle, wie Sloan sich verspannt. Sie hebt den Kopf von meiner Brust und starrt Ryan an. »Das ist es nicht *wert*? Er hat jemanden umgebracht! Und Luke wollte er auch töten. Ein paar lumpigen Zentimetern ist es zu verdanken, dass er noch am Leben ist! Und jetzt sagt ihr, dass er freikommen wird und Luke und mir weiter nachstellen kann? Er wird nämlich nicht aufgeben, bevor Luke tot ist. Das weißt du ganz genau, Ryan!«

»Sloan«, sage ich und ziehe sie in meine Arme zurück. »Hör auf. Noch wissen wir gar nicht, ob er wirklich freikommt.«

Sie weint an meiner Brust.

Ryan sieht sie zerknirscht und voller Mitgefühl an. »Es tut mir leid, Sloan«, sagt er. »Wirklich.« Dann blickt er mir in die Augen, um mich wissen zu lassen, dass er auch mit mir mitfühlt. Ich nicke. Es ist nicht seine Schuld, sondern einzig und allein meine.

Ryan und Tillie gehen zur Tür. Ich ziehe Sloan noch enger an mich und versuche, sie etwas zu beruhigen, doch sie zittert weiterhin am ganzen Körper. Erst jetzt wird mir klar, wie viel Angst sie vor Asa hat.

»Alles wird gut, Sloan. Du bist nicht allein. Ich bin bei dir und werde nicht zulassen, dass er dir etwas antut. Das schwöre ich dir.«

Ich halte sie fest, bis sie vor Erschöpfung in meinen Armen einschläft.

47

Asa

»Haben Sie noch Fragen?«, will mein Anwalt wissen.

Er heißt Paul. Wie mein Vater. Ich hätte ihn deswegen fast abgelehnt, aber er hat den besten Ruf im ganzen Staat. Ich sehe also darüber hinweg, dass er denselben Namen trägt wie der Mensch, den ich am zweitmeisten hasse.

Luke ist die Nummer eins.

»Nein«, sage ich. »Wir betreten den Gerichtssaal, ich plädiere auf Notwehr, und der Richter entscheidet, ob es zum Prozess kommt oder nicht.«

Paul nickt. »Gut.«

Ich erhebe mich, die Handschellen schneiden in meine Handgelenke. Es gefällt mir nicht, dass Sloan mich mit diesen Handschellen sieht. Es ist entwürdigend, und ich hasse es, wenn sie mich in einem anderen Licht sieht als früher. Wenigstens muss ich heute nicht in diesem lächerlichen orangefarbenen Standardoverall erscheinen. Sie lassen mich einen Anzug tragen. Orange steht mir nicht, außerdem ist es Sloans Lieblingsanzug.

»Also los«, sage ich zu Paul. »Das wird ein Kinderspiel.«

Paul nickt schnell und steht auf. Mein selbstbewusstes Auftreten gefällt ihm nicht, das merke ich. Das hat er von Anfang an nicht gemocht. Keine Ahnung, ob er *mich* mag, aber das ist mir auch scheißegal. Solange er mir diese Anklage vom Hals schafft, ist er mir der liebste Mensch auf der Welt.

Na ja … der *zweitliebste*. Im Moment führt immer noch Sloan.

Sicher, sie hat viel Mist gebaut und mich richtig stinkig gemacht, aber daran ist nur Luke mit seinen Lügen schuld. Sicher hat sie inzwischen genug Zeit mit ihm und ohne mich verbracht, um zur Vernunft zu kommen.

Ich folge Paul aus dem Raum und werde sofort von vier Wachen flankiert. Zwei vor und zwei hinter mir. Ein fünfter Wachmann öffnet die Tür zum Gerichtssaal, und sobald wir durch die Tür treten, suche ich die Menge nach ihr ab.

Ihn entdecke ich zuerst. Das eingebildete Arschloch sitzt in der zweiten Reihe, neben seinem kleinen Schlampenfreund Dalton. Oder Ryan. Wie auch immer der Arsch heißt.

Sloan sitzt nicht neben ihm. Sie hat ganz allein am Rand der letzten Reihe Platz genommen. Ich lächle ihr zu, aber als unsere Blicke sich begegnen, schaut sie sofort weg.

Es gibt zwei mögliche Gründe, warum sie nicht neben Luke sitzt. Entweder hat sie seinen Schwachsinn inzwischen durchschaut und will nichts mehr mit ihm zu tun haben. Oder man hat ihnen geraten, im Gerichtssaal nicht zusammenzusitzen, wegen ihrer kleinen Affäre hinter meinem Rücken.

Ich tippe auf Ersteres.

Ich nehme meinen Platz ein, behalte dabei aber Sloan im Auge. Daher drehe ich mich seitlich in meinem Stuhl und schaue nicht zur Richterbank. Aber das geht in Ordnung. Ich werde meinen Blick so lange nicht abwenden, bis sie wieder Augenkontakt mit mir aufnimmt.

»Erheben Sie sich für Richter Isaac«, ruft ein Wachmann.

Ich stehe auf, fixiere dabei aber weiter Sloan. Türen werden geöffnet und Schritte nähern sich, aber ich werde diesen Mann nicht ansehen, bis sie meinen Blick erwidert. Sie trägt ein neues Kleid. Ein schwarzes. Als ginge sie zu einer Beerdigung. Ihr Haar ist hochgesteckt. Sie wirkt kultiviert. Sexy wie Hölle. Mein Schwanz zuckt in meiner Hose, und ich wünschte, ich könnte um eine Toilettenpause bitten, sie in einen Flur zerren, ihr das

Kleid über die Taille hochziehen und mein Gesicht zwischen ihren Schenkeln vergraben.

»Sie können Platz nehmen.«

Ich nehme Platz.

Fuck, ist das heiß hier drin.

Der Richter sagt irgendwas, und gleich darauf schiebt mir Paul einen Zettel zu. Ich werfe einen kurzen Blick darauf: »Aus Respekt vor dem Richter sollten Sie sich nach vorne drehen.«

Ich lache leise und greife nach dem Stift.

»Scheiß auf den Richter und scheiß auf Sie, Paul«, schreibe ich. Ich schiebe den Zettel zurück und richte meinen Blick wieder auf Sloan.

Jetzt sieht sie mich an. Ihre Augen fixieren meine, und ihre Lippen sind fest aufeinandergepresst, als wäre sie nervös. Das gefällt mir. Es gefällt mir sogar sehr. Sie fühlt etwas, während sie mich ansieht, und ich merke, dass sie gerade überhaupt nicht an Luke denkt.

»Ich liebe dich«, forme ich stumm mit meinem Mund.

Sloans Blick fällt auf meinen Mund, und ich lächle sie an. In dem Moment steht dieser blöde Wichser – *dieser lächerliche, blöde Wichser* – auf und geht nach hinten in den Gerichtssaal, genau in ihre Richtung. Er marschiert den Gang entlang und pflanzt sich direkt neben sie. Er legt seinen Arm um *meine* Verlobte, und sie schließt die Augen und vergräbt ihr Gesicht an seiner Schulter, als wäre sie erleichtert, dass er neben ihr sitzt. Mein Blick begegnet seinem – *dieser scheißmanipulative Arsch* –, woraufhin er sich vorbeugt und mir die Sicht auf sie versperrt. Er starrt mich an, hart, als wolle er mich zum Wegdrehen nötigen.

Ich möchte ihn umbringen. Kurz überlege ich, wie ich das anstellen könnte.

Nimm die Waffe des Wachmanns und erschieße ihn.

Lauf nach hinten in den Gerichtssaal und brich ihm das Genick.

Schnapp dir Pauls Kugelschreiber und ramm ihn direkt in seine Halsschlagader.

Aber ich lasse es. Ich verzichte, weil ich mir ziemlich sicher bin, dass der Fall zu meinen Gunsten ausgehen wird und ich bis zur nächsten Anhörung auf Kaution frei bin.

Dieser Mord kann warten.

Er muss besser geplant werden, am besten ohne dass dabei ein Richter zusieht.

Ich drehe mich um. Nicht wegen Lukes bescheuertem Drohblick, sondern weil ich den Richter davon überzeugen muss, dass er die richtige Entscheidung trifft, wenn er die Klage aufgrund von Notwehr abweist.

Ich versuche zu folgen, als die beiden Anwälte aufstehen und das Wort ergreifen. Ich versuche, alles mitzukriegen, als der Richter jedem von ihnen antwortet. Ich lächle, als der Richter mich anschaut. Aber innerlich kocht mein Blut. Luke sitzt neben ihr und hält sie in seinen Armen. Also hat sie wahrscheinlich die Nacht bei ihm verbracht, während ich allein in meiner Zelle bleiben und es mir selbst besorgen musste. Vermutlich war er auch in ihr. Seine Finger, sein Schwanz, seine verdammte Zunge. Er schmeckt und nimmt, was mir gehört. Was *nur* mir gehören sollte.

Mein Puls rast, als der Hammer des Richters fällt. »Die Sitzung ist geschlossen.«

Langsam ziehe ich die Luft durch die Nase ein. Dann atme ich wieder aus und schaue zu Paul. »Was zum Teufel ist gerade passiert?«

Er verzieht das Gesicht, offensichtlich will er, dass ich leiser spreche. Mein Blick zuckt zum hinteren Teil des Saals, als ich Sloans Schrei höre. Luke stützt sie beim Aufstehen, ihre Arme sind um ihn geschlungen und sie weint. Sie schluchzt.

Sie ist verzweifelt. Das kann keine gute Nachricht für mich sein. Sie ist verzweifelt wegen mir.

»Wird es einen Prozess geben?«, frage ich Paul. »Sie haben gesagt, es kommt nicht zum Prozess!«

Paul schüttelt seinen kleinen schmalen Kopf. »Der Richter hat entschieden, den Fall nicht vor Gericht zu bringen«, sagt er. »Das bedeutet, dass Ihre Version von Notwehr bestätigt wurde. Sie müssen zurück in Ihre Zelle, aber nur so lange, bis ich Sie wegen der anderen gegen Sie laufenden Verfahren gegen Kaution herausbekomme. Das kann vier oder fünf Stunden dauern, aber sobald die Kaution hinterlegt ist, hole ich Sie ab.«

Ich spähe noch einmal zu Sloan. Luke hilft ihr aus dem Gerichtssaal. *Warum weint sie? Wenn die Klage gegen mich abgewiesen wurde, warum weint sie dann?*

»Wie lange dauert es wohl, sich von einer Gehirnwäsche zu erholen?«

Paul schaut mich an. »Wovon reden Sie, Asa?«

»Was meinen Sie, wie viel Therapie ein Mensch braucht, um über eine Gehirnwäsche hinwegzukommen? Ein paar Wochen? Monate? Mehr als ein Jahr?«

Paul starrt mich einen Moment lang an, dann schüttelt er den Kopf. »Wir sehen uns in ein paar Stunden, Asa.«

Er steht auf, und ich folge ihm. Dieselben vier Wachen begleiten mich aus dem Gerichtssaal.

Vermutlich sollte ich froh sein, dass dieser Fall gerade abgewiesen wurde. Der nächste Fall sollte noch einfacher werden, denn Paul sagt, dass Lukes Seite keine Anklage erheben wird. Solange ich mich also auf einen Deal einlasse, mich in psychiatrische Behandlung begebe und ihnen die gewünschten Informationen über Jon und Kevin liefere, werde ich wahrscheinlich nicht dafür angeklagt, Luke in die Brust geschossen zu haben.

Das sagt viel über unser Rechtssystem aus. Ich war nah dran, einen Mann kaltblütig zu töten, und ich komme frei, weil ich auspacke und eine Geisteskrankheit vortäusche?

Ich liebe dieses Land.

Andererseits sind all meine Bemühungen den Bach runtergegangen. Weil Sloan mit ziemlicher Sicherheit einer Gehirnwäsche unterzogen wurde, habe ich diesen raffinierten Plan ausgeheckt, und ich kann nicht einmal seine Früchte ernten. Stattdessen musste ich leugnen, irgendetwas mit der vorgetäuschten Razzia zu tun zu haben, was wirklich hart für mein Ego war. Ich bin extrem stolz darauf und würde am liebsten der ganzen Welt zeigen, wie perfekt ich alles durchgezogen habe.

Ganz zu schweigen von dieser Schizo-Nummer. *Du duschst in deinen Klamotten, überprüfst ein paarmal das Türschloss, und die Leute denken, du verlierst deinen Verstand.* Ich musste so tun, als hätte ich es geerbt. Ich kenne mich, und mir war klar, wenn ich herausfinden würde, dass mein Verdacht stimmte und Sloan tatsächlich jemand anderen vögelte, würde ich ziemlich sicher ausrasten und den Kerl umbringen. Aber ich durfte nicht einfach jemanden umlegen und riskieren, als zurechnungsfähiger Erwachsener verurteilt zu werden. Ich brauchte einen Plan B, um nicht im Gefängnis zu verrotten wie mein Vater. Mein Notfallplan sah also vor, dass ich eine Geisteskrankheit vortäusche. Ich habe ein paar Symptome auf medizinischen Seiten gegoogelt und alle davon überzeugt, dass ich den Verstand verloren habe.

Vielleicht war es doch keine Zeitverschwendung. Zumindest kann ich jetzt auf die »Schizophrenie« zurückgreifen, wenn ich sie wieder brauchen sollte. Was höchstwahrscheinlich irgendwann der Fall sein wird, denn Luke atmet noch.

Zurück in meiner Zelle lasse ich mich auf die Pritsche plumpsen, während die Gittertüren hinter mir ins Schloss fallen. Ich muss lächeln.

Die ganze Sache entwickelt sich wirklich prachtvoll. Es wird eine Weile dauern, bis Sloan wieder zu sich kommt, aber sie wird es schaffen. Vor allem wenn Luke für immer von der Bildfläche verschwunden ist. Ich muss irgendwie vergessen, dass Luke in ihr war. Aber ich kann ihn aus ihr rausficken. Ich muss sie nur oft und in allen Stellungen ficken, bis ich bei ihrem Anblick nicht mehr an ihn denke.

»Was macht dich denn so verdammt glücklich?«, sagt eine Stimme.

Ich drehe den Kopf und schaue meinen Zellengenossen an. Seinen Namen kann ich mir nicht merken. Er hat mir eine Million Fragen gestellt, seit ich mit ihm in diese Zelle geworfen wurde, aber das ist das erste Mal, dass ich ihm antworte.

»Bald bin ich ein freier Mann«, sage ich und sehe mit einem breiten Grinsen an die Decke. »Das heißt, ich kann endlich meine Verlobte heiraten. Es gibt eine richtige Hochzeit. Mit einer dreistöckigen Kokostorte.«

Bei dem Gedanken muss ich lachen.

Ich komme zu dir, Sloan. Ob du mich willst oder nicht.

Du hast versprochen, mich zu lieben.

Für immer.

Und das wirst du verdammt noch mal auch tun.

48

Sloan

Ich hebe die Kaffeetasse an die Lippen. Meine Hände zittern so sehr, dass winzige schwarze Kaffeewellen gegen den Rand schwappen.

Ich werfe einen Blick auf die Uhr an der Wand. *Drei Uhr morgens.*

Es ist jetzt zwei Tage her, dass das Gerichtsverfahren gegen Asa vorläufig eingestellt wurde. Noch am selben Nachmittag ist er auf Kaution entlassen worden. Luke und mich hat man zu unserer Sicherheit bis zur nächsten Anhörung in dieser Wohnung mitten in der Stadt untergebracht.

Es ist eine schöne Wohnung, aber wenn man zu viel Angst hat, um einen Fuß vor die Tür zu setzen oder auch nur aus dem Fenster zu sehen, fühlt sie sich eher an wie ein Gefängnis. Luke hat mir mehrfach versichert, dass Asa keine Möglichkeit hat, uns hier zu finden. Allerdings wird Luke wohl nie ganz verstehen können, dass ich immer über die Schulter sehen werde, selbst wenn Asa für den Rest seines Lebens hinter Gittern sitzt. Auch wenn er Luke und mich nicht eigenhändig angreifen kann, traue ich ihm durchaus zu, dass er jemanden dafür anheuert.

Als ich die Schlafzimmertür höre, drehe ich den Kopf. Luke kommt heraus, reibt sich noch den Schlaf aus den Augen. Er trägt eine schwarze Jogginghose, die ihm tief auf der Hüfte sitzt, und kein Shirt. Ein Teil seiner Brust ist immer noch bandagiert. Seine nackten Füße tapsen leise auf dem Parkettboden, als er auf mich zukommt.

Hinter dem Sofa bleibt er stehen, und ich lehne den Kopf zurück, um zu ihm aufzusehen. Er beugt sich vor und drückt mir einen Kuss auf die Stirn. »Alles okay?«

Ich zucke mit den Schultern. »Kann nicht schlafen. Mal wieder.«

Mitfühlend sieht er mich an, hebt eine Hand und streicht mir das Haar aus der Stirn. »Sloan«, sagt er leise, »du musst dir keine Sorgen machen. Er kann uns nicht finden. Wir sind hier in Sicherheit, versprochen.«

Wieder nicke ich, doch seine Worte schaffen es nicht, mich zu beruhigen. Ich werde mich vor Asa niemals ganz sicher fühlen.

Luke kommt ums Sofa herum, setzt sich neben mich und zieht mich in seine Arme. Vorsichtig klettere ich auf seinen Schoß – die Wunde an seinem Oberschenkel ist noch nicht ganz verheilt –, bis ich rittlings auf ihm sitze. Er schlingt die Arme um meinen Rücken und sagt: »Was kann ich tun, um dir beim Einschlafen zu helfen?«

Ich lächle. Seine Herangehensweise gefällt mir. »Deine Entlassung ist erst zwei Wochen her. Wir müssen also noch mindestens zwei Wochen warten.«

Er schiebt die Hände unter mein übergroßes T-Shirt, das ich zum Schlafen trage, und legt sie auf meine Pobacken. Gänsehaut überzieht meinen Körper, als er die Finger unter den Saum meines Slips gleiten lässt und damit sämtliche Gedanken an Asa aus meinem Kopf verdrängt – zumindest für ein paar Sekunden. »Ausnahmsweise hatte ich mal nicht im Sinn, mit dir zu schlafen«, sagt er. »Ich dachte eher an etwas, das ich *für dich* tun kann.«

Er lässt eine Hand nach vorn auf meinen Bauch wandern und dann hinauf an meine Brust. Mit dem Daumen streift er meinen Nippel, fährt gleichzeitig mit der Zunge über meine Lippen. Er küsst mich, leidenschaftlich, löst sich erst wieder von mir, als mir schon ganz schwindelig ist.

»Ich bin vorsichtig«, versichert er. »Meine Hände und mein Mund machen die ganze Arbeit, und der Rest von mir hält sich zurück. Okay?«

Mir ist klar, dass ich mich eigentlich für seine Genesung einsetzen sollte, doch seine Berührungen tun mir immer so gut. Beruhigen meine Nerven.

Genau das brauche ich jetzt.

»Okay«, flüstere ich.

Lächelnd zieht er mir das T-Shirt über den Kopf. Dann drückt er mich sanft mit dem Rücken aufs Sofa, sodass er über mir ist. Seine Lippen wandern über meinen Mund, meinen Hals, meine Brüste. Sein Atem wärmt jeden Zentimeter meines Körpers, während seine Hände sich einen Weg in meinen Slip suchen. Als seine Finger in mich gleiten, öffne ich die Augen. Ich stöhne auf, habe Mühe, die Augen offen zu halten, aber ich weiß, dass ihm der Blickkontakt gefällt.

Mir gefällt er auch. Er ist neu für mich.

In der Vergangenheit mit Asa habe ich die Augen immer fest geschlossen, weil ich ihn nicht ansehen wollte.

Bei Luke habe ich Angst, etwas zu verpassen. Ich will nicht verpassen, wie er mich ansieht, wie er auf die Geräusche reagiert, die ich von mir gebe. Ich *liebe* diesen Blickkontakt.

Und ich muss die Augen nur zwei Minuten lang offen halten, denn länger dauert es nicht, bis er mich über den Abgrund schickt. Als ich unter ihm erbebe, fällt er über meinen Mund her, schluckt seinen Namen, der von meinen Lippen fließt. Er küsst mich, bis es vorbei ist, lässt sich dann auf mich sinken, sodass sein Körper an meinen gepresst ist. Ich kann die Beule in seiner Hose spüren, und sofort steigt neues Verlangen in mir auf.

»Ich glaube, mir geht's schon viel besser«, sagt er, drängt sein Becken an meins.

Seine Stimme ist rau – sehnsüchtig –, und es wäre so leicht, einfach seine Jogginghose runterzuschieben und mich von ihm ausfüllen zu lassen. Aber ich würde es mir nie verzeihen, wenn ihm etwas passiert, weil wir zu ungeduldig waren. Womöglich ist sein Herz noch nicht stark genug dafür.

»Wie wäre es mit einem Kompromiss? Eine Woche noch und dann gehen wir es ganz langsam an.«

Luke stöhnt an meinem Hals, weicht dann aber zurück. »Eine Woche noch«, willigt er seufzend ein. Er legt sich neben mich, zieht mich an sich. Ich bin ihm zugewandt, meine Hände liegen auf seiner Brust. Mit den Fingerspitzen fahre ich den Rand seines Verbands nach.

»Ich frage mich, wie die Narbe wohl aussehen wird«, flüstere ich.

Er schiebt eine Hand in mein Haar, fährt mit den Fingern hindurch, über meinen Rücken und meinen Arm. »Ich hoffe einfach, dass du sie ganz oft küssen wirst.«

Ich lache. »Keine Sorge, sobald wir dürfen, wirst du mich kaum noch davon abhalten können, dich überall zu küssen. Dafür mag ich deinen Körper einfach zu sehr. Ich bin eben oberflächlich. Vermutlich sogar oberflächlicher als du«, necke ich.

Grinsend schüttelt er den Kopf. »Niemals. Das Erste, was mir an dir aufgefallen ist, war schließlich dein heißer Arsch.«

»Ich dachte, es war der Speichel an meinem Kinn, als du mich kurz vor dem Kurs geweckt hast.«

Er nickt. »Ja. Stimmt. Es war definitiv der Sabber.«

Ich lache. Ich liebe es, dass er mich sogar in Momenten wie diesem zum Lachen bringen kann. Unsere Lippen begegnen sich, und wir küssen uns volle fünf Minuten lang. Bis er sich wieder an mich drängt. Es tut mir wirklich leid, dass ich ihn so quälen muss, aber ich werde auf keinen Fall gegen die ärztlichen Anordnungen verstoßen. Ich will, dass er so schnell wie möglich wieder gesund wird.

Also schiebe ich ihn von mir und versuche, ihn abzulenken, um es ihm etwas leichter zu machen. Im Krankenhaus hat er viel über seine Familie gesprochen. Ich mag es, wenn er über seine Familie spricht, weil er nie etwas Negatives sagt. Ich frage mich, wie es wohl ist, eine Mutter zu haben, die einen unterstützt.

»Meinst du, du kannst deine Mutter bald besuchen?«, frage ich ihn. Ich hasse es, dass wir uns verstecken müssen und er seine Mutter deswegen erst nach der nächsten Anhörung wieder sehen kann, wenn Asa hoffentlich hinter Gittern sitzt. Natürlich besteht auch die Möglichkeit, dass er wieder auf freien Fuß kommt, aber darüber sprechen wir nicht.

»Wir werden sie gemeinsam besuchen, wenn das hier alles vorbei ist. Sie wird dich lieben.«

Ich lächle, male mir aus, wie es wohl sein wird, sie endlich kennenzulernen. Unwillkürlich muss ich an meine Familie denken – an Stephen – und mein Lächeln verblasst.

Luke bemerkt es sofort und streicht mir über die Wange. »Was ist los?«

Ich schüttle den Kopf. »Ach, ich musste nur an Stephen denken. Ich hoffe, er ist in Sicherheit. Ich hasse es, dass ich ihn nicht besuchen kann.«

Luke greift nach meiner Hand und verflicht unsere Finger miteinander. »Er ist in Sicherheit, Sloan. Er wird rund um die Uhr bewacht. Du musst keine Angst um ihn haben, dafür habe ich gesorgt.«

Ich hasse Asa dafür, dass er uns in diese Situation gebracht hat. Eine Situation, in der ich nicht mal meinen Bruder besuchen kann. In der Luke seine Mutter nicht sehen kann. Wir können diese Wohnung nicht verlassen. Und wir müssen jeden, den wir lieben, überwachen lassen.

So sollte es nicht sein.

Ich hasse Asa Jackson. Ich verfluche den Tag, an dem ich ihm begegnet bin.

»Ich will, dass er für alles bezahlt, was er jemals getan hat, Luke.« Wenn ich so von Hass erfüllt bin, kann ich ihm nicht in die Augen sehen. »Ich will, dass er auf die schlimmste Art und Weise leidet. Und deswegen fühle ich mich wie ein schlechter Mensch.«

Er legt die Lippen an meine Stirn, sanft und liebevoll. »Er hat es verdient, den Rest seines Lebens im Gefängnis zu verbringen, Sloan. Du solltest dich nicht schuldig fühlen, weil du dir genau das wünschst.«

»Nein, das meine ich nicht. Das Gefängnis würde ihm nicht so zu schaffen machen wie den meisten anderen. Ich will, dass er *wirklich* leidet. Ich will, dass er weiß, dass ich seine psychotischen, besessenen Gefühle nicht ansatzweise erwidere. Ich will ihm zeigen, wie sehr ich dich liebe, damit er genauso sehr leidet wie alle anderen in seinem Leben. Ich will, dass er einsehen muss, dass ich mich immer für dich entscheiden werde – gegen ihn. Das würde ihn zerstören.«

Nachdenklich sieht Luke mich an. »Wenn dich das zu einem schlechten Menschen macht, dann sind wir beide schlechte Menschen. Denn ich würde ihn auch gern so leiden sehen.«

Seine Worte entlocken mir ein Lächeln, obwohl ich immer noch ein schlechtes Gewissen wegen meiner Rachegelüste habe.

Ich schmiege mich an ihn, doch kaum habe ich es mir bequem gemacht, erstarren wir beide. Ein Geräusch an der Tür lässt mich hochfahren.

Klopfen.

Lautes Hämmern an unserer Wohnungstür. Sofort gerate ich in Panik.

Luke steht inzwischen. Ich habe nicht mal mitbekommen, wann er aufgesprungen ist. Er wirft mir mein T-Shirt zu. Dann durchquert er das Wohnzimmer und nimmt seine Waffe vom Tresen.

Wieder klopft es lautstark an der Tür.

Er bedeutet mir, zu ihm zu kommen. Ich ziehe mir das T-Shirt über den Kopf und schleiche zu ihm.

»Wer weiß, dass wir hier sind?«, frage ich leise.

»Nur Ryan«, sagt er und geht zur Tür. Ich folge ihm. Er beugt sich vor und sieht durch den Spion. Dann tritt er zurück und presst den Rücken gegen die Wand neben der Tür. »Es ist Ryan.«

»Gott sei Dank«, flüstere ich.

Luke rührt sich nicht. Er hält die Waffe immer noch fest in der Hand und sein Blick bohrt sich in meinen.

»Was ist los?«

Luke atmet kurz ein, stößt die Luft dann wieder aus. »Er hat sich nicht im Nacken gekratzt.«

49

Luke

Sloan sieht mich entsetzt an.

Ich linse noch einmal durch den Spion und hoffe, das Zeichen bloß übersehen zu haben. Doch Ryan kratzt sich noch immer nicht den Nacken. Und es ist vier Uhr morgens. Was sollte er zu dieser Zeit hier wollen?

»Ich weiß, dass du da drinnen bist, Luke«, sagt er und sieht geradewegs in das Guckloch. »Mach die Tür auf.«

Doch ich kenne ihn gut genug, um zu wissen, dass er genau das nicht will.

Hat Asa ihn dazu angestiftet? Aber wieso würde Ryan ihn hierherbringen?

Ich spähe erneut durch den Spion und sehe, dass Ryan nach links blickt, als würde ihm jemand von dort Anweisungen erteilen. Er atmet tief durch und sieht wieder die Tür an. »Er hat Tillie. Wenn du die Tür nicht öffnest, lässt er sie sterben. Er weiß als Einziger, wo sie ist.«

»Scheiße«, flüstere ich und lehne die Stirn an die Tür. »Verdammt.«

Ich kann nicht glauben, dass er Asa zu Sloan führen würde. Er würde immer sein eigenes Leben und auch das anderer Polizisten riskieren, bevor er einen Zivilisten in Gefahr bringt. Es muss noch etwas anderes dahinterstecken. Ich sehe zu Sloan, die meinen Blick mit ängstlich aufgerissenen Augen erwidert. Tränen laufen ihr über die Wangen. Als ich wieder durch das Guckloch sehe, tritt Asa ins Blickfeld und hält Ryan eine Pistole an den Kopf. »Vergiss nicht, ihm zu sagen, wen ich sonst noch habe«, sagt er laut genug, dass ich ihn durch die Tür verstehen kann.

Ryan schließt die Augen. »Luke«, sagt er. »Er hat jemanden vor dem Haus meiner kleinen Schwester postiert. Es tut mir leid, Luke.«

Ich schließe die Augen. Jetzt verstehe ich: Ryans Schwester ist die Einzige, für die er jeden anderen Menschen opfern würde. Dass Asa gerissen genug war, sich diesen Plan auszudenken, lässt mich noch mehr um Sloans Leben fürchten. Ich greife nach meinem Handy, um den Notruf zu wählen.

»Wenn du die Polizei rufst und mich verhaften lässt, sind die beiden tot«, sagt Asa. »Tillie. Ryans Schwester. Und, ach ja: natürlich auch Ryan. Meine Leute haben strikte Anweisungen. Ich gebe dir drei Sekunden, um diese Tür zu öffnen.«

Sloans Gesicht ist mittlerweile tränenüberströmt. Sie fleht mich mit einem stummen Kopfschütteln an, die Tür nicht zu öffnen. Ich trete dicht vor sie hin, streiche mir mit dem Daumen über die Lippe und flüstere: »Verzeih mir, Sloan.« Mit diesen Worten ziehe ich sie fest an mich, halte ihr meine Pistole seitlich an den Kopf und mache auf.

Asa sieht zuerst Sloan an. Im nächsten Moment fällt sein Blick auf die Waffe, die ich ihr an die Schläfe drücke. »Du Hurensohn.«

Während ich mit Sloan rückwärts ins Wohnzimmer gehe, tritt Asa mit Ryan ein, dem er seinerseits noch immer die Pistole an den Kopf hält. »Wie es aussieht, stecken wir in einer Pattsituation«, sagt er.

Ich zucke mit den Schultern. »Eigentlich nicht. Was du von mir hast, werde ich nicht groß vermissen. Umgekehrt sieht das sicher ganz anders aus.«

Sloan zittert unkontrolliert in meinem Griff. Ich ertrage es kaum, ihr das antun zu müssen, und hoffe, sie weiß, dass sie das

Einzige ist, womit ich Asa zu Verhandlungen zwingen kann. Er will auf keinen Fall, dass sie stirbt.

Es ist ein Risiko, aber wir haben keine andere Wahl.

Asa starrt mir in die Augen. »Lass sie los, Luke, dann mache ich das Gleiche mit Ryan. Sloan und ich werden gehen, und alles ist wieder so, wie es sein soll.«

Ich werde sie ihm niemals ausliefern. Egal, was es mich kostet. »Asa«, sage ich und ziehe Sloan von ihm weg. »Erinnerst du dich noch an das letzte Mal, als wir zusammen in einem Zimmer eingesperrt waren? Du warst sehr neugierig, wie mein erstes Mal mit Sloan gewesen ist.«

Er schluckt schwer.

»Willst du es noch immer hören?«

Asa spannt den Hahn seiner Pistole und drückt sie Ryan so fest unters Kinn, dass der den Kopf in den Nacken legen muss.

Ich mache das Gleiche mit Sloan, woraufhin sie noch bitterlicher schluchzt. »Das erste Mal habe ich sie in deinem Schlafzimmer geküsst«, fahre ich fort, in der Hoffnung, ihn so aus dem Konzept zu bringen. »Direkt neben deinem Bett.«

»Halt dein dreckiges Maul, Luke!«, brüllt Asa. »Oder ich puste ihm das Hirn raus.«

»Wenn du das tust, wirst du herausfinden, wie Sloan von innen aussieht.«

Er zuckt zusammen.

»Glaubst du, es kümmert mich, ob sie lebt oder stirbt?«, frage ich. »Es gibt eine Million Mädchen wie sie, Asa. Sie interessiert mich einen Dreck. Mir war nur wichtig, dass ich durch sie an dich herankomme.«

Asa verengt die Augen zu Schlitzen. »Glaubst du wirklich, das kaufe ich dir ab? Wenn du sie nicht für dich haben willst, wieso bist dann mit ihr hier? Sag mir jetzt, was ich tun muss, damit du sie mir übergibst. Lebend.«

»Das kann ich nicht machen. Du hast recht. Ich will sie nicht aufgeben. Ich habe es ihr bislang erst einmal richtig besorgen können. Sie schuldet mir noch ein paar gute Ficks.«

Asa lässt die Nackenwirbel knacken.

Ich merke, dass er mittlerweile mehr auf mich achtet als auf Ryan, und beschließe, ihn noch weiter zu provozieren. Vielleicht gelingt es mir, ihn vollends abzulenken. »Willst du jetzt wissen, wie mein erster Fick mit ihr war, oder nicht? Letzte Chance.«

Asa schüttelt den Kopf. »Ich will, dass du sie mir übergibst, damit wir alle mit unserem Leben weitermachen können.«

»Du hast besinnungslos auf deinem Bett gelegen.« Ich spüre Sloans Tränen auf dem Arm. Es tut mir unendlich leid, ihr das alles zumuten zu müssen, aber ich sehe keinen anderen Weg. »Sie hatte gerade herausgefunden, dass ich ein verdeckter Ermittler bin. Ich hatte Sorge, dass sie es dir erzählt, aber ich hätte es besser wissen müssen. Anstatt nach oben zu laufen und dich zu retten, hat sie sich mir auf dem Rücksitz meines Autos hingegeben.«

Er wird blass.

Ich zwinge mich zu einem Lächeln. »Es hat sie scharfgemacht, dass ich dich ins Gefängnis bringen wollte, Asa. Sie ist voll abgegangen.« Ich schiebe Sloan ein kleines Stück auf ihn zu, gerade weit genug, um ihn noch ein bisschen mehr aus der Fassung zu bringen. »Wie fühlt es sich für dich an, dass sie Luke, den Undercover-Cop, der gegen dich ermittelt, heißer fand als Carter, der nur ein Dealer war wie du?«

Asas Nasenlöcher blähen sich. Er starrt Sloan hasserfüllt an. »Ist das wahr, Baby?«

Sloan hat recht: Sie ist seine einzige Schwäche, seine Achillesferse. *Ich hoffe nur, dass sie sich in den nächsten Sekunden daran erinnert.* Ich spüre, wie sich ihre Brust panisch hebt und senkt. »Es stimmt«, flüstert sie schließlich. »Und ich bin *noch nie* so geil gekommen.«

Einen Sekundenbruchteil lang sehe ich ganz deutlich, wie ihre Worte Asa das Herz brechen – den Kern seiner Existenz sprengen. Seine Augenbrauen schießen in die Höhe, und er schnappt nach Luft, unfähig zu begreifen, was er da gerade gehört hat.

Dieser Sekundenbruchteil genügt mir, um meine Pistole auf ihn zu richten. Ich betätige den Abzug und treffe den Arm, mit dem er die Waffe hält. Sobald das Geschoss sich in Asas Fleisch bohrt, entwindet Ryan sich seinem Griff, nimmt ihm die Pistole aus der Hand und schießt ihm in beide Beine, um ihn bewegungsunfähig zu machen.

Sloan klammert sich an mich. Während ich sie mit einem Arm festhalte, ziele ich mit der Pistole direkt auf Asas Kopf. Mein Zeigefinger liegt auf dem Abzug, und ich bin kurz davor, abzudrücken und seiner wertlosen Existenz endlich ein Ende zu bereiten.

Ryan sieht es mir an. »Tu's nicht, Luke.«

Asa fällt zu Boden. Ryan kniet sich auf ihn und legt ihm Handschellen an. »Wo ist Tillie?«

Asa sieht ihm in die Augen. Drei Patronen stecken in seinem Körper, doch sein Blick ist ganz ruhig, als nähme er gar keine Notiz davon. »Wenn ich das nur wüsste.«

Ryan holt aus und schlägt Asa mit der Pistole ins Gesicht. Blut spritzt an die Wand. »Du wirst sie auf der Stelle zurückpfeifen! Du wirst Tillie und meine Schwester freilassen, du verdammter Dreckskerl!«

Asa sieht zu ihm auf und lacht. »Das mit deiner Schwester habe ich mir nur ausgedacht. Ich habe ihre Adresse im Internet gefunden. Vor ihrem Haus ist niemand, du leichtgläubiger Penner. Das Bild, das ich dir gezeigt habe, habe ich gestern Abend aufgenommen.«

Ryan sieht ihn mit versteinerter Miene forschend an. Nach einer Weile zieht er sein Handy aus der Tasche und tippt eine Nummer ein. »Geht's dir gut, Tillie …? Nein, das ist kein Witz! Wo bist du?« Ryan kneift die Augen zusammen und drischt Asa die Pistole ansatzlos noch einmal ins Gesicht. »Du mieses Arschloch!« Er legt auf und ruft seine Schwester an. »Hey«, sagt er. »Ich schicke ein paar Polizisten zu dir. Flipp nicht aus. Ich will nur sichergehen, dass bei dir alles okay ist.« Er beendet das Telefonat und dreht sich zu Luke um. »Es tut mir leid. Ich konnte nicht wissen, dass er lügt.«

»Ich hätte dasselbe gemacht.«

Ryan befestigt Asas Handschellen an der Heizung und geht zur Tür. »Ich rufe auf der Wache an und lasse diesen erbärmlichen Wichser abholen. Ich hole sie unten ab und zeige ihnen den Weg. Halte ihn bis dahin in Schach.«

Als die Tür geschlossen ist, drücke ich Sloan fest an mich. Sie spürt offenbar, dass die Umarmung als verzweifelte Entschuldigung gemeint ist, denn sie küsst mich und sagt: »Es ist gut. Ich weiß, dass du keine andere Wahl hattest.«

»Geh weg von ihr«, knurrt Asa. Er ist mit einem Arm ans Heizungsrohr gekettet und die Hosenbeine seiner Jeans sind blutgetränkt, doch es scheint ihn noch immer nicht zu stören, dass er drei Schüsse abbekommen hat. Er starrt Sloan wütend an. Ich halte sie noch fester und bin erleichtert, dass dieser Dreckskerl nun definitiv hinter Gittern landen wird.

Dann wird Sloan sich sicherer fühlen, *wenn auch noch immer nicht befreit.*

50

Asa

Beschissener Schwanzlutscher. Seine Hände ruhen auf ihr, seine Lippen berühren ihr Haar. Mein Magen fühlt sich an, als hätte jemand von innen mit einer Machete drauf eingehackt. Jedes Mal, wenn er sie berührt, schmecke ich Kotze.

»Hände weg von ihr«, fordere ich.

Sloans Blick begegnet meinem. Sie schlendert zur Tür und schließt ab, dann kehrt sie zu Luke zurück und drückt ihren Rücken an seine Brust. Sie nimmt seine Arme und legt sie um ihre Taille. »Ich will nicht, dass er seine Hände von mir nimmt«, sagt sie.

Es fällt mir gerade extrem schwer, meinen Atem zu kontrollieren. Sie tut so, als würde sie ihn tatsächlich *lieben*. Ich habe noch nie etwas so sehr gehasst. Ich würde sogar in die Kirche gehen, wenn ich dann an eine Hölle glauben könnte, in der Luke verrottet, und ich würde keinen einzigen Gottesdienst verpassen.

Luke fixiert mich und drückt einen weiteren Kuss auf ihr Haar. Ich muss würgen.

»Sloan«, sage ich verzweifelt. »Baby, *hör auf*. Lass ihn dich nicht so anfassen, du magst das nicht.« Ich reiße so heftig an den Handschellen, um sie von dem verfluchten Heizungsrohr loszukriegen, dass sie in meine Haut schneiden und mein Handgelenk anfängt zu bluten.

Sie lehnt ihren Kopf an Lukes Schulter, starrt mich aber immer noch an. »Ich hasse dich.«

Ich schüttle den Kopf. »Hör auf, Sloan. Rede nicht so mit mir, Baby. Das meinst du nicht so.«

»Immer wenn ich mich an mein erstes Mal mit dir erinnere, kommt mir die Galle hoch. Es brennt mir in der Kehle, wenn ich daran denke, wie du mir etwas so Besonderes genommen und mich behandelt hast, als ob ich dir gehörte und du mit mir tun könntest, was du wolltest.«

Das war Luke. Er hat ihr eine Gehirnwäsche verpasst, damit sie glaubt, es sei keine Liebe.

Ich fühle etwas auf meinem Gesicht. Nasse Scheiße. Tränen. Ich werde ihn so langsam töten, dass er mich irgendwann anfleht, ihm endlich den Rest zu geben.

»Ich hasse dich, Asa. Ich hasse dich ohne Ende. Wenn du mit mir geschlafen hast, habe ich geweint. Wenn du nachts ins Bett gekommen bist, habe ich gebetet, dass du mich nicht berührst. Wenn du mich geküsst hast, habe ich mich gefragt, ob der Tod besser schmeckt als du.«

Sie drückt Lukes Hand, als wolle sie ihm im Stillen danken. Oder als wolle sie ihm wortlos sagen, dass sie ihn liebt. *Was hat er mit ihr gemacht?* Sie blickt über die Schulter und sieht ihn, als suche sie seine Bestätigung.

Ich bekomme keine Luft mehr.

Meine Brust tut weh.

Sie legt ihm die Arme um den Hals. »Ich liebe dich«, lügt sie ihn an.

Ich donnere meinen Kopf gegen die Wand hinter mir, als sie diese Worte zu jemandem sagt, der nicht ich bin.

»Ich liebe dich auch, Baby.«

Ich schlage den Kopf erneut gegen die Wand.

Dann ein drittes Mal.

»Ich werde dich immer lieben, Luke. *Nur* dich«, sagt sie und reißt mir das Herz aus der Brust.

Verdammt, ich will sterben.

»Töte mich«, flüstere ich. Ich höre Sirenen. Verfluchte

Scheiße! Das Letzte, was ich will, ist mit diesen Bildern in einem verdammten Gefängnis leben zu müssen. »Verdammte Hure«, murmle ich. Dann schreie ich. »Du verdammte Hure! Töte mich einfach!«

Sloan drückt ihre Lippen noch einmal auf Lukes, dann steht sie auf und kommt auf mich zu. Sie bückt sich vor mir. Ich würde gerne meine freie Hand ausstrecken und sie erwürgen, aber ich bin mir ziemlich sicher, dass ich zu viel Blut verloren habe, um den Arm zu heben.

»Niemand wird dich töten, Asa. Wenn du für den Rest deines Lebens in dieser Zelle hockst, sollst du jedes Mal, wenn du die Augen schließt, mich vor dir sehen. Mit Luke. Wie Luke und ich uns lieben. Wie ich Luke heirate. Seine Kinder bekomme.«

Sie beugt sich näher, bis ich ihn an ihr riechen kann. Sie schaut mir tief in die Augen und sagt: »Und jedes Jahr am zwanzigsten April wird meine wunderbare Familie deinen Geburtstag mit einem riesigen, köstlichen Kokoskuchen feiern, du erbärmlicher Mistkerl.«

Luke entriegelt die Tür, und Sekunden später wird sie von draußen aufgestoßen.

Pistolen werden gezogen.

Sie zielen auf mich.

Aber ich sehe nur Sloan.

Die verdammte Hure lächelt.

51

Carter

Ich schließe die Tür zu unserer Wohnung auf und warte darauf, dass Sloan die Riegel zurückschiebt.

Alle fünf.

Ich finde es schrecklich, dass wir so paranoid geworden sind. Und dass ich sie jede Stunde anrufen muss, um zu hören, ob alles okay ist, obwohl ich weiß, dass auf der anderen Straßenseite rund um die Uhr jemand parkt und das Haus im Auge behält. Es macht mich fertig, dass wir uns noch immer verstecken müssen, obwohl Asa überwacht wird und bis zu seinem Prozess, der ihn zweifellos eine ganze Weile hinter Gitter bringen wird, unter Hausarrest steht.

Ich weiß nicht, wie sehr die letzten Monate Sloan zugesetzt haben. Ich habe versucht, sie zu einer Therapie zu überreden, aber sie besteht darauf, dass es ihr gut gehe – oder zumindest gut gehen *werde*, sobald Asa weggesperrt sei.

Es beruhigt mich ein wenig, dass niemand eine elektronische Fußfessel entfernen kann, ohne dass die Polizei etwas davon mitbekommt. Und falls Asa auf die dumme Idee kommt, das Haus zu verlassen, wissen wir innerhalb von neunzig Sekunden darüber Bescheid. Er selbst macht mir also keine Sorgen – dafür aber all die Leute, die für ihn die Drecksarbeit erledigen.

Unser Rechtssystem ist, um es vorsichtig auszudrücken, völlig verkorkst. Da Leute wie Asa bis zu ihrer gerichtlichen Verurteilung als unschuldig gelten, fühlt es sich an, als würde Sloan statt seiner bestraft. Wir können noch von Glück sagen, dass er unter Hausarrest gestellt wurde. Der Richter hätte ihn genauso gut bis zum Prozessbeginn gegen Kaution auf freien Fuß setzen können.

Bis vor ein paar Tagen waren wir noch nicht so nervös, da Asa im Krankenhaus gelegen hat, um sich von seinen Schusswunden zu erholen. Doch seit er wieder zu Hause ist und nach Belieben Besucher empfangen kann, fühlen wir uns nicht mehr sicher. Deswegen habe ich gestern vier zusätzliche Riegel an der Tür angebracht.

Unsere neue Wohnung ist zwei Stunden von seinem Haus entfernt, und außerhalb unserer Abteilung weiß niemand, wo wir wohnen. Für den täglichen Heimweg brauche ich fast eine Stunde, da ich nur auf Nebenstraßen fahre, um sicherzugehen, dass mir niemand folgt. Es ist anstrengend, aber ich will sie unbedingt beschützen. Das Sicherste wäre, zu Asas Haus zu gehen und ihm eine Kugel in den Kopf zu jagen, doch das lasse ich lieber bleiben.

Ich höre, wie die Riegel zurückgezogen werden. Als Sloan die Tür aufzieht, schlüpfe ich schnell hinein und mache sie sofort wieder hinter mir zu. Sie lächelt und stellt sich auf die Zehenspitzen, um mich zu küssen. Ich schlinge einen Arm um ihre Hüften und erwidere den Kuss. Gleichzeitig drehe ich mich zusammen mit ihr so weit um, dass ich die Tür wieder verriegeln kann – möglichst unauffällig natürlich, um sie nicht noch nervöser zu machen.

Als ich den letzten Riegel vorschiebe, löst sie sich von mir.

Ich bemerke ihren besorgten Blick. »Riecht gut«, sage ich, um sie auf andere Gedanken zu bringen, und blicke in die Küche. »Was ist das?« Sloan ist eine unglaublich gute Köchin. Besser noch als meine Mutter, was ich der aber nicht sagen werde.

Sie grinst und zieht mich zum Herd. »Um ehrlich zu sein, weiß ich das selbst nicht so genau. Es ist auf jeden Fall eine Suppe, aber ich habe einfach nur irgendwelche Zutaten zusammengerührt.«

Sie hebt den Topfdeckel an, taucht einen Löffel hinein und hält ihn mir an die Lippen. »Probier mal.«

Ich stecke ihn mir in den Mund. »*Hmmm.* Das ist unfassbar köstlich.«

Grinsend legt sie den Deckel auf den Topf zurück. »Ich will sie noch eine Weile köcheln lassen. Du musst also noch ein bisschen warten.«

Ich hole meinen Schlüsselbund und das Handy aus der Hosentasche, lege beides auf die Arbeitsplatte und nehme Sloan auf die Arme. »Mit dem Essen kann ich noch warten«, sage ich und trage sie ins Schlafzimmer, wo ich sie sanft auf das Bett lege und mich an sie schmiege. »Hattest du einen guten Tag?«, frage ich und küsse sie auf den Hals.

Sie nickt. »Ich hatte heute eine Idee. Vielleicht ist sie aber auch dumm. Ich weiß es nicht.«

Ich drehe mich auf die Seite und lege ihr eine Hand auf den Bauch. »Was für eine Idee?«, frage ich und schiebe ihr Shirt ein kleines Stück hoch, um ihre Haut spüren zu können. Ich habe immerzu das Bedürfnis, sie anzufassen. Selbst wenn wir uns wie jetzt nur unterhalten, kann ich nicht anders, als ihren Bauch oder ihre Arme zu streicheln und mit den Fingerspitzen ihre Lippen zu berühren. Sie scheint es zu mögen, denn sie macht es umgekehrt genauso, und mir macht es definitiv nichts aus.

»Du weißt doch, dass Kochen meine Stärke ist, oder?«

Ich nicke. Das kann man wohl sagen.

»Ich habe darüber nachgedacht, ein paar von meinen besten Rezepten zusammenzustellen und als Kochbuch zu veröffentlichen.«

»Das ist eine großartige Idee, Sloan.«

»Allerdings gibt es schon so viele Kochbücher, und ich muss mich irgendwie von meiner Konkurrenz abheben. Ich habe überlegt, etwas daraus zu machen, dass ich nur kochen kann, weil

Asa mich praktisch jeden Abend dazu genötigt hat, ihm etwas auf den Tisch zu stellen. Mir schwebt irgendein tragikomischer Titel vor. So was wie: *Rezepte, die ich mir ausgedacht habe, während ich mit meinem widerwärtigen, kontrollsüchtigen Ex-Freund zusammengelebt habe.* Und ich könnte die Hälfte meiner Einkünfte für Opfer häuslicher Gewalt spenden.«

Ich weiß ganz ehrlich nicht, was ich davon halten soll. Einerseits will ich lachen, weil sie recht hat: So ein Titel wäre auf jeden Fall ein Hingucker. Andererseits zieht sich alles in mir zusammen, wenn ich darüber nachdenke, dass sie nur so eine gute Köchin ist, weil Asa sie in diese Rolle gedrängt hat. Ich muss daran denken, wie ich sie in die Pizzeria eingeladen habe und sie sich benommen hat, als wäre sie vorher nie in einem Restaurant gewesen.

»Du findest es blöd«, sagt sie und lässt sich auf das Kissen zurückfallen.

Ich schüttle den Kopf. »Nein, Sloan, das tue ich nicht. Es ist ein einprägsamer Titel, der für viel Aufmerksamkeit sorgen wird. Mir gefällt nur nicht, dass er … *so sehr* zutrifft. Wäre das Ganze ein Witz, fände ich ihn lustig, aber es ist keiner. Dieser Drecksack ist wirklich der Grund, warum du so eine gute Köchin bist, und dafür hasse ich ihn noch mehr.«

Sie ringt sich ein Lächeln ab. »Dank dir muss ich ja jetzt nicht mehr für ihn kochen.«

»Nein, das hast du ganz allein dir selbst zu verdanken, Sloan«, erwidere ich.

Wieder setzt sie dieses angestrengte Lächeln auf. Hat sie Angst, oder ist sie nur gestresst, weil sie den ganzen Tag in der Wohnung bleiben muss? »Geht es dir gut, Sloan?«

Sie zögert ein bisschen zu lang, bevor sie nickt. Offenbar hat sie tatsächlich etwas auf dem Herzen.

»Was ist los?«

Sie steigt aus dem Bett. »Es geht mir gut, Luke. Ich muss die Suppe umrühren.«

Ich halte sie am Arm fest.

Sie bleibt am Fußende stehen, sieht mich aber nicht an.

»Sloan.«

Sie seufzt schwer.

Ich lasse ihren Arm los und stelle mich zu ihr. »Hast du Angst, dass er sein Haus verlässt, Sloan? Das kann er nicht. Wir bekommen es mit, wenn er das tut. Und vergiss nicht, dass draußen jemand ist und unser Haus bewacht. Du bist in Sicherheit.«

Sie schüttelt den Kopf, um mir zu verstehen zu geben, dass sie nicht deswegen beunruhigt ist. Sie weint nicht, doch ihrer zitternden Unterlippe nach zu urteilen ist sie kurz davor.

»Geht es um deinen Bruder? Wir werden ihn dieses Wochenende besuchen. Während der Fahrt stehen wir unter Polizeischutz, und vor seinem Zimmer steht nach wie vor jemand Wache. Ihm kann nichts passieren.« Ich streiche ihr eine Strähne hinter die Ohren, um sie daran zu erinnern, dass ich bei ihr bin.

Sie lässt den Kopf noch tiefer sinken und schlingt die Arme um sich. »Ich glaube, ich bin schwanger.«

***

Sie wollte nicht zwei Minuten lang im Badezimmer auf das Ergebnis warten. Also stehe ich allein hier und starre gespannt auf das Teststäbchen.

Als sie mir erzählt hat, dass sie vielleicht schwanger ist, hatte ich das Gefühl, sie im Stich gelassen zu haben. Als wäre alles, was ich getan habe, um sie zu beschützen, umsonst gewesen. Sie saß mit gesenktem Kopf und tränennassen Wangen da, ihre Stimme kaum mehr als ein Flüstern. Und ich konnte nichts sagen oder tun, um ihr die Angst zu nehmen. Wir können beide rechnen.

Während der letzten Monate hat sie sowohl mit Asa als auch mit mir geschlafen. Sollte sie tatsächlich ein Kind erwarten, stammt es aber vermutlich eher von ihm als von mir. Es wäre also gelogen, wenn ich ihr sagen würde, dass sie sich keine Sorgen zu machen braucht.

Sie nimmt die Pille und sagt, dass sie nicht wisse, wie es passiert sein könnte, aber sie hat mit Asa zusammengelebt. Und dem wäre durchaus zuzutrauen, dass er die Tabletten ausgetauscht hat – in der Hoffnung, sie zu schwängern und so noch enger an sich zu binden. Verrückt genug wäre er für so etwas allemal.

Das Letzte, was Sloan im Moment braucht, ist der Stress, ein Andenken an diesen Mann in sich zu tragen. Noch dazu eines, das sie bis ans Ende ihres Lebens aneinander binden würde. Es wäre derzeit so oder so nicht gut, wenn sie sich auf ein Baby vorbereiten müsste, egal, von wem es stammt. Während der nächsten Monate steht ihre Sicherheit an allererster Stelle. Sie wird nichts anderes tun können, als in dieser Wohnung zu bleiben und auf den Prozess zu warten. Außerdem müsste sie – falls sie schwanger ist – um den Geburtstermin herum in den Zeugenstand treten.

Ich atme tief durch. Es ist einer von den Tests, die das Ergebnis nicht mit einer Linie, sondern mit den Worten »nicht schwanger« oder »schwanger« anzeigen. Sobald sie mir von ihrer Sorge erzählt hat, bin ich ihn kaufen gegangen, damit sie nicht länger im Dunklen tappen muss. Je früher sie Bescheid weiß, desto schneller kann sie entscheiden, wie sie weiter vorgehen will.

Ich fahre mir mit den Händen durch die Haare und beginne, in dem kleinen Badezimmer auf und ab zu gehen. Als der Alarmton meines Handy-Timers erklingt, stehe ich gerade mit dem Rücken zum Waschbecken, auf dem ich das Stäbchen abgelegt habe.

Ich atme langsam aus, um mich zu beruhigen, und drehe mich um. Als ich das Wort »schwanger« sehe, balle ich unwillkürlich die Faust. Am liebsten würde ich gegen die Wand oder die Tür schlagen. Doch stattdessen boxe ich nur in die Luft und fluche leise, denn nun muss ich aus dem Badezimmer gehen und Sloan das Herz brechen.

Ich bin mir nicht sicher, dass ich das kann.

Ich überlege, noch ein paar Minuten hier drinnen zu bleiben und mich abzureagieren. Doch Sloan wartet da draußen auf mich und ist bestimmt noch nervöser als ich vorhin. Ich öffne die Tür. Im Schlafzimmer ist sie nicht. Also gehe ich ins Wohnzimmer weiter und sehe sie in der Küche stehen, wo sie erneut im Topf rührt. Da die Suppe nun schon seit über einer Stunde köchelt, wäre es sicher nicht mehr nötig. Sie hört mich kommen, dreht sich aber nicht zu mir um, sondern rührt weiter und wartet darauf, dass ich ihr das Resultat mitteile.

Ich schaffe es nicht. Dreimal setze ich an, finde aber nicht die richtigen Worte. Ich massiere mir den Nacken und warte darauf, dass sie sich umblickt. Als sie sich weiterhin weigert, umschlinge ich sie und ziehe sie an meine Brust. Sie hört auf zu rühren und umklammert stattdessen meine Arme. Ich spüre, wie sie am ganzen Körper zu zittern beginnt, und höre sie leise schluchzen. Mein Schweigen sagt ihr alles, was sie wissen muss.

»Ich liebe dich, Sloan«, flüstere ich.

Sie dreht sich in meinen Armen um und vergräbt weinend das Gesicht an meiner Brust. Ich schließe die Augen und halte sie weiter fest.

Keine Frau sollte sich so fühlen müssen, wenn sie herausfindet, dass sie Mutter wird. Und ich bin dafür zum Teil verantwortlich.

Wir haben noch viel Zeit, um alles zu besprechen und über die verschiedenen Optionen zu diskutieren, aber im Moment konzentriere ich mich ganz und gar auf sie, da ich mir nicht mal annähernd vorstellen kann, wie unfassbar schwierig diese Situation für sie sein muss.

»Es tut mir so leid, Luke«, höre ich sie murmeln.

Verwirrt nehme ich sie noch fester in die Arme. »Wieso sagst du das? Du musst dich doch für nichts entschuldigen.«

Sie schüttelt den Kopf und sieht mich an. »Doch. Für den zusätzlichen Stress. Du tust alles, damit uns nichts passiert, und jetzt mache ich das Ganze noch schlimmer.« Sie löst sich von mir, nimmt den Löffel und rührt weiter die Suppe um. »Aber ich werde dir das auf keinen Fall zumuten. Du sollst nicht zusehen müssen, wie ein Baby in mir heranwächst, von dem du nicht mal weißt, ob es deines ist. Das wäre dir gegenüber nicht fair.« Sie legt den Löffel weg, tupft sich mit einer Serviette die Augen und sieht mich schuldbewusst an. »Es tut mir leid. Ich kann …« Sie schluckt, als wäre es zu schwer für sie, die nächsten Worte zu sagen. »Ich kann morgen bei meiner Ärztin anrufen und herausfinden, was ich … für eine Abtreibung tun muss.«

Ich starre sie verdattert an.

Sie entschuldigt sich bei *mir*?

Sie glaubt, für *mich* wäre es zu schwer?

Ich gehe zu ihr, streiche ihr mit den Händen durch die Haare und hebe sanft ihr Gesicht, sodass wir einander in die Augen schauen. Eine weitere Träne rinnt an ihrer Wange herab. Ich wische sie mit dem Daumen weg. »Wenn wir herausfinden würden, dass dieses Baby von mir ist, würdest du es dann behalten wollen?«

Sie verzieht das Gesicht, zuckt mit den Schultern und nickt. »Natürlich, Luke. Der Zeitpunkt wäre zwar denkbar mies, aber dafür kann das Baby ja nichts.«

Am liebsten würde ich sie in diesem Moment wieder in die Arme nehmen, doch stattdessen halte ich weiterhin ihr Gesicht fest. »Und wenn du sicher wüsstest, dass es Asas Kind wäre, würdest du es dann auch behalten wollen?«

Sie denkt eine Weile nach und schüttelt den Kopf. »Das würde ich dir nicht antun, Luke. Das wäre nicht fair.«

»Ich frage nicht nach *mir*«, sage ich. »Ich frage *dich*. Wenn du wüsstest, dass es Asas Baby ist, würdest du es behalten wollen?«

Wieder löst sich eine Träne aus ihrem Augenwinkel und fließt an ihrer Wange herab. »Es ist ein Baby, Luke«, sagt sie leise. »Ein unschuldiges Baby. Aber wie gesagt: Ich würde es dir nicht aufbürden.«

Ich ziehe sie an mich, küsse sie auf die Schläfe und halte sie einen Moment fest. Als ich weiß, was ich sagen will, richte ich mich auf und bringe sie wieder dazu, mich anzusehen. »Ich bin in dich verliebt, Sloan. Wahnsinnig und bis über beide Ohren. Und dieses Baby, das da in dir heranwächst, stammt *zur Hälfte von dir*. Weißt du eigentlich, wie glücklich ich wäre, wenn du mir erlauben würdest, einen Menschen zu lieben, der zum Teil von dir abstammt?« Ich lege eine Hand auf ihren Bauch. »Dieses Baby ist meins, Sloan. Und deins. Es ist unseres. Und wenn du dich dazu entschließt, es großzuziehen, werde ich ihm der beste Vater aller Zeiten sein. Darauf kannst du dich verlassen.«

Sie schlägt die Hände vors Gesicht und bricht in Tränen aus. Noch nie habe ich sie so heftig weinen sehen. Ich hebe sie hoch und trage sie in unser Schlafzimmer, wo ich sie aufs Bett lege. Ich drücke sie an mich und warte ab, bis ihre Tränen versiegen. Ein paar Minuten später ist es wieder still im Raum.

Sie liegt mit dem Kopf auf meiner Brust. »Luke?« Sie hebt den Blick und sieht mich an. »Du bist der allerbeste Mensch der Welt, und ich liebe dich so, *so* sehr.«

Ich küsse sie. Zweimal. Dann rutsche ich ein Stück auf der Matratze hinunter, hebe ihr Shirt an und küsse sie auf den Bauch. Ich lächle, denn sie gibt mir etwas, von dem ich bislang noch gar nicht wusste, dass ich es will. Und sosehr ich um Sloans willen hoffe, dass das Baby meins und nicht Asas ist, spielt es für mich selbst keine Rolle. Denn dieses Geschöpf ist das Kind der Frau, die ich über alles liebe. Ich wüsste nicht, was mich noch seliger machen könnte.

Ich strecke mich wieder neben ihr aus und küsse sie auf die Wange. Sie weint nicht mehr. Ich streiche ihr die Haare aus der Stirn. »Sloan? Wusstest du, dass sich Betonsäulen in Donuts auflösen, wenn einer Schildkröte eine Uhr vom Kopf fällt?«

Sie lacht laut auf und strahlt über das ganze Gesicht. »Tja, und ein Sieg ist kein Sieg, wenn der leere Raum sich mit schmutzigen Socken füllt und der Weihnachtsstollen trocken wird.«

Unser Baby wird die merkwürdigsten Eltern der ganzen Welt haben.

52

Asa

Kürzlich war ein Fall in den Nachrichten, wo ein Typ ein Mädchen vergewaltigt hatte. Er ist mit ein paar Monaten Gefängnis davongekommen, weil er weiß ist oder weil er ein paar Medaillen gewonnen hatte oder es war irgendeine bescheuerte Kombination mit sonst was.

Die ganze verdammte Nation ist deswegen durchgedreht. Überall regte man sich über seine milde Strafe auf. Er war wochenlang *das* Thema. Ich kenne nicht alle Details, aber der Typ war jetzt kein Serienvergewaltiger oder so. Ich bin mir ziemlich sicher, dass es sein erstes oder zweites Vergehen war, aber alle taten so, als wäre er der Teufel höchstpersönlich.

Nicht, dass der blöde Wichser die ihm zugemessene oder meinetwegen auch eine noch längere Gefängnisstrafe nicht verdient hätte. Ich verteidige diesen Schwanzlutscher nicht. Ich bin nur ein bisschen irritiert, dass mein Fall nicht eine einzige verdammte Sekunde in den nationalen Nachrichten war. Ich habe jemanden umgebracht und wurde nicht einmal angeklagt. Ich habe den größten Campus-Drogenring seit der Erfindung des Colleges geleitet, und es gab keinen Prozess. Selbst nachdem ich eine Waffe auf Ryan gerichtet habe, lässt mich der Richter mit einem lächerlichen Hausarrest davonkommen, bis ich vor Gericht muss.

Hausarrest. Sechs glorreiche Monate.

Es ist ein Witz. Dieses ganze Land und die rassistischen Heuchler, die es regieren, sind ein Witz, und Leute wie ich sind diejenigen, die davon profitieren. Ich würde mich für dieses

Land schämen, wenn ich es nicht so sehr dafür lieben würde, dass man hier mit allem davonkommt.

Und wenn wir schon davon sprechen, dass weiße Kerle ohne Einwilligung Sex mit Mädchen haben können und das keinerlei Konsequenzen hat … ich bin mir ziemlich sicher, dass ich nicht einmal genug Finger an beiden Händen habe, um zu zählen, wie oft ich ohne Einwilligung in einem Mädchen war. Verdammt, ich kann nicht einmal zählen, wie oft ich in Jess war, ohne dass sie mich dort haben wollte. Um ehrlich zu sein, war das einer der wenigen Gründe, warum ich mich überhaupt mit ihr abgegeben habe. Es gefiel mir, wie sehr sie mich hasste.

Ich verstehe einfach nicht, warum ich mit dieser ganzen Scheiße durchkomme und sich niemand darüber aufregt. Ich sehe besser aus als die meisten Typen, die so in den Medien auftauchen. Ich bin auch kein Weichei wie sie. Was ist so besonders an den hässlichen Wichsern, die die ganze verdammte Sendezeit bekommen?

Liegt es daran, dass ich nicht aus reichem Hause komme?

Wahrscheinlich schon. Ich bin mit zwei beschissenen Eltern wie eine Waise aufgewachsen. Die Medien wissen, dass sich die Leute für Geschichten wie meine nicht wirklich interessieren.

Klar doch. Da habe ich einmal die Chance, berühmt zu werden, und meine Eltern machen mir wieder alles kaputt.

Paul, mein bescheuerter Anwalt, hält es für vorteilhaft, dass die Medien meine Story bisher nicht beachtet haben. Er meint, wenn sie den Fall aufgreifen, drehen sie ihn in eine bestimmte Richtung, und der Richter sieht sich eher gezwungen, ein härteres Urteil zu fällen. Um ein Exempel zu statuieren. Das leuchtet ein, aber ich bin mir nicht sicher, ob Paul weiß, welche Wirkung ich auf andere habe. Ich bin verdammt charismatisch. Die Medien würden mich lieben. Und Sloan wäre gezwungen, die Geschichte zu verfolgen, weil sie, sobald sie den Fernseher einschaltet, auf allen Kanälen zu sehen wäre.

Fuck, schon wieder. Ich habe sie in meinen Kopf gelassen. Ich habe versucht, den Rat meines Psychiaters zu befolgen und nicht an sie zu denken. Jedes Mal, wenn ich das tue, fühle ich mich wie ein übergewichtiger alter Sack mit astronomisch hohem Cholesterinspiegel, der an einem Herzinfarkt zu sterben droht. Eine Hand krampft sich um mein Herz, ich möchte in die Knie gehen.

Ich verliere komplett die Nerven, wenn ich nur daran denke, was sie mir angetan hat.

Meine Sloan.

Ich bin selbst schuld. Ich hätte wissen müssen, dass man niemanden so lieben darf, wie ich sie geliebt habe. Aber ich konnte nicht anders. Sie schien wie für mich gemacht. Als wäre sie eigens auf die Welt gekommen, um all die Scheiße wiedergutzumachen, die ich als Kind ertragen musste. Eine Zeit lang dachte ich, sie sei Gottes Entschuldigung an mich. Als hätte er sie direkt vom Himmel gesandt und gesagt: »Hier, Asa. Ich habe diesen Lichtstrahl geschaffen, um all die Dunkelheit auszugleichen, die deine Eltern über dich gebracht haben. Sie ist mein Geschenk an dich, mein Junge. Damit wird dein Schmerz verschwinden.«

Und so war es. Mehr als zwei Jahre lang hatte ich mein eigenes kleines Stück Himmel, wann immer ich wollte. Sloan war wie Eva, bevor die verdammte Schlange sie verführte. Sie war süß und unschuldig. Unberührt. Mein kleiner Engel in menschlicher Gestalt.

Bis Luke kam.

Luke ist der Satan meiner Eva. Die Schlange. Er hat sie mit seinem Apfel in Versuchung geführt und zur Sünde verleitet. Er hat sie verdorben.

Wenn ich an Sloan denke – was ich jede verdammte Sekunde an jedem verdammten Tag tue –, dann denke ich an die Sloan vor

Luke. Die Sloan, die ich geliebt habe. Die Sloan, die jedes Mal wie ein Christbaum strahlte, wenn ich ihr auch nur die geringste Aufmerksamkeit schenkte. Die Sloan, die mir Kokoskuchen und Spaghetti mit Fleischbällchen machte, weil sie wusste, sie bringt mich damit zum Lächeln. Die Sloan, die jede Nacht in meinem Bett schlief und darauf wartete, dass ich sie aufweckte, indem ich Liebe mit ihr machte. Die Sloan, die mir ihre Liebe zeigte, indem sie sich um mein Haus kümmerte, wie es gute Frauen tun. Frauen, die keine Huren sind. Ich liebte es, ihr beim Putzen zuzusehen. Sie beschwerte sich nie über die Schweine, die mein Haus nicht respektierten. Sie räumte einfach hinter ihnen auf, weil sie wusste, wie sehr ich ein vorzeigbares Haus liebe.

Ich vermisse sie. Ich vermisse, wie begeistert sie mich geliebt hat. Ich vermisse die Zeit, als sie unschuldig war … mein Engel … meine persönliche Wiedergutmachung von Gott.

Aber jetzt … nachdem sie dieser verdammten Schlange verfallen ist … will ich sie tot sehen. Ich will sie beide tot sehen. Wenn sie tot ist, muss ich nicht mehr darüber nachdenken, dass sie nicht mehr der Mensch ist, in den ich mich verliebt hatte. Dann muss ich nicht mehr an die Geräusche denken, die sie macht, wenn sie von Luke gefickt wird. Wenn sie tot ist, kann ich den Hass überwinden, den ich für diese Nach-Luke-Version von Sloan empfinde, die alles verdrängt hat, was ich einmal an ihr geliebt habe.

Ich würde gerne wissen, ob die alte Sloan wieder zum Vorschein käme, wenn ich Luke töte, wenn er von der Bildfläche verschwindet. Manchmal überlege ich, ob ich ihr so eine letzte Chance geben soll. Wenn ich ihr dann Zeit lasse, sich wieder an das Leben mit mir zu gewöhnen, könnte ich vielleicht lernen, sie noch einmal so zu lieben wie früher.

Das ist Wunschdenken. Er war in ihr. Nicht nur in ihrem Körper, auch in ihrem Kopf. Er hat ihr eingeredet, dass er besser ist als ich, dass er ihr mehr bieten kann als ich. Ich weiß nicht, ob ich ihr diese Dummheit verzeihen kann.

Ihr Glanz ist verblasst. Sie ist nur noch ein schäbiges Spielzeug.

Verdammte Schande.

Aber es wird nicht mehr lange so gehen. Ich habe herausgefunden, wo ich an sie rankomme.

Es ist nur eine Frage des Wie.

Ich strecke mich auf der Couch aus, schließe die Augen und lasse die Hände in meine Boxershorts gleiten. Ob ich irgendwann einmal nicht mehr an Sloan werde denken müssen, um zu kommen? Auch wenn ich sie verdammt noch mal hasse, nur der Gedanke an sie lässt meinen Schwanz richtig hart werden.

Ich denke an die Sloan vor Luke. An die erste Nacht, in der ich sie in dieser Gasse geküsst habe. Daran, dass meine Lippen die ersten waren, die ihre berührten. Wie frisch und unschuldig sie war. Wie fasziniert sie von mir war. Wie sie mich ansah, als könnte sie nicht genug bekommen. Als wäre ich Gott persönlich.

Ich vermisse die Sloan, in die ich mich verliebt hatte.

Gerade als ich einen schönen Steifen bekomme, klopft jemand an meine Tür.

»Scheiße.« Ich stöhne und ziehe meine Hände aus der Hose. Der Typ hat wirklich ein beschissenes Timing. Ich stehe auf und frage mich, ob ich mich je an das Gewicht der elektronischen Fußfessel gewöhnen werde. Nach drei Monaten bin ich am Rande des Wahnsinns. Drei weitere halte ich auf keinen Fall durch. Da kann ich mich gleich mit Schlafmitteln eindecken und die nächsten drei Monate durchschlafen.

Ich werfe einen Blick durch den Türspion, dann schließe ich auf und lasse Anthony herein. Er weiß, dass es Dinge gibt, die er nicht laut aussprechen darf. Mir ist völlig klar, dass die Wichser mein Haus verwanzt haben.

»Hey, Mann«, sage ich und nehme ihm den Rucksack ab.

»Hey«, sagt er und schaut sich um wie ein paranoider Idiot. »Ich habe den Kokoskuchen gefunden, den du wolltest.«

Kokoskuchen ist der Code für Computer. *Bäckerei* ist der Code für Sloan.

Natürlich benutze ich keinen der beiden Computer in meinem Haus. Wenn die Staatsanwaltschaft einen Fall gegen jemanden aufbauen will, beschlagnahmt sie als Erstes die Computer. Dass meine beiden Computer noch da sind, spricht dafür, dass sie mein Suchverhalten im Netz überprüfen wollen.

Um sie zu ärgern, habe ich jeden Tag eine gute Stunde Themen recherchiert wie »Erlösung finden durch Jesus Christus«.

Ich klicke sogar auf kirchliche Podcasts und lasse sie abspielen, damit sie denken, dass ich mich tatsächlich zum Besseren verändere. Gestern Abend habe ich mir auch noch einen Account bei Pinterest zugelegt. Ohne Scheiß. *Asa Jackson hat einen Pinterest-Account.* Ich habe drei Stunden lang Rezepte und inspirierende Zitate gepinnt, nur um sie zu verwirren.

Was für eine lächerliche Scheißwelt das ist.

Ich setze mich an den Esstisch und öffne den Rucksack. Einen ganzen Monat hat es mich gekostet, einen Typen zu finden, der mich garantiert nicht verpfeift. Ich weiß zu viel über ihn. Er würde lebenslänglich hinter Gitter wandern, wenn er mich verrät. Außerdem ist Anthony so verzweifelt auf schnelles Geld aus, dass er wahrscheinlich Sloan und Luke für weniger töten würde, als ich ihm für den Laptop gezahlt habe. Das einzige Manko an Anthony ist, dass er verdammt lange gebraucht hat, um Sloan oder Luke ausfindig zu machen. Irgendwie hat er einen Typen aufgetrieben, der eine Adresse von ihnen hatte. Ich habe nicht allzu viele Fragen gestellt, denn je weniger ich über seine Methoden weiß, desto besser ist es, falls sie mir auf die Schliche kommen. Aber ich bin mir ziemlich sicher, dass es in Lukes Abteilung einen korrupten Wichser gibt, der für noch weniger Geld, als Anthony von mir verlangt, geplaudert hat.

So ist das mit den Menschen. Für Geld tun wir *alles.*

»Dann hast du die Bäckerei also gesehen«, sage ich. Er nickt.

Fuck.

Er grinst. »Du hattest recht. Das ist eine verflucht hübsche Bäckerei.«

Ich ignoriere die Tatsache, dass mir die Eingeweide den Hals hochkommen, weil er mir erzählt, dass er Sloan gesehen hat, und konzentriere mich darauf, dass er mir gerade mitgeteilt hat, dass er sie ziemlich scharf findet. *Für wen hält dieser Wichser sich eigentlich?*

»Was ist so besonders an dieser Bäckerei?«, fragt er und lehnt sich in seinem Stuhl zurück. Er will wissen, warum ich zehn Riesen für einen Computer und ihre Adresse bezahlt habe. Weitere fünf Riesen habe ich ihm versprochen, wenn er echtes Überwachungsmaterial auftreiben kann, das beweist, dass sie tatsächlich unter dieser Adresse wohnt.

»Diese Bäckerei ist einzigartig, Anthony«, sage ich und ziehe den Laptop aus der Tasche. Anthony hat auf einem Zettel notiert, wie man auf die Überwachungsvideos zugreifen kann, die er für mich hochladen wird. In der Tasche befindet sich auch eine WLAN-Box, die auf seinen Namen läuft, damit sie nicht zu mir zurückverfolgt werden kann.

»Gab es in der Bäckerei auch Muffins?«, frage ich ihn. *Muffins* ist der Code für Überwachungsmaterial. Mit diesem Gerede über Backwaren klingen wir wie zwei Vollidioten, deshalb wechsle ich bei jedem Besuch das Thema. Letzte Woche waren es Fernsehsendungen.

Wieder grinst er. »Ja, die sind in der Tasche«, erklärt er und holt weitere Papiere aus dem Rucksack. Er entfaltet eines und zeigt auf eine E-Mail-Adresse und ein Passwort, mit denen ich das gesamte Filmmaterial finden kann.

Mein Puls rast, ich versuche, ihn zu beruhigen, aber es fühlt sich an, als wäre mein Herz mitten in einem verdammten Moshpit.

Ich will, dass Anthony verschwindet, damit ich mir das Filmmaterial ansehen kann. Ich habe Sloan seit drei Monaten nicht zu Gesicht bekommen. Ich muss sie verdammt noch mal sehen.

Also stehe ich auf und gehe durch den Flur, um das Geld zu holen, das ich ihm schulde. Ich werfe es auf den Tisch und deute auf die Tür, um ihm klarzumachen, dass ich ihn heute nicht mehr brauche. Er schiebt den Umschlag in seine Gesäßtasche. »Ist sonst noch was? Ich kann morgen wiederkommen.«

Ich schüttle den Kopf. »Nein. Ich sage dir Bescheid, wenn der Kuchen alle ist.«

Er grinst und verschwindet durch die Haustür.

***

Ich richte das WLAN ein und logge mich in den Account ein. Mit der E-Mail, die einen Link zur Dropbox enthält, kommt auch eine Nachricht. Sie ist von Anthony.

Habe gestern ungefähr acht Stunden Filmmaterial aufgenommen und daraus die Aufnahmen des Paares zusammengeschnitten. Es gibt ein paar Minuten, in denen ein Typ geht und wieder kommt. Nach der Hälfte der Zeit sieht man, wie das Mädchen den Müll rausbringt. Am Ende sind beide drauf. Ich werde diese Woche noch mehr filmen. Wenn du willst, können wir eine Live-Übertragung einrichten, auf die du von diesem Computer aus zugreifen kannst. Dauert nur zwei Sekunden. Gib mir einfach Bescheid.

Ich maile zurück, bevor ich das Material runterlade.

> Natürlich will ich eine verdammte Live-Übertragung. Warum sagst du mir das erst jetzt?

Ich drücke auf Senden und dann auf Download. Es dauert fast fünf Minuten, bis das Video aus der Dropbox heruntergeladen ist. Danach schließe ich die Haustür ab. Ich will nicht gestört werden. Ich mache mir was zu trinken, denn mein Mund ist verdammt trocken. Mir wird ganz anders, wenn ich daran denke, dass ich in Kürze Sloan zum ersten Mal seit drei Monaten wiedersehen werde.

Ich setze mich wieder an den Tisch und drücke auf Play. Das Video dauert dreizehn Minuten. Die ersten drei Minuten richtet Anthony seine Kamera einfach nur auf die Eingangstür ihrer Wohnung aus. Der Winkel ist steil, als würde er aus dem zweiten Stock des Wohnkomplexes filmen.

Mir war klar, dass Luke besonders paranoid sein würde, wo auch immer er und Sloan hinziehen würden. Wahrscheinlich hat er persönlich jemanden angeheuert, der in seiner Abwesenheit die Wohnung überwacht. Ich habe Anthony also eine leere Wohnung mit Blick auf die Eingangstür mieten lassen, damit er gute Aufnahmen machen kann, ohne in einem geparkten Auto davor sitzen zu müssen.

Nach drei Minuten und einunddreißig Sekunden öffnet sich die Wohnungstür. Luke kommt heraus und schaut erst nach links, dann nach rechts. Ich mag es, dass er paranoid ist. Es gefällt mir, dass er sicher jedes Mal, wenn er die Tür öffnet, an mich denkt. Er fragt sich, ob ich da bin, um mich zu rächen.

Das Video springt zur nächsten Einstellung.

Die Wohnungstür öffnet sich noch einmal. Und dann sehe ich sie.

Ich erkenne ihren Arm. Sie schwingt einen Müllsack heraus und wirft ihn neben der Haustür auf den Boden. Ich erhasche gerade noch einen Blick auf ihre Haare, bevor sie die Tür wieder zuschlägt. Als würde sie sich verstecken wollen. Als fürchte sie, beobachtet zu werden. Sie hat Angst, allein zu sein.

Dieser verdammte *Luke* lässt sie einfach allein, vermutlich mehrere Stunden am Tag. Es ist mir egal, ob er arbeiten muss, um die Rechnungen zu bezahlen. Wenn ich mit Sloan zusammen wäre, würde ich einen Weg finden, sie zu beschützen. Wenn ich wüsste, dass da draußen jemand ist, der eine Gefahr für sie darstellt, würde ich sie nicht aus den Augen lassen.

Das ist mein erster Hinweis darauf, dass er sie nicht so liebt, wie ich sie liebe.

Wie ich sie *geliebt habe.*

Ich liebe sie nicht mehr.

Oder doch?

Fuck.

Ich spule den Clip nicht weniger als zwanzig Mal zurück, sehe mir an, wie sie den Müll nach draußen schwingt. Wie das Haar über ihre Schulter fällt, wenn sie die Tür zuschlägt. Bei ihrem Anblick klopft mein Herz jedes Mal schneller, und wenn die Tür zufällt, bleibt es stehen.

Scheiße, verdammt. *Ich liebe sie immer noch.*

Ich liebe sie, und es bringt mich um, dass sie allein in dieser Wohnung ist, zu verängstigt, um die Tür auch nur einen Spalt weit zu öffnen. Dieses idiotische Arschloch lässt meine Sloan einfach allein und furchtsam zurück, während ich in diesem Dreckshaus eingesperrt bin und nicht zu ihr kann.

»Ich sehe dich, Baby«, flüstere ich dem Computerbildschirm zu. »Hab keine Angst.«

Nach einigen Wiederholungen lasse ich das Video endlich weiterlaufen. Es springt noch mal ein paar Stunden vor. Lukes

Auto hält vor dem Gebäudekomplex. Er steigt aus, macht den Kofferraum auf und beginnt, Lebensmittel auszuladen.

Wie süß. Der Wichser geht einkaufen für seine kleine Scheinfamilie.

Er bringt die Einkäufe zur Tür und schließt mit seinem Schlüssel auf. Als er versucht, sie aufzuschieben, ist sie von innen verriegelt.

Kluges Mädchen. Traue keinem einfachen Schloss.

Sloan öffnet und lässt ihn rein. Luke verschwindet hinter der Tür, während Sloan zum Auto läuft – nein, sie *hüpft* fast zum Auto. Sie lächelt. Sie greift in den Kofferraum, um sich ein paar Lebensmittel zu schnappen, doch da kommt Luke wieder heraus und hebt die Hände. Offenbar will er ihr damit signalisieren, dass sie aufhören soll und er die Einkäufe holen wird. Er deutet auf ihren Bauch und sagt etwas, das sie zum Lachen bringt. Sie legt ihre Hände auf ihren Bauch, und in diesem Moment *entdecke* ich es.

Fuck.

Ich halte den Film an.

Ich sehe das Lächeln auf ihrem Gesicht, während sie auf ihre Hände schaut, die ihren Bauch halten. Man sieht ihn kaum unter ihrem Hemd.

»Verdammte Scheiße.«

Ich bin wie gelähmt. Ich zähle die Tage, die Monate und versuche, mir einen Reim darauf zu machen.

Ich weiß nicht viel über den Zyklus des Lebens. Das einzige Mal, als ich ein Mädchen geschwängert hatte, hab ich sie gezwungen abzutreiben, weil sie nicht Sloan war. Aber eines weiß ich mit Sicherheit … es dauert mindestens ein paar Monate, bis man bei jemandem von Sloans Größe etwas sieht.

Vor ein paar Monaten … da war *ich* es, der in ihr war. Ich war derjenige, der nachts mit ihr geschlafen hat.

Luke hatte sie in der Zeit nur *ein Mal*.

Ich hatte sie jeden Tag.

»Verdammte Scheiße«, wiederhole ich lächelnd. Ich kann nicht anders. Mein ganzes Gesicht verzieht sich zu einem breiten Grinsen. Ich stehe auf und muss erst einmal tief durchatmen. Bis ich wieder alle fünf Sinne beieinanderhabe. Zum ersten Mal in meinem Leben fürchte ich, aus den Latschen zu kippen.

»Heilige Scheiße«, sage ich und starre auf den Laptop, der das Standbild meiner Sloan zeigt. »Ich werde Vater.«

Ich setze mich wieder hin und fahre mir durchs Haar. Ich glotze so lange auf den Bildschirm, dass er verschwimmt.

Fuck, heule ich etwa?

Ich wische mir über die Augen und tatsächlich, an meinen Händen sind Tränen.

Ich muss grinsen. Ich zoome sie heran und hebe meine Hand zum Bildschirm. Ich lege sie direkt über ihre beiden Hände, auf ihren Bauch. »Daddy hat dich lieb«, flüstere ich unserem Baby zu. »Daddy kommt dich holen.«

Hoffentlich ist es so schlau wie ich. Ich bezweifle, dass ich meine Intelligenz von meiner Mutter oder meinem Vater habe, denn beide waren letztlich nur ignorante Arschlöcher, die in ihren gemeinsamen Jahren auf Erden eine einzige Sache richtig gemacht haben: meine Zeugung.

Ich kannte meine Großeltern nicht, aber ich stelle mir gerne vor, dass mein Großvater väterlicherseits, *er ruhe in Frieden*, mir sehr ähnlich war. Man sagt, dass bestimmte Eigenschaften eine Generation überspringen können, also habe ich wahrscheinlich viele Gemeinsamkeiten mit ihm. Vermutlich auch in meinem Verhalten. Und wie ich ist er sicher verdammt enttäuscht, dass sein Sohn – *mein Vater* – sich als so ein verfluchter Schwachkopf entpuppt hat.

Aber möglicherweise ist er auch richtig stolz auf mich und

einer der wenigen Menschen, tot oder lebendig, die zu schätzen wissen, was für ein gottverdammtes *Genie* ich bin.

Ich werde es erklären.

Elektronische Fußfesseln. Es ist unmöglich, sie zu überlisten. Wenn man sie durchtrennt, löst man sofort einen Alarm aus. Sobald sie beschädigt werden, senden die faseroptischen Sensoren im Inneren ein Signal, und innerhalb von Sekunden steht die Polizei vor deiner Tür.

Es macht auch keinen Sinn, einfach darauf zu warten, dass sich der Akku entleert, denn auch in dem Fall wird sofort die Polizei alarmiert. Man kann sie nicht vom Fuß abstreifen, weil Füße nicht so beweglich sind wie Handgelenke, und Gott hat beim Entwerfen des menschlichen Skeletts nicht an Fußfesseln gedacht, dieser verdammte Egoist. Außerdem darf man den gerichtlich vorgeschriebenen Umkreis nicht verlassen, ohne vorher die Bullen zu informieren. Scheiße, du kannst dich nicht mal betrinken. Die meisten Fußfesseln sind mit Sensoren ausgestattet, die in regelmäßigen Abständen deinen Alkoholpegel messen. Nicht, dass mich das beunruhigen würde. Ich war nie süchtig nach Alkohol. Ich genieße ihn, aber ich komme auch gut ohne aus.

Also wenn man nicht gerade ein Technikfreak ist, der mehr Ahnung hat als die Nerds, die die verdammte Fußfessel erfunden haben, gibt es offensichtlich keine Möglichkeit, sie zu umgehen, ohne dass einem sofort die Polizei an den Fersen klebt.

Was richtig scheiße ist, denn wie ich Luke kenne, ist das Ding so eingestellt, dass er ebenfalls benachrichtigt wird, sobald meine Fußfessel meldet, dass ich das Haus verlassen oder sie in irgendeiner Weise manipuliert habe. Ich habe keine Chance, zu ihnen zu kommen, ohne dass sie gewarnt werden. Klar, ich könnte jemanden zu ihnen schicken, der den Job für mich erledigt, aber wo bleibt da der Spaß? Was bringt es, wenn ich nicht vor Luke stehe und das Schießpulver rieche, wenn eine Kugel sein Herz zerfetzt? Wo bleibt der Genuss, wenn ich nicht miterlebe, wie Sloan dämmert, was für eine bescheuerte Lebensentscheidung sie getroffen hat? Wenn ich nicht ihre Tränen schmecke, während sie um Gnade winselt?

Glücklicherweise bin ich ein guter Planer. Ich handle immer vorausschauend. Ich spiele alle möglichen Szenarien durch und überlege mir, wie ich etwas vermeiden kann, bevor es überhaupt eintritt. Weil ich ein verdammtes Genie bin. *Genau wie mein guter alter Opa.*

Als Kind dachte ich einmal, ich würde sterben. Ich hatte mich ins Schlafzimmer meiner Mutter geschlichen und ihr ein paar Pillen geklaut. Scheiße, ich war so klein, ich konnte nicht einmal lesen. Ich hatte keine Ahnung, was ich genommen hatte, wusste nur, dass ich fühlen wollte, was sie fühlte. Ich wollte dem Gefühl nachjagen, das sie mehr liebte als ihr eigenes Kind.

Ein paar Stunden nach der Einnahme wachte ich auf und meine Knöchel sahen aus wie verfluchte Baseballs. Beide Beine waren geschwollen. Damals dachte ich, mein ganzes Blut würde sich in meinen Füßen sammeln und ich würde sterben. Aber jetzt weiß ich, dass es die Medikamente waren. Antidepressiva, Schmerzmittel, Kalziumkanalblocker. Sie alle verursachen schwere Ödeme, und das habe ich als Kind erlebt. Nur wusste ich es damals noch nicht.

Vor ein paar Monaten hat Paul mir erzählt, dass ich bis zum Prozess unter Hausarrest gestellt werden könnte. Den meisten Angeklagten in meiner Situation würde man eine Kaution anbieten, damit sie frei herumlaufen können, aber bei meiner Vorgeschichte war er sich ziemlich sicher, dass ich bis zum Urteil zu Hause bleiben müsste. Das ist eine der wenigen Sachen, für die ich Paul dankbar bin. Die Vorwarnung. Das gab mir eine gute

Woche Zeit, so viele Pillen wie möglich zu besorgen und zu schlucken, um an jedem Knöchel ein paar Zentimeter zuzulegen. Das war nicht schwer, denn ich lag ja schon im Krankenhaus, dank dieser beiden Idioten, die es für eine gute Idee hielten, auf mich zu *schießen*. Arschlöcher.

Nachdem mir die Fußfessel angelegt worden war, musste ich die Medikamente weiternehmen, damit der Bewährungshelfer bei seinen Kontrollbesuchen keinen Verdacht schöpfte. Dass meine Knöchel und Waden so dick wie Baumstämme waren, hat den Wichser nie interessiert. Er heißt Stewart. *Wer heißt schon Stewart?* Stewart denkt, dass ich eben so gebaut bin. Ich amüsiere mich jedes Mal über seine Dummheit. Irgendwie mag ich ihn aber auch, weil er Mitleid mit mir hat. Er hält mich für einen guten Kerl, weil ich über seine lahmen Witze lache und mit ihm über Jesus rede. Stewart liebt Jesus. Anthony hat mir sogar ein Kruzifix mitgebracht. Vor Stewarts Besuch heute Morgen habe ich es in meinem Wohnzimmer über den Flachbildfernseher gehängt, auf dem ich mir stundenlang Pornos ansehe. Was für eine Ironie, was? Als Stewart das Kruzifix sah, hat er sich gefreut. Ich hab ihm erzählt, es hätte meinem Großvater gehört. Er wäre ein Baptistenprediger gewesen, und es würde mir helfen, dieses Kruzifix anzusehen und zu wissen, dass Großvater auf mich herabblickt.

Das war natürlich eine Lüge. Mein Großvater hat wahrscheinlich nie einen Fuß in eine Kirche gesetzt. Und wenn er wirklich ein Kruzifix gehabt hätte, dann hätte er es eher dazu benutzt, Leute zu verprügeln.

Aber Stewart hat es gefallen. Er sagte, er habe ein fast identisches Modell, aber es sei nicht ganz so groß. Dann hat er meine Fußfessel überprüft und verkündet, dass alles in Ordnung sei und er mich in einer Woche wiedersehen würde. Bevor er gegangen ist, hab ich ihm noch ein Stück Kokoskuchen gegeben.

Jetzt stehe ich da und starre auf die Flasche Hydrochlorothiazid in meinen Händen. Ich muss es vorsichtig dosieren, denn wenn ich zu viel davon nehme, könnte mein Blutdruck zu stark abfallen. Trotzdem muss ich genug davon schlucken, um das Ödem loszuwerden. Ich muss wieder Platz zwischen meinem Bein und der Fußfessel schaffen, damit ich sie abnehmen und über Anthonys Handgelenk streifen kann.

Hier kommt mein Genie ins Spiel. Wenn eine Person eine Fußfessel abnehmen könnte, ohne die Glasfasern zu beschädigen, wäre die Wahrscheinlichkeit, dabei erwischt zu werden, gering bis nicht vorhanden. Fußfesseln werden regelmäßig überwacht, den ganzen Tag. Mit Zeitschaltuhren und so. Der Wechsel von meinem Fuß auf Anthonys Handgelenk bleibt also völlig unbemerkt, solange das Gerät selbst nicht manipuliert wird. Man hält Fußfesseln für narrensicher, weil sie durchschnittlich intelligenten Menschen nicht über den Knöchel rutschen.

Sie haben allerdings nicht mit Talenten wie mir gerechnet. Ich muss nur darauf vertrauen, dass Anthony hierbleibt und keinen Alkohol trinkt, bis alles erledigt ist. Dann lege ich die Fußfessel wieder an, und es wird so aussehen, als hätte ich mein Haus nie verlassen.

Bis es so weit ist, habe ich andere Pläne. Ich öffne das Fläschchen und schlucke vier Pillen. Dann klappe ich den Laptop auf, suche nach Frauenarztpraxen und hänge zwei Stunden am Telefon. Als ich endlich herausfinde, zu welcher Frauenärztin Sloan geht, habe ich viermal gepinkelt. Die Fußfessel fühlt sich schon lockerer an. Eigentlich dachte ich, es würde ein paar Tage dauern, aber vielleicht ist es schon morgen früh so weit.

Die Sprechstundenhilfe, die den Anruf entgegennimmt, lässt mich in der Warteschleife hängen, während sie schätzungsweise in der Akte nach meinem Namen sucht. Datenschutz, Schweigepflicht und der ganze Scheiß.

»Sir?«, fragt sie, um zu hören, ob ich noch in der Leitung bin.

»Hier«, sage ich.

»Wie war doch gleich Ihr Name?«

»Luke«, sage ich. »Ich bin der Vater.«

Ha! Ich lache innerlich über all die Star-Wars-Witze, die der arme Kerl in seinem Leben ertragen haben muss.

»Können Sie mir bitte Ihren vollen Namen, Ihre Adresse und Ihr Geburtsdatum nennen?«, fragt sie.

Ich kann ihr alles sagen. Weil ich alles weiß. Weil ich ein *Genie* bin. Sobald meine »Identität« bestätigt ist, fragt sie: »Und was möchten Sie wissen?«

»Den Geburtstermin. Ich mache ein Video für unsere Familie, um die Schwangerschaft bekannt zu geben, und ich will Sloan nicht fragen, weil sie sicher sauer wäre, wenn sie hören würde, dass ich den genauen Geburtstermin vergessen habe. Deshalb hoffe ich, dass Sie mir diese Information geben können, damit ich nicht in Ungnade falle.«

Die Frau lacht. *Es gefällt ihr, dass ich ein so liebevoller und fürsorglicher Mann bin, der sich auf die Geburt seines Kindes freut.* »Sieht aus, als wäre die Empfängnis im März gewesen. Der Geburtstermin ist … der Weihnachtstag! Ich weiß nicht, wie Sie das vergessen konnten, Dad«, sagt sie lachend.

Ich lache auch. »Ja, genau. Der Weihnachtstag. Unser eigenes kleines Wunder. Danke fürs Nachschauen.«

»Kein Problem!«

Ich lege auf und werfe einen Blick in meinen Kalender. Sloan hat im März noch bei mir gewohnt.

Luke war im März auch bei uns. *Und zwar verdammt oft.*

Keine Ahnung, wann die Gehirnwäsche anfing oder wann sie sich ihm an den Hals geworfen hat. Mein ganzer Körper verspannt sich bei der Vorstellung. Unfassbar, dass er sie gefickt hat. *Meine Sloan.*

Unfassbar, dass sie ihn *rangelassen* hat. Keine Ahnung, ob sie überhaupt ein Kondom benutzt haben.

Getrieben von frischer Wut springe ich auf. Ich schnappe mir den Stuhl, auf dem ich gerade noch gesessen habe, schleudere ihn quer durchs Zimmer gegen die Tür. Dann stampfe ich durchs Wohnzimmer und reiße das beschissene Kruzifix von der Wand. Ich donnere es gegen den Fernseher, sodass der Bildschirm zerspringt.

Sloan war bei mir, als ich den Fernseher gekauft habe. Es fühlt sich verdammt gut an, ihn zu zertrümmern. Ich suche etwas anderes zum Zerschlagen. Den Spiegel. Ich hämmere dreimal das Kruzifix dagegen, bis das ganze Glas zersplittert auf dem Boden liegt.

Ich nehme das Kruzifix mit in den Flur und betrete die Toilette. Ich starre mich im Spiegel an und frage mich, ob das Baby in ihr von mir ist. Allein die Möglichkeit, dass es wie Luke aussehen könnte, lässt mich es hassen.

Zu wissen, dass er in ihr war, macht mich ganz verrückt.

Ich schmettere das Kruzifix gegen den Spiegel, wieder und wieder.

Dreckige Schlampe.

Ich renne die Treppe hoch und mache dort dasselbe mit allen anderen Spiegeln.

Das blöde Baby kann mir gestohlen bleiben. Es ist seit März in ihr und keiner weiß, wie oft Luke sie seitdem gefickt hat. Selbst wenn es mein Baby ist, hat er es schon beschmutzt.

Wenn Sloan mein Baby in sich trägt, muss ich dafür sorgen, dass Luke nicht länger in ihrer Nähe ist und mein Kind ganz verdirbt.

Ich laufe durch jeden Raum und finde noch mehr Zeug, das mein kleiner Jesus zerstören kann. Lampen? Erledigt. Vasen? Zertrümmert. Der Jesus am Kreuz läuft Amok.

Scheiß Schlampe.

Scheiß Baby.

Scheiß *Luke*.

Dieser Typ hat alles Schöne in meinem Leben zerstört. Mein Imperium. Die Liebe meines Lebens. Mein Wunschkind. Alles, was mir je etwas bedeutet hat, hat jetzt absolut keinen Wert mehr, wegen ihm.

Zurück in der Küche schlucke ich noch eine Pille. Je eher ich diese Fußfessel loswerde, desto schneller kann ich zerstören, was er ohnehin langsam zugrunde richtet.

Ich werde Vater, wenn ich zum Teufel noch mal dazu bereit bin. Ich möchte Vater eines Kindes werden, das nichts mit diesem Scheißkerl zu tun hat.

Dieses Ding, das in Sloan wächst, wurde nicht aus Liebe gezeugt. Selbst wenn es meins ist, wurde es nicht in Unschuld gezeugt. Sie hat einem anderen Mann erlaubt, sie zu verderben, während ich nachts mit ihr geschlafen habe. Hätte ich das gewusst, wäre mein Schwanz nie wieder in ihr gewesen. Ich hätte es beendet, bevor sie all diese dummen Entscheidungen getroffen hat.

Jetzt muss ich dem nur noch ein Ende setzen. Ich schiele auf den Bildschirmschoner meines Laptops. Es ist ein Screenshot von dem Moment, in dem sie ihre Hände auf ihren Bauch legt und auf diese verdammte Abscheulichkeit herablächelt. Ich zieh mir einen neuen Stuhl ran, setze mich und ändere den Bildschirmschoner. Von meinem Handy übertrage ich ein Bild von Sloan, als sie noch süß war. Ich sehe es an, während ich mich frage, wie sie all das zulassen konnte. Wie kann diese Hure immer noch die Frechheit besitzen zu lächeln, wenn sie nicht einmal weiß, wessen Baby sie in sich trägt?

»Verdammte Hure.« Ich blicke auf das Kruzifix in meiner Hand. »Na, Jesus, hast du Lust, morgen mit mir einen kleinen Ausflug zu unternehmen? Ich kenne ein Mädchen, das ernsthaft Buße tun muss.«

53

Sloan

In den letzten zwei Wochen habe ich siebenundzwanzig Gerichte gekocht und fotografiert. Vielleicht will ich mich einfach nur von der Tatsache ablenken, dass ich unsere Wohnung nicht verlassen kann, aber ich kann an nichts anderes mehr denken als an diese Idee mit dem Kochbuch.

Abgesehen von der Schwangerschaft natürlich. Daran denke ich auch fast ununterbrochen.

Ich habe keine Ahnung, was ich ohne Luke tun würde. Ein Teil von mir ist überzeugt, dass er zu gut ist, um wahr zu sein. Dass Männer wie er nicht wirklich existieren und dass ich mir alles nur einbilde. Ich lebe mit der ständigen Angst, dass er nur in mein Leben gekommen ist, damit ich den Schmerz ertragen muss, wenn er es wieder verlässt. Ich hasse diese Gedanken und versuche, sie zu verdrängen, aber es gelingt mir nicht. Ich muss ständig daran denken. Ich habe mehr Angst davor, ihn zu verlieren, als vor meinem eigenen Tod.

Doch jeden Nachmittag, wenn Luke nach Hause kommt, mich in seine Arme zieht und fragt, wie es »uns« geht, bekräftigt er damit, dass es *sein* Baby ist. Ganz egal, wer für die Schwangerschaft verantwortlich ist, Luke liebt dieses Baby, einfach weil es in mir ist. Das ist genug für ihn. Und irgendwie scheint es deswegen auch für mich genug zu sein. Wenn Luke bei mir ist, fühle ich mich wertvoll. Ich fühle all die Dinge, die Asa mir genommen hat.

Luke hat mir nicht eine Sekunde lang das Gefühl gegeben, mich schämen zu müssen. Und er sagt immer wieder, wie glücklich er sich schätzen kann, mich zu haben, obwohl ich weiß, dass es eigentlich umgekehrt ist. Er lenkt mich jedes Mal ab, wenn ich mir Sorgen über die bevorstehende Gerichtsverhandlung mache oder darüber, dass Asa von der Schwangerschaft erfahren könnte. Doch wenn er nicht bei mir ist, so wie jetzt, ist dieses Kochbuch das Einzige, was meine Gedanken ablenken kann.

Heute mache ich eine Lasagne. Ich beschränke mich nicht auf eine Kategorie, sondern koche einfach all meine Lieblingsgerichte und sogar ein paar von Asa. Mir gefällt der Gedanke, dass seine Favoriten in einem Buch stehen werden, das alldem widerspricht, was ihn als Person ausmacht. Die Hälfte aller Einnahmen, die dieses Buch bringen wird, geht an Frauen, die unter Männern wie Asa gelitten haben, und das fühlt sich ein bisschen an wie Rache.

Und genau deswegen nehme ich seinen beknackten Kokoskuchen und seine beschissenen Spaghetti mit Hackbällchen und sogar diesen Proteinshake mit auf, für den er mich mehrmals mitten in der Nacht geweckt hat. Sosehr ich es verabscheut habe, dass er mich so oft gezwungen hat, für ihn zu kochen, am Ende kommt jetzt wenigstens etwas Gutes dabei heraus.

Dieses Kochbuch ist wie ein gigantischer Mittelfinger an Asa Jackson.

Das ist eigentlich gar keine schlechte Idee. Ich glaube, ich werde auf jeder Seite eine kleine Hand abbilden, die den Mittelfinger zeigt. Ein süßes kleines Stinkefinger-Emoji.

Als ich die Nudeln und die Soße fertig übereinandergeschichtet habe, arrangiere ich die Auflaufform, um ein weiteres Foto zu schießen. Ich mache ein paar Schnappschüsse und schiebe die Form dann in den Ofen.

»Was riecht denn hier so gut?«

Als ich seine Stimme höre, klammere ich mich unwillkürlich am Küchentresen fest.

Es klang, als stünde er direkt hinter mir.

Nein. *Nein, nein, nein.*

Das ist nicht möglich. Die Tür ist immer noch verriegelt. Alle Fenster sind von innen verschlossen. *Ich träume, ich träume, ich träume.*

Ich spüre, wie ich langsam auf den Küchenboden sinke, als meine Knie unter mir nachgeben. Das ist der Schock. *Bitte nicht, nein, nein, nein.*

Ich sitze auf dem Boden, fahre mit den Händen durch meine Haare, presse sie mir zitternd auf die Ohren. Ich versuche, seine Stimme auszublenden. Wenn ich sie nicht höre, ist sie nicht da, ist *er* nicht da. *Er ist nicht hier.*

»Komm schon, Sloan.« Er klingt jetzt noch näher. »Ich dachte, du würdest dich ein bisschen mehr freuen, mich zu sehen.«

Ich halte die Augen fest geschlossen, doch ich kann hören, wie er sich neben mir auf die Küchentheke hievt. Als ich die Augen öffne, sehe ich seine Füße kurz über dem Küchenboden schwingen, seine Beine baumeln neben mir. Keine elektronische Fußfessel. Das will er mir zeigen. Ich weiß, wie sein kranker Kopf funktioniert.

Wie kann das sein?

Wo ist mein Handy?

Mir ist schlecht. Ich zwinge mich weiterzuatmen, damit ich nicht vor lauter Panik ohnmächtig werde.

»Lasagne, hm?« Er wirft etwas auf den Tresen. »Deine Lasagne mochte ich nie besonders. Du hast immer zu viel Tomatensoße reingetan.«

Inzwischen weine ich. Ich rutsche von ihm weg, finde nicht die Kraft, aufzustehen. Ich rutsche immer weiter, weiß, dass mich das nirgendwohin bringt, und hoffe trotzdem darauf.

»Wo willst du hin, Baby?«, fragt er.

Ich versuche, mich aufzurichten, doch kaum bin ich halb auf

die Füße gekommen, springt er vom Tresen und schlingt von hinten die Arme um mich. »Wir sollten uns unterhalten«, sagt er, hebt mich dabei mühelos hoch. Panisch schreie ich auf, und er legt mir sofort eine Hand über den Mund. »Du musst leise sein, während wir uns unterhalten«, sagt er, trägt mich durchs Wohnzimmer ins Schlafzimmer. Ich habe ihm immer noch nicht ins Gesicht gesehen.

Und das werde ich auch nicht.

Ich weigere mich, ihn anzusehen.

Luke. Bitte, Luke. Komm nach Hause, komm nach Hause, komm nach Hause.

Asa wirft mich aufs Bett, und sofort will ich auf die andere Seite krabbeln, doch er packt mich am Fußgelenk und reißt mich zurück. Ich liege auf dem Bauch. Ich versuche, seine Hand wegzutreten. Ich greife nach der Decke, einem Kissen, nach allem, was ich erreichen kann, doch ich bin bei Weitem nicht stark genug, um mich gegen ihn zu verteidigen. Alles scheint sich wie in Zeitlupe zu bewegen, als er mich auf den Rücken dreht und meine Hände unter seinen Knien einklemmt, sich rittlings auf meinen Bauch setzt. Und in dem Moment wird mir klar, dass er es weiß. Inzwischen lässt es sich auch nicht mehr verbergen.

Deswegen ist er hier.

Ich spüre seine Finger auf meinen Lidern, er zwingt mich, die Augen zu öffnen. Als ich ihm schließlich ins Gesicht sehe, lächelt er. »Hey, meine Schöne«, sagt er. »Es ist unhöflich, jemandem nicht in die Augen zu sehen, der sich ernsthaft mit dir unterhalten will.«

Er ist vollkommen wahnsinnig. Und ich habe keine Möglichkeit, mich zu schützen. Keine Möglichkeit, mein Baby zu schützen.

Obwohl er mich aufs Bett presst, obwohl ich ihm vollkommen ausgeliefert bin, schwirren trotzdem noch klare Gedanken durch meinen Kopf. Gerade frage ich mich, wie mir mein Leben so viel bedeuten kann. Wie mich der Gedanke, dass ich sterben könnte, mit so viel Angst erfüllen kann, obwohl mir mein Tod vor wenigen Monaten noch ziemlich egal war. Früher habe ich sogar darum gebetet, dass Asa mich umbringt und mich von meinem Elend erlöst. Damals hatte ich nichts, wofür es sich zu leben lohnte.

Jetzt habe ich so viel, wofür es sich zu leben lohnt.

Alles.

Tränen fließen aus meinen Augen und in mein Haar. Er betrachtet die Tränen, die über mein Gesicht laufen, dann beugt er sich vor, bringt sein Gesicht ganz nah an meins. Er legt den Mund an meine Schläfe und ich spüre, wie er mit der Zunge ein paar der Tränen aufleckt. Als er sich wieder aufrichtet, ist sein Lächeln verschwunden.

»Ich dachte, sie würden anders schmecken«, flüstert er.

Ich beginne zu schluchzen. Mein Herz hämmert so heftig, dass mein Puls nur noch ein durchgehender Schlag ist. Vielleicht ist es auch stehen geblieben. Ich schließe wieder die Augen. »Bring es endlich hinter dich, Asa«, flüstere ich. »Bitte.«

Der Druck auf meinen Bauch lässt etwas nach, als würde er sich auf mir zurechtsetzen. Dann spüre ich, wie er mein Shirt anhebt und eine Hand auf meinen Bauch legt. »Glückwunsch«, sagt er. »Ist es von mir?«

Ich lasse die Augen geschlossen und weigere mich, ihm zu antworten. Ein paar Sekunden lang streicht er mit einer Hand über meinen Bauch. Ich spüre, wie er sich wieder vorbeugt, die Lippen diesmal dicht an mein Ohr bringt. »Fragst du dich, wie zur Hölle ich in deine Wohnung gekommen bin?«

Das habe ich mich tatsächlich gefragt, aber jetzt frage ich mich nur noch, wie ich ihn wieder rausbekomme.

»Erinnerst du dich an heute Morgen, als dein guter Freund

Luke den Hausmeister reingelassen hat, um den Filter der Klimaanlage zu wechseln?«

Der Hausmeister? Was? Nein, das ist nicht möglich. Luke hat ihn nach seinem Ausweis gefragt. Hat sich seine Identität von seinem Vorgesetzten bestätigen lassen. Wir kennen jeden, der in diesem Gebäude arbeitet, und dieser Mann ist schon seit über zwei Jahren hier angestellt.

»Er hat mir einen kleinen Gefallen getan und das Fenster entriegelt, als Luke gerade nicht hingeschaut hat. Weißt du, wie viel er dafür wollte? Zweitausend. Hat keine Fragen gestellt. Er wusste, dass du hier bist, er wusste, dass du schwanger bist, und er wusste, dass ich etwas Ungutes vorhabe. Wieso sonst sollte ich ihm zweitausend Dollar zahlen, um ein Fenster zu öffnen? Es war ihm *egal*, Sloan. Zweitausend Kröten waren genug, er hat es einfach getan und nicht weiter drüber nachgedacht.«

Mir ist schlecht.

Kotzübel.

Menschen sind krank.

Wüsste dieser Mann, wozu Asa fähig ist, hätte er das niemals getan. Er hätte das Fenster niemals für ihn geöffnet. Er dachte vermutlich, Asa will nur einbrechen, um unseren Fernseher zu stehlen oder so.

Ich weine noch heftiger, vor lauter Enttäuschung darüber, dass die Menschheit nicht mal ein Minimum an Moral zustande bringt.

»Dein kleiner Bewacher draußen vor der Tür hat mich nicht mal gesehen, denn leider bist du Luke anscheinend nicht genug wert, um jeden Zugang zu dieser Wohnung überwachen zu lassen. Hält er mich wirklich für so dumm, durch die verdammte Vordertür einzubrechen?«

Je mehr er redet, desto weniger höre ich. Meine Panik macht

mich taub. Ich kann auch meinen Körper nicht mehr spüren. Kann Asa nicht mehr auf mir spüren. Kann meine eigene Stimme nicht hören, als ich *Nein* sage, wieder und wieder.

Ich fühle rein gar nichts mehr. Nur so kann ich mich schützen.

54

Asa

»Das hat sich anders angefühlt.«

Ich atme immer noch schwer, erhole mich von diesem ungeplanten Moment zwischen uns. Ich sacke auf ihr zusammen.

Es war besser, als ich noch der Einzige war, der jemals in ihr war. Nun weiß Luke, wie es sich anfühlt, ein Teil von ihr zu sein, und ich hätte ihr am liebsten die Hände an die Kehle gelegt und beide Leben aus ihr rausgepresst. Wahrscheinlich hätte ich das auch getan, wenn sie sich gewehrt hätte, aber das hat sie nicht.

Sie vermisst mich. Jede andere Frau auf der Welt hätte sich mit allen Mitteln gesträubt, aber Sloan nicht. Sie weiß, wo sie hingehört. Unter mich. In meine Nähe.

Ich lege mich neben sie und stütze mich auf den Ellbogen. Sie hat die Augen geschlossen.

Es gefällt mir nicht, dass sie immer noch so verdammt schön ist wie in der Zeit, als sie noch unschuldig war. Dasselbe glänzende dunkle Haar, lang genug, um ihre Brüste zu bedecken. Dieselben süßen, weichen Lippen, die früher nur mir gehörten. Ich fahre mit dem Finger über die kleine Wölbung ihres Bauches. Ich seufze, als mein Blick an ihr hinabgleitet. *Fuck*, ich vermisse sie. Ich hasse sie so sehr, aber ich vermisse sie.

»Sieh mich an, Sloan.«

Sie öffnet langsam ihre mit Tränen gefüllten Augen und neigt ihren Kopf gerade so weit, dass sie Blickkontakt mit mir aufnehmen kann.

»Ich vermisse dich, Baby.« Während ich mit ihr spreche, reibe ich mit der Hand ihren Bauch. Wenn sie sich daran erinnert, wie schön es mit uns war, können wir vielleicht irgendwie dorthin zurückkehren. »Weißt du, wie einsam es in unserem Haus ist, Sloan? Ich *hasse* es.«

Erneut schließt sie die Augen. Ich drücke einen sanften Kuss auf ihre Lippen. »Ich dachte, ich wäre fertig mit dir«, sage ich und denke an gestern zurück. An den wütenden kleinen Amoklauf mit dem Kruzifix. »Ich habe dich gehasst, Sloan. Ich will dich nicht hassen, Baby.«

Sie saugt Luft ein, und mein Mund ist so nah an ihrem, dass sie mir etwas von meinem Atem nimmt. Ich gebe ihr mehr. Ich presse meinen Mund auf ihren und küsse sie, fülle ihren Mund mit meiner Zunge. Sie weigert sich, meinen Kuss zu erwidern.

»Sloan«, flüstere ich und lasse meine Lippen über ihre gleiten. »Baby, du musst mich zurückküssen. Ich muss wissen, ob ich dir noch etwas bedeute.« Ich bleibe geduldig, streichle sie, beobachte sie. Endlich öffnet sie die Augen.

Und dann erinnert sie sich. Sie hebt ihren Kopf und öffnet ihre Lippen für mich.

Sie erinnert sich, wie viel ich für sie getan habe.

Wie sehr ich sie geliebt habe. Wie *heftig* ich sie geliebt habe. Als ihre Zunge über meine streicht, möchte ich weinen.

»Baby, ich habe dich so sehr vermisst«, sage ich zu ihr. Aber dann verstumme ich, denn sie küsst mich, wie sie mich geküsst hat, bevor sie verdorben wurde. So wie in jener ersten Nacht in der Gasse, als mein Mund sie in das Küssen einführte.

Jetzt bewegt sie sich, hebt die Arme, streicht mit den Händen über meinen Nacken. Ihre Finger gleiten durch mein Haar, und ich brauche das so sehr. Es war das Risiko wert, die Fußfessel abzunehmen. *Absolut.* Ich weiß, ich bin mit anderen Absichten hergekommen, aber nur, weil ich wütend war. Luke lässt mich so viel Hass empfinden, dass ich meine Gefühle für ihn mit denen für Sloan verwechselt habe. Ich dachte, sie sei böse, aber das ist sie nicht.

Sie ist das Opfer.

Sie ist Lukes Opfer, und sie brauchte mich, um sich daran zu erinnern, wie anders es sich anfühlt, von mir gehalten zu werden. Sie musste mich in sich spüren, um sich daran zu erinnern, dass sie einer Gehirnwäsche unterzogen wurde, um mich zu vergessen. Aber sie hat mich nicht vergessen.

Sie erinnert sich.

»Asa«, flüstert sie und spricht meinen Namen voller Verlangen aus. »Asa, es tut mir leid.«

Ich zucke zurück, überrascht, dass ich überhaupt Worte hervorbringen kann, obwohl mir vor Verlangen nach ihr fast die Luft wegbleibt. »Alles gut«, sage ich und streiche ihr die Haare aus dem Gesicht. »Es ist okay. Wir werden darüber hinwegkommen. Er hat dich dazu gebracht, mich zu hassen, und für einen Moment hat er auch mich dazu gebracht, dich zu hassen. Aber so sind wir nicht, Sloan. Du hasst mich nicht.«

Sie schüttelt den Kopf. »Das tue ich nicht, Asa. Ich hasse dich nicht.«

Ich sehe die tiefe Reue in ihrem Gesicht. Ich spüre das Bedauern in ihren Worten und in ihren Tränen, die immer noch fließen.

Sie zwingt sich zu einem Lächeln, aber es fällt ihr schwer, weil alles so verdammt intensiv ist. Wieder mit ihr vereint zu sein, zu spüren, wie sehr sie mich vermisst. Es ist das intensivste Gefühl, das ich je hatte. Es macht fast die ganzen letzten Monate wett.

Das ist der Himmel. *Das* ist Gottes Entschuldigung.

»Ich vergebe dir«, flüstere ich und bin mir nicht sicher, ob ich Sloan oder Gott vergebe. Vielleicht vergebe ich beiden, denn das hier ist alle Vergebung der Welt wert. Es fühlt sich gerade so verdammt gut an, dass ich sogar in Erwägung ziehe, Luke zu vergeben.

Okay, stimmt nicht. Diesem Drecksack werde ich niemals vergeben. Aber ich werde später über ihn nachdenken. Im Moment bin ich mit der Liebe meines Lebens beschäftigt.

»Verlass mich nie wieder, Sloan«, sage ich leise und halte sie in meinen Armen. Es ist so unbeschreiblich. Ich dachte, ich hätte sie geliebt, aber das ist nichts im Vergleich zu jetzt, zu dieser Intensität. Mein Herz schlägt für sie. Sie ist der Grund, warum mein Herz überhaupt noch schlägt, und ich bin mir nicht sicher, ob mir das je so klar war wie gerade. »Verlass mich nie wieder, verdammt. Wenn du dein Versprechen noch einmal brichst, weiß ich nicht, ob ich noch mal so nachsichtig sein kann.«

Vielleicht fühlt es sich so anders an, weil ich jetzt mehr als nur Sloan liebe. Ich liebe, was in ihr heranwächst. Da ist sie, und da ist dieses winzige Stück Himmel, das wir zusammen erschaffen haben. Und *scheiß* auf Luke. Luke wäre nicht in der Lage, ein Leben zu zeugen, das am verdammten *Weihnachtstag* auf die Welt kommt.

Ich weiß, dass ich dieses Baby mit ihr gemacht habe, weil ich nicht so fühlen würde, wenn es Lukes Baby wäre. Dieses Gefühl ist Gott, der mich wissen lässt, dass ein Teil von mir in Sloan lebt und ich alles tun muss, um sie beide vor Luke zu beschützen.

Ich lege meine Wange an Sloans Bauch, meine Hand flach daneben und schließe meine Augen, aber die Tränen kommen immer noch. *Fuck*, ich kann nicht glauben, dass ich jetzt weine. *Was soll der Scheiß?* Macht die Erkenntnis, Vater zu sein, aus Männern gleich Pussys?

Ich drücke sie fest an mich und küsse mein Baby. Ich küsse sie wieder und wieder. Ihr Bauch ist so schön, und ich weiß, dass das Leben, das wir geschaffen haben, genauso schön sein wird wie Sloan. Sie streicht mir durchs Haar. »Du wirst Daddy, Asa.«

Diese Worte, die sie mir da gerade zugeflüstert hat, werden mir nie mehr aus dem Kopf gehen. Ich lache und weine weiter, dann liege ich wieder auf ihr und küsse sie. Ich kriege nicht genug von ihr. »Du bist so schön, Baby. So wunderschön. Wenn ich gewusst hätte, wie verdammt schön die Schwangerschaft dich macht, hätte ich schon viel früher in deine Verhütungsmethoden eingegriffen.«

Sie erstarrt kurz, und ich muss lachen. Ich richte mich auf und schaue sie an, aber sie lächelt mich nur halbherzig an. »Was?«, sagt sie. Ihre Stimme überschlägt sich ein wenig.

Ich lache und küsse sie weiter. »Du kannst mir nicht böse sein, Sloan.« Ich lege wieder eine Hand auf ihren Bauch und schaue auf sie runter. »Ich habe es für uns getan. Damit du mich nicht verlässt.« Aus irgendeinem Grund weint sie. Aber ich auch. Gute Tränen. »Wir sind durch die Hölle gegangen, aber schau uns an. Wir bekommen ein Baby.« Ich küsse sie und lasse meine Lippen mit leichtem Druck auf ihren ruhen. »Du wirst mich nicht noch einmal verlassen, Sloan. Nicht mit meinem Baby in dir. Richtig?«

Sofort schüttelt sie den Kopf. »Das werde ich nicht, Asa. Das verspreche ich dir. Ich liebe dich. Ich werde dich nie verlassen.«

»Sag es noch einmal.«

»Ich werde dich nie verlassen.«

»Noch einmal.«

»Ich schwöre, ich werde dich nie verlassen.«

55

Sloan

Es gab einen bestimmten Moment. Nur den Bruchteil einer Sekunde, fast zu kurz, um ihn wahrzunehmen. Es war der Moment, als Asa auf mich herabgesehen hat, mich angefleht hat, ihn zu küssen. Es war ein Moment der Verzweiflung. *Und ich habe ihn genutzt.*

Ich sage ihm, was er hören will. Ich berühre ihn, wie er berührt werden will. Ich mache die Geräusche, die ich mir für ihn antrainiert habe. Ich flüstere ihm die Lügen ins Ohr, die ich mir beigebracht habe.

Ich habe zwei Jahre lang so getan, als würde ich ihn noch lieben. *Was macht ein Tag mehr da schon aus?* Ich werde Asa mit der einzigen Waffe bekämpfen, die stärker ist als er. *Ich werde ihn mit Liebe bekämpfen.*

Also wiederhole ich meine Worte noch einmal: »Ich verspreche, ich werde dich nie verlassen, Asa.« Diese Worte scheinen ihn zu beruhigen, doch ich will nicht, dass er sich so wohl in diesem Schlafzimmer fühlt, dass er auf die Idee kommt, sich mir noch mal aufzuzwingen. Ich muss ihn ablenken, deswegen sage ich: »Was jetzt?« Ich streiche mit Fingern über sein Gesicht, die ich irgendwie dazu bringen konnte, nicht mehr zu zittern. »Wie kommen wir aus dieser ganzen Sache wieder raus? Ich will dich nicht noch mal verlieren.«

Er greift nach meiner Hand und küsst sie. »Wir ziehen uns an und gehen einfach aus der Tür, Sloan. So einfach ist das. Und dann gehen wir irgendwohin … wo immer wir hinwollen. Weit weg von hier.«

Ich nicke, verarbeite, was er gerade gesagt hat.

Asa mangelt es zwar gewaltig an emotionaler Intelligenz, aber er ist auch einer der gerissensten Menschen, die ich kenne. Ich musste immer versuchen, ihm einen Schritt voraus zu sein. Diese Situation ist da nicht anders. Alles, was er jetzt tut, ist ein Test. Also nehme ich seine Worte auseinander, seziere sie in meinem Kopf.

Er weiß, dass wir nicht einfach aus der Tür spazieren können. Er weiß, dass die Wohnung überwacht wird. Deswegen ist er ja durchs Fenster reingekommen. Er testet meine Loyalität.

Ich schüttle den Kopf. »Asa, du kannst nicht einfach so aus der Wohnung spazieren«, sage ich, zwinge dabei Sorge in meine Stimme. »Er lässt mich bewachen. Wenn dich der Typ da draußen mit mir sieht, wird er sofort Luke anrufen.«

Asa grinst.

Es war ein Test.

Er beugt sich vor und drückt mir einen Kuss auf die Stirn. »Dann klettern wir eben durchs Fenster.«

»Ich muss erst packen.« Ich will aufstehen, doch er zieht mich zurück aufs Bett.

»Das mache ich für dich«, sagt er. »Rühr dich nicht vom Fleck, verstanden?«

Er steht auf und sieht sich im Zimmer um. Ich kann die Adern an seinem Hals pulsieren sehen, als er Lukes Sachen bemerkt. Ich versuche, ihn von seiner Wut abzulenken.

»Im obersten Fach im Schrank ist eine Tasche.« Ich deute auf den Wandschrank, sehe, wie er mit den Augen die Distanz vom Bett zum Wohnzimmer misst. Auf seinem Weg zum Schrank knallt er die Schlafzimmertür zu. Seine Art, mich wissen zu lassen, dass ich lieber gar nicht erst versuchen sollte, wegzurennen.

Ich überprüfe meine Körperhaltung, und mir wird bewusst,

dass ich aussehe, als könnte ich jeden Moment aufspringen. Ich bin nicht überzeugend genug.

Ich lasse mich zurück in die Kissen sinken und bemühe mich, entspannt zu wirken. Als er zurückkommt und mich so sieht, grinst er selbstzufrieden. Es gefällt ihm, dass ich nicht versucht habe, zu fliehen. Er lässt etwas in seiner Wachsamkeit nach.

»Du bist so verdammt hübsch, Baby«, sagt er und wirft die Tasche aufs Bett. »Was soll ich für dich packen?« Wieder sieht er sich im Zimmer um. Sein Blick fällt auf die Kommode – auf das Bild von Luke und mir. Ich habe es vor etwa einer Woche ausgedruckt und eingerahmt. Ich kann Asa schlucken sehen. »Bin gleich wieder da«, sagt er und geht zur Schlafzimmertür.

»Wo gehst du hin?«, frage ich, setze mich auf.

Er öffnet die Tür und geht ins Wohnzimmer. »Ich habe meinen kleinen Jesus beim Fenster liegen lassen. Ich brauche ihn.«

Was zur Hölle soll das sein? Er ist zurück, bevor ich seine Worte verarbeiten kann, und er hält etwas in der Hand. »Ist das ... ein Kruzifix?«

Er nickt lächelnd, hebt das Kreuz dann mit beiden Händen über den Kopf und lässt es direkt auf das gerahmte Foto niedersausen. Der erste Aufprall lässt mich zusammenzucken, doch er schlägt immer wieder auf den Rahmen ein, bis nur noch ein Haufen winziger Scherben übrig ist.

Ich habe *Todesangst*, zwinge mich aber trotzdem zu einem Lachen. Ich habe keine Ahnung, wie ich das schaffe. Alles in mir will panisch aufschreien, aber ich weiß, dass mir das jetzt nicht helfen würde. Ich spiele eine Rolle, und in dieser Rolle muss ich für Asa lachen, weil er glauben muss, dass mir dieses Bild völlig egal ist.

Er strahlt mich an, freut sich an dem Lächeln auf meinem Gesicht. Also deute ich auf den Nachttisch. »Da ist noch eins.«

Sein Blick fällt auf den zweiten Fotorahmen, und er durchquert das Zimmer. Er schwingt das Kruzifix wie einen Baseballschläger, schlägt den Rahmen vom Nachttisch direkt gegen die Wand. Obwohl ich diesmal wusste, was kommt, zucke ich zusammen. Das Ausmaß an purem Hass, den er für Luke empfindet, ist erschütternd.

Die ganze Zeit habe ich stumm darum gebetet, dass Luke heute durch einen wundersamen Zufall früher nach Hause kommt. Doch jetzt hoffe ich inständig, er tut es nicht, denn ich bin mir nicht sicher, ob irgendjemand gegen die Person, die Asa gerade ist, ankommen kann. Er ist vollkommen irrational. Er lebt in seiner ganz eigenen verzerrten Realität. Er ist wahnsinnig. Er ist gefährlich. Ich will auf keinen Fall, dass er noch hier ist, wenn Luke nach Hause kommt. Da schaffe ich ihn lieber aus der Wohnung, auch wenn das bedeutet, dass ich ihn begleiten muss.

Asa lässt seinen Blick durchs Zimmer wandern. Als er nichts mehr entdecken kann, das seine Wut auf sich zieht, wirft er das Kreuz aufs Bett. »Wann kommt Luke nach Hause?«

Er weiß genau, wann Luke nach Hause kommt.

Ich könnte lügen und behaupten, dass er jede Minute durch die Tür kommen kann, doch wenn Asa es geschafft hat, unsere Adresse rauszufinden, kennt er mit Sicherheit auch jedes Detail unseres Tagesablaufs. Er weiß garantiert, dass Luke jeden Abend um sechs nach Hause kommt.

»Um sechs«, sage ich.

Er nickt, zieht sein Handy aus der Tasche und sieht auf die Uhr. »Dann müssen wir noch ganz schön lange warten«, sagt er. »Was wollen wir die nächsten Stunden machen?«

Moment mal … was?

»Wir *warten* auf ihn?«

Er lässt sich neben mich aufs Bett fallen. »Natürlich warten wir auf ihn, Sloan. Ich bin doch nicht den ganzen Weg hierhergekommen, um mir mein Mädchen zurückzuholen, und lasse mir dann die Chance entgehen, mich an dem Arschloch zu rächen, das es mir weggenommen hat.«

Irgendwie schafft er es, das alles mit einem Lächeln zu sagen.

Wieder schlucke ich meine Angst hinunter. »Wir könnten Lasagne essen. Wenn ich sie nicht bald aus dem Ofen hole, ist sie ohnehin hinüber.«

Asa beugt sich über mich und drückt mir einen schmatzenden Kuss auf den Mund. »Genial, Babe.« Er rutscht vom Bett und zieht mich auf die Füße. »Ich bin am Verhungern.«

Er lässt meine Hände los und geht ins Bad. Die Tür bleibt offen, und er beobachtet mich die ganze Zeit, während er pinkelt. Ich ziehe meine Klamotten wieder an, bemühe mich, das Zittern in meinen Händen so weit wie möglich zu unterdrücken. Er spült, kommt dann zurück ins Schlafzimmer und geht Richtung Wohnzimmer. »Ich hab das vorhin übrigens nicht ernst gemeint«, sagt er. »Ich hasse deine Lasagne nicht. Das hab ich nur gesagt, weil ich echt sauer auf dich war.«

»Ich weiß doch, Babe. Wenn wir wütend sind, sagen wir alle manchmal Dinge, die wir nicht so meinen.« Ich gehe in die Küche. Die Lasagne war viel länger im Ofen, als ich geplant hatte, aber ich glaube, sie ist noch nicht verbrannt. Allerdings wird sie keine guten Fotos für mein Kochbuch mehr hergeben.

Als mir dieser Gedanke durch den Kopf schießt, lache ich unwillkürlich auf.

Im Ernst? Mein Leben ist in Gefahr, und ich denke an das bescheuerte Kochbuch?

Asa folgt mir in die Küche. Vermutlich behält er mich im Auge, weil er nicht überzeugt ist, dass ich mir nicht doch ein Messer schnappe. Das ist klug, denn stünde er nicht direkt hinter mir, würde ich genau das tun. Ich räume die leeren Verpackungen der Zutaten zusammen und will sie in den Mülleimer werfen, sehe aber noch in der Bewegung, dass keine Tüte im Eimer ist.

Weil ich den vollen Sack vorhin rausgeholt habe.

Ich starre den Müllsack an, der verknotet neben dem leeren Eimer steht.

Ich sehe den leeren Eimer an.

Mein Puls beginnt zu rasen, und ich gebe alles, um es zu verbergen.

Ich habe den verdammten Müll vergessen!

Beruhig dich, beruhig dich, beruhig dich. Ich schnappe mir einen Topflappen, öffne die Backofentür und hole die Lasagne heraus. Asa greift über meine Schulter und öffnet eine Schranktür, um zwei Teller herauszuholen. Dabei drückt er mir einen Kuss auf den Scheitel. Dann nimmt er den Pfannenwender und schneidet die Lasagne damit in Stücke. Wahrscheinlich ist es ihm zu riskant, ein Messer ins Spiel zu bringen. Während er die Lasagne zerteilt, starre ich ununterbrochen den leeren Mülleimer an.

Ich habe den Müll nicht rausgebracht.

56

Luke

Ich schaue noch mal auf mein Handy.

»Du hörst nicht zu«, sagt Ryan, um mich wieder auf sich aufmerksam zu machen.

»Doch, tue ich.« Ich lege das Handy auf den Tisch zurück, mit dem Display nach oben. Ich starre es an und tue, als würde ich Ryan zuhören, aber er hat recht: Ich bin nicht bei der Sache.

»Was zum Teufel, Luke?« Er schnippt mit den Fingern. »Was ist denn los mit dir?«

Ich schüttle den Kopf. »Nichts, es ist nur …« Ich will den Gedanken nicht laut aussprechen, um nicht wie ein Idiot zu klingen. Die Vorkehrungen, die ich getroffen habe, damit Sloan und ich uns sicher fühlen können, sind völlig übertrieben. Sogar für meine Verhältnisse. »Es ist fünf nach.«

Ryan lehnt sich zurück und trinkt einen Schluck. Wir sind in einer Pizzeria, nur wenige Meilen von Sloans und meiner Wohnung entfernt, und erörtern wie bei jedem unserer Treffen Asas Fall. In wenigen Monaten wird er sich vor Gericht verantworten müssen, und ich will verdammt sein, wenn wir nicht alles tun, um den Prozess so gut wie möglich vorzubereiten. Je größer die Zahl seiner Verurteilungen und je länger seine Haftstrafe dauert, desto besser ist es für Sloan.

»Es ist fünf nach was?«, fragt Ryan.

»Zwölf. Mittlerweile *sechs* nach.« Ich werfe einen Blick auf mein Handy. Es ist 12:06 Uhr, und Sloan hat noch nicht den Müll rausgestellt.

Ryan beugt sich vor. »Kannst du bitte Klartext reden? Allmählich nervt es mich ein bisschen, wie wenig du zu unserem Gespräch beiträgst.«

»Der Typ, der die Wohnung tagsüber im Blick behält … Thomas … Er schreibt mir immer Punkt zwölf, um mir mitzuteilen, dass Sloan den Müll vor die Tür gestellt hat. Das macht sie jeden Tag, damit ich weiß, dass alles okay ist.«

Ich nehme das Handy und schreibe Thomas eine Nachricht.

»Wieso rufst du sie nicht einfach an und erkundigst dich, ob irgendwas ist?«, fragt Ryan, als wäre das die naheliegendste Lösung.

»Das ist eine zusätzliche Schutzmaßnahme. Wenn etwas passiert und jemand bei ihr ist, könnte derjenige sie dazu zwingen, dranzugehen und mir zu erklären, alles wäre in Ordnung.«

Nachdem ich die Nachricht an Thomas abgeschickt habe, sieht Ryan mich einen Moment lang an. Ich weiß, dass er mich gerade für übertrieben paranoid hält, aber er wird es mir sicher nicht verdenken. Asa ist psychotisch und unberechenbar. Ich bin mir nicht sicher, ob es irgendjemanden gibt, der sich vor ihm sicher fühlen könnte.

»Das ist ziemlich genial«, sagt Ryan.

»Ich weiß«, sage ich und wähle Sloans Nummer. »Es war ihre Idee. Bislang hat sie keinen einzigen Tag ausgelassen, und sie stellt den Müll immer so pünktlich raus, dass man danach die Uhr stellen könnte.« Ich halte das Handy ans Ohr und warte ab, während es am anderen Ende klingelt. Sie hat noch nie einen Anruf von mir ignoriert.

Ich warte.

Sie geht nicht dran. Als ihre Mailbox anspringt, kommt gleichzeitig die Antwort des Wachmanns.

Thomas: Ich warte nach wie vor. Der Müll steht noch nicht draußen.

Ich gerate in Panik. Ryan sieht es und steht im selben Moment auf wie ich. »Ich rufe Verstärkung«, sagt er und wirft Geld auf den Tisch.

Wortlos renne ich zur Tür hinaus. Einen Moment später sitze ich im Auto, drücke fluchend auf die Hupe und versuche, mir einen Weg durch den dichten Verkehr zu bahnen.

Vier Minuten.

Vier verdammt quälende Minuten.

So lange werde ich für die Strecke brauchen.

Ich wähle eine Nummer und drücke auf das Hörersymbol.

»Ja?«, meldet er sich.

»Hat sie ihn inzwischen rausgestellt?« Ich versuche, ruhig zu bleiben, aber ich schaffe es nicht.

»Noch nicht.«

Ich schlage mit der Faust aufs Lenkrad. »Ist heute irgendwer durch die Vordertür gegangen?«, schreie ich.

»Nein, nicht seit Sie heute früh zur Arbeit aufgebrochen …«

»Gehen Sie nach hinten!«, falle ich ihm ins Wort. »Checken Sie die Fenster!«

Er reagiert nicht.

»Jetzt! Checken Sie die Fenster. Ich bleibe am Telefon.«

Er räuspert sich. »Sie haben mich für die Überwachung angeheuert. Ich habe nicht mal eine Pistole, Mann. Ich gehe auf keinen Fall nach hinten, wenn Sie sich solche Sorgen machen.«

Ich packe das Handy fester. »*Wollen Sie mich verdammt noch mal verarschen!?*«, brülle ich ihn an.

Er legt auf.

»Mieses Arschloch!« Ich trete aufs Gas und rase über eine rote Ampel. Ich bin nur noch zwei Blocks entfernt und bereits fast über die Kreuzung, als es geschieht: Ein gewaltiger Ruck geht durch meinen Körper. Ich habe den Sattelschlepper nur kurz aus dem Augenwinkel gesehen. Mein Airbag löst aus. Das Auto beginnt, sich im Kreis zu drehen. Ich weiß, dass alles schneller geschieht, als irgendwer um mich herum mit den Augen verfolgen kann, aber für mich spielt sich der Unfall in Zeitlupe ab.

Er nimmt gar kein Ende.

Schließlich kommt mein Auto zum Stehen. Blut läuft mir ins Auge. Ich höre Hupen und lautes Stimmengewirr. Ich will nach dem Verschluss meines Sicherheitsgurts greifen, doch ich kann meinen rechten Arm nicht richtig bewegen. Er ist gebrochen.

Ich öffne den Gurt mit der Linken, stoße die Fahrertür mit der Schulter auf und wische mir das Blut von der Stirn.

»Sir!«, ruft ein Mann hinter mir. »Sir, Sie müssen im Auto bleiben!«

Jemand packt mich an der Schulter und versucht, mich aufzuhalten. »Finger weg!«, schreie ich. Ich versuche, mich zu orientieren. Rechts von mir sehe ich den Lebensmittelladen, in dem ich immer einkaufe. Ich gehe nach links und dränge mich durch die Menge, die sich um mein Auto schart. Ein paar Leute rufen mir zu, ich solle stehen bleiben, aber ich beginne zu rennen.

Zwei Blocks. Die schaffe ich in weniger als einer Minute.

Endlich erreiche ich den Gebäudekomplex, doch das verdammte Tor will nicht aufgehen, da ich mich nicht in einem Fahrzeug befinde. Ich laufe zur nächstgelegenen Tür, aber die ist abgeschlossen. Ich nehme ein paar Schritte Anlauf, renne auf das Tor zu und schaffe es irgendwie, mich mit meinem unversehrten Arm hinüberzuhieven. Allerdings gelingt es mir nicht, auf den Füßen zu landen. Stattdessen knalle ich mit der rechten Schulter auf. Der Schmerz durchzuckt mich wie ein Blitzschlag. Es dauert einen Moment, bis ich wieder Luft holen kann.

Als ich aufspringe, sehe ich Thomas, den Wachmann. Er steht neben seinem Auto. Als er mich erkennt, reißt er die Augen auf und hebt die Hände. »Tut mir leid, Mann, ich wollte gerade nach ihr sehen«, sagt er und weicht vor mir zurück.

»*Blöder Wichser!*« Ich boxe ihm mit meinem unverletzten Arm gegen die Kehle. Während er rückwärts gegen seine Autotür taumelt, sprinte ich los. Ich renne an der Eingangstür der Wohnung vorbei und zur Rückseite des Gebäudes, wo die Schlaf- und Wohnzimmerfenster sind. Als ich das Schloss an der Innenseite des Wohnzimmerfensters sehe, muss ich mich mit aller Kraft zusammenreißen, um nicht ihren Namen zu schreien.

Es ist offen.

Sofort wird mir klar, was passiert ist. Der Wartungstechniker. Es ist meine Schuld. Ich hätte Asa immer einen Schritt voraus bleiben müssen. Doch darüber kann ich jetzt nicht nachdenken. Ich drücke mich neben dem Fenster flach an die Wand, ziehe die Pistole aus dem Hüftholster und lausche mit geschlossenen Augen.

Ich höre Stimmen.

Eine davon gehört Sloan. Ich bin noch nicht zu spät. Tränen der Erleichterung steigen mir in die Augen, aber ich kämpfe gegen sie an und schiebe mich ganz langsam dichter an das Fenster heran, um hineinzuspähen. Wegen der Sonne, die sich in der Fensterscheibe spiegelt, kann ich jedoch kaum etwas sehen.

Mist.

Mein Puls rast. In der Ferne erklingen Sirenen. Ich habe keine Ahnung, ob Ryan sie herbeordert hat oder ob sie zu dem Unfall unterwegs sind, den ich gerade an der Kreuzung verursacht habe. So oder so muss ich in den nächsten fünf Sekunden etwas unternehmen, bevor die Person, die bei Sloan in der Wohnung ist, sie ebenfalls hört und ihrerseits in Aktion tritt.

Ich knie mich hin und schiebe mit der Pistole in der Hand das Fenster ein kleines Stück nach oben. Durch den Schlitz sehe ich Sloan an der Küchentheke sitzen. Und noch jemanden. Er sitzt mit dem Rücken zum Fenster. Und er lacht.

An seinem beschissenen Lachen erkenne ich ihn sofort. Asa

ist da drinnen bei Sloan. Noch hat er ihr nichts getan. Doch sobald er die Sirenen hört, wird er in Panik geraten und irgendeine Dummheit machen. Ich weiß nicht, wie sie es geschafft hat, dass er so ruhig ist. Aber es überrascht mich nicht. Sloan ist verdammt schlau.

Ich schiebe das Fenster einen weiteren Zentimeter nach oben. Eine halbe Sekunde lange sieht Sloan mir in die Augen.

Eine halbe Sekunde.

Für die Dauer eines Wimpernschlags.

Sie lässt die Gabel fallen. Mir ist klar, dass sie es absichtlich tut. Kaum ist die Gabel ihren Fingern entglitten, flucht sie leise und bückt sich, um sie aufzuheben. Während ich das Fenster ein weiteres Stück hochschiebe, steigt Asa vom Hocker und geht um die Theke herum. Wieso? Will er sichergehen, dass sie ihn nicht reinzulegen versucht? Ich richte die Pistole auf ihn und bete, dass sich das Schießtraining mit der linken Hand jetzt auszahlt.

Asa nimmt Sloan die Gabel aus der Hand, wirft sie in die Spüle und reicht ihr eine neue.

Sloan lässt sich zu Boden fallen und schreit: »Jetzt!«

Bevor Asa begreift, was los ist, betätige ich den Abzug. Habe ich ihn getroffen? Ich stoße das Fenster ganz auf, klettere hinein und renne durch das Wohnzimmer.

Sloan krabbelt um die Theke herum auf mich zu. »Noch mal!«, ruft sie verzweifelt. »Schieß noch mal!«

Asa liegt auf dem Boden und presst sich eine Hand an den Hals. Blut quillt ihm durch die Finger und rinnt an seinem Arm hinab. Seine Brust hebt und senkt sich, während er um Atem ringt. Ich ziele mit der Pistole auf ihn. Mit weit aufgerissenen Augen blickt er sich um und hält nach Sloan Ausschau.

Die steht mittlerweile hinter mir und klammert sich ängstlich an meinem Hemd fest. Schließlich entdeckt er sie. »Verdammte

Hure«, bringt er heraus. »Ich habe gelogen. Ich hasse deine beschissene Lasagne.«

Ich drücke ein zweites Mal ab.

Sloan schreit auf und presst das Gesicht an meinen Rücken.

Ich drehe mich um und ziehe sie an mich. Sie weint und hält sich mit aller Kraft an mir fest.

Ich kann mich nicht mehr auf den Beinen halten. Also sinke ich so sanft wie möglich zu Boden und ziehe Sloan auf meinen Schoß. Ich versuche, den Schmerz in meinem Arm zu ignorieren, während ich sie festhalte, und vergrabe das Gesicht in ihren Haaren. »Alles okay?«, frage ich, während ich ihren Geruch tief einatme.

Sie nickt schluchzend.

»Bist du verletzt?« Ich mustere sie, so gut es geht. Sie sieht unversehrt aus. Ich lege die Hand auf ihren Bauch und schließe seufzend die Augen. »Oh Sloan, es tut mir so leid.« Ich habe das Gefühl, sie im Stich gelassen zu haben. Ich habe alles getan, um sie zu beschützen, und trotzdem ist er zu ihr vorgedrungen.

Sie schlingt mir die Arme fest um den Hals, und ich spüre, wie sie den Kopf schüttelt. »Danke.« Sie drückt sich an mich. »Danke, danke, danke, Luke.«

Inzwischen ertönen die Sirenen unmittelbar vor der Wohnung.

Jemand klopft an die Tür.

Ryan klettert durch das Fenster und sondiert die Lage. Anschließend geht er zur Wohnungstür und entriegelt sie. Mehrere uniformierte Polizisten stürmen herein und rufen sich gegenseitig Befehle zu. Einer von ihnen versucht, mit Sloan und mir zu sprechen, doch Ryan schiebt ihn weg. »Lassen Sie den beiden doch einen Moment Zeit, um zur Ruhe zu kommen, verdammt.«

Sie gönnen uns mehrere Minuten. Ich halte Sloan fest, während die Sanitäter eintreffen. Ich halte sie, während sie Asas Puls fühlen und einer von ihnen den Zeitpunkt seines Todes zu Protokoll gibt.

Ich lasse sie auch nicht los, als Ryan sich neben uns hockt.

»Ich habe dein Auto gesehen«, sagt er. »Wie geht es dir?«

»Okay. Wurde irgendwer verletzt?«

Er schüttelt den Kopf. »Nur du, wie es aussieht.«

Sloan löst sich von mir und sieht mich zum ersten Mal genauer an. »Oh mein Gott, Luke«, stößt sie hervor, als sie meine Verletzungen bemerkt. Sie presst mir eine Hand an den Kopf und sieht sich um. »Er ist verletzt! Jemand muss ihm helfen!«

Ein Sanitäter eilt herbei und wirft einen kurzen Blick auf meinen Kopf. »Wir müssen Sie ins Krankenhaus schaffen.«

Ryan hilft ihm, mich vom Boden hochzuziehen. Ich strecke Sloan die Hand hin, und sie hält sie mit beiden Händen fest, während sie rückwärts vor mir hergeht. »Geht es dir gut?«, fragt sie panisch. »Was ist denn passiert?«

Ich zwinkere ihr zu. »Nur ein kleiner Blechschaden. Wenn das Kreuzfahrtschiff genug Lachs-Tacos geladen hat, kann man nicht im Sprudelwasser ertrinken.«

Sloan drückt mir lächelnd die Hand.

Ryan sieht stöhnend einen der Sanitäter an. »Sie müssen checken, ob er eine Gehirnerschütterung hat. Bei seiner letzten Verletzung hat er auch plötzlich angefangen, irgendwelche sinnlosen Sätze vor sich hin zu brabbeln.«

Sie verfrachten mich in einen Krankenwagen. Da ich Sloans Hände nicht loslassen will, darf sie auch einsteigen und sich zu mir setzen. Sie sieht mich besorgt an. Gleichzeitig wirkt sie zum ersten Mal, seit ich sie kenne, erleichtert. Ich drücke ihre Hände. »Es ist vorbei, Sloan. Jetzt kann er dir nichts mehr tun.«

Epilog

Seit Asas Tod sind sieben Monate vergangen, doch Sloan will noch immer nicht darüber sprechen, was während der Stunden, die sie mit ihm in der Wohnung gefangen war, geschehen ist. Ich hoffe, dass sie es eines Tages über sich bringt, mir davon zu erzählen, aber ich werde sie nicht dazu drängen. Sie macht eine Therapie, die ihr auch zu helfen scheint. Damit bin ich zufrieden. Ich möchte nur, dass sie weiterhin in ihrem eigenen Tempo tut, was sie kann, um das alles irgendwann hinter sich zu lassen.

Am Tag meiner Entlassung aus dem Krankenhaus fand Asas Beerdigung statt. Sloan und ich waren gerade in der Wohnung und packten ein paar Sachen zusammen, als Ryan anrief und mich darüber informierte. Ich habe Sloan davon erzählt, war mir aber sicher, dass sie nach allem, was Asa ihr angetan hatte, nicht daran teilnehmen wollen würde.

Ein paar Stunden später erklärte sie mir jedoch, dass sie hinfahren werde. Natürlich versuchte ich, es ihr auszureden. Ich wollte nicht, dass sie sich dem aussetzte, musste mir aber vor Augen halten, dass sie ihn besser gekannt hatte als sonst irgendjemand. Obwohl sie schreckliche Angst vor ihm gehabt hatte, war sie einer der wenigen Menschen gewesen, die ihm etwas bedeutet hatten. Auch wenn er eine echt beschissene Art hatte, es ihr zu zeigen.

Als wir eintrafen, stellte sich heraus, dass wir die einzigen Trauergäste waren.

Ich versuchte, mir vorzustellen, wie es für ihn gewesen sein muss, keine Familie und nur eine Handvoll falscher Freunde zu haben. Außer Sloan und mir waren bei der Zeremonie nur ein vom Bestattungsunternehmen gestellter Priester und ein Friedhofswärter anwesend. Wären wir beide nicht aufgetaucht, hätte der Priester möglicherweise nicht mal ein Gebet gesprochen.

Ich will nicht behaupten, ich hätte seither mehr Verständnis für Asa. Auch wenn er mir in diesem Moment leidtat, hat er ganz allein dafür gesorgt, dass niemand zu seiner Beerdigung kommen wollte.

Sloan vergoss während der Beisetzung, die alles in allem nur rund zehn Minuten dauerte, keine Träne. Der Priester hielt eine kurze Predigt und sprach ein Gebet. Anschließend fragte er, ob einer von uns beiden etwas sagen wolle. Ich schüttelte den Kopf, da ich nur wegen Sloan gekommen war. Sloan nickte jedoch. Sie stand neben mir, hielt meine Hand und blickte auf den Sarg hinab. »Asa …«, begann sie, nachdem sie einmal tief durchgeatmet hatte. »Du hättest es weit bringen können, aber du hast dir eingebildet, die ganze Welt wäre es dir schuldig, dich für ein paar wirklich beschissene Jahre in deiner Kindheit zu entschädigen. Das war dein großer Irrtum. Die Welt schuldet uns rein gar nichts. Wir müssen einfach das Beste machen aus dem, was wir kriegen können. Doch du warst immer unzufrieden, hast alles kaputtgemacht und wolltest immer mehr.« Da es keine Blumen gab, pflückte sie einen Löwenzahn und legte ihn auf den Sargdeckel. »Jedes Kind verdient Liebe, Asa«, fuhr sie flüsternd fort. »Es tut mir leid, dass du nie geliebt wurdest. Deswegen vergebe ich dir. Wir beide vergeben dir.«

Nach diesen Worten schwieg sie ein paar Minuten lang. Ich weiß nicht, ob sie ein Gebet für ihn sprach oder sich in Gedanken von ihm verabschiedete. Schließlich nahm sie meine Hand, drehte sich um und ging mit mir an ihrer Seite davon.

In diesem Moment war ich froh, dass wir gekommen waren. Es war ihr wohl doch wichtiger gewesen, als ich geahnt hatte.

***

Bis heute denke ich oft an diesen Tag zurück. Damals habe ich geglaubt, ich würde verstehen, was sie mit ihren letzten Worten bei Asas Begräbnis sagen wollte. Doch während ich nun am Babybett stehe und meinen friedlich schlafenden Sohn betrachte, kommt mir ein Verdacht, was sie mit *Ich vergebe dir* und *Wir beide vergeben dir* tatsächlich gemeint haben könnte.

An Asas Grab habe ich geglaubt, sie meinte damit *uns* beide, sich selbst und mich. Dass wir beide Asa vergeben würden, was er uns angetan hat. Doch im Rückblick bin ich mir nicht mehr so sicher, ob es ihr tatsächlich um mich ging. Ich glaube, als sie *wir* sagte, sprach sie von sich selbst und unserem Sohn.

Sie ließ Asa wissen, dass sie beide ihm vergeben würden. Zu diesem Zeitpunkt war sie zwar erst ein paar Monate schwanger, aber ihr ist natürlich die ganze Zeit klar gewesen, dass Asa höchstwahrscheinlich der biologische Vater unseres Sohnes ist. Ich glaube, deswegen war es ihr so wichtig, zu dem Begräbnis zu gehen. Es ging ihr nicht darum, für sich selbst einen Schlussstrich zu ziehen, sondern für das Kind, das Asa niemals kennenlernen würde.

Bisher haben wir erst ein Mal darüber gesprochen, dass unser Sohn Dalton und ich möglicherweise nicht blutsverwandt sind. Das war zwei Wochen nach seiner Geburt. Sloan hatte einen Vaterschaftstest machen lassen, aus Sorge, ich könnte mir ständig den Kopf darüber zerbrechen, ob Dalton von mir oder von Asa gezeugt wurde. Sie fürchtete, dieses Unwissen könnte an mir nagen, und sie wollte nicht zwischen mir und der Wahrheit stehen.

Seit damals liegt dieser Test im Badezimmerschrank. Ich habe ihn noch nicht geöffnet, und Sloan hat mich nicht dazu gedrängt. Während ich jetzt meinem kleinen Jungen beim Schlafen zusehe, habe ich das Gefühl, die Antwort bereits zu kennen.

Es spielt keine Rolle, wer dieses Baby gezeugt hat, weil Sloan seine Mutter ist.

Ich denke an den Moment zurück, als Asa sie mir vorgestellt hat. Wie sie in der Küche stand, sich in den Hüften wiegte und das Geschirr spülte. Sie glaubte, sie wäre allein. Ihr Anblick war überwältigend. Auf ihrem Gesicht lag ein friedlicher Ausdruck, der, wie ich bald herausfinden würde, Seltenheitswert hatte.

Denselben friedlichen Ausdruck sehe ich auch auf Daltons Gesicht, wenn er schläft. Er hat ihre Haare, ihre Augen und ihr Wesen geerbt. Das ist alles, was für mich zählt. Ich wünschte, sie würde es mir glauben. Ich wünschte, sie wüsste, dass es für mich keinen Unterschied macht, ob dieses Baby biologisch von mir oder von Asa abstammt. Ich liebe dieses Kind nicht, weil ich genetisch dazu verpflichtet bin. Ich liebe es, weil ich ein Mensch bin und nicht anders kann. Ich liebe es, weil Sloan an seiner Entstehung beteiligt war. Ich liebe es, weil ich sein Dad bin.

Ich greife in das Bettchen und streichle seinen Kopf.

»Na, ihr beiden.«

Ich drehe mich um und sehe Sloan in der Tür des Kinderzimmers stehen. Ihr Kopf lehnt am Türrahmen und sie lächelt mich an.

Ich ziehe Daltons Decke bis unter seine Arme und gehe zu ihr. Dann nehme ich ihre Hand und mache die Kinderzimmertür halb zu. Sloan verschränkt die Finger mit meinen und folgt mir durch das Schlafzimmer ins Bad.

Sie ist noch immer hinter mir und umfasst meine Hand fester, als ich den Schrank öffne und den Vaterschaftstest herausnehme. Ich küsse sie, um ihr die Furcht zu nehmen, und werfe den nach wie vor verschlossenen Test in den Mülleimer.

Sie hat Tränen in den Augen und lächelt. Ich nehme sie in die

Arme, und wir sehen uns ein paar Sekunden lang schweigend in die Augen. Es gibt nichts zu sagen, was wir nicht ohnehin bereits wissen.

Mir ist egal, wie die Mitglieder meiner Familie zustande gekommen sind. Für mich zählt nur, dass es meine Familie ist. Wir sind eine Familie. Sloan und ich und unser Sohn.

Dank

Es ist Jahre her, seit ich diesen Roman zum ersten Mal veröffentlicht habe. In der Zwischenzeit habe ich viele Male geschlafen und einige weitere Bücher geschrieben. Daher bitte ich um Nachsicht, dass ich aus Angst, jemanden zu vergessen, diesen Blanko-Dank ausspreche: VIELEN DANK an alle, die mich während der Arbeit an *Too Late* unterstützt haben.

Ich habe keine Ahnung, weshalb die ursprüngliche Fassung keine Danksagungen enthielt. Wie dumm von mir, dass ich sie nicht sofort nach der Fertigstellung des Buches geschrieben habe. Andererseits wissen alle, die es seinerzeit gelesen haben, dass es nie ein offizielles Ende hatte. Nach ungefähr siebenundzwanzig Epilogen muss ich die Vorstellung aufgegeben haben, jemals einen Endpunkt zu finden und den Leuten danken zu können, die an der Entstehung des Werks beteiligt waren.

Obwohl ich mich all die Jahre später nicht mehr an jeden von euch namentlich erinnere, weiß ich noch sehr gut, wie viel Spaß mir die Gruppe gemacht hat, in der dieses Buch das Licht der Welt erblickte. Es war zweifellos eine meiner besten Schreiberfahrungen. Die Spannung, mit der ihr jedes neue Kapitel erwartet habt, die Freude, wenn es endlich online war, eure Reaktionen, nachdem ihr es gelesen hattet – all das hat riesigen Spaß gemacht. Ihr Mitglieder der *Too-Late*-Gruppe habt meine Karriere als Schriftstellerin fast vom ersten Moment an begleitet. Ihr habt mich angefeuert und unterstützt, ihr habt mit mir geweint und euch mit mir gefreut – und dafür kann ich euch gar nicht genug danken.

Allen Mitgliedern der Colleen-Hoover-CoHorts-Facebook-Gruppe, den vielen langjährigen und den neu hinzugekommenen, möchte ich für ihre Leselust danken. Dank eures Hobbys habe ich einen Beruf. Dank euch bin ich glücklich.

Meinen Agentinnen Jane Dystel, Lauren Abramo, Miriam Goderich und dem ganzen Rest des DG&B-Teams danke ich für alles, was sie für mich tun!

Ich danke Karen Kosztolnyik, Rachael Kelly und allen anderen bei Grand Central Publishing für ihre Geduld, während ich an der Überarbeitung dieses Buches saß. Eurem unermüdlichen Einsatz ist es zu verdanken, dass diese Neuausgabe ihren Weg in die Buchläden gefunden hat.

Meinem großartigen Team bei Hoover Ink, Stephanie Cohen, Erika Ramirez und Claudia Lemieux, bin ich aus tiefstem Herzen dankbar, dass mein Wohlergehen für sie immer an erster Stelle steht.

Vielen Dank, Susan Rossman, für alles, was du für Book Bonanza leistet.

GANZ BESONDERS dankbar bin ich meiner Mutter, meinem Mann, meinen Söhnen und meinen ~~Schwestern~~ GESCHWISTERN (ICH HABE INZWISCHEN EINEN BRUDER). Ihr seid meine allerbesten Freunde.

Und euch, meinen lieben Leserinnen und Lesern, danke ich für eure grenzenlose Unterstützung. Ich hoffe, euch hat diese Geschichte gefallen, und ich kann es kaum erwarten, euch die nächste zu erzählen! Ihr ahnt gar nicht, wie sehr ich euch schätze.

Herzlich
Colleen Hoover

Leseprobe

COLLEEN HOOVER

VERITY

Roman

Aus dem amerikanischen Englisch
von Katarina Ganslandt

1

Erst höre ich das Geräusch seines berstenden Schädels, dann spritzt mir sein Blut entgegen.

Ich ringe entsetzt nach Luft und springe mit einem Satz auf den Gehweg zurück, bleibe aber mit einem meiner hohen Absätze an der Bordsteinkante hängen und muss mich an einem Parkverbotsschild festhalten, um nicht das Gleichgewicht zu verlieren.

Eben stand der Mann noch direkt vor mir. Wir haben zusammen mit einer Gruppe anderer Fußgänger darauf gewartet, dass die Ampel auf Grün schaltet, als er unvermittelt loslief. Aus dem Augenwinkel sah ich den Lieferwagen heranrasen, machte instinktiv einen Schritt nach vorn und streckte den Arm aus, da erfasste ihn der Wagen mit voller Wucht und ich griff ins Leere. Bevor er überrollt wurde, schloss ich die Augen, hörte aber deutlich dieses Geräusch, das sich anhörte wie das Ploppen eines Champagnerkorkens.

Sein Blick war beiläufig auf sein Handy gerichtet gewesen, als es ihn erwischte. Wahrscheinlich hatte er die Straße an dieser Ampel schon so oft überquert, ohne dass etwas passiert war, dass er unvorsichtig geworden war. *Tod durch Routine.*

Die Leute um mich herum schnappen nach Luft, aber niemand schreit. Die Beifahrertür des Lieferwagens wird aufgerissen, ein Mann springt heraus und kniet sich neben den Überfahrenen. Ein paar der Umstehenden stürzen los, um zu helfen, ich nicht. Ich muss nicht hinsehen, um zu wissen, dass er nicht überlebt haben kann. Ein Blick auf meine eben noch blütenweiße, jetzt mit Blut befleckte Bluse genügt und es ist klar, dass hier kein Kranken-, sondern ein Leichenwagen gebraucht wird.

Ich drehe mich um, will weg von hier, irgendwohin, wo ich tief durchatmen kann, aber mittlerweile leuchtet das WALK-Zeichen und die Menge um mich herum setzt sich mechanisch in Bewegung. Es ist, als würde ich mitten in Manhattan in einem reißenden Fluss stehen. Unmöglich, gegen den Strom anzuschwimmen. Einige Leute schauen nicht mal von ihrem Telefon auf, als sie an dem Ort vorbeigehen, an dem gerade ein Mensch sein Leben verloren hat. Während ich darauf warte, dass sich das Gedränge lichtet, werfe ich einen Blick zur Unfallstelle. Der Fahrer des Trucks steht jetzt am Heck seines Fahrzeugs und spricht mit schreckgeweiteten Augen in sein Handy. Drei, vier Passanten versuchen sich nützlich zu machen, ein paar sensationslüsterne Gaffer filmen die gruselige Szene.

Wäre dieser Unfall in Virginia passiert, wo ich lange gelebt habe, wäre niemand einfach weitergegangen, im Gegenteil – Panik wäre ausgebrochen, Leute hätten entsetzt aufgeschrien, innerhalb von Minuten wäre der Übertragungswagen eines Nachrichtensenders vor Ort gewesen. Aber hier in Manhattan ist man an Unfälle so gewöhnt, dass sie von den meisten Leuten wohl in erster Linie als Unannehmlichkeit wahrgenommen werden. Für die einen bedeuten sie ein Verkehrshindernis, für andere ein ruiniertes Kleidungsstück. Wahrscheinlich ist das hier nicht einmal eine Randnotiz in den Zeitungen wert.

Sosehr mich diese Gleichgültigkeit der Masse stört, ist sie doch genau der Grund, warum ich vor mittlerweile zehn Jahren nach New York City gezogen bin. Für Leute wie mich sind Millionenstädte der ideale Lebensraum. An Orten dieser Größe ist die persönliche Situation des Einzelnen irrelevant. Hier gibt es unzählige Menschen, deren Lebensgeschichte weitaus tragischer ist als meine.

Ich bin unsichtbar. Unwichtig. Manhattan ist zu überfüllt, als dass sich irgendjemand für mich interessieren würde, und dafür liebe ich die Stadt.

»Sind Sie verletzt?«

Ich sehe auf, als mich ein Mann am Arm berührt und besorgt auf meine blutbefleckte Bluse zeigt. Er mustert mich von oben bis unten, als würde er nach einer Verletzung suchen. Das kann kein abgehärteter New Yorker sein. Vielleicht wohnt er hier, aber aufgewachsen ist er mit Sicherheit woanders, wo ihm nicht von frühester Kindheit an jegliches Mitgefühl ausgetrieben wurde.

»Sind Sie verletzt?«, erkundigt er sich noch einmal und sieht mir diesmal in die Augen.

»Nein. Das ist nicht mein Blut. Ich stand nur direkt daneben, als …« Ich stocke mitten im Satz. Ich habe einen Menschen sterben sehen. War ihm so nah, dass sein Blut meine Bluse durchtränkt hat.

Ich bin in diese Stadt gezogen, um unsichtbar zu werden, doch unberührbar bin ich nicht. Ich habe zwar daran gearbeitet – habe versucht, so hart zu werden wie der Asphalt unter meinen Sohlen –, aber das hat anscheinend nicht so gut geklappt. Was ich gerade miterlebt habe, hat mich im Innersten erschüttert.

Unwillkürlich lege ich eine Hand an den Mund, ziehe sie aber sofort erschrocken weg, als ich etwas Klebriges spüre. Blut. Ich sehe an meiner Bluse herunter. So viel Blut und es ist nicht meins. Ich fasse den Stoff zwischen Daumen und Zeigefinger und ziehe daran, aber an den Stellen, wo das Blut bereits zu trocknen beginnt, haftet er an meiner Haut.

Mir wird schwindelig. Wasser wäre jetzt gut. Ich kämpfe gegen das Bedürfnis an, mir über die Stirn zu reiben, weil ich mich davor ekle, mich anzufassen.

»Ist es auch auf meinem Gesicht?«, frage ich den Mann.

Er presst die Lippen aufeinander, dann sieht er sich suchend um. »Lassen Sie uns da reingehen.« Er zeigt auf einen nahe gelegenen Coffeeshop. »Dort gibt es bestimmt eine Toilette. Kommen Sie.« Er legt mir eine Hand auf den Rücken und führt mich zu dem Café.

Ich werfe über die Schulter einen Blick zu dem Verlagsgebäude von Pantem Press auf der gegenüberliegenden Straßenseite, wo ich hinwollte, bevor der Unfall passiert ist. Ich war schon fast da. War nur noch fünfzehn, vielleicht zwanzig Meter von dem Ort entfernt, an dem gleich ein Meeting stattfindet, das ich auf gar keinen Fall versäumen darf.

Wie weit wohl der Mann, der jetzt tot ist, noch von dem Ort entfernt war, an den er wollte?

Der Fremde hält mir die Tür des Coffeeshops auf. Eine Frau mit zwei Kaffeebechern in den Händen will sich an mir vorbei nach draußen schieben, als ihr Blick auf meine Bluse fällt. Sie weicht zurück und lässt uns den Vortritt. Ich gehe durch das Lokal direkt zur Damentoilette, aber sie ist abgeschlossen. Der Mann stößt die Tür zur Herrentoilette auf und winkt mir, ihm zu folgen.

Er schließt nicht hinter uns ab, sondern geht gleich zum Waschbecken und dreht das Wasser auf. Als ich in den Spiegel sehe, stelle ich erleichtert fest, dass es nicht ganz so schlimm ist, wie ich befürchtet hatte. Auf meinen Wangen und quer über der Stirn sind zwar ein paar Blutspritzer zu sehen, die schon angetrocknet und daher dunkler sind, aber die Bluse hat das meiste abbekommen.

Der Mann reicht mir einen Stapel Papiertücher, die er unter den Wasserstrahl gehalten hat, und ich säubere mir das Gesicht, während er weitere Tücher aus dem Spender zieht und nass macht. Jetzt ist das Blut auch zu riechen. Der leicht metallische Geruch reißt mich in einen Zeittunnel zurück – plötzlich bin ich wieder das zehnjährige Mädchen von damals. Der Blutgeruch war so stark, dass ich mich noch Jahre später an ihn erinnern konnte.

Ich halte die Luft an, damit mir nicht übel wird. Ich will mich nicht übergeben. Aber die blutige Bluse, die will ich loswerden. *Jetzt sofort.*

Mit zitternden Fingern knöpfe ich sie auf, streife sie ab und werfe sie ins Waschbecken. Der Mann gibt mir weiter feuchte Papiertücher, mit denen ich mir das angetrocknete Blut vom Oberkörper wische.

Jetzt wendet er sich zur Tür, aber nicht, wie ich im ersten Moment annehme, weil ich halb nackt in einem meiner unattraktivsten BHs dastehe und er diskret hinausgehen möchte, sondern um von innen abzuschließen. Ich beobachte im Spiegel mit leichtem Unbehagen, wie er sich wieder zu mir umdreht.

Jemand rüttelt an der Tür und klopft.

»Einen Moment noch«, ruft der Mann.

Ich entspanne mich etwas. Das Wissen, dass da draußen jemand steht, der meine Schreie hören würde, falls ich schreien müsste, beruhigt mich.

Ich konzentriere mich wieder darauf, das Blut abzuwischen, bis ich mir sicher bin, dass ich sämtliche Spuren von meinem Oberkörper und meinem Hals entfernt habe. Danach untersuche ich meine Haare, drehe mich vor dem Spiegel nach rechts und links, sehe aber nichts als den Zentimeter herausgewachsenen dunklen Ansatz über hellem Karamellbraun.

»Hier.« Der Mann öffnet die Knöpfe seines frisch gebügelten weißen Hemds. »Ziehen Sie das an.«

Sein Jackett hat er schon abgelegt und über den Türknauf gehängt. Er streift sich das Hemd ab, unter dem er ein weißes Unterhemd trägt. Er ist größer als ich und ziemlich muskulös. Ich werde in seinem Hemd untergehen. Eigentlich kann ich unmöglich so zu dem Meeting, aber mir wird nichts anderes übrig bleiben, also nehme ich es, als er es mir reicht. Ich ziehe ein paar frische Papiertücher aus dem Spender und tupfe meinen Oberkörper trocken, dann schlüpfe ich in das Hemd und knöpfe es zu. Ich sehe absurd aus, aber wenigstens war es nicht mein Kopf, der auf der Kleidung von jemand anderem explodiert ist. Es gibt immer einen Silberstreif am Horizont.

Ich nehme meine nasse Bluse aus dem Waschbecken, finde mich damit ab, dass sie nicht mehr zu retten ist, und entsorge sie im Mülleimer. Danach stütze ich mich mit beiden Händen auf den Beckenrand und betrachte mich im Spiegel. Zwei müde, leere Augen starren zurück. Das Grauen, das sie gerade gesehen haben, hat ihren sonst warmen Haselnusston zu Schlammbraun getrübt. Um wenigstens ein bisschen Farbe in mein Gesicht zurückzuholen, reibe ich mir mit den Handballen über die Wangen, aber es ist zwecklos. Ich sehe aus wie der lebende Tod.

Ich lehne mich an die Wand und atme tief durch. Der Mann rollt währenddessen seine Krawatte zusammen, schiebt sie in die Tasche seines Jacketts und betrachtet mich forschend. »Schwer zu sagen, ob Sie einfach unglaublich gefasst sind oder unter Schock stehen.«

Ich stehe nicht unter Schock, aber *gefasst* bin ich ganz sicher nicht. »Tja, keine Ahnung«, gebe ich zu. »Wie fühlen Sie sich?«

»Es geht«, sagt er. »Ich habe leider schon Schlimmeres gesehen.«

Ich schaue ihn fragend an, während ich versuche, durch die Schichten dieser kryptischen Antwort zu ihrem Kern vorzudringen. Dass er meinem Blick ausweicht, macht mich noch neugieriger. Was könnte schlimmer sein, als mitanzusehen, wie der Kopf eines Menschen unter einem Lieferwagen zerquetscht wird? Vielleicht ist er ja doch waschechter New Yorker. Oder er arbeitet in einem Krankenhaus. Er strahlt so eine entschlossene Tatkraft aus, die Menschen, die sich beruflich um andere kümmern, oft an sich haben.

»Sind Sie Arzt?«

Er schüttelt den Kopf. »Immobilienmakler. War ich jedenfalls lange.« Er kommt auf mich zu und schnippt etwas von der Schulter meines Hemds. *Seines* Hemds. Als er den Arm wieder sinken lässt, sieht er mir einen Moment ins Gesicht, bevor er einen Schritt zurück macht.

Seine Augen haben denselben Farbton wie die Krawatte, die er gerade eingesteckt hat. Ein helles Grün. Er sieht gut aus, macht aber aus irgendeinem Grund den Eindruck, als wäre ihm das unangenehm. Es wirkt beinahe so, als würde er sein gutes Aussehen als Last empfinden. Als würde er nicht wollen, dass man ihn bemerkt. Als wollte er unsichtbar sein. Genau wie ich.

Die meisten Leute, die nach New York kommen, legen es darauf an, entdeckt zu werden. Wir Übrigen kommen hierher, um uns zu verstecken.

»Wie heißen Sie eigentlich?«, fragt er.

»Lowen.«

Er stutzt kurz, dann ist der Moment vorüber.

»Freut mich. Ich bin Jeremy«, stellt er sich vor. Er geht zum Waschbecken, dreht das Wasser auf und wäscht sich die Hände.

Ich wende den Blick nicht von ihm ab. Was hat er gemeint, als er sagte, er hätte schon Schlimmeres gesehen? Okay, er hat in der Immobilienbranche gearbeitet, aber selbst der schlimmste Tag im Leben eines Maklers kann nicht die Ursache für die ernste, fast melancholische Aura sein, die diesen Mann umgibt.

»Was haben Sie erlebt?«

Er sieht mich im Spiegel an. »Wie bitte?«

»Sie haben eben gesagt, Sie hätten Schlimmeres gesehen. Was war das?«

Er dreht das Wasser aus, trocknet sich die Hände ab und dreht sich dann wieder zu mir. »Wollen Sie das wirklich wissen?«

Ich nicke.

Er wirft die Tücher in den Mülleimer und schiebt die Hände in die Taschen. Seine ganze Haltung lässt ihn jetzt noch düsterer wirken. Er sieht mir in die Augen, aber ich habe das Gefühl, als wäre er in diesem Moment ganz woanders.

»Ich habe vor fünf Monaten die Leiche meiner achtjährigen Tochter aus einem See gezogen.«

Ich hole scharf Luft und lege instinktiv die Hand an meine Kehle. Was ich für Melancholie gehalten habe, war etwas ganz anderes. Es ist verzweifelter Schmerz, der ihn erfüllt.

»Das tut mir so leid«, flüstere ich, und das kommt aus tiefstem Herzen. Es tut mir für seine Tochter leid und für ihn … und dafür, dass ich so neugierig war.

»Und Sie? Was haben Sie erlebt?«, fragt er. Er lehnt sich ans Waschbecken und sieht mich ruhig an – als wäre er bereit für dieses Gespräch. Fast macht es den Eindruck, als hätte er genau auf diesen Moment gewartet. Den Moment, in dem jemand vorbeikommt, der es vielleicht schafft, seiner Tragödie etwas von ihrer Tragik zu nehmen. Denn genau das braucht man, wenn man das Schlimmstmögliche erlebt hat. Man sucht nach Menschen in vergleichbaren Situationen … Menschen, denen es womöglich noch schlechter geht als dir … weil das hilft, mit dem Schrecklichen, das dir passiert ist, besser umgehen zu können.

Ich schlucke. Die kleinen Tragödien meines Lebens verblassen im Vergleich zu seiner. Ich denke an die jüngste, die ich gerade hinter mir habe, und schäme mich, überhaupt davon zu erzählen, weil sie mir gemessen an seinem Unglück so nichtig erscheint. »Letzte Woche ist meine Mutter gestorben.«

Er reagiert nicht so wie ich eben. Um genau zu sein, reagiert er gar nicht. Hatte ich also recht mit meiner Vermutung, dass er gehofft hat, meine Geschichte wäre schlimmer als seine? Das ist sie nicht. Seine steht weiter unangefochten auf Platz eins.

»Woran ist sie gestorben?«

»Krebs. Ich habe sie das ganze letzte Jahr bei mir zu Hause gepflegt.« Er ist der erste Mensch, dem ich das erzähle. Ich spüre meinen Puls im Handgelenk pochen und schließe die Finger der anderen Hand darum. »Heute habe ich zum ersten Mal seit Wochen meine Wohnung verlassen.«

Wir sehen uns einen Moment an. Ich habe das Gefühl, dass ich vielleicht noch eine Erklärung hinterherschicken sollte, aber ich habe noch nie mit einem mir völlig unbekannten Menschen ein so intensives Gespräch gehabt, und weiß nicht, ob ich es nicht besser beenden sollte, denn … wo sollte das hinführen?

Nirgendwohin. Es endet. Einfach so.

Jeremy dreht sich wieder zum Spiegel und streicht sich eine dunkle Haarsträhne aus der Stirn. »Ich habe gleich ein Meeting, zu dem ich mich nicht verspäten möchte. Alles okay bei Ihnen? Kommen Sie klar?« Er sieht mich im Spiegel an.

»Ja. Alles in Ordnung.«

»*In Ordnung?*« Er dreht sich um und wiederholt die Worte wie eine Frage, so als fände er sie beunruhigender, als wenn ich gesagt hätte, alles wäre okay.

»Es wird schon wieder«, sage ich. »Danke für Ihre Hilfe.«

Plötzlich möchte ich, dass er lächelt, aber das passt nicht zu unserer Situation. Mich würde einfach interessieren, wie sein Gesicht aussieht, wenn er lächelt. Stattdessen zuckt er leicht mit den Schultern und sagt: »In Ordnung, dann …« Er geht zur Tür, entriegelt sie und hält sie für mich auf. Aber ich zögere. Ich fühle mich noch nicht ganz so weit, der Welt da draußen gegenüberzutreten. Außerdem würde ich mich gern bei ihm bedanken, ihn vielleicht an einem anderen Tag auf einen Kaffee einladen oder zumindest nach seiner Adresse fragen, um ihm das Hemd zurückzugeben. Man trifft heutzutage selten so selbstlos freundliche Menschen, das finde ich anziehend. Aber dann verabschiede ich mich auf einmal doch ganz schnell von ihm. Das plötzliche Aufblitzen eines Eherings an seiner linken Hand katapultiert mich aus der Toilette, durch das Café auf die Straße hinaus, wo sich mittlerweile eine größere Menschenmenge rings um die Unfallstelle gesammelt hat.

Ein Notarztwagen mit rotierendem Blaulicht blockiert den Verkehr in beide Richtungen. Vielleicht sollte ich mich als Augenzeugin melden? Ich gehe auf einen der Polizisten zu, der gerade dabei ist, die Aussagen mehrerer Leute aufzunehmen. Obwohl sie auch nicht viel anderes sagen als das, was ich mitbekommen habe, gebe ich meine Beobachtungen anschließend ebenfalls zu Protokoll. Ob meine Aussage irgendetwas nützt, weiß ich allerdings nicht. Ich stand so nah, dass ich mehr gehört habe, was passiert ist, als es zu sehen. So nah, dass meine Bluse in ein Jackson-Pollock-Gemälde verwandelt wurde.

Aus dem Augenwinkel sehe ich, wie Jeremy mit einem Becher in der Hand aus dem Coffeeshop kommt. Tief in Gedanken versunken überquert er die Straße. Er ist schon wieder ganz woanders, weit weg von mir. Wahrscheinlich bei seiner Frau und wie er ihr später erklärt, warum er ohne Hemd nach Hause kommt.

Ich ziehe mein Handy aus der Tasche und werfe einen Blick darauf. Mir bleibt nicht mehr viel Zeit bis zu dem Treffen mit Corey und den Leuten von Pantem Press. Jetzt, wo niemand mehr bei mir ist, der mich ablenken kann, merke ich, wie heftig meine Hände zittern. Kaffee würde vielleicht helfen. Oder Morphium. Letzteres würde ganz sicher helfen, aber die Leute vom Hospizdienst haben alle Medikamente letzte Woche mitgenommen, als sie nach dem Tod meiner Mutter da waren, um die geliehenen Hilfsmittel abzuholen. Schade, dass ich in dem Moment zu durcheinander war, um daran zu denken, einen kleinen Vorrat für mich abzuzweigen. Jetzt könnte ich wirklich etwas davon gebrauchen.

2

Coreys Nachricht, in der er mich über das heutige Meeting informiert hat, war nach Monaten der Funkstille das erste Lebenszeichen von ihm. Ich hatte an meinem Schreibtisch gesessen und einer Ameise zugesehen, die auf meiner großen Zehe herumkrabbelte.

Die Ameise war allein, wandte sich erst nach links und dann nach rechts, lief mal nach oben, mal nach unten, suchte Fressen oder Freunde. Sie wirkte verwirrt darüber, dass sie so allein war … möglicherweise erfreute sie sich aber auch einfach nur ihrer Freiheit. Ich fragte mich, warum sie wohl allein unterwegs war. Normalerweise bewegen sich Ameisen ja immer im Trupp.

Die Tatsache, dass ich mir allen Ernstes Gedanken über die Befindlichkeit einer Ameise machte, war ein eindeutiges Zeichen dafür, dass ich dringend mal wieder rausmusste. Nachdem ich so lange in meiner Wohnung eingepfercht und ganz auf die Pflege meiner Mutter konzentriert gewesen war, hatte ich Angst vor dem Moment, in dem ich zum ersten Mal wieder vor die Tür ging. Womöglich würde ich genauso planlos herumirren wie diese Ameise. *Nach links oder nach rechts, rein oder raus, wo sind meine Freunde, wo gibt es Fressen?*

Die Ameise hatte meinen Zeh verlassen, um übers Parkett zu marschieren, und war gerade in einem Riss in der Wand verschwunden, als mein Handy vibrierte und mir Coreys Nachricht anzeigte.

Eigentlich hatte ich gehofft, er hätte verstanden, was ich ihm vor Monaten begreiflich zu machen versucht hatte: dass es mir jetzt, wo das Thema Sex zwischen uns durch war, angemessener erschien, wenn die Kommunikation zwischen ihm als meinem Literaturagenten und mir als seiner Autorin nur noch per E-Mail stattfinden würde.

Seine Nachricht hatte folgenden Inhalt gehabt:

Morgen um neun bei Pantem Press, 14. Stock. Sie wollen uns ein Angebot machen.

Nach meiner Mutter erkundigte er sich nicht, was mich nicht weiter überraschte. Genau dieses mangelnde Interesse an allem, was nicht mit seinem Job oder ihm selbst zu tun hatte, war der Grund, weshalb wir nicht mehr zusammen waren. Ich spürte eine leichte Gereiztheit, auch wenn sie ungerechtfertigt war – schließlich schuldete er mir nichts. Trotzdem: Hätte er nicht wenigstens ein bisschen Anteilnahme heucheln können?

Statt ihm zurückzuschreiben, legte ich mein Handy wieder weg und starrte auf den Riss, durch den die Ameise verschwunden war. Hatte sie zwischen den Rigipswänden ihre Ameisenkumpel getroffen oder war sie eine Einzelgängerin? Vielleicht war sie ja wie ich und mochte andere Artgenossen einfach nicht.

Ich kann nicht mit Sicherheit sagen, woher meine tief sitzende Scheu vor anderen Menschen kommt, aber wenn ich eine Vermutung äußern müsste, würde ich schwer darauf tippen, dass sie ein direktes Ergebnis der Tatsache ist, dass meine eigene Mutter Angst vor mir hatte.

Angst klingt heftig, ich weiß. Aber es ist tatsächlich so, dass sie mir als Kind keinen Zentimeter über den Weg traute. Sie hatte solche Panik vor dem, was ich während meiner häufigen schlafwandlerischen Ausflüge anrichten könnte, dass sie mich außerhalb der Schule von anderen so komplett wie möglich abschirmte. Ihre Paranoia hat mich bis zur Pubertät begleitet und nachhaltig geprägt. Ich bin zur Einzelgängerin geworden. Habe wenige Freunde und gehe kaum aus. Was auch erklärt, weshalb ich heute zum ersten Mal seit Moms Tod die Wohnung verlassen habe.

Allerdings hätte ich mir vorgestellt, dass mein erster Ausflug mich eher an einen Ort führen würde, den ich vermisst habe, in den Central Park vielleicht oder eine Buchhandlung.

Ich hätte niemals damit gerechnet, mich als Allererstes in der Eingangshalle eines Verlagshauses in der Schlange vor der Sicherheitsschleuse wiederzufinden, stumm darum betend, dass dieses »Angebot« lukrativ genug ist, um meine Mietrückstände zu begleichen, damit ich nicht auf der Straße lande. Aber genauso ist es. Hier stehe ich, und in einer halben Stunde wird sich entscheiden, ob ich bald obdachlos bin oder nicht.

Ich sehe an mir herunter und zupfe nervös an dem weißen Hemd herum, das mir mein barmherziger Samariter Jeremy in der Männertoilette des Coffeeshops überlassen hat. Vielleicht schaffe ich es ja, so selbstbewusst aufzutreten, dass die Leute denken, solche viel zu großen Herrenhemden wären der neueste Trend.

»Hübsches Outfit«, sagt eine Stimme hinter mir.

Als ich mich umdrehe, bleibt mir kurz das Herz stehen.

Ist er mir gefolgt?

In diesem Moment bittet mich der Wachmann, mich auszuweisen. Ich reiche ihm meinen Führerschein, drehe mich wieder zu Jeremy und stelle fest, dass er unter seinem Jackett ein neues Hemd trägt. »Haben Sie etwa immer ein Ersatzhemd dabei?«

»Fast. Mein Hotel ist gleich um die Ecke. Ich bin schnell zurückgegangen und habe mich umgezogen.«

Sein *Hotel*. Irgendwie beruhigt mich das. Wenn er in einem Hotel wohnt, arbeitet er vermutlich nicht bei Pantem Press und hat nichts mit dem bevorstehenden Meeting zu tun. Keine Ahnung, wie ich auf diesen eigentlich absurden Gedanken komme. Vielleicht, weil ich nicht weiß, mit wem Corey dieses Treffen vereinbart hat, und es zu diesem krassen Tageseinstieg passen würde, wenn es etwas mit dem Mann zu tun hätte, mit dem ich eben halb nackt in einer Herrentoilette stand.

»Arbeiten Sie hier?«

Er gibt dem Sicherheitsmann seinen Führerschein. »Nein. Aber ich habe gleich ein Meeting im vierzehnten Stock.«

O-kay.

»Was für ein Zufall. Ich auch«, sage ich.

Ein Lächeln zuckt um seine Mundwinkel und verschwindet wieder, als hätte er vielleicht auch gerade an die Szene auf der Männertoilette gedacht. »Könnte es sein, dass es sich um dasselbe Meeting handelt?«

Der Sicherheitsmann streckt ihm seinen Führerschein hin und zeigt in Richtung der Aufzüge.

»Tja, keine Ahnung«, sage ich achselzuckend. »Man hat mir nicht gesagt, worum es konkret geht.« Wir steigen in den Aufzug, er drückt auf den Knopf für den vierzehnten Stock und betrachtet mich nachdenklich, während er seine Krawatte aus der Jacketttasche zieht und sich umlegt.

Mein Blick bleibt wieder an dem Ehering an seiner Hand hängen.

»Sind Sie Autorin?«, fragt er.

Ich nicke. »Und Sie? Auch Autor?«

»Nein. Aber meine Frau schreibt.« Er zieht an der Krawatte, bis der Knoten sitzt. »Haben Sie etwas veröffentlicht, das ich kennen könnte?«

»Das bezweifle ich. Niemand liest meine Bücher.«

Er lächelt. »Lowen ist kein sehr häufiger Vorname. Ich bin mir sicher, dass ich herausfinden kann, was für Bücher Sie geschrieben haben.«

Warum? Will er sie etwa lesen?

Er holt sein Handy aus dem Jackett und beginnt zu tippen.

»Wer sagt, dass ich unter meinem richtigen Namen veröffentliche?«

Er sieht nicht vom Display auf, bis sich die Aufzugtüren öffnen und er einen Schritt nach vorn macht. In der Tür dreht er sich zu mir um, hält sein Handy hoch und grinst. »Sie haben kein Pseudonym. Sie schreiben als Lowen Ashleigh, was witzigerweise ausgerechnet der Name der Autorin ist, mit der ich hier um halb zehn eine Verabredung habe.«

Endlich bekomme ich das Lächeln zu sehen, das ich mir vorhin gewünscht habe, und so umwerfend es ist – jetzt will ich es nicht mehr.

Er hat mich gerade gegoogelt. Und obwohl mein Meeting um neun stattfindet, nicht um halb zehn, scheint er mehr darüber zu wissen als ich. Seltsam, dass wir uns unter so merkwürdigen Umständen kennengelernt haben und sich jetzt auch noch herausstellt, dass wir beide aus demselben Grund hier sind. Andererseits ist es natürlich auch nicht so ungewöhnlich, dass wir – nachdem wir zur selben Zeit in dieselbe Richtung unterwegs waren – beide Zeugen des Unfalls geworden sind.

Jeremy tritt zur Seite und ich steige aus dem Aufzug. Ich

öffne den Mund, um noch etwas zu sagen, aber da ist er schon an mir vorbeigegangen und ruft über die Schulter: »Dann bis gleich.«

Ich habe zwar keine Ahnung, welche Rolle er bei diesem Meeting spielen wird, aber er ist mir jetzt schon sympathisch. Der Mann hat mir praktisch sein letztes Hemd gegeben – er kann kein schlechter Mensch sein.

Ich lächle, bevor er um die Ecke biegt. »In Ordnung. Bis gleich.«

Er erwidert das Lächeln. »In Ordnung.«

Ich sehe ihm hinterher. Sobald er aus meinem Blickfeld verschwunden ist, entspanne ich mich etwas. Das war alles … ein bisschen viel für einen Vormittag. Erst dieser entsetzliche Unfall, dann die Aktion auf der engen Herrentoilette, das unerwartete Wiedersehen hier. Alles sehr, sehr seltsam und verwirrend. Ich lehne mich kurz an die Wand und atme tief ein.

»Oha, du bist pünktlich«, höre ich plötzlich Coreys Stimme und zucke zusammen. Ich drehe mich um und sehe, wie er auf mich zuschlendert. Als er bei mir ist und sich vorbeugt, um mich auf die Wange zu küssen, versteife ich mich. »Du bist nie pünktlich.«

»Ich wäre sogar noch früher hier gewesen, wenn …« Aber ich beende den Satz nicht. Corey scheint sich sowieso nicht dafür zu interessieren, was mich aufgehalten hat. Er geht in die Richtung, in der Jeremy eben verschwunden ist.

»Das Meeting ist auf halb zehn angesetzt, aber ich habe dir geschrieben, dass du um neun hier sein sollst, weil ich damit gerechnet habe, dass du zu spät kommst.«

Ich bleibe stehen und starre auf seinen Hinterkopf. *Ganz toll, Corey, echt.* Wenn er mir gesagt hätte, dass das Meeting um halb zehn stattfindet, hätte ich den furchtbaren Unfall nicht miterlebt und wäre nicht mit dem Blut eines fremden Menschen bespritzt worden.

»Kommst du?« Corey dreht sich nach mir um.

Ich schlucke meinen Ärger herunter. Das habe ich während der Affäre mit ihm oft genug getan.

Er führt mich in einen leeren Besprechungsraum und schließt die Tür hinter uns. Ich setze mich an den Tisch. Er nimmt am Kopfende Platz und mustert mich forschend. Ich erwidere seinen Blick und bemühe mich um einen neutralen Gesichtsausdruck. Er hat sich in den Monaten, die wir uns nicht gesehen haben, nicht verändert: sehr gepflegt, sehr glatt, mit Krawatte, einer Brille und einem Lächeln im Gesicht. Wie immer das krasse Gegenteil von mir selbst.

»Du siehst furchtbar aus.« Das sage ich, weil er nicht furchtbar aussieht. Das tut er nie und weiß es auch.

»Du siehst ausgeruht und hinreißend aus.« Das sagt er, weil ich nie ausgeruht und hinreißend aussehe. Ich sehe immer müde aus und vielleicht auch angeödet. In letzter Zeit hört man ja öfter vom Phänomen des »Resting Bitch Face«, das Leute haben, deren Gesicht im Ruhezustand immer schlecht gelaunt aussieht. In meinem Fall müsste man wohl eher vom »Resting Bored Face« sprechen.

»Wie geht es deiner Mutter?«

»Sie ist letzte Woche gestorben.«

Damit hat er nicht gerechnet. Er lehnt sich im Stuhl zurück und sieht mich mit schräg gelegtem Kopf an. »Warum hast du mir das nicht gesagt?«

Warum hast du mich nicht nach ihr gefragt? Ich zucke mit den Achseln. »Ich bin noch dabei, es zu verarbeiten.«

Meine Mutter hat die letzten neun Monate, seit bei ihr Darmkrebs im vierten Stadium diagnostiziert wurde, bei mir gelebt. Vergangenen Mittwoch ist sie gestorben, zum Ende hin wurde sie nur noch palliativ behandelt. Es war schwierig für mich, die Wohnung zu verlassen, weil sie in jeder Hinsicht auf mich angewiesen war – ich gab ihr zu trinken, fütterte sie und musste sie regelmäßig umlagern. In den letzten Wochen ging es ihr so schlecht, dass ich buchstäblich gar nicht mehr aus dem Haus kam. Zum Glück muss man in Manhattan sein Apartment auch nicht verlassen, wenn man Internet und eine Kreditkarte hat. Man kann sich alles, was man braucht, liefern lassen.

Schon witzig, dass eine der am dichtesten besiedelten Städte der Welt gleichzeitig ein Paradies für Soziophobiker ist.

»Wie geht es dir damit?«, erkundigt sich Corey.

Ich lächle, obwohl ich weiß, dass seine Besorgnis reine Höflichkeit ist. »Es geht schon. Ich war ja darauf vorbereitet.« Ich sage das, von dem ich glaube, dass er es hören möchte. Keine Ahnung, wie er auf die Wahrheit reagieren würde – nämlich, dass ich erleichtert bin, dass sie tot ist. Meine Mutter hat immer nur Schuldgefühle in mir erzeugt. Nicht mehr, nicht weniger. Nur ständige Schuldgefühle.

Corey steht auf und geht zu einem Beistelltisch, auf dem Gebäck, Mineralwasser und eine Thermoskanne Kaffee bereitstehen. »Möchtest du etwas?«

»Ein Wasser bitte.«

Er nimmt zwei Flaschen, hält mir eine hin und setzt sich wieder. »Brauchst du Hilfe, um die Erbangelegenheiten zu regeln? Edward würde dir sicher helfen.«

Edward ist Anwalt in der Literaturagentur, bei der Corey angestellt ist. Es ist eine kleine Agentur, weshalb er nicht so viel zu tun hat und viele der Autoren auch in anderen Fragen berät. Leider werde ich seine Dienste nicht benötigen. Bevor ich letztes Jahr den Vertrag für meine Drei-Zimmer-Wohnung unterschrieben habe, hat Corey mich noch gewarnt, dass die Miete meine Mittel übersteigen würde. Aber meine Mutter hat darauf bestanden, in Würde sterben zu dürfen – in ihrem eigenen Zimmer. Nicht in einem Pflegeheim. Nicht im Krankenhaus. Und auch nicht in einem Krankenhausbett in dem winzigen Apartment, in dem ich damals noch gelebt habe. Nein, sie wollte ein eigenes Zimmer mit eigenen Möbeln.

Sie hatte mir versprochen, dass ich mit dem nach ihrem Tod auf ihrem Konto verbleibenden Geld den finanziellen Verlust ausgleichen könnte, der mir dadurch entstanden ist, dass ich während der Zeit ihrer Pflege nicht zum Schreiben gekommen bin. Das vergangene Jahr habe ich vom Rest des Vorschusses für mein letztes Buch gelebt. Aber dieses Geld ist jetzt aufgebraucht – genau wie offenbar das Vermögen meiner Mutter. Kurz vor ihrem Tod hat sie mir gestanden, dass nichts mehr übrig ist. Ich hätte sie auf jeden Fall bei mir aufgenommen und gepflegt. Schließlich war sie meine Mutter. Aber dass sie es für nötig gehalten hat, mich zu belügen, damit ich mich um sie kümmere, zeigt wahrscheinlich ganz gut, wie desolat unser Verhältnis war.

Ich trinke einen Schluck von dem Wasser und schüttle den Kopf. »Ich brauche keinen Anwalt. Alles, was sie mir hinterlassen hat, sind Schulden. Aber danke für das Angebot.«

Corey sieht mich an und spitzt die Lippen. Weil er mein Agent ist, kümmert er sich um die Abwicklung der Honorar- und Tantiemenzahlungen für meine Bücher und hat dadurch Einblick in meine finanziellen Verhältnisse. Deswegen der mitleidige Blick. »Die Beteiligungen für die ausländischen Lizenzen sind bald fällig«, sagt er, als wüsste ich nicht bis auf den letzten Cent, welche Summen ich in den nächsten sechs Monaten noch zu erwarten habe. Als hätte ich dieses Geld nicht schon längst ausgegeben.

»Ich weiß. Wird schon irgendwie klappen.« Ich will meine finanziellen Schwierigkeiten nicht mit Corey besprechen. Mit ihm nicht und auch mit sonst niemandem.

Corey zuckt mit den Achseln, sieht aber nicht überzeugt aus. Er senkt den Blick und rückt seine Krawatte zurecht. »Vielleicht kommt dieses Angebot ja für uns beide gerade zur richtigen Zeit«, sagt er.

Ich bin froh über den Themawechsel. »Warum musste ich überhaupt herkommen? Du weißt doch, dass es mir lieber ist, solche Dinge per Mail zu regeln.«

»Ich weiß auch nicht viel mehr, als dass sie persönlich mit dir reden wollen. Als ich gestern kontaktiert wurde, hieß es nur, es ginge um einen Auftrag, dessen Details man nicht am Telefon besprechen möchte.«

»Hattest du nicht gesagt, du wolltest mit meinem Verlag über einen Nachfolger meines letzten Titels verhandeln?«

»Deine Bücher verkaufen sich ganz ordentlich, aber nicht so gut, dass der Verlag bereit wäre, über einen Nachfolger zu reden, solange du nicht bereit bist, auch etwas von deiner Zeit zu opfern. Du müsstest denen schon zusagen, dass du dich in den sozialen Medien engagierst, auf Lesereise gehst und daran arbeitest, eine Fanbasis aufzubauen. Nur über die Buchhandlungen erreichst du auf dem Markt heutzutage nicht die nötigen Verkaufszahlen.«

Genau das hatte ich befürchtet. Ich hatte so sehr gehofft, dass mein Stammverlag Interesse an einem weiteren Titel haben würde. Die Tantiemen für meine bisher erschienenen Bücher sind in der letzten Zeit genauso mager ausgefallen wie die aktuellen Verkaufszahlen. Aber die Pflege meiner Mutter hat mich so in Anspruch genommen, dass ich kaum zum Schreiben gekommen bin und dementsprechend auch nichts Neues anzubieten habe.

»Ich habe keine Ahnung, was Pantem von dir will und ob es etwas ist, was dich interessiert«, sagt Corey. »Aber sie haben angekündigt, dass wir eine Verschwiegenheitsvereinbarung unterzeichnen sollen, bevor sie mit den Details rausrücken. Ich muss zugeben, dass mich diese Geheimniskrämerei neugierig macht. Ich will jetzt nicht zu viel versprechen, aber ich habe ein gutes Gefühl. Wir brauchen einen lukrativen Auftrag.«

Er spricht von »wir«, weil er mit fünfzehn Prozent an meinem Honorar beteiligt ist, falls ich zusage. Das ist der branchenübliche Standard. Eher nicht branchenüblich war unsere sechsmonatige feste Beziehung und die zweieinhalbjährige lockere Affäre, die wir nach der Trennung hatten.

Allerdings zog sich unsere sexuelle Beziehung nur deswegen so lang hin, weil sich während dieser Zeit keiner von uns beiden ernsthaft für jemand anderen interessiert hat. Unser Verhältnis war praktisch und bequem, bis es das irgendwann nicht mehr war. Aber der Grund, weshalb unsere »richtige« Beziehung nicht funktionierte, hat damit zu tun, dass er eine andere Frau geliebt hat.

Dass diese andere Frau auch ich war, änderte nichts.

Es gibt Leser, denen es schwerfällt, zwischen einer fiktiven Figur und dem Menschen, der sie erschaffen hat, zu trennen. Überraschenderweise gehört sogar Corey zu dieser Sorte Leser, obwohl er es als Literaturagent eigentlich besser wissen müsste. Noch bevor wir uns persönlich getroffen haben, hatte er sich in die Protagonistin meines ersten Romans *Ende offen* verliebt. Es muss verwirrend sein, sich in die Sprache einer Autorin zu verlieben, ohne den Menschen zu kennen, der sie zu Papier gebracht hat. Aus irgendeinem Grund ging Corey davon aus, meine Romanfigur wäre ein Spiegelbild von mir selbst – obwohl wir in Wahrheit nicht unterschiedlicher sein könnten.

Als ich mich auf die Suche nach einer Literaturagentur gemacht hatte, war Corey der Einzige gewesen, der auf meine Anfrage reagierte, und auch das erst nach mehreren Monaten. Seine Mail war nur ein paar Sätze lang, aber die reichten, um meiner ersterbenden Hoffnung neues Leben einzuhauchen.

> Ich habe das Manuskript Ihres Romans »Ende offen« innerhalb von ein paar Stunden gelesen. Ich glaube an das Buch. Rufen Sie mich an, falls Sie noch keinen Agenten haben.

Seine Mail kam an einem Donnerstagmorgen. Zwei Stunden später führten wir am Telefon ein intensives Gespräch über meinen Roman. Freitagnachmittag trafen wir uns zum Kaffee und ich unterschrieb einen Vertrag mit seiner Agentur.

Bis zum Samstagabend hatten wir schon dreimal miteinander geschlafen.

Mit unserer Beziehung verstießen wir sicher gegen irgendeinen Berufskodex, aber das war nicht der Grund, weshalb sie scheiterte. Nein, es war etwas anderes. Corey erkannte ziemlich schnell, dass ich und meine Romanfigur nicht identisch waren, und begriff, dass ich eine andere war als die, in die er sich verliebt hatte. Im Gegensatz zu ihr war ich nicht tapfer. Ich war nicht umgänglich. Ich war schwierig. Ein emotional herausforderndes Rätsel, das zu entschlüsseln er nicht bereit war.

Was okay war. Ich hatte keine Lust, entschlüsselt zu werden.

So schwierig ich ihn als Partner fand, so überraschend angenehm ist es, seine Klientin zu sein. Deshalb habe ich mir nach unserer Trennung auch keinen neuen Agenten gesucht. Wenn es um meine Karriere ging, ist Corey immer loyal und unvoreingenommen gewesen.

»Du sieht ein bisschen blass aus«, reißt er mich jetzt aus meinen Gedanken. »Bist du nervös?«

Ich nicke und hoffe, dass er mir das abnimmt, weil ich ihm nicht erklären möchte, warum ich so blass bin. Es ist kaum zwei Stunden her, dass ich heute Morgen meine Wohnung verlassen habe, aber gefühlt ist in diesen zwei Stunden mehr passiert als im gesamten letzten Jahr. Ich sehe auf meine Hände ... meine Arme ... suche nach Blutspritzern. Es ist nichts mehr zu sehen, aber ich kann das Blut noch auf der Haut spüren. Kann es riechen.

Meine Hände zittern nach wie vor, also verstecke ich sie unter dem Tisch. Jetzt, wo ich hier sitze, wird mir klar, dass es besser gewesen wäre, das Meeting kurzfristig abzusagen. Aber ich kann es mir nicht leisten, ein Angebot auszuschlagen. Es ist nicht so, als könnte ich mich vor Aufträgen kaum retten, und wenn sich nicht bald etwas ergibt, werde ich mir einen Brotjob suchen müssen. Dann hätte ich zwar nicht genug Zeit zum Schreiben, könnte aber zumindest meine Rechnungen bezahlen.

Corey zieht ein Taschentuch aus der Jacketttasche und wischt sich über die Stirn. Er schwitzt nur, wenn er nervös ist. Dass er nervös ist, macht mich noch nervöser.

»Sollen wir so eine Art Geheimsignal verabreden für den Fall, dass du nicht interessiert bist?«, fragt er.

»Hören wir uns doch erst mal an, worum es überhaupt geht. Dann können wir ihnen immer noch sagen, dass wir unter vier Augen darüber sprechen wollen.«

Corey setzt sich in seinem Stuhl aufrecht hin, strafft die Schultern und lässt die Mine seines Kugelschreibers herausklicken, als würde er vor einer Schlacht sein Gewehr laden. »Überlass das Reden vielleicht lieber mir, okay?«

Nichts anderes hatte ich vor. Corey ist charismatisch und charmant. Man müsste lange suchen, um jemanden zu finden, der dasselbe von mir behaupten würde. Es ist für alle Beteiligten besser, wenn ich mich zurücklehne und erst mal einfach zuhöre.

»Sag mal, was hast du da eigentlich an?« Corey starrt verblüfft auf mein Hemd, das er anscheinend erst jetzt bemerkt, obwohl wir schon fast eine Viertelstunde hier sitzen.

Ich schaue an dem viel zu großen Männerhemd hinunter. Einen Moment lang hatte ich vergessen, wie albern ich aussehe. »Ich hab heute Morgen Kaffee auf meiner Bluse verschüttet und musste mich umziehen.«

»Wessen Hemd ist das?«

Ich zucke mit den Achseln. »Wahrscheinlich deins. Es hing bei mir im Schrank.«

»Du bist so aus dem Haus gegangen? Hattest du nichts anderes anzuziehen?«

»Sehe ich etwa nicht aus, als käme ich direkt vom Pariser Laufsteg?« Das ist sarkastisch gemeint, aber das entgeht ihm.

»Äh … nein.« Corey verzieht das Gesicht. »Dachtest du etwa, du würdest so aussehen?«

Arschloch. Aber wie die meisten Arschlöcher ist er gut im Bett.

Ich bin erleichtert, als die Tür aufgeht und eine Frau hereinkommt. Ein älterer Mann folgt ihr so dicht auf, dass er slapstickartig in sie hineinläuft, als sie stehen bleibt.

»Herrgott, Barron«, höre ich sie zischen.

Ich muss mir ein Lächeln verkneifen, als ich mir vorstelle, dass das sein Name ist. *Herrgott Barron.*

Jeremy tritt als Letzter in den Raum. Er nickt mir so unmerklich zu, dass keiner der anderen es mitbekommt.

Die Frau ist stilsicherer gekleidet als ich an meinen besten Tagen, hat kurz geschnittene schwarze Haare und trägt einen Lippenstift, der für diese frühe Uhrzeit geradezu irritierend rot leuchtet. Sie scheint hier die Chefin zu sein, denn sie hält erst Corey und dann mir die Hand zur Begrüßung hin, während Herrgott Barron sich im Hintergrund hält.

»Amanda Thomas«, stellt sie sich vor. »Ich bin Lektorin bei Pantem Press. Das sind Barron Stephens, unser Anwalt, und Jeremy Crawford – der Auftraggeber.«

Als Jeremy und ich uns die Hand schütteln, gelingt es ihm bewundernswert gut, sich nicht anmerken zu lassen, was für eine extrem bizarre Begegnung wir heute Morgen schon hatten. Wir setzen uns. Obwohl ich versuche, Jeremy nicht anzusehen, zieht es meinen Blick immer wieder zu ihm hin. Ich verstehe selbst nicht, warum ich mir mehr Gedanken über ihn mache als über den Anlass dieses Meetings.

Amanda holt ein paar Folder aus ihrer Tasche und reicht sie mir und Corey.

»Ich freue mich, dass Sie sich zu diesem Treffen bereit erklärt haben«, sagt sie. »Wir sollten keine Zeit verlieren, weshalb ich gleich zum Kern unseres Anliegens kommen werde.

Eine unserer Autorinnen ist bedauerlicherweise nicht in der Lage, ihren vertraglichen Verpflichtungen nachzukommen, und jetzt suchen wir eine erfahrene Kollegin, die im selben Genre schreibt und Interesse hätte, in Co-Autorenschaft die drei noch fehlenden Titel der Reihe zu verfassen.«

Ich werfe Jeremy einen schnellen Seitenblick zu, aber seine Miene lässt keine Rückschlüsse darauf zu, in welcher Rolle er an diesem Meeting teilnimmt.

»Um wen handelt es sich bei dieser Autorin?«, fragt Corey.

»Die Details besprechen wir gerne mit Ihnen, allerdings muss ich Sie vorher beide bitten, eine Verschwiegenheitserklärung zu unterschreiben. Uns liegt daran, dass nichts über die momentane Situation der Autorin an die Öffentlichkeit gelangt.«

»Selbstverständlich«, sagt Corey.

Ich nicke nur stumm, dann lesen wir die vorgedruckte Erklärung durch und unterschreiben. Corey schiebt Amanda die Blätter über den Tisch zu.

»Es geht um Verity Crawford«, sagt sie. »Ich nehme an, Sie wissen, von wem ich spreche?«

Corey ist bei der Erwähnung des Namens erstarrt. Natürlich kennen wir Verity Crawford. Jeder kennt sie. Ich werfe einen verstohlenen Blick in Jeremys Richtung. Sie haben denselben Nachnamen. Ist Verity seine Frau? Wahrscheinlich. Vorhin hat er mir erzählt, seine Frau sei Autorin. Aber warum sitzt er in diesem Meeting und nicht sie?

»Der Name ist mir ein Begriff, ja«, sagt Corey vorsichtig. Offensichtlich will er sich nicht in die Karten schauen lassen.

»Verity Crawford schreibt eine sehr erfolgreiche Reihe für uns, und es wäre für alle Beteiligten außerordentlich bedauerlich, wenn sie nicht fortgeführt werden würde«, sagt Amanda.

»Aus diesem Grund suchen wir eine Autorin, die bereit ist, die noch fehlenden Titel an ihrer Stelle weiterzuschreiben und auch alle anderen Verpflichtungen wahrzunehmen. Lesereisen, Interviews et cetera. Wir werden eine Pressemitteilung herausgeben, in der die neue Co-Autorin vorgestellt, aber auf Veritys private Situation nicht näher eingegangen wird.«

Lesereisen? Interviews?

Corey sieht mich an. Er weiß, dass ich mit diesem Punkt Probleme habe. Viele Autorinnen und Autoren genießen den direkten Kontakt mit ihren Lesern, aber ich bin sozial so unbeholfen, dass ich Angst habe, meine Leser könnten meinen Büchern für immer abschwören, sobald sie mich einmal »in echt« erlebt hätten. Ich habe mich in meinem ganzen Leben nur einmal zu einer Signierstunde überreden lassen und konnte vorher eine ganze Woche lang nicht schlafen. Während der Veranstaltung war ich so angespannt, dass ich kaum ein Wort herausgebracht habe. Am nächsten Tag bekam ich eine Mail von einer Leserin, die mich als arrogante Zicke beschimpfte und ankündigte, nie mehr ein Buch von mir zu lesen.

Deswegen bleibe ich lieber zu Hause und schreibe. Ich glaube, die Vorstellung, die meine Leser von mir haben, ist angenehmer als mein wahres Ich.

»Darf ich fragen, welches Honorar mit Mrs Crawford für die drei Romane vereinbart wurde?«, erkundigt sich Corey.

Jetzt schaltet sich Herrgott Barron zum ersten Mal ein. »Der Vertrag zwischen Mrs Crawford und dem Verlag bleibt bestehen, und über die Einzelheiten kann ich Ihnen, wie Sie sicherlich verstehen werden, keine Auskunft geben. Alle Beteiligungen werden weiterhin an Mrs Crawford ausgezahlt.

Aber mein Mandant, Jeremy Crawford, ist bereit, pro Buch ein Pauschalhonorar von fünfundsiebzigtausend Dollar zu zahlen.«

Mein Magen schlägt einen Salto, als ich diese irre Summe höre, zieht sich aber sofort wieder zusammen, als ich mir klarmache, welche enorme Lebensveränderung damit verbunden wäre. Von einer quasi unbekannten Schriftstellerin zur Co-Autorin einer literarischen Sensation – dieser Sprung ist definitiv zu groß für mich. Schon allein beim Gedanken daran bekomme ich Atemnot.

Corey beugt sich vor und legt die Arme auf den Tisch. »Schön. Ich nehme an, dabei handelt es sich um das Einstiegsangebot?«

Ich werfe ihm einen Blick zu. Er soll wissen, dass er gar nicht erst anfangen muss zu verhandeln. Ich werde diese Reihe auf gar keinen Fall weiterschreiben. Das ist eine Aufgabe, die mein Können bei Weitem übersteigt.

Herrgott Barron richtet sich in seinem Stuhl auf. »Ohne Ihrer Klientin zu nahe treten zu wollen, möchte ich darauf hinweisen, dass Verity Crawford über zehn Jahre lang daran gearbeitet hat, mit ihren Romanen eine Marke aufzubauen. Eine Marke, die es ohne sie nicht gäbe. Das Angebot gilt für alle drei Bücher. Fünfundsiebzigtausend pro Buch, das macht insgesamt zweihundertfünfundzwanzigtausend Dollar.«

Corey wirft seinen Kuli auf den Tisch und lehnt sich zurück, als würde ihn das Gesagte nicht beeindrucken. »An welchen Zeitrahmen haben Sie gedacht?«, wendet er sich wieder an Amanda.

»Wir stehen durch die Programmplanung terminlich unter Druck, weshalb wir gern sechs Monate nach Vertragsunterzeichnung ein fertiges Manuskript vorliegen hätten.«

Während sie redet, kann ich den Blick nicht von ihren Zähnen abwenden, auf die der rote Lippenstift abgefärbt hat.

»Über die Abgabetermine für die anderen Bände können wir dann noch einmal reden. Idealerweise hätten wir aber alle drei gern innerhalb der nächsten vierundzwanzig Monate.«

Ich sehe Corey an, dass er im Kopf Zahlen addiert, und frage mich, ob er das tut, um zu schauen, was für mich dabei herauskommt oder für ihn. Mit seinen fünfzehn Prozent käme er auf einen Anteil von fast vierunddreißigtausend Dollar, einfach nur, weil er mein Agent ist. Die Hälfte der übrigen Summe ginge ans Finanzamt und auf meinem Konto würden knapp hunderttausend landen. Fünfzigtausend pro Jahr.

Das ist mehr als das Doppelte von dem, was ich als Vorschuss für meine letzten Romane bekommen habe, aber trotzdem nicht genug, um meine Zweifel an meiner Fähigkeit, eine derart erfolgreiche Reihe fortzuführen, zu zerstreuen. Eigentlich ist jedes weitere Gespräch sinnlos, weil ich jetzt schon weiß, dass ich das Angebot ablehnen werde. Als Amanda Vertragsunterlagen aus der Tasche zieht, räuspere ich mich.

»Es schmeichelt mir, dass Sie mir dieses Angebot machen«, sage ich und sehe dabei Jeremy an, weil er wissen soll, dass ich das wirklich so meine. »Aber ich bin mir sicher, dass es andere Autorinnen gibt, die sich weitaus besser als ich dafür eignen, als neues Gesicht die Reihe in der Öffentlichkeit zu repräsentieren.«

Jeremy bleibt stumm, sieht mich aber jetzt, da ich zum ersten Mal etwas gesagt habe, mit neu erwachtem Interesse an.

»Es tut mir leid.« Ich stehe auf und wende mich zur Tür, enttäuscht darüber, dass sich mein erster Ausflug vor die Haustür auf allen Ebenen als Desaster entpuppt hat. Ich will jetzt nur noch nach Hause und mich unter die Dusche stellen.

Corey springt auf. »Ich würde mich gern einen Moment unter vier Augen mit meiner Klientin besprechen.«

Amanda nickt, schließt ihre Aktentasche und erhebt sich ebenfalls von ihrem Stuhl. »Selbstverständlich«, sagt sie. »Sie finden sämtliche Unterlagen zu den vertraglichen Einzelheiten in den Foldern, die ich Ihnen gegeben habe. Ich will Ihnen nicht verschweigen, dass wir noch zwei weitere Autorinnen im Auge haben. Deswegen wäre ich Ihnen sehr verbunden, wenn Sie uns spätestens bis morgen Nachmittag informieren würden, wie Sie sich entschieden haben.«

Jeremy ist als Einziger sitzen geblieben. Bis jetzt hat er noch kein Wort gesagt. Amanda beugt sich über den Tisch, um mir die Hand zu schütteln. »Rufen Sie mich bitte jederzeit an, falls Sie Fragen haben.«

»Danke«, sage ich. Amanda und Herrgott Barron gehen hinaus, aber Jeremy bleibt sitzen. Corey schaut zwischen uns hin und her und wartet offensichtlich darauf, dass Jeremy auch geht. Doch der beugt sich stattdessen zu mir vor.

»Könnte ich mich kurz allein mit Ihnen unterhalten?«, fragt er mich und sieht dann Corey an – nicht, um ihn um sein Einverständnis zu bitten, sondern als Aufforderung zu gehen.

Corey wirkt verblüfft über diese Unverfrorenheit. Er dreht mir langsam den Kopf zu und verengt die Augen. Seine ganze Haltung drückt aus: *Was bildet sich dieser Kerl ein?* Es ist klar, dass er damit rechnet, dass ich mitkomme.

Aber er kann ja auch nicht wissen, dass ich mir nichts mehr wünsche als dieses Gespräch. Ich kann es gar nicht erwarten, dass er endlich geht, weil ich so viele Fragen an Jeremy habe: Wie sind die Leute von Pantem Press auf mich gekommen, was ist mit seiner Frau, und warum ist sie nicht in der Lage, ihre Reihe selbst zu beenden?